JASON NAHRUNG

Die Jägerin der Finsternis

Buch

Emily Winters hatte sich den Abend eigentlich anders vorgestellt – nicht ganz so finster. Aber nun steht sie in einer verlassenen Kirche am Rande von Sydney, der Altarraum von unzähligen Kerzen erleuchtet. Draußen toben Sturm und Regen, und ihr gegenüber steht ein sehr mysteriöser, schwarz gekleideter und außerordentlich attraktiver Fremder, der sie vor dunklen Dämonen warnen will. Jay, so stellte er sich vor, hatte eigentlich gehofft, dass dieses Treffen nie stattfinden würde. Doch nun hatten jene Dämonen Emily aufgespürt, die schon ihre weiblichen Vorfahren verfolgt hatten. Jay aber erklärt, alles zu tun, um sie zu beschützen und über ihre Kräfte aufzuklären. Denn Emily soll jene magischen Fähigkeiten besitzen, über die die Frauen ihrer Familie seit alters her verfügen. Und genau das könnte ihr zum Verhängnis werden. Ein dunkler magischer Geheimbund hat schon lange Interesse an diesen Fähigkeiten und stellt eine schreckliche Gefahr für Emily dar. Eine Gefahr, die Jay nur zu gut kennt. Schon Emilys Großmutter und Urgroßmutter hat er zur Seite gestanden. Nun überreicht er Emily deren magisches Tagebuch, und sie muss sich wohl oder übel ihrem Erbe stellen. Denn die finsteren Gestalten sind näher als ihr lieb ist. Doch kann sie Jay wirklich vertrauen? Jemandem, der sich vorzugsweise von Blut ernährt? Und tatsächlich steht kurze Zeit später ein gut gekleideter, distinguierter Herr mit einer ganz anderen Geschichte vor Emilys Tür …

Autor

Jason Nahrung wuchs auf einer Rinderfarm in Queensland auf. Er arbeitet als Designer und Journalist, macht derzeit seinen Master in »Creative Writing« und schreibt bereits an mehreren neuen Romanen und Kurzgeschichten. 2004 leitete er den Vorsitz des renommierten australischen Aurealis Awards. Seine große Liebe fand er mit Hilfe seines Debütromans »Die Jägerin der Finsternis«: Dieser entstand im E-Mail-Austausch mit seiner jetzigen Partnerin Mil – ein Austausch, der schließlich auch dazu führte, dass sich die beiden ineinander verliebten. Jason Nahrung und Mil leben mit ihrem stetig wachsenden Gecko-Bestand in Brisbane. Mehr zum Autor unter:

www.jasonnahrung.com

Jason Nahrung

Die Jägerin der Finsternis

Roman

Aus dem australischen Englisch
von Tina Hohl

GOLDMANN

Die Originalausgabe erschien 2007
unter dem Titel »The Darkness Within«
bei Hachette Australia, Sydney.

FSC
Mix
Produktgruppe aus vorbildlich
bewirtschafteten Wäldern und
anderen kontrollierten Herkünften

Zert.-Nr. SGS-COC-1940
www.fsc.org
© 1996 Forest Stewardship Council

Verlagsgruppe Random House FSC-DEU-0100
Das für dieses Buch verwendete FSC-zertifizierte Papier
München Super liefert Mochenwangen.

1. Auflage
Deutsche Erstveröffentlichung Dezember 2008

Published by arrangement with HACHETTE LIVRE AUSTRALIA
PTY LTD, Sydney, NSW, AUSTRALIA
Dieses Werk wurde vermittelt durch die Literarische Agentur
Thomas Schlück GmbH, 30827 Garbsen

Umschlaggestaltung: Design Team München
Umschlagmotiv: Plainpicture/B.O.A., Getty Images/Toase,
Getty Images/Stocktrek Images und Corbis
Redaktion: Ilse Wagner
NG · Herstellung: Str.
Satz: DTP Service Apel, Hannover
Druck und Bindung: GGP Media GmbH, Pößneck
Printed in Germany
ISBN: 978-3-442-46654-2

www.goldmann-verlag.de

Frankreich, September 1944

Das Messer war scharf und kalt an Genevieve Le Fevres Daumen. Bei dem Gedanken daran, wie es in ihr Fleisch schneiden würde, wurde ihr übel, doch das war ein geringer Preis. Auf der ganzen Welt opferten Männer und Frauen ihr Leben für die Freiheit. Warum sollte sie weniger aufs Spiel setzen?

Sie streichelte das schwere Buch auf ihrem Schoß und suchte Trost in dem Wissen, das der Ledereinband enthielt. Schon bald würde sie es auf die Probe stellen müssen.

Das Mondlicht war so hell, dass sie von ihrem Platz auf den Überresten der Treppe aus fast das gesamte verwüstete Dorf sehen konnte. Es erinnerte Genevieve an einen zerstörten und geschändeten Friedhof – der ideale Ort, um ihrem früheren Leben Adieu zu sagen.

Der Wind wisperte wie eine einsame Flöte durch nackte Drähte. In der Luft lag immer noch der Geruch von Staub, Asche und Kordit. Genevieve kuschelte sich in ihren Pullover und strich über den Bernsteinring an ihrer rechten Hand, um Wärme und Mut zu schöpfen. Sie blickte zum Mond empor und ermahnte sich, sich auf die vor ihr liegende Aufgabe zu konzentrieren.

Sie hatte das Dorf mit Bedacht ausgesucht. Es lag so dicht am Schloss, dass sie rasch dorthin gelangen konnte, und weit genug davon entfernt, dass sie nicht Petrs Patrouillen begegnen würde. Und weil um sie herum alles zerstört und verlassen war, würde es keine Zeugen geben.

Nur zwei Wochen zuvor waren alliierte Truppen im Rahmen der Offensive, die im Juni mit der Landung in der Normandie begonnen hatte und sich nun ostwärts bewegte, durch diese Gegend gezogen. Paris, eine knappe Tagesfahrt von dem Dorf entfernt, in dem Genevieve sich befand, war einen Monat zuvor befreit worden. Das war für sie das Zeichen gewesen, dass der Zeitpunkt zum Handeln gekommen war. Das und das werdende Leben, das sich in ihrem Bauch regte. Es war erstaunlich einfach gewesen, ihre Schwangerschaft vor denen zu verbergen, die schon längst nicht mehr damit rechneten. Sogar sie selbst hatte bereits aufgegeben. Mit fünfunddreißig Jahren war sie ziemlich alt für ein erstes Kind. Es gab Risiken, aber sie war darauf vorbereitet. Wenigstens würde sie nicht allein sein.

Sie lächelte, als Jehails hochgewachsene, schmale Gestalt lautlos den verwüsteten Raum durchquerte. Vorsichtig wich er den tückischen Stein- und Holzhaufen aus.

Er kniete sich hin und sah ihr in die Augen.

»Alles bereit, *ma petite*«, sagte er. Forschend musterte er ihr Gesicht, das Buch und das Messer auf ihrem Schoß. »Bist du sicher, dass du das wirklich willst?«

»Ich habe keine andere Wahl.« Ihre Hand streichelte ihren Bauch. »Hast du die Parisiennes gesehen?«

»Noch nicht, aber sie werden kommen. Ich habe ihnen sehr detaillierte Hinweise gegeben.«

»Was hast du ihnen gesagt?«

»Dass die große Genevieve, nachdem es ihr erneut nicht gelungen ist, schwanger zu werden, aus Furcht vor dem Zorn ihres Meisters der Cabal entflohen ist. Und dass sie hierher kommen wird – allein.«

»Hauptsache, sie sind vor Petr hier«, sagte sie und schaute in Richtung Süden, wo das Schloss lag, unberührt von dem Konflikt, der den Kontinent und den Rest der Welt erfasst hatte.

»Deine Schutzschirme sind intakt?«, fragte Jehail.

»Im Moment noch.« Ihre Hand hob sich zu ihrer Brust, wo das Medaillon an einer Silberkette hing. Sie hatte die Beschwörungsformel selbst gesprochen. Niemand würde ihre Anwesenheit bemerken, wenn sie es nicht wollte. Vor allem nicht Petr. Sie hatte eine Haarlocke und einen Tropfen Sperma von ihm benutzt, um sich unsichtbar zu machen, und bald würde sie sich und ihr Baby mit einem noch mächtigeren Zauber aus seiner Welt fortschaffen.

»Dann fürchte dich nicht«, sagte Jehail. »Der Feind wird vor dem Doktor und seinen Leuten hier sein.« Seine Worte klangen stark und sicher, doch sein Blick flackerte wachsam zur Seite.

Genevieve berührte seinen Arm. »Du musst das hier nicht tun.«

»Ich weiß.«

»Es gibt kein Zurück, Jehail. Keinen Platz für Zweifel oder Misstrauen.«

Er nahm ihre Hände. Seine Finger waren lang, dünn und bleich, aber sehr stark. Sie stand auf und spürte seinen festen Körper an dem ihren, als sie sich umarmten. »Wo du hingehst, werde auch ich hingehen«, flüsterte er.

»Es könnte ein weiter Weg sein, und es ist vielleicht gefährlich«, sagte sie.

»Das ist mir egal, solange du in Sicherheit bist. Du und dein Kind. Ah, die Männer aus Paris sind da. Und sie strotzen vor Selbstbewusstsein.«

Er löste sich von ihr und wandte sich gen Norden. Sie vernahm ein gedämpftes Grollen, als ein Fahrzeug langsam durch die mit Schutt übersäten Straßen fuhr. Das Dorf war dem Boden gleichgemacht worden. Die Überlebenden waren vermutlich zu Verwandten geflohen oder nach Paris gefahren, um die Befreiung zu feiern. Das Motorengeräusch erstarb, und Genevieve versuchte in der Ferne etwas zu erkennen. Die Jäger, die von dem Lastwagen ausschwärmten, hatten ihre Anwesenheit zwar nicht verheimlicht, aber nun würden sie sie geräuschlos zu Fuß umzingeln, um ihre Beute zu erlegen.

»Der Sprengstoff ist bereit?«, fragte sie.

Jehail nickte. »Es wird kaum etwas übrig bleiben. Dafür sorge ich. Petr wird Zauberkräfte brauchen, um herauszufinden, was genau hier passiert ist.«

»Er wird darauf hereinfallen. Ich bin sicher, dass die Indizien für meinen Tod nichts über meinen wahren Zustand verraten. Er wird glauben, dass ich hier gestorben bin, allein und unfruchtbar.«

Mit zitternder Hand umklammerte Genevieve das Messer. Es war durchaus möglich, dass sie hier sterben würde. Sie hatte noch nie einen so machtvollen Zauber ausprobiert. Doch um ihres Kindes willen musste sie es versuchen. Lieber wollte sie zu ihren eigenen Bedingungen den Tod riskieren, als das Schicksal erleiden, das sie beide mit Sicherheit in den Fängen von Petrs Cabal erwartete. Seit der Ermordung ihrer Mutter hatte Genevieve sich auf diesen Moment vorbereitet: Sie hatte die Zauberrituale recherchiert, Petr die Stirn geboten und seinen getreuesten Diener auf ihre Seite gezogen. Es war Zeit, ihre Fähigkeiten und Jehails Loyalität auf die Probe zu stellen.

Jehails Augen glühten rot auf, als er seine übermenschlichen Fähigkeiten einsetzte. »Die Parisiennes kommen die Hauptstraße entlang. Vermutlich betreten sie gerade die Überreste des Dorfplatzes. Vier, vielleicht auch sechs. Es ist schwierig, ihre Schritte auf diese Entfernung auseinanderzuhalten. Sie sind von einem Schutzschild umgeben.«

»Dann lass uns nicht länger warten, *mon cher.*« Sie hielt ihm das Messer hin, ein Schlachtermesser, das sie aus der Schlossküche entwendet hatte, und schlug das Buch an der Stelle auf, an der sie die Zauberformel aufgeschrieben hatte. Er nahm ihr das Messer aus der Hand und benetzte seine Lippen mit der Zunge. Sie sah die weißen Spitzen seiner Reißzähne, und unwillkürlich überlief sie ein Schauer der Angst. »Es ist so weit: Hilf mir, zu verschwinden«, flüsterte sie.

1

Erneut klatschte der Regen gegen die Windschutzscheibe, so unerbittlich wie ein schlechtes Gewissen, und wieder einmal fragte Emily sich, was, zum Teufel, sie in einer solchen Nacht eigentlich hier draußen zu suchen hatte.

Das Radio rauschte nur – der verdammte CD-Player war mal wieder hinüber, und sie konnte es sich ebenso wenig leisten, ihn reparieren zu lassen, wie einen neuen zu kaufen. Durch das Rauschen hindurch hörte Emily die Eurythmics »Here comes the rain again« singen.

»Ach nee«, sagte sie und drückte den Aus-Knopf. Nicht mal die Hits der 80er ließen sie sich heute besser fühlen.

Emily blinzelte durch die Windschutzscheibe des Kombi und erschauerte in der plötzlichen Stille. Da saß sie nun in ihrem Stahlkäfig und lauschte dem Geräusch der Scheibenwischer, dem Trommeln des Regens auf dem Dach, dem Rauschen des Wassers unter den Reifen. Der Rhythmus der Scheibenwischer ist bestimmt das einsamste Geräusch der Welt, dachte sie. Wie ein Metronom, das etwas herunterzählt ... ja, was eigentlich?

Sie griff nach den Zigaretten auf der Ablage. Der Lufterfrischungsbär, der am Rückspiegel hing, schien vorwurfsvoll an seinem Bändchen auf und ab zu hüpfen.

»Das ist meine letzte Packung, versprochen«, murmelte sie, während sie das Feuerzeug betätigte. Sie brauchte den Energieschub.

In Gedanken hörte sie wieder und wieder die Nachricht

auf dem Anrufbeantworter: *Ich habe das Tagebuch Ihrer Großmutter. Heute Abend muss ich es Ihnen geben. Ich erwarte Sie in der Kirche – O'Briens Kirche.*

Die Stimme war tief und hatte einen Akzent. Möglicherweise war sie verstellt, aber sie strahlte eine gewisse Sinnlichkeit aus.

»Was für eine bescheuerte Geheimnistuerei«, sagte Emily und blies ihrem Spiegelbild in der Windschutzscheibe einen beruhigenden Rauchschwaden ins Gesicht. Vielleicht war es nur ein Telefonstreich gewesen, aber sie hatte nicht widerstehen können. Sie warf einen Blick auf die Plastiktüte auf dem Sitz neben sich. Sie enthielt ein Exemplar von *Der kleine Hobbit*, das noch als Geschenk zu Madelines achtem Geburtstag nächste Woche eingepackt werden musste. Seltsam, dass das Tagebuch ausgerechnet jetzt auftauchte. Es war, als würde Nanna ...

Etwas Weißes, das am Straßenrand aufblitzte, lenkte ihre Aufmerksamkeit wieder auf die Gegenwart. »Mist!« Emily bremste und ließ fast ihre Zigarette fallen, als sie versuchte, den schlitternden Wagen wieder unter Kontrolle zu bekommen. Sie schaute durch die Regenbäche auf dem Rückfenster. Morrison Road. Fast hätte sie die Abzweigung verpasst.

Sie legte den Rückwärtsgang ein und fuhr zurück zur Kreuzung. Während die Scheibenwischer hektisch hin und her schlugen, starrte sie auf das Straßenschild. Ihre Neugier rang mit dem nagenden Verdacht, dass jemand sie verarschte. Aber er hatte das Tagebuch und Pater O'Brien erwähnt – den Pater O'Brien, der ihre beiden Großeltern mütterlicherseits beerdigt und ihr gesagt hatte, sie könne ihn jederzeit anrufen, wenn sie etwas brauchte. Das hatte sie bislang nicht getan.

Nun saß Emily mit laufendem Motor da und erinnerte

sich daran, wie sie das letzte Mal hier herausgefahren war – zur Beerdigung ihrer Großmutter. In einem ihrer letzten Gespräche mit Nanna war es um das Tagebuch der alten Dame gegangen. Die Erinnerung an ihre Worte war noch so frisch, dass es war, als würde ihre Großmutter auf der Rückbank sitzen und zu ihr sprechen.

»Wenn ich fort bin, möchte ich, dass du auf mein Tagebuch aufpasst, bis Madeline alt genug ist, es zu lesen«, hatte Nanna Margaret gesagt. »Sag deiner Schwester nichts davon, sie hätte etwas dagegen. Und lass nicht zu, dass sie meinen Schmuck verkauft.« Sie streichelte den Goldring an ihrem rechten Ringfinger und spielte geistesabwesend mit dem flachen Bernstein, der ins Metall eingelassen war. »Ich weiß, dass Darcy ihn für billigen Tand hält, aber ich möchte trotzdem, dass Madeline ihn bekommt. Vielleicht solltest du das Buch und den Schmuck behalten und ihr beides geben, wenn sie acht Jahre alt ist. Dann müsste sie alt genug dafür sein, findest du nicht?«

Emily hatte versprochen, die ungewöhnliche Bitte zu erfüllen, aber als Nanna gestorben war, war auch das Buch nicht mehr zu finden. Darcy behauptete zwar, mit seinem Verschwinden nichts zu tun zu haben, gab aber unumwunden zu, dass sie Nannas Schmuck genommen hatte – damit Madeline damit spielen konnte, wenn sie älter war, hatte sie gesagt. Es war eine aufreibende Zeit. Die Beziehung zwischen Emily und ihrer großen Schwester war, gelinde gesagt, gespannt. Je mehr ihre Mutter Wendy ihren ohnehin schon angeknacksten Bezug zur Realität verlor, desto mehr spielte Darcy sich als Familienoberhaupt auf. Schließlich waren sie und Emily übereingekommen, Wendy in ein Heim zu geben. Und nun wollte ein geheimnisvoller Mann Emily das Familienerbstück zurückbringen – und zwar jetzt oder nie. Na, dafür hatte er sich ja die passende Nacht ausgesucht.

»Ach, was soll's«, murmelte Emily und lenkte den Wagen vom Asphalt auf die schmale, unbefestigte Straße. Mit ihren Ambitionen als Fotojournalistin wäre es nicht weit her, wenn sie einer solchen Geschichte nicht nachgehen würde.

Der matschige Boden war glitschig wie Seife. Dunkle Bäume drängten sich an der Straße, und braunes Wasser strömte durch die flachen Gräben zu beiden Seiten. Die Reifen rumpelten über Steine und rutschten in dem roten Schlamm weg. Wenn sie steckenblieb, würden die Pannenhelfer nicht vor dem Morgengrauen hier sein. Vorausgesetzt, ihr Handy funktionierte so weit außerhalb Sydneys überhaupt noch. Es war schon schwierig genug, am Stadtrand ein Netz zu bekommen, geschweige denn hier draußen in der Pampa. Hier, wo sie ganz allein war.

Emily fuhr noch langsamer. Die Armaturenbeleuchtung verlieh ihrem Spiegelbild in der Windschutzscheibe eine ungesunde grüne Farbe. Das Glitzern ihres Nasenrings lenkte von ihrer ärgerlich gerunzelten Stirn ab. Sie hatte einen Fehler gemacht. Sie hätte Brett bitten sollen, sie zu begleiten, anstatt eine Nachricht auf seinem Anrufbeantworter zu hinterlassen. Er wäre mitgekommen, wenn sie ihn darum gebeten hätte. Aber es war sein Squash-Abend, und er musste ja nicht unbedingt wissen, dass sie an einem Freitagabend niemand anderen hatte, mit dem sie sich verabreden konnte. Er hätte gelacht, wenn er von ihrem Vorhaben gewusst hätte, und sie vielleicht davor gewarnt, herzufahren. Sie war versucht, umzukehren, aber sie konnte nicht. Die Straße war zu schmal, der Rand zu matschig. Sie konnte nicht riskieren, hier zu stranden.

Es blitzte, und sie kniff die Augen zusammen, als es plötzlich hell im Auto wurde. Ein Eukalyptusbaum in der Nähe leuchtete bleich auf und verschwand dann wieder in der sturmtrüben Dunkelheit.

»Ach, leck mich, du Wichtigtuer. Bei der nächsten Gelegenheit wende ich und fahre nach Hause.« Der Gedanke an eine heiße Dusche besänftigte sie. Hinter einer Kurve tat sich zu ihrer Erleichterung eine Freifläche auf. Doch schon verließ sie der Mut wieder. Ein Schild: St. Patrick. Eine vertraute, kurze Kiesauffahrt, ein überwucherter Garten, ein Gebäude aus Stein. Die weißen Steine, die in regelmäßigen Abständen an der Auffahrt platziert waren, erinnerten nur allzu sehr an Grabsteine. »St. Patrick«, murmelte sie. Der Treffpunkt.

Die kleine Steinkirche, die sich im strömenden Regen unter ihr spitzes, mit Ziegeln gedecktes Dach duckte, wirkte einsam und verlassen. Die Veranda lag im Dunkeln.

Sie hätte schwören können, dass der Regen stärker geworden war. Sie konnte das Gebäude kaum erkennen. Aber jetzt war sie schon mal hier. Wenigstens konnte dieser Typ ihr sagen, weshalb.

Eine Lampe wurde angeschaltet. Sie kniff die Augen zusammen, konnte jedoch niemanden sehen, nur den schwachen Lichtschein der Glühbirne im Vorbau.

»Oh, wie gastfreundlich«, knurrte sie, dann nahm sie eine Dose Pfefferspray aus ihrer Vinylhandtasche. Das Spray ließ sie an Martin denken. Er hatte es mal von einer USA-Reise als Geschenk für sie eingeschmuggelt. Ich hätte ihm eine Kostprobe davon geben sollen, bevor er mich verlassen hat, dachte sie. Sie steckte die Dose in ihre Tasche, wo sie leicht an sie herankam – für alle Fälle. Vielleicht konnte sie sich mit einem kurzen Sprühstoß bei dem geheimnisvollen Anrufer für die Unannehmlichkeiten rächen, die er ihr bereitet hatte.

Emily holte tief Luft, öffnete die Wagentür und stieg aus. Ihre Schuhe würden total verdreckt sein, wenn sie die Veranda erreichte. Aber sie hatte sich wetterfest angezogen, und ihre Docs würden sich am nächsten Morgen nicht beschweren.

Der Regen trommelte auf sie nieder, und sie zog sich den Mantelkragen höher und fester um den Hals. Sie fühlte sich furchtbar schutzlos, als sie gebückt gegen den Wind anrannte. Ihr langer, dünner Schatten hüpfte im Scheinwerferlicht des Wagens vor ihr her. Vielleicht hätte sie das Licht ausschalten sollen? Wenn die Batterie nachher leer war, käme sie hier nicht wieder weg. Der Gedanke machte ihr Angst, aber sie brauchte das zweifelhafte Gefühl der Sicherheit, das die Scheinwerfer ihr boten.

Emily stapfte die paar Stufen zur Veranda hoch. Dort war es trocken. Niemand war hier gewesen, seit es zu regnen angefangen hatte. Nicht, dass das irgendetwas zu sagen hatte. Die Verandalampe bestand aus einer alten, verkabelten Kutschlaterne. Die Glühbirne war viel zu schwach, sodass man die eisenbeschlagene Tür kaum erkennen konnte. In Augenhöhe waren zwei Kreuze in das Holz geschnitzt. Sie fuhr mit dem Finger darüber. Vier Jahre waren seit Nannas Beerdigung vergangen, doch der Schmerz über ihren Verlust saß immer noch tief. Sie konnte sich an den Duft nach Kerzenwachs und Blumen erinnern, an die Fassungslosigkeit darüber, dass zur Beerdigung eines Menschen, der so herzlich und liebevoll war wie ihre Nanna, so wenig Menschen erschienen waren.

Wasser tropfte in Emilys Mantel hinein und lief ihren Rücken hinunter. Sie erschauerte und schüttelte die Gefühlsaufwallung ab, indem sie ihre zu einem Pagenkopf geschnittenen Haare zurückwarf, die sich bei der Nässe bestimmt bereits kringelten. Zeit, herauszufinden, was dieser Typ im Schilde führte, und dann ab nach Hause und unter die heiße Dusche!

Ihre tauben Finger stießen gegen das kalte Holz. Die Tür

bewegte sich kaum merklich. Die Haare in Emilys Nacken sträubten sich. Sie lehnte sich gegen die Tür und spürte ihren Widerstand. *Scheiße, ist die schwer.* Die Türangeln quietschten, als sie widerstrebend aufging, gerade so weit, dass Emily hindurchschlüpfen konnte.

Sie zog die Schultern hoch und horchte aufmerksam, während ihre Augen sich an die Dunkelheit gewöhnten. Doch sie hörte nur den Regen, Wasser, das irgendwo in der Nähe tropfte, und das Pochen ihres Herzens. Modrige Luft kitzelte sie in der Nase, und endlich konnte sie undeutliche Umrisse erkennen. Pappkartons? Und auf der anderen Seite des kleinen Vorraums eine weitere Tür, kleiner und aus hellerem Holz.

Emily machte einen Schritt vorwärts, entlang des grauen Lichtstrahls, der von draußen durch die Tür drang. Hätte sie doch nur eine Taschenlampe mitgenommen! Wie dumm von ihr. Was hatte sie erwartet? Ein Restaurant im Kerzenschein? Vielleicht ein prasselndes Kaminfeuer und einen Kellner mit Fliege?

»Hallo?«, rief sie mit kratziger Stimme. Sie holte tief Luft und brüllte: »Sie haben angerufen?«

Keine Antwort.

»Pater O'Brien?«

Sie sollte gehen. Das hier war verrückt. Ehrlich gesagt machte es ihr langsam ein bisschen Angst. Wenn sie doch nur einen Lichtschalter finden könnte …

Ein schwacher Lichtschimmer umrahmte die Tür zum nächsten Raum. Vielleicht hatte der Mann sie wegen des lauten Prasselns des Regens nicht gehört, was bedeutete, sie konnte einfach unbemerkt wieder gehen. Aber irgendjemand hatte die Eingangsbeleuchtung eingeschaltet. Jemand wusste, dass sie hier war.

Emily biss sich auf die Unterlippe, dann riss sie sich zusammen und nahm das Pfefferspray aus der Handtasche. Sie wollte – ja, sie verdiente Antworten, wenn nicht gar eine Entschuldigung. Wie war der geheimnisvolle Typ an das Tagebuch ihrer Nanna gekommen? Und wie viel würde er dafür verlangen? Wenn es ihm um Geld ging, hatte er die falsche Enkeltochter angerufen.

Leise schlich sich Emily zur Tür und drückte dagegen. Sie ging leichter auf, als sie erwartet hatte, und knallte mit einem dumpfen Geräusch gegen die Wand. Emily erstarrte und schaute sich hektisch um, ob sie jemand gehört hatte. Doch bis auf das eintönige Trommeln des Regens auf dem Dach und das entfernte Grollen des Donners blieb alles still.

Kandelaber flackerten an den Wänden und erfüllten den Raum mit einem weichen, unsteten Schimmer. Auf dem Altar brannte eine einzelne dicke Kerze wie ein Leitstrahl. Sie beleuchtete nur matt ein Kruzifix darüber. Christus hing in stiller Agonie am Kreuz und betrachtete die leeren Bankreihen. Emily reckte sich und fuhr sich mit der Zunge über die Lippen. Sie wünschte sich sehnlichst einen Lichtschalter, eine Zigarette und eine dicke Knarre, war sich jedoch nicht sicher, in welcher Reihenfolge.

Eine vertraute polyphone Melodie durchschnitt die Stille. *Stairway to Heaven*, wenn man genau hinhörte.

»Verdammter Mist!« Ihr Telefon. *Nicht jetzt.* Sie griff nach ihrer Handtasche, schaffte es jedoch nur, sie sich von der Schulter zu reißen. Der Inhalt ergoss sich auf den Boden. Eine Deo-Dose rollte in die Dunkelheit.

Emily schnappte sich ihr Handy und drückte auf den Knopf.

»Ja?« brüllte sie ins Telefon. Verzweifelt ließ sie ihren Blick durch den Raum schweifen, während sie sich, das Handy zwischen Wange und Schulter geklemmt, auf den

Boden kniete. Die Kirche war immer noch leer, als sie das Pfefferspray neben sich stellte und Taschentücher, Tampons und anderen Krimskrams wieder in ihre Handtasche schaufelte.

»Hey! Stimmt was nicht?«, fragte eine besorgte Stimme aus dem Handy.

Emily war vor Erleichterung so sprachlos, dass sie nicht gleich antworten konnte. Sie presste das Telefon so fest ans Ohr, dass es schmerzhaft gegen ihre Ohrringe drückte.

»Em, hier ist Brett. Alles in Ordnung? Wo bist du?«

Emily lachte und fuhr sich mit der freien Hand durch die nassen Haare. »Hallo, Nachbar. Du hast mir einen Riesenschrecken eingejagt!«

»Oh, tut mir leid. Ich hab deine Nachricht eben erst gehört. Was ist denn los?«

»Ich weiß nicht«, sagte sie. »Ich glaube, da will mich jemand verarschen.« Dann sagte sie lauter, sodass ihre Stimme im Raum widerhallte: »Und das kotzt mich ehrlich gesagt total an.«

Ein Windstoß knallte die Türen zum Vorraum zu. Die Kerzen verloschen. Emily zuckte zusammen, schrie auf und griff nach dem Pfefferspray. Sie bekam es jedoch nicht zu fassen, sondern stieß es nur weg.

»Scheiße«, wimmerte sie.

»Em! Was ist denn?« Bretts Stimme klang weit entfernt. »Bist du …?«

Das Telefon gab den Geist auf. »Mist!« Sie schüttelte es und schlug es gegen ihr Bein. »Brett!« Auf allen vieren suchte sie nach dem Pfefferspray. Ihre Finger fanden eine kühle, glatte Dose …

Die Altarkerze flackerte. Sie drehte sich um. Ein Mann.

»Kommen Sie ja keinen Schritt näher!« Sie richtete die Spraydose auf ihn.

Er lächelte. Das Kerzenlicht warf Schatten auf sein Gesicht und färbte es orange. »Sonst?«

»Was?« Sie schaute das Pfefferspray an. Es war kein Pfefferspray. Sondern Mundspray. *Verdammt!*

»Keine Angst, Miss Winters«, sagte er mit ruhiger Stimme, während er auf sie zuging. Er hielt die Kerze in der linken Hand und schützte sie mit der rechten vor dem Luftzug. »Sie und ihr Make-up sind in Sicherheit. Vorerst.«

»Was, zum Teufel, soll das heißen? Wie kommen Sie dazu, hier so herumzuschleichen?«

»Ich löse ein Versprechen ein«, sagte er und reichte ihr die Hand, um ihr hochzuhelfen. »Ihre Großmutter nannte mich Jay.«

Ohne seine Hand zu nehmen, stand sie mit bebenden Knien auf, klopfte sich den Staub von den Jeans und sah ihm dann in die Augen.

Verdammt. Er sah phantastisch aus. Etwas älter als sie vielleicht, aber nicht so viel, dass es etwas ausgemacht hätte. Und er hatte Stil. Kniehohe Lederstiefel. Schwarze Hose. Eine silberne Gürtelschnalle, deren Form im Kerzenlicht nicht zu erkennen war. Ein schwarzer Pullover im Military-Look, so weit sie das unter dem knöchellangen Regenmantel sehen konnte.

»Sie sind das also. Der Mann, der mich angerufen hat.«

Lange Haare, volle Lippen, dunkle Augen ... Das war mal wieder typisch: Ein Jahr hatte sie Bars und Clubs frequentiert, ohne einem annehmbaren Mann zu begegnen, und dann brachte ein einziger Anruf sie mit einem derart attraktiven Irren zusammen.

»Sie sind allein gekommen«, sagte Jay.

»Ja, und?«, fragte sie und riskierte einen Blick nach hinten. Es war niemand da. So weit sie sehen konnte, waren sie beide also allein. »Wo ist Pater O'Brien?«

»Der muss etwas erledigen.«

»Um diese Zeit?«

»Die Zeit ist knapp«, sagte er und deutete dann auf die nächste Bank. »Wollen wir uns hinsetzen?«

»Ja«, sagte sie und hob rasch ihre Handtasche auf, bevor sie sich an dem Ende niederließ, das am Gang lag – und an der Tür. »Was sollen denn die Kerzen?«

Er deutete zum Dach. »Der Regen hat die Stromleitungen beschädigt. Kerzen sind mir lieber.« Er zuckte mit den Schultern. »Ihr Licht ist nicht so hart ... so ist es intimer, nicht wahr?«

Hitze stieg in ihr auf, überraschend und irritierend. Zum Glück kam ihr die Irritation gerade recht. »Und?«, fragte sie. »Sagen Sie mir jetzt, was das hier eigentlich soll?«

»Tut mir leid. Ich hatte keine andere Wahl, als Sie heute Nacht hierher zu bestellen.« In seiner Stimme lag eine Niedergeschlagenheit, die gut zu dem vernachlässigten Zustand der Kirche passte: Sie war heruntergekommen, aber immer noch würdevoll. Sein Lächeln wurde traurig, als müsse er ihr eine schlimme Nachricht überbringen. Wie bei Nannas Freund Bill, als er Emily gesagt hatte, dass ihre Großmutter gestorben war.

Jay setzte sich neben sie, eine Hand um die Kerze gewölbt. Er hatte lange Finger – vielleicht war er Pianist. Ein wenig zimperlicher Pianist, der sich nicht um das geschmolzene Wachs kümmerte, das auf seine Hand tropfte. Er beugte sich vor, den Blick auf ihre Augen geheftet. Die Melancholie war kalter Entschlossenheit gewichen. Der Mann war ein Wolf, kein Hündchen.

Gänsehaut bedeckte Emilys Arme.

»Es sind Leben in Gefahr«, sagte er.

»Leben? Wollen Sie mir drohen?« Sie versuchte, von ihm wegzurücken, er durfte nicht merken, wie ihre Beklommenheit wuchs. Ihr wurde bewusst, dass ihre Wut alles war, was sie hatte.

»Ihnen drohen? Nein, ich doch nicht. Niemals.« Er stellte die Kerze auf die Bank, sodass er die Hände frei hatte. »Aber die, die das gerne tun würden, kommen immer näher. Ich habe getan, was ich kann. Der Rest hängt von Ihnen ab.«

Das harte Holz der Bank drückte sich in Emilys Rücken, und sie stellte fest, dass sie nicht weiter zurückweichen konnte. »Wer kommt näher? Sagen Sie mir jetzt sofort, was das alles soll, sonst gehe ich wieder, das schwöre ich.« Sie umklammerte ihre Tasche fester und war sich der Tatsache nur allzu bewusst, dass sich ihr Pfefferspray nicht mehr darin befand.

»Sie trauen mir nicht«, begann er. Ihr blieben ein paar schlagfertige Entgegnungen im Hals stecken, und sie konnte dummerweise nur schweigend dasitzen, während er fortfuhr: »Der Name Ihrer Großmutter war Marguerite. Sie ist vor vier Jahren gestorben, als die Jakaranda-Bäume blühten.«

Nanna. Margaret. »Ja und? Worauf wollen Sie hinaus?« Emily konzentrierte sich auf ihre Genervtheit, um ihre wachsende Angst zu verdrängen. »Warum haben Sie mich mit dieser Geheimnistuerei hierher gelockt? Hätten wir uns nicht einfach auf einen Kaffee treffen können?« *Irgendwo, wo es trocken und warm und wo man unter Leuten ist?*

»Es tut mir leid, ich hatte keine andere Wahl. Ich weiß nicht, wie lange dieser Ort noch vor ihren Blicken sicher sein wird, auch wenn das Gewitter ihn abschirmt. Niemand darf uns sehen.«

Er fasste in seinen Mantel, und Emily hielt die Luft an und erstarrte. Jetzt kommt's, dachte sie. Das Messer, die Knarre ... Und das in einer Kirche.

Ihr klappte der Unterkiefer herunter, als er das Buch hervorholte, so dick wie eine Bibel und kleiner als ein Telefonbuch. Diesen Einband würde sie überall erkennen: das charakteristische Symbol in der Mitte, das weiche, zerfurchte Leder, das irgendwie nach einem neuen Sofa roch, die zerkratzten silbernen Dreiecke, die die Ecken befestigten. Einen Moment lang verdrängte eine Collage aus Erinnerungen ihre Angst: Blumen und Weihrauch, weiße Vorhänge, Borde mit Familienfotos und Porzellanfigürchen. Sie musste an ihre Nanna denken, die mit müden, aber immer noch leuchtenden Augen von großen weißen Kissen gestützt dalag, als Emily ihr sagte, dass sie an der Kunsthochschule angenommen worden war. »Du musst dein Talent nutzen«, hatte Nanna gesagt und Emily dann von dem Krebs erzählt. Sie würde noch erleben, wie Emily ihren Abschluss machte, hatte sie gesagt. Das war ein Irrtum.

»Wo haben Sie das her?«, fragte Emily heiser. Ihre Kehle war wie zugeschnürt. Eine rote Welle der Wut spülte ihre Angst fort. Dieses Buch hatte neben dem Bett ihrer Nanna gelegen, und die Hand der alten Dame hatte es getätschelt wie einen Lieblingshund. Und nun hatte es dieser Irre.

»Ich habe Marguerite sehr gut gekannt«, sagte Jay. »Wir waren Freunde. Sie hat mir das Buch gegeben, damit ich es sicher aufbewahre, bis die Zeit gekommen ist, es weiterzugeben. Sie müssen es nehmen. Lesen Sie es. Treten Sie Ihr Erbe an.«

Emily suchte in seinem Gesicht nach Betrug, Lüge, irgendeine Art von Arroganz und Sadismus. Aber sie sah nur Eindringlichkeit und zu ihrer Überraschung Trauer.

»Es war für Madeline bestimmt, nicht für mich.« War das Bitterkeit in ihrer Stimme? Oder nur Misstrauen? War sie gerade zickig?

»Marguerite hat sich geirrt«, sagte er. »Wie wir alle. Sie hätten es bekommen sollen, und zwar schon viel früher. Und jetzt haben wir nur noch sehr wenig Zeit ...«

»Nanna hat nie jemanden namens Jay erwähnt«, sagte sie. Ihr Tonfall wurde mit einem Zwinkern honoriert.

»Ich war ihr ... geheimer Freund. Da steht einiges über mich drin.« Er deutete auf das Buch.

»Geheimer Freund?«, sagte sie, ein spöttisches Lachen in der Stimme. »Wie wär's, wenn Sie mir einfach das verdammte Buch geben und wir hier abhauen?«

»Alles zu seiner Zeit«, sagte er. »Sie werden das Grimoire brauchen, um Marguerites Arbeit fortzuführen.«

»Nanna hat nie gearbeitet«, sagte Emily und musterte das Buch. Wie hatte er es genannt? Es hatte französisch geklungen, vielleicht ein anderes Wort für Tagebuch. Das würde auch seinen Akzent und seine merkwürdige Art erklären.

»Marguerite hat mehr getan, als Sie ahnen, aber leider war es nicht genug. Und nun müssen Sie Ihren Platz einnehmen.« Jay neigte mit halb geöffneten Lippen den Kopf zur Seite, als ein plötzlicher Luftzug die Kerze neben ihm zum Flackern brachte. Sie hörte nur den Sturm draußen. »Zu spät«, sagte er, und die Resignation zeichnete eine harte Linie um seine Mundwinkel. »Ich dachte, bei dem Gewitter könnten sie uns an einem derart geschützten Ort nicht finden, aber ich habe den Feind mal wieder unterschätzt. Ich hatte gehofft, dass wir mehr Zeit und Sie einen sanfteren Einstieg haben würden, aber ... Ich bete darum, dass Sie auch nur annähernd so eine Frau sind wie Marguerite. Haben Sie das Medaillon noch, das sie Ihnen zum dreizehnten Geburtstag geschenkt hat?«

Automatisch berührte Emilys Hand den Anhänger an ihrem Hals. »Das nehme ich nie ab«, sagte sie, halb zu der

Erinnerung an Nanna, die ihr immer noch im Kopf herumspukte, halb zu ihm. »Woher wissen Sie …?«

»Gut. Tragen Sie es weiterhin«, ordnete er mit mühsam beherrschter Stimme an. »Es wird Sie vor ihren Blicken verbergen. Und Marguerites Ring?«

Emily brauchte einen Moment, um zu verstehen, was er meinte. »Nein, von ihrem Schmuck habe ich nichts bekommen.«

Jay runzelte die Stirn, dann beugte er sich vor und hielt ihr das Buch hin. »Dann muss das fürs Erste reichen. Passen Sie gut darauf auf, und lesen Sie es. Ihr Leben und das vieler anderer Menschen hängt davon ab.«

Zaudernd beäugte sie das Buch, während die Verwirrung sie erneut zu überwältigen drohte. »Was meinen Sie damit?«

»Nehmen Sie es!«

Sie griff danach, aber er hielt es fest und tippte mit dem Finger auf das silberne Symbol auf dem Einband. »Und denken Sie daran: Das Siegel ist der Schlüssel«, sagte er eindringlich.

Emily steckte das Buch in ihre Tasche und fragte: »Was, zum Teufel, wollen Sie …?«

Jay zog Emily hoch und schob sie den Gang hinunter, bevor sie ihm eine Ohrfeige geben oder protestieren konnte. »Schnell. Sie sind hier.«

»Wer?«

Ohne eine Antwort scheuchte er sie in Richtung Vorraum. Unterwegs bückte er sich, hob etwas vom Boden auf und drückte es ihr in die Hand. »Nehmen Sie das, Sie könnten es brauchen.«

Ihr Pfefferspray. Sie umklammerte es, und der harte Zylinder gab ihr Kraft.

Jay stand an der Tür und lauschte. Dann trat er einen

Schritt zurück und zog eine abgesägte Flinte unter seinem Regenmantel hervor. Mit einem metallischen Klicken lud er durch.

Emily schnappte nach Luft und wich an eine Wand zurück. Obwohl es sinnlos war, hob sie zum Schutz die Arme vors Gesicht. Er schüttelte den Kopf und deutete mit einer wütenden Bewegung des Kinns auf die Tür zum Vorraum.

»Öffnen Sie sie, und treten Sie dann zurück«, sagte er.

In ihrer Hast, die Tür zu öffnen, wäre sie fast gestolpert. Jay zielte mit der Flinte in den Raum hinein. Nichts rührte sich, nur ein paar Blätter huschten in dem kalten Wind, der zum Eingang hereinwehte, wie Käfer über den Boden. Jay bedeutete ihr, sie solle durch die Tür treten. Die Verandalampe glimmte matt.

»Sie müssen weg hier«, drängte Jay. »Ich kann sie nicht lange aufhalten.«

Ihr Wagen schien Emily sehr weit weg geparkt zu sein. Die Scheinwerfer brannten immer noch. Sie musterte Jay, suchte nach einer Erklärung. Er schaute an ihr vorbei und ließ den Blick über den Kirchhof schweifen, die Zähne gebleckt, die Augen rot im Scheinwerferlicht. Die ganze Zeit hatte sie sich nur gewünscht, herauszufinden, was er wollte, und dann abzuhauen. Jetzt, da er sie zum Gehen aufforderte, war ihr überhaupt nicht mehr danach, allein in die Kälte und den Regen hinauszulaufen.

Er sagte: »Gehen Sie, und schauen Sie sich nicht um.«

»Und was ist mit Ihnen?«

Er schüttelte den Kopf. »Ich darf nicht zulassen, dass sie Sie erwischen. Denken Sie daran, das Siegel ist der Schlüssel. Jetzt gehen Sie!«

Ein Geräusch aus dem hinteren Teil der Kirche ließ sie herumfahren. Der Großteil des Kirchenschiffs lag im Dunkeln, aber in dem schmalen Lichtstrahl, der von draußen hereinschien, sah sie, wie schwarze Umrisse an der Kanzel vorbeisausten. Huschende schwarze Körper, die irgendwie wie große Hunde wirkten und irgendwie doch nicht – sie glitten über die Bänke, durch sie hindurch und außen herum. Jay zog die Tür zum Andachtsraum zu und packte dann Emilys Oberarm. Er stieß sie auf die Veranda hinaus und knallte die Außentür hinter ihr zu.

»Laufen Sie«, brüllte er. Seine Stimme wurde durch die dicke Holzschicht gedämpft.

Emily lief durch den Matsch zum Wagen, öffnete die Tür und hielt mitten im Einsteigen inne. Ein Schuss fiel in der Kirche. Und noch einer. Das Geräusch war trotz des Regens und der Angst, die in ihrem Kopf dröhnte, unverkennbar. Noch ein Schuss. Sie hörte wieder Jays Stimme: »Laufen Sie!«

Emily warf ihre Handtasche ins Auto, knallte die Tür hinter sich zu und fummelte mit Mühe den Schlüssel ins Zündschloss. Der Wagen geriet ins Schleudern, als sie mit Vollgas auf dem nassen Kies wendete. Steinchen und Schlamm spritzten in hohem Bogen auf. Etwas streifte ihr Fenster und ließ sie zurückprallen. Sie hörte ein lautes Scharren, als sie aufs Gaspedal trat und in Richtung Highway raste. Dann war sie allein mit dem Regen, den Scheibenwischern und ihrem Herzklopfen, während sie sich darauf konzentrierte, den Kombi auf der Straße zu halten.

Endlich erreichte sie die Hauptstraße, und als Steine und Schlamm dem feuchten Surren des Asphalts wichen, hatte Emily Zeit, sich zu besinnen. Ihre Handtasche war aufgegangen, und das Tagebuch ihrer Nanna lag auf dem Beifahrersitz, der einzige Beweis, den sie hatte, dass das Ganze kein alberner Traum gewesen war.

2

Bretts Wohnung befand sich permanent in einem Zustand, den er als »kreatives Chaos« bezeichnete. Der Esstisch war mit Computerteilen und Zeitschriften übersät, Klamotten hingen über Stühlen, und ein Regal quoll von DVDs und Science-Fiction-Taschenbüchern über. Mehr als einmal hatte er heute Nacht irgendeinen herumliegenden Gegenstand in die Hand genommen, nur um ihn wieder hinzulegen, entweder an den gleichen Platz oder irgendwo daneben. Doch es ging ihm gar nicht darum aufzuräumen. Er versuchte – vergeblich –, sich abzulenken.

»Verdammt, Em«, murmelte er und drückte zum dritten Mal die Wahlwiederholung seines schnurlosen Telefons. Oder vielleicht auch zum zwanzigsten Mal.

»Hi«, begann die originelle Begrüßung. Die Stimme der Frau klang, als sei sie gerade aufgewacht oder mit ihren Gedanken woanders. »Hier ist Emilys Handy. Ich kann Ihren Anruf gerade nicht entgegennehmen, aber wenn Sie eine Nachricht hinterlassen, werde ich …«

Er beendete den Anruf mit einem Daumendruck. »Verdammter Mist.«

Wo war sie? Ging es ihr gut? Sollte er die Polizei anrufen? Und was sollte er dann sagen? Er sah wieder auf die Uhr. Die Zeiger hatten sich kaum bewegt, seit er das letzte Mal hingeschaut hatte. Vielleicht sollte er ihr nachfahren. Und was, wenn sie anrief? Und er nicht da war?

»Scheiße.« Er schlug auf den Küchentresen, und eine

schmutzige Tasse klirrte auf einem vollgekrümelten Teller.

Sie war natürlich selber schuld. Immer musste sie ihre Unabhängigkeit demonstrieren. Sie waren sich am Tag nach ihrem Einzug in den Apartmentblock in North Sydney, in dem er wohnte, auf dem Fußweg begegnet. Er wollte gerade den Müll rausbringen. »Nur Hausmüll oder auch Recycling-Müll?«, fragte sie. Von ihrer Stimme aufgeschreckt, drehte er sich um und sah ein Mädchen in einer schmuddeligen Jogginghose, einem Turnhemd und einem offenen Reißverschlusspullover. »Heute nur Hausmüll«, sagte er, während ihm bewusst wurde, dass er ihre Nippel anstarrte, die in der morgendlichen Kälte erigiert waren. Verlegen hievte er seine fast leere Mülltonne auf den Bürgersteig. Als er sich umdrehte, war sie hinter ihm.

»Ich bin Emily Winters, ich bin gerade in die Nummer sieben eingezogen.«

»Brett Samuels, Nummer acht. Ganz am Ende.«

»Hey, dann sind wir ja Nachbarn.« Sie streckte die Hand aus, und er schüttelte sie. Ihre Hand war feinknochig und glatt, die Nägel waren in einem dunklen Violett lackiert.

»Ist ja super«, sagte er.

»Ich wollte nur eben die Zeitung holen«, sagte sie und zog ihre Hand zurück.

Er ließ sie los, als sei sie plötzlich heiß geworden, und der höfliche Small Talk, der ihm auf der Zunge gelegen hatte, strudelte wieder seine Kehle hinunter. Er wischte sich die störenden Ponysträhnen aus den Augen. Sie lächelte und wandte sich zum Gehen.

»Zum Zeitungskiosk geht es hier lang, nicht wahr?«

Er nickte. *Sie liest Zeitung?*

»Na, dann bis zum nächsten Mal, Nachbar.«

Sie schlenderte davon, ihr Atem weiß in der kalten Morgenluft, der Hintern stramm unter dem Stoff ihrer Hose. Er sah ihr nach, bis sie außer Sichtweite war, und kam sich so tollpatschig und beschränkt vor wie ein Kormoran auf einem Felsen. Er ging zurück in seine Wohnung, doch in seinem Kopf blieb das Bild von ihrem schwarzen Pagenkopf, ihrem sommersprossigen Gesicht und ihren rauchblauen Augen haften.

Nichts hat sich geändert, dachte er, während er widerstrebend das Telefon auf die Basis stellte. Er goss sich noch einen Scotch ein. Immer noch beschränkt, immer noch tollpatschig. Immer noch fasziniert von Emily Winters' Widersprüchlichkeit, auch nach über einem Jahr voller Abendessen, gemeinsamer Besäufnisse und gegenseitigem Pflanzengießen, wenn einer von beiden verreist war. Brett hatte keine Pflanzen besessen, bis Emily die Nachbarwohnung gemietet hatte. Sie hatte sie ihm gekauft. Er berührte die Wedel einer kleinen Palme. Wenn Emily in Schwierigkeiten war, würde er sich das nie verzeihen. Sie hatte ihm eine Nachricht hinterlassen, wohl wissend, dass er diese erst erhalten würde, wenn er nach Hause kam: »Bin auf dem Weg zur Morrison Road, ich hab da einen Tipp bekommen. Bleibt's bei unserer Verabredung morgen Nachmittag zum Squash?«

In so einer grässlichen Nacht wollte niemand gern vor die Tür. Er wäre fast nicht zum Match gegangen, aber er war unter den ersten acht und wollte nicht in der Rangliste zurückfallen. Außerdem brauchte er Bewegung. Er hatte diese Woche viel gearbeitet, denn die Entwicklung eines neuen Computerspiels stand kurz vor der Vollendung.

Brett nippte an seinem Scotch. Jede Faser seines Körpers drängte ihn, zur Morrison Road zu fahren, aber sein Verstand befahl ihm, zu Hause zu bleiben. Und nicht zu viel zu trinken. Womöglich brauchte Emily ihn noch.

Ein Hämmern an der Tür ließ ihn zusammenzucken. Scotch spritzte auf seine Hand. Er kümmerte sich nicht darum, sondern knallte das Glas auf den Tisch und lief zur Tür.

»Verdammt noch mal, Brett. Lass mich rein«, rief Emily von draußen.

»Em.« Er riss die Tür auf.

Emily stolperte herein. Ihr Mantel war durchnässt, und ihre schlammverkrusteten Stiefel hinterließen schmutzige Abdrücke auf dem glänzenden Parkett. Sie stank nach Zigaretten.

»Alles in Ordnung?«, fragte er. »Du siehst aus wie ein begossener Pudel.«

»Also, ich lebe noch, falls du das meinst.« Sie schälte sich aus ihrem Mantel und hängte ihn an die Garderobe. Auf dem Boden bildete sich eine Wasserpfütze.

»Also, was ist passiert? Worum ging's denn überhaupt? Mann, hab' ich mir Sorgen gemacht.«

Zitternd schlang sie die Arme um sich. »Das war echt ziemlich merkwürdig. Hat die Polizei schon angerufen?«

»Die Polizei?« Brett hätte sich fast verschluckt. Er strich ihr über die Schulter. »Ist dir was passiert?«

»Nein, nein, mir geht's gut.« Sie lehnte sich an die Wand und hob einen Fuß, um den Stiefel auszuziehen. »Hast du mal ein Handtuch?«

»Was? Oh, natürlich. Wie dumm von mir. Komm rein, ich hol dir eins. Soll ich Wasser aufsetzen? Du siehst aus, als bräuchtest du was Heißes zu trinken.«

Sie grinste. »Etwas Starkes auf jeden Fall.«

Als er mit dem größten und weichsten Handtuch zurückkam, das er besaß, saß sie mit einem Glas Scotch am Küchentresen. Das Rot ihrer Wangen verriet, dass sie bereits eins intus hatte.

»Ich hab Wasser in die Kaffeemaschine gefüllt, aber ich konnte den Kaffee nicht finden«, sagte sie und nahm noch einen Schluck, bevor sie sich von ihm in das Badelaken wickeln ließ.

Brett trieb irgendwo eine Packung frischen gemahlenen Kaffee auf. »Also?«

Emily blickte aus einem Knäuel aus Handtuch und nassen Haaren auf. »Da war so ein Typ, der mich treffen wollte. Er hat behauptet, er habe meine Nanna gekannt. Hat mir das hier gegeben.« Sie wühlte in ihrer Handtasche und holte ein in Leder gebundenes Buch hervor. »Ihr Tagebuch.«

»Ja?«, sagte er, während er zwei Becher ausspülte. »Wo hat er das her?«

Sie zuckte mit den Schultern und fuhr fort, ihre Haare trocken zu rubbeln. »Und dann hat er mich wieder weggescheucht. Ich hab so was wie Schüsse gehört. Das war mir nicht geheuer, deshalb hab ich von der ersten Telefonzelle, die ich fand, die Cops gerufen. Mein verdammtes Handy ist verreckt. Ich hab der Polizei deine Nummer gegeben. Ich hoffe, das ist dir recht.«

»Schüsse? Mensch, Em!«

»Ganz sicher bin ich nicht, aber ich dachte, ich melde es lieber, weißt du. Der Typ war echt unheimlich.«

»Ja? Inwiefern?«

Sie errötete so stark, dass ihre Sommersprossen zu leuchten begannen. Er runzelte die Stirn.

»Em?«

Sie zuckte mit den Schultern. »Sag mal, kann ich vielleicht bei dir duschen? Es ist verdammt kalt draußen.«

»Ja, klar.« Er hoffte nur, dass Emily nicht merkte, wie sehr ihn das alles beunruhigte. Sie war mitten in der Nacht abgehauen, um bei ihrer Rückkehr etwas von einem Fremden, Schüssen und der Polizei zu faseln. Wenn er nachfragte, wechselte sie das Thema. Was, zum Teufel, ging hier vor?

Die Kaffeemaschine machte beruhigende Gurgelgeräusche und verströmte den Duft von frischem Kaffee.

»Riecht toll«, sagte Emily und sprang auf. »Aber erst will ich duschen.«

»Ich such dir einen Jogginganzug raus, ja?«

»Danke. Und wenn die Cops klingeln, könntest du dann Namen und Nummer aufschreiben? Ach, und darf ich dein Ladegerät benutzen?« Sie wühlte ihr Handy aus ihrer Handtasche. Praktisch, dass sie die gleiche Marke hatten. »Hm, das ist ja merkwürdig.«

»Was denn?«

Sie klopfte gegen das Telefon. »Die Akku-Anzeige hat noch vier Balken. Aber als ich mit dir sprach, hat das Ding total den Geist aufgegeben.«

»Vielleicht lag's am Wetter?«

»Vielleicht.« Sie stöpselte es trotzdem ein und ging dann duschen.

Brett folgte ihr bis zur Badezimmertür. Sie hatte sie einen Spalt breit offengelassen, bestimmt, damit sie sich besser verständigen konnten. Er hörte das Wasser laufen, warf einen Blick durch den Türspalt und sah, wie Emily ihr Unterhemd auszog. Darunter kamen ein schwarzer Spitzen-BH und ein blasser, straffer Rücken zum Vorschein. Schnell drehte er den Kopf weg und reichte blind ein Kleiderbündel hinein. »Ich leg die Sachen hinter die Tür«, rief er und riskierte doch noch einen Blick, um seinen Bademantel, ein T-Shirt und eine Shorts auf der Bank zu hinterlassen. Dampf waberte durchs Badezimmer und ließ den Spiegel beschlagen. Er bemerkte ihre nassen Jeans auf dem Boden und den weißen Slip obendrauf. Dann trat er zurück und nahm noch einen Schluck Scotch.

»Was ist denn nun eigentlich passiert?« Er lehnte sich, den Drink in der Hand, gegen die Wand und beglückwünschte sich dafür, dass er das so nonchalant rübergebracht hatte, obwohl er in Wirklichkeit am liebsten gefragt hätte: Wer war denn nun dieser Typ? Warum willst du mir nichts von ihm erzählen?

»Ich habe noch nie in meinem Leben solche Angst gehabt«, brüllte sie, um das Geräusch der Dusche zu übertönen. »Zuerst dachte ich, es wäre niemand da, und mich hätte bloß jemand verarscht. Und dann ist er einfach aus dem Nichts aufgetaucht.«

»Wer denn? Und was ist dann passiert?«

»Er nannte sich ›Jay‹. Er war …« Sie hielt inne, als überlegte sie, wie viel sie ihm erzählen sollte. Brett hielt die Luft an. »Er war hässlich und doch schön, geheimnisvoll und doch vertraut.« Sie lachte leise. »Das ergibt irgendwie keinen Sinn, was?«

»Äh, nein.«

Das Rauschen des Wassers verstummte, und die Tür der Duschkabine ging scheppernd auf.

»Er sagte, er habe meine Großmutter gekannt. Ich hab dir von ihr erzählt, Marguerite de Betancourt.«

Emily sprach stets nur über ihre Großeltern mütterlicherseits. Ihr Vater hatte sich nach ihrer Geburt aus dem Staub gemacht und offenbar seine Eltern mitgenommen. Über ihn redete sie nicht oft. Brett spürte, dass der Vater, den sie nie kennengelernt hatte, eine gewisse Leere hinterlassen hatte.

»Ja?«, sagte er. »Kam dir dieser Jay deshalb bekannt vor? Bist du ihm schon mal begegnet?«

»Nein. Nanna hat ihn, glaube ich, nie erwähnt.«

Emily tauchte, in Bretts Bademantel gehüllt, in der Tür auf.

»Besser?«, fragte er und reichte ihr noch einen Scotch.

»Viel besser.« Sie nahm das Glas mit einem Nicken entgegen und lächelte.

Sie gingen in die Küche, und sie zog einen Barhocker an den Tresen, während er Milch holte. »Und, was wollte er?«, fragte Brett.

»Mir nur das hier geben.« Sie tippte auf das Tagebuch, das auf dem Tresen lag, und fuhr dann mit den Fingern über den Einband. Das Leder war rissig und bog sich an den metallbeschlagenen Ecken nach oben. Ihr Finger zeichnete ein silbernes Symbol nach, eine Art Stern aus einander überlappenden Dreiecken.

»Was bedeutet das?«, fragte er. Er füllte zwei Becher, und ein tröstlicher Kaffeeduft stieg ihm in die Nase.

»Ich habe keine Ahnung. Es gehörte meiner Nanna. Nachdem ich die Cops gerufen hatte, habe ich ein bisschen darin geblättert. Es ist ihre Handschrift. Aber merkwürdig ist, dass nur vorn etwas drinsteht, der Rest ist leer. Das meiste davon scheint von der Familiengeschichte zu handeln. Interessant, aber ob man deshalb so einen Aufstand machen musste …?« Sie seufzte und rieb sich die Augen. »Gott, bin ich müde.«

»Leg dich doch aufs Sofa. Ich bring dir den Kaffee.«

»Danke.« Sie tappste zu dem Ledersofa, schubste eine Zeitung auf den Boden und streckte sich aus. Das Tagebuch legte sie auf den Couchtisch. »Wie kommt der Kerl dazu, mitten in einem Gewitter eine Wildfremde anzurufen, um ihr ein leeres Buch zu übergeben?«

»Es gibt schon merkwürdige Menschen«, sagte Brett und stellte den dampfenden Kaffeebecher neben das Buch. Dann schob er ihn dichter an sie heran. Irgendwas an dem dunklen, schweren Wälzer war ihm unheimlich. »Möchtest du heute Nacht hierbleiben?«

»Ich dachte schon, du würdest nie fragen.«

»Das Gästebett im Arbeitszimmer ist gemacht. Ähm, ich muss vielleicht noch etwas Bügelwäsche beiseite räumen.«

Sie lächelte und nickte schläfrig. Eine angenehme Stille trat ein. Als sie ihre Drinks ausgetrunken hatten, hatte sich die Polizei immer noch nicht gemeldet.

»Denen werd ich morgen früh die Hölle heißmachen«, sagte Emily gähnend.

»Das ist ohnehin nicht mehr lange hin«, sagte er.

Emily stand auf, legte die Hand auf seine Schulter und drückte sie. Ihr Bademantel ging auf und enthüllte das zu große, unter den Rippen geknotete T-Shirt und die weite Hose, die sie fest auf den Hüften zusammengezurrt hatte. Er starrte in seine Kaffeetasse, um ihren flachen Bauch mit dem Silberring im Bauchnabel nicht ansehen zu müssen. Der Duft ihres warmen, frisch geduschten Körpers blieb in der Luft hängen, als sie ins Arbeitszimmer trottete.

Brett hörte die Federn des Gästebetts quietschen, als sie sich darin einkuschelte. Er lehnte sich zurück und ließ sich die Geschichte durch den Kopf gehen, die sie ihm gerade erzählt hatte. Das Ganze hatte ihn kalt erwischt, so viel stand fest. Der Gedanke, sie könnte tatsächlich in Gefahr schweben ... Er wusste, dass sie Journalistin war, aber sie besuchte nur ein paar Tage in der Woche irgendwelche gesellschaftlichen Anlässe, um ihre Rechnungen bezahlen zu können, während sie nebenbei an ihrer Fotografenkarriere arbeitete. Schüsse. Cops. Das war nicht mehr lustig. In was war Em da nur hineingeraten?

Sein Blick fiel auf das Tagebuch. Vorsichtig streckte er die Hand aus und fuhr mit dem Fingern sacht über das merkwürdige Symbol auf dem Einband. Der Drang, das Buch zu öffnen, wuchs.

»Nein!«

Der Schrei einer Frau. Er sprang auf und stieß dabei einen Becher um, der klirrend über den Tisch rollte. Er bekam ihn gerade noch zu fassen, bevor er herunterfiel. Er schaute sich um und erwartete, Emily in der Tür zum Arbeitszimmer zu sehen. Doch die war leer.

Brett schlich zum Arbeitszimmer. Emily lag unter der Decke, die Haare um ihren Kopf ausgebreitet, und murmelte etwas im Schlaf.

Zwei Computermonitore starrten ihn leer von seinem vollgemüllten Schreibtisch aus an. Alles wirkte normal. Er drehte sich wieder zum Wohnzimmer um und musterte das Buch, das als bösartiger schwarzer Umriss auf dem Tisch lag. Brett hoffte, dass Emily etwas Schönes träumte, denn er bezweifelte, dass er selbst in dieser Nacht gut schlafen würde.

Das Mondlicht erfüllte das Schlafzimmer mit einem milchigen Schimmer. Dünne Baumwollvorhänge schaukelten in einer sanften Brise, die sich durch die Glastüren hereinstahl. Emilys Großmutter trug ein altmodisches, hochgeschlossenes Nachthemd, dessen Kragen unter dem bis um ihre Schultern hochgezogenen weißen Laken und dem Patchwork-Bettüberwurf hervorlugte. Graue Haare, länger, als Emily sie in Erinnerung hatte, ergossen sich um ihr friedliches Gesicht auf das rüschenbesetzte Kissen.

Das Tagebuch lag auf seinem angestammten Platz auf dem Nachttisch und stach dunkel von dem weißen Spitzendeckchen ab. Aus Angst, ihre Großmutter aufzuwecken, schlich sich Emily vorsichtig heran, um es sich genauer anzusehen. Ein Luftzug klappte den Buchdeckel auf, und bei dem Geräusch hielt Emily die Luft an. Doch ihre Großmutter rührte sich nicht. Auf der aufgeschlagenen Seite war ein schwarz-weißes, holzschnittartiges Bild von Hexen im Schein des Vollmonds zu sehen. Es waren vielleicht sechs, die um ein Feuer herumtanzten. Sie waren größtenteils nackt, küssten sich, tanzten miteinander oder tranken irgendein Gebräu. Eine säugte mit einer dritten Brustwarze, die aus ihrer Hüfte wuchs, eine Katze, eine andere wurde gerade von einem Mann mit einem Ziegenkopf von hinten genommen. Der Ziegenmann hatte eine lange, schlangenähnliche Zunge, die Emily Schauer über die Schenkel jagte.

Ein dumpfes Geräusch. Emily zuckte zusammen. Sie fühlte sich plötzlich schmutzig, als hätte man sie bei etwas Unanständigem ertappt. Ihre Großmutter regte sich und setzte sich im Bett auf, schien Emily jedoch nicht zu bemerken. Und *er* war da – Jay, genauso, wie er in der Kirche erschienen war. Seine Augen glühten rot, und Emily spürte, wie Hitze sie überlief, durch sie hindurchströmte …

Seine Hand schloss sich mit solcher Kraft um ihr Handgelenk, dass sie spürte, wie ihre Knochen brachen. »Das ist nicht für dich bestimmt«, sagte er, während er mit der freien Hand das Buch zuschlug. »Lauf! Sie kommen!«

Emily lief in einen mondbeschienenen Wald hinaus. Es waren keine Eukalyptusbäume, sondern Kiefern mit rauer Borke und Nadeln. Kalte Luft ließ sie frösteln. Weiße Schneeklumpen bildeten helle Schatten unter den Bäumen, und der Boden unter ihren nackten Füßen war weich vor durchweichten Blättern und nasser Erde. Emily rannte. Sie konnte die leichtfüßigen Schritte ihrer Verfolger hören. Immer wieder erhaschte sie einen Blick auf graue Flanken und rote, aus Mäulern hängende Zungen, während riesige Hunde zu beiden Seiten mit ihr Schritt hielten. Sie wich einem großen Baumstumpf aus und stieß gegen eine lebende Mauer. Jay. Er hielt sie mühelos fest und drehte sie in seinen Armen um, sodass sie die Wölfe sehen konnte, die erwartungsvoll im Halbkreis vor ihnen saßen. Sie spürte den heißen Atem des Mannes auf ihrer nackten Kehle, als er ihren Kopf nach hinten zog. »Es tut nicht weh. Der Meister will nur eine Kostprobe.«

Als er sich niederbeugte, um seine Zähne in ihren Hals zu schlagen, neigte er ihren Kopf noch weiter zurück, und das Letzte, was sie sah, während sie schrie, war ein Uhu, der auf einem Ast hockte und alles mit dem stummen Blinzeln eines Kameraverschlusses beobachtete.

Nach Luft schnappend, erwachte Emily.

Sie versuchte, die Beine zu bewegen, und stellte fest, dass sie in Bretts Gästebett lag. Die Laken waren wie Fangarme um sie gewickelt. Ihre Stirn war nass, das Kissen feucht vor Schweiß.

Es klopfte an der Tür. Sie strich sich die Haare aus der heißen Stirn und krächzte mit trockenem Mund: »Ja?«

Brett öffnete die Tür einen Spalt breit und lugte herein. »Alles in Ordnung?«

Sie nickte.

»Ich hab Kaffee aufgesetzt«, sagte er.

»Wie spät ist es?«

»Fast zehn.«

»Ach du Scheiße«, murmelte sie und kämpfte sich aus den Laken und den letzten Überresten des Traums frei. »Ich komm zu spät.«

Sie lief ins Badezimmer und versuchte, während sie die Dusche andrehte, sich das T-Shirt auszuziehen, das Brett ihr zum Schlafen gegeben hatte.

»Frühstück ist gleich fertig«, rief er.

Emily wusch sich rasch und spülte zum Schluss den Schweiß und die Angst mit einem kalten Wasserstrahl fort. In Handtücher eingewickelt, gesellte sie sich in der Küche zu Brett.

»Das riecht aber lecker«, sagte sie und sog den Duft des blubbernden Kaffees und des brutzelnden Specks ein.

»Dankeschön«, sagte er. »Und, was hast du jetzt vor?«

»Ich muss heute Mittag über einen Empfang berichten. Und ich sollte mal bei der Arbeit nachfragen, ob es etwas Neues gibt.«

»Wolltest du zur Kirche hinausfahren?«, fragte er. »Und sie dir bei Tageslicht ansehen?«

»Wir spielen doch heute Nachmittag, oder?«

»Das können wir ausfallen lassen. Ich hatte gestern schon ein großes Match.«

»Danke. Das ist mir sehr recht. Du kannst gleich mitkommen, wenn du willst. Die Redaktion liegt auf dem Weg.« Emily fasste ihn am Arm. »Und, wie hast du abgeschnitten?«

»Bin immer noch die Nummer eins«, sagte er und konzentrierte sich aufs Eierkochen, während ihre Körperwärme ihn durchströmte. Ein Glück, dass er gestern Abend auf dem Heimweg noch am Supermarkt haltgemacht hatte.

»Du hast Schiss, oder?«, fragte sie mit spitzbübischem Grinsen und ließ ihn wieder los. »Fürchtest du, dass ich irgendwann doch mal gegen dich gewinne?«

»So was in der Art«, sagte er und machte ein Gesicht, als wollte er sagen: »Von wegen!« »Die Cops haben sich auch noch nicht gemeldet.«

Sie runzelte die Stirn. »Dann muss ich sie anrufen.«

»Ich bin sicher, wir hätten was von ihnen gehört, wenn sie was gefunden hätten.«

Emily verdrehte die Augen und zog dann fragend die Brauen hoch.

»Klar, du weißt ja, wo es ist«, sagte Brett.

Sie lächelte und rief von seinem Telefon aus die Zeitung an, bestätigte, dass sie zu dem Empfang gehen und rechtzeitig für die Montagsausgabe den Bericht und Digitalfotos liefern würde. Dann ließ sie sich von der Auskunft die Nummer der Polizei geben.

Nachdem ein überheblicher diensthabender Beamter sie von Pontius zu Pilatus weiterverbunden hatte, stand das Frühstück auf dem Tisch.

»Nichts!«, sagte sie. »Sie haben nichts gefunden. Aber sie haben sich bedankt, dass ich sie informiert habe. Blitz und Donner, meinten sie. Oder ein Auto mit einer Fehlzündung.«

»Komm, Frühstück ist fertig«, sagte er.

»Ich weiß doch, was ich gehört und gesehen habe ... Ich wette, die haben sich gar nicht die Mühe gemacht, nachzuschauen, nicht bei dem Gewitter.«

»Hast du gut geschlafen?«, fragte Brett.

»Geht so. Ich hatte einen Traum, so ähnlich wie den, den ich als Kind immer gehabt habe. Eine Art Albtraum.«

»Ach? Magst du ihn mir erzählen?«

»Nein, das ist zu albern. Hab als Kind zu viele Horrorfilme gesehen.«

Sie aßen und schlürften ihren Kaffee, und nachdem sie verabredet hatten, dass sie ihn abholen würde, wenn sie losfuhr, ging sie in ihre Wohnung.

Emily zog sich rasch Jeans und einen Mantel an und band sich einen Schal um. Sie überprüfte ihre Kamera und ihre Ersatz-Speicherkarte. Unwillkürlich streichelte sie zärtlich über die Minolta-Spiegelreflex-Digitalkamera. Sie war das einzig Wertvolle, das sie besaß – ihre einzige Hoffnung darauf, dass man sich einmal nicht nur wegen ihrer Schulden an sie erinnern würde.

Brett war fertig, als sie klopfte. Es hatte aufgehört zu regnen, aber der Himmel war immer noch bewölkt, und eine kühle, feuchte Brise drang durch die Kleidung.

Ihr Kombi stand immer noch auf dem Parkplatz, auf dem sie ihn letzte Nacht abgestellt hatte. Es war einfacher gewesen, ihn dort zu lassen und zu Brett zu laufen, als in die Garage unter ihrer Wohnung zu fahren.

Sie hätte fast die Kamera fallen lassen, als sie den Wagen erreichten. Eine ganze Weile blieb sie am Bordstein stehen, umklammerte die Kameratasche und merkte, wie ihre Füße eiskalt wurden.

Mit zitternden Lippen schaute sie Brett an.

»Mensch, Em«, sagte er, während er sich hinhockte, um besser sehen zu können. »Wie ist das passiert?«

Vier horizontale Furchen verliefen auf der Fahrerseite von der Hintertür bis zum Rücklicht. Das Metall war nach innen gedrückt und so weit aufgerissen, dass man das Fahrgestell sehen konnte.

»Das fängt nicht gut an«, sagte sie und starrte auf die grausigen Scharten. »Gar nicht gut.«

3

»Und?«, fragte Emily und schaltete die Scheibenwischer ein. Sie waren ungefähr zwanzig Minuten von der Kirche entfernt, und aus den tief hängenden, grauen Wolken hatte es angefangen zu nieseln. »Bist du mit deiner Ast-Theorie schon weitergekommen?«

Brett wünschte, er hätte das Radio eingeschaltet. Sie hatten bereits debattiert, wie die Scharten in das Auto gekommen sein konnten. Er meinte, durch einen Ast am Straßenrand. Sie sagte, sie seien durch etwas – nur *etwas* – verursacht worden, als sie die Kirche verlassen hatte. Und dann waren sie beide verstummt, bis sie bei Emilys Fototermin waren. Brett hatte bei Canapés und dem einen oder anderen Glas Chardonnay Zuflucht gesucht, während sie arbeitete.

Jetzt verschränkte er die Arme und rutschte tiefer in den Beifahrersitz von Emilys Wagen. Backstein-Häuschen und Einkaufszentren glitten an seinem Fenster vorbei, während Emily schneller als erlaubt in Richtung Stadtrand brauste. Vielleicht hätte er fahren sollen. Dem Schlamm nach zu urteilen, der seitlich am Wagen klebte, wäre es praktischer gewesen, seinen kleinen Geländewagen zu nehmen. Verdammt noch mal, in den drei Jahren, die er ihn besaß, hatte er nur Asphalt unter den Reifen gehabt.

Er spürte, wie ihr Blick ihn durchbohrte. Ihm wäre es lieber gewesen, sie würde wieder auf die Straße schauen. Schließlich zuckte er mit den Schultern und sagte: »Ich weiß nicht, Em. Aber es muss eine Erklärung geben.«

»Ich hab dir erzählt, was passiert ist.«

»Vielleicht ein Tier?«

Sie zog die Augenbrauen hoch und starrte dann auf die Straße, während sie auf den Freeway auffuhren. Sie presste die Zähne aufeinander, was er als Zeichen einer liebenswerten Entschlossenheit deutete. Wenn sie ihm nur nicht immer wieder aus dem Augenwinkel diese wütenden Blicke zuwerfen würde …

Als sie die Ausfahrt erreichten, war ihm immer noch nicht eingefallen, was er sagen sollte, außer vielleicht »Fahr nicht so schnell«. Doch er war vernünftig genug, es herunterzuschlucken.

Graue Eukalyptusbäume verschwammen mit dem sanften Regen, als Emily auf den Feldweg einbog, der zur Kirche führte.

»Wir sind gleich da«, sagte sie, ohne abzubremsen.

Der Wagen schlingerte, Wasser aus Pfützen spritzte unter ihren Reifen. Ein weißer Transporter schleuderte vor ihnen um die Kurve. Emily riss das Lenkrad herum. Der Wagen brach zum Straßengraben aus. Brett jaulte auf und umklammerte die Armlehne. Der entgegenkommende Wagen wich keinen Zentimeter aus, als er an ihnen vorbeiraste wie ein Geist im Nebel. Emily fluchte und brachte das Auto direkt vor einem gefährlich dicken Baum zum Stehen.

Brett zwang sich, die Armlehne wieder loszulassen. Instinktiv hatte er so heftig auf eine imaginäre Bremse getreten, dass ihm die Beine wehtaten.

»Sieht aus, als wären wir nicht die Einzigen, die es eilig haben«, sagte er, während Emily eine weitere Schimpfkanonade mit einem aufgebrachten Schnauben beendete.

Sie funkelte ihn an wie ein wildes Tier und gab Gas. Der Wagen spuckte Kies und Schlamm, als sie ihn wieder auf die Straße lenkte.

»Du hast dir wohl nicht das Kennzeichen von dem Transporter gemerkt, was?«, fragte sie.

Brett merkte, wie seine Füße sich spontan wieder gegen den Boden pressten. »Äh, nein.« Pause. »Er war ziemlich schnell.«

»Mist«, schimpfte sie erneut, bog mit quietschenden Reifen um eine Ecke und bremste dann schlitternd und knirschend ab.

»Wir sind da«, sagte sie, blieb wie eine Katze über das Lenkrad gekauert sitzen und lugte durch den Regendunst.

»Gott sei Dank«, sagte Brett halblaut.

Die Kirche wirkte im Tageslicht seltsam unscheinbar. Beschaulich schmiegte sie sich ins Unterholz eines Ausläufers des Nationalparks, der bis zu einem nebelgekrönten Hügel dahinter reichte.

Es war niemand zu sehen. Emily bestand darauf, zum Gebäude zu gehen. Vielleicht hätte er einen Golf- oder Kricket-Schläger mitnehmen sollen, nur zur Sicherheit. Allerdings besaß er keines von beiden. Brett ballte seine leeren Fäuste, während sie um den Vorplatz herumgingen. Die langen Grashalme hinterließen Wasserstreifen an ihren Hosen. Ihre Schuhe sanken in den nassen Boden ein. Wasser perlte auf Bretts Haaren und begann dann, seine Wangen und seinen Hals hinunterzutropfen. Er zog in seiner Jacke die Schultern hoch und wünschte sich, er hätte andere Schuhe an, denn der Schlamm begann, sich bereits an seinen Sohlen zu sammeln. Ein Vogel, der offenbar den sanften Regen genoss, stieß einen Ruf aus.

»Sollten wir nicht an der Tür klingeln oder so?«, fragte Brett.

»Psst«, flüsterte Emily. »Ich will erst hinter der Kirche nachsehen.« Gebückt schlich sie vor ihm um das Gebäude herum.

Brett schob die Hände tiefer in seine Taschen und versuchte, nicht den gespannten Stoff ihrer Jeans anzustarren, ihren festen Hintern, der unter dem Saum ihrer Jacke hervorblitzte. Er konnte verstehen, wieso Emily sich letzte Nacht gegruselt hatte. Für ein Mädchen aus der Stadt war es hier ziemlich einsam. Für einen Jungen aus der Stadt ebenso. Im Dunkeln bei Blitz und Donner musste es sogar noch unheimlicher sein. Den Schaden am Auto konnte alles Mögliche verursacht haben, auch etwas so Profanes wie ein Ast, der vom Straßenrand auf die Fahrbahn ragte. Es war eine seltsame Begegnung gewesen, die sie da erlebt hatte, aber Gefahr bestand jetzt keine mehr.

Die Hintertür war zu, von drinnen kam kein Laut. Die Bleiglasfenster zierte ein einfaches, nicht besonders interessantes Muster. Emily drückte die Eisenklinke der Holztür herunter – verriegelt.

Sie trottete zurück zur Veranda. Auch die Haustür war verschlossen.

Brett war erleichtert.

Emily kniete sich vor die Tür und wühlte in ihrer Handtasche.

»Komm schon, Em«, sagte Brett. »Was machst du denn da?«

»Das einzig halbwegs Brauchbare, das ich von meinem nichtsnutzigen Ex gelernt habe«, presste Emily zwischen gefletschten Zähnen hervor. Sie holte ein Lederetui mit Dietrichen hervor und wählte zwei aus. »Abgesehen davon, keinem Mann zu trauen.« Ihre Blicke trafen sich. »Tschuldigung.«

Er tat ihre Bemerkung mit einem Kopfschütteln ab. So etwas war er gewohnt. Zumindest redete er sich das ein. »Herrje. Ist das die Standardausrüstung für eine Fotojournalistin?«

»Nein, nur für ein verlogenes Arschloch.«

»Hä?«

»Ich meinte Martin, nicht mich.«

»Klar«, sagte er. Er bereute bereits, dass er davon angefangen hatte. »Bist du sicher, dass wir das tun sollten?«

»Was tun?«, fragte sie, als die Zuhaltungen schließlich nachgaben. Die Tür ging mit quietschenden Scharnieren auf.

Emily schenkte ihm ein Lächeln, aber es war eher nervös als stolz. Es machte ihm zu schaffen, dass er nicht ebenso mutig war wie sie.

»Komm«, sagte sie und stieß die Tür auf, bis sie auf halben Wege stecken blieb. Sie trat ein und fluchte.

»Was ist?«, fragte er und ging ihr nach.

»Alles leer«, sagte Emily. »Letzte Nacht standen hier Kisten herum. Kartons.«

Sie ging ihm voran durch eine Tür auf der anderen Seite des Vorraums und betrat den Andachtsraum. Es gab kein Anzeichen für Gewalttätigkeiten, keinen Hinweis, das irgendetwas Ungewöhnliches vorgefallen war. Nur eine müde Kirche, die mal entstaubt werden musste.

»Mist«, sagte sie und trat gegen die nächstbeste Kirchenbank.

»Wir sollten gehen, Em«, sagte Brett, der erwartete, dass jeden Moment der Sicherheitsdienst, die Polizei oder ein wütender Vikar auftauchen würde. Was mochte wohl auf Einbruch in eine Kirche stehen?

»Ich versteh das nicht.« Emily kniete sich im Vorraum auf den Boden und untersuchte den Teppich. »Hältst du den für neu?«

Brett kniete sich neben sie und fuhr mit der Hand über den Teppich. »Er ist sauber«, sagte er. »Keine Ahnung, wie neu er ist.«

Sie fasste sich ans Kinn. »Ich weiß nicht mehr, was er letzte Nacht für eine Farbe hatte.«

»Immer mit der Ruhe, Em. Willst du damit sagen, dass jemand in den letzten zwölf Stunden einen komplett neuen Teppich verlegt hat? Es muss sogar noch schneller gegangen sein, wenn man bedenkt, dass die Cops heute Morgen hier waren.«

»Das behaupten sie. Vielleicht sind sie gar nicht drinnen gewesen.«

Bratt tätschelte ihre Schulter. »Ich glaube nicht, dass es eine gute Idee ist, sich hier allzu sehr reinzusteigern.«

Sie warf ihm einen wütenden Blick zu und gab dann nach. »Ja, du hast vermutlich recht. Komm, wir gehen. Aber lass mich erst ein paar Fotos machen.«

Während Emily fotografierte, fragte sich Brett, was sie zu beweisen hoffte. Er schaffte es gerade noch, die Hand vor sein Gesicht zu halten, als sie das Objektiv mit einem schelmischen Grinsen in seine Richtung schwenkte. Dann zogen sie die Tür hinter sich zu und stapften zurück zum Auto. Zumindest hatte der Nieselregen nachgelassen, während sie in der Kirche waren. Emily baute sich vor dem Wagen auf, als wollte sie sich die Schrammen an der Seite genau einprägen. Sie hatte sie schon zu Hause fotografiert, aber jetzt machte sie noch ein paar Aufnahmen. Brett drückte mitfühlend ihren Arm.

Er schaute sich zu der Kirche um. Irgendwie war er erleichtert, dass sie nichts gefunden hatten. Was hatte er erwartet? Er wusste es nicht genau. Blutflecken und Leichen vielleicht. Andererseits wäre es ihm jedoch auch ganz lieb gewesen, wenn sie auf etwas Verdächtiges gestoßen wären, das eine Erklärung für das bot, was geschehen war. Die arme Em war ganz offensichtlich ziemlich außer sich. Sie hatte sich letzte Nacht einiges gefallen lassen müssen. Aber warum sollte sie sich so eine haarsträubende Geschichte ausdenken? Und dann war da noch das Buch. Hatte er sich die Stimme in der Nacht nur eingebildet? Immerhin war er furchtbar müde gewesen nach einer harten Woche mit mehr Überstunden, als sein Steuerberater gutheißen würde.

Jedenfalls hatte er auf dem Heimweg irgendwie ein ungutes Gefühl. Emily kaute Kaugummi. Im Radio lief *Bad Moon Rising*. Brett fragte sich, wie Creedence Clearwater Revival so heiter klingen konnten, wo sie doch über den nahenden Tod sangen.

Emily spuckte einen geschmacklosen Klumpen Nikotinkaugummi aus dem Fenster, als sie bei sich zu Hause auf den Parkplatz einbog. Ein Glück, dass sie endlich da waren, sie hätte dem Bedürfnis nach einer Zigarette keinen weiteren Kilometer mehr widerstehen können.

Sie packte ihre Fotoausrüstung zusammen, schloss die Wagentür ab und wühlte in ihrer Handtasche nach Zigaretten. Es war ihr etwas unangenehm, Brett warten zu lassen. Mit seiner ewigen Höflichkeit schadete er sich nur selbst.

»Willst du mit raufkommen und etwas essen?«, fragte er.

»Vielleicht trinke ich einen Kaffee«, sagte Emily und hielt schützend die Hand vor das Feuerzeug, während sie ihre Zigarette anzündete. »Danke.« Er sah so jämmerlich aus mit seinen nassen Haaren. *Er glaubt bestimmt, dass ich genauso verrückt bin wie meine Mutter.* Aber er hatte sie immerhin begleitet. Sie kostete die einsetzende Wirkung des Nikotins aus und folgte ihm dann nach oben. Ein Blick auf ihre Uhr zeigte, dass sie noch jede Menge Zeit hatte, ihre Fotos herunterzuladen und sie an die Zeitung zu mailen.

»Keine Sorge«, sagte Brett, während er die Tür zu seiner Wohnung öffnete. »Etwas Heißes zu trinken und etwas zu essen, und wir fühlen uns beide …«

»Wonach riecht es denn hier?«, fragte sie und rümpfte die Nase. Ein beißender Gestank lag in der Luft. Sie ließ ihre Zigarette fallen und trat sie mit der Stiefelspitze aus. Der Geruch wurde stärker, während sie in der Tür standen und in Bretts schummrige Wohnung blinzelten. So etwas hatte sie noch nie gerochen – es war bitter und scharf, brannte in der Kehle und drohte, die Schleimhaut aus ihren Nasenlöchern zu schälen.

Emily hielt sich eine Hand vor den Mund und packte Brett mit der anderen an der Schulter. »Haben wir etwas auf dem Herd vergessen?«

Brett schüttelte den Kopf und trat ein. Während er mit einer Hand vor seiner Nase herumwedelte, bedeutete er ihr, an der Tür zu bleiben. Sie folgte ihm mit verkrampften Schultern und pochendem Herzen.

Sie gelangten ins Wohnzimmer.

»Scheiße«, sagte Emily halblaut.

Das Buch lag auf dem Fußboden in der Asche, die einmal Bretts Couchtisch gewesen war. Den Teppich verunzierte ein eingesengter unregelmäßiger Kreis.

»So ein Mist«, stöhnte Brett. Er hockte sich hin und berührte die Überreste der Tischbeine. »Noch warm.«

Emily hob das Buch auf und wischte Asche vom Einband. Es schien unversehrt zu sein.

»Ich versteh das nicht«, murmelte Brett. »Was kann denn hier Feuer gefangen haben?« Er stand auf und begann die Fenster zu öffnen.

»Tut mir leid, Brett«, sagte Emily und trat an ein offenes Fenster. »Du glaubst doch nicht, dass jemand das mit Absicht gemacht hat, oder?«

»Wer denn? Und warum?«

Emily umklammerte das Buch und spürte, wie sie am ganzen Körper zitterte.

»Vielleicht ist es auch bloß ein Zufall«, sagte Brett. »Vielleicht haben wir eine Zigarette auf dem Tisch vergessen, als wir heute Morgen gegangen sind. Wir waren in Eile.«

Es war nett von ihm, dass er »wir« sagte. Brett rauchte nicht.

»Du weißt, dass ich in deiner Wohnung nie rauchen würde, Brett, aber danke für den Versuch.«

Er zuckte mit den Schultern. »Wie wär's jetzt mit einem Kaffee?«

»Nein. Ich glaube, ich gehe nach Hause und lass dich in Ruhe. Ich würde gern noch eine rauchen.«

»Danke«, sagte er. Er klang niedergeschlagen. »Ich glaube, der Qualm verzieht sich langsam. Das ist doch schon mal was.«

Seine Hand kam auf sie zu, als wolle er sie umarmen. Sie hätte nichts dagegen gehabt, aber sie wusste: Sie waren nur Freunde. Diese Grenze würde er nicht überschreiten wollen, besonders jetzt nicht, da sie sich – allem Anschein nach – als psychisch labil erwies. Er verwandelte die Bewegung in eine Art gleichzeitiges Gähnen, Winken und Kratzen, aber sie tat so, als hätte sie nichts bemerkt.

Sie fotografierte die Spuren auf dem Fußboden aus verschiedenen Blickwinkeln und schickte sich dann an zu gehen.

»Pass auf dich auf, ja?«, sagte er.

Sie lachte nervös. »Bis später. Und danke.«

»Gern geschehen«, sagte er. »Ich bin hier, wenn du mich brauchst, okay?«

»Ich verlass mich drauf.«

Der rundliche Edelstahlkessel – noch so ein Erbstück von ihrer Nanna – pfiff auf dem Herd. Es war ein heiteres Geräusch, viel netter als das Gurgeln eines Elektrokochers.

Emily mailte die Fotos von dem Empfang ans Büro, klickte sich wieder zurück zu den Bildern, die sie in der Kirche und in Bretts Wohnung gemacht hatte, und ging dann in die Küche, um Kaffee zu kochen. Sie nahm den Becher mit ins Wohnzimmer, wo das Grimoire, ein Haufen Fotoalben und ihr Handy auf dem Tisch um den Computer herumlagen wie Opfergaben. Sie warf einen Blick auf die Fotos auf dem Monitor und blätterte dann in den Bildern, die sie und ihre Mutter im Laufe vieler Jahre gesammelt hatten. Ein paar, die im Haus ihrer Nanna entstanden waren, brachten sie zum Lächeln. Der vertraute Kaminsims. Die Standuhr im Flur. Und da war Nanna, im Bett gegen die weißen Kissen gelehnt. Emily hatte das Foto direkt vor Nannas Tod gemacht.

Dann sah sie es. In das hölzerne Kopfteil hinter Nanna war das gleiche Emblem geschnitzt, das auch den Einband des Buches zierte.

»Wieso ist mir das bislang nicht aufgefallen?«, fragte sie sich laut.

Emily betrachtete das Bild durch eine Lupe. Es war definitiv das gleiche Muster. Sie ließ die Lupe über das Gesicht ihrer Nanna wandern. Die alte Dame lächelte, ein glückliches Leuchten in den Augen. Emily inspizierte das Bett, das Bücherregal, den Spiegel an der Wand …

Das konnte nicht wahr sein. Wenn sie die Lupe ganz ruhig hielt, war es nicht zu übersehen. Da. Hinter den dünnen Vorhängen in Nannas Schlafzimmer. Emily starrte Jays Spiegelbild an und schluckte schwer.

Das Handy klingelte, und Emilys Herz begann zu rasen. Die Lupe fiel zu Boden, als sie nach dem Telefon griff.

»Hallo? Hier ist Emily.«

»Tun Sie das nie wieder«, sagte eine Männerstimme. Jay.

»Was?«

»Lassen Sie das Grimoire nie unbeaufsichtigt«, mahnte er. »Dafür steht zu viel auf dem Spiel.«

»Haben Sie mir nachspioniert?«, knurrte sie und schaute nach, ob die Jalousien geschlossen waren.

»Haben Sie es schon gelesen?«

»Es gelesen? Wann soll ich denn dazu Zeit gehabt haben? Außerdem steht so gut wie nichts drin.« Ihr Tonfall ließ vermuten, dass diesen Worten eigentlich eine Beschimpfung folgen sollte, sie es jedoch ihm überließ, sich eine auszusuchen.

»Versuchen Sie's noch mal. Sie müssen es unbedingt lesen. Von A bist Z. Haben Sie es gerade dabei?«

»Natürlich.«

»Innen drin steht eine Widmung. Lesen Sie sie laut vor. Und dabei streichen Sie mit dem linken Zeigefinger über das Symbol auf dem Einband. Gegen den Uhrzeigersinn.«

»Was? Also hören Sie mal …«

»Vielleicht müssen Sie es mehr als ein Mal probieren. Aber irgendwann werden Sie den Dreh raushaben. Dann versuchen Sie noch einmal, das Grimoire zu lesen. Sie müssen es schaffen, Emily. Sie kommen immer näher, und ich weiß nicht, wie lange ich Sie noch beschützen kann.«

»Wovon reden Sie überhaupt?« Ein Klicken, und er war weg.

Emily sprang auf, ging hinüber zum Fenster und lugte durch einen Spalt in der Jalousie. Sie hatte gar nicht gemerkt, wie dunkel es draußen geworden war. Es würde noch mehr regnen. Sie blickte suchend die Straße entlang. Niemand da, nur ein paar Blätter und ein Stück Papier, das vom Wind umhergewirbelt wurde. Beobachtete er sie? Wo war er? Versteckte er sich in den Büschen, die die Rasenfläche mit der Akazie umgaben, den so genannten Vorgarten? Doch er hatte geklungen, als sei er in Schwierigkeiten – als sei *sie* in Schwierigkeiten. Emily erschauerte und zog die Vorhänge zu.

So sonderbar sie Jay auch fand, sie würde tun, was er sagte. Sie würde das Buch nicht aus den Augen lassen.

Emily holte eine halb leere Flasche Wein und ein Glas aus der Küche. Dann nahm sie das Tagebuch in die Hand und ließ den Blick durch das Wohnzimmer schweifen. Sie verweilte bei den Türschlössern. Alle waren verriegelt, und auch die Fenster waren gesichert. Sie fuhr den Rechner herunter, machte das Licht aus und ging ins Bett, wo sie den Wein austrinken und den kurzen Text, der im Buch stand, zu Ende lesen wollte. Im Grimoire, dachte sie, und spürte, wie sich auf ihren Beinen und Armen eine Gänsehaut bildete. So hatte er es genannt. Das Grimoire, was auch immer das bedeutete.

Tränen brannten in Emilys Augen, als sie mit der Fingerspitze über die Widmung auf der vorderen Umschlagseite fuhr – in der Handschrift ihrer Großmutter.

»Für die leuchtenden Seelen vor uns, hinter uns, unter uns, in uns.«

Vielleicht ist Grimoire nur ein anderes Wort für gruselig, dachte sie und nahm sich vor, es zu googeln, wenn sie das nächste Mal online war. Ihre Nanna pflegte manchmal geheimnisvolle Laute von sich zu geben, meistens an Tiere gerichtet, als wüsste sie, was das Muhen der Kuh oder das Miauen der Katze bedeutete. Emily hatte das für die liebenswerte Schrulle einer alten Frau gehalten. Vielleicht war das ihre Art gewesen, Emily und Darcy in den immer häufigeren und immer längeren Phasen bei Laune zu halten, in denen ihre Mutter in der Anstalt war. Das Leben bei Nanna war die glücklichste Zeit in Emilys Leben gewesen, die nur gestört wurde, wenn ihre Mutter Wendy zwischendurch aus der Klinik entlassen wurde. Emily schauderte. Sie erinnerte sich lebhaft daran, wie Wendy im Handumdrehen von einer liebevollen Mutter zur tobenden Fremden werden konnte.

Die Geisteskrankheit habe schon immer in ihr gesteckt, sagte Nanna, aber ausgebrochen war sie erst, als Wendy ihren Freund, einen Tischler, heiratete und Emily und Darcy bekam. Nach beiden Geburten hatte Wendy unter schweren postnatalen Depressionen gelitten – deshalb hatte der herzlose David sie nach Emilys Geburt verlassen, ohne eine Adresse zu hinterlassen. Danach waren sie alle bei Nanna eingezogen, wo Wendy sich mit der Einsamkeit und ihrer Krankheit herumschlug.

Als Nanna starb, verlor Wendy völlig den Verstand und landete als Dauerpatientin in der Anstalt. Darcy heiratete mit neunzehn Giacomo und brachte nur sechs Monate später Madeline zur Welt. Emily wohnte kurze Zeit bei ihnen, bevor eine Reihe von Wohngemeinschaften damit endete, dass sie zu Martin zog, der sie schlussendlich sitzenließ.

Es war Monate her, dass Emily der Klinik oder vielmehr dem sogenannten »Pflegeheim« einen Besuch abgestattet hatte. Sie konnten es nennen, wie sie wollten, es war nun mal eine Irrenanstalt. Manchmal fragte sich Emily, ob sie auch so enden würde wie Wendy. Einfach durchdrehen, jeden Bezug zur Realität verlieren und den Rest ihres Lebens hinter Schloss und Riegel verbringen, Daumen lutschend auf das Ende der Welt warten oder sich einbilden, sie würde in Polen einmarschieren. Wenn sie die Wahl hätte, würde sie sich für Polen entscheiden. Mit zweiundzwanzig Jahren hatte sie Australien noch kein einziges Mal verlassen. Wie es wohl um diese Jahreszeit in Hongkong sein mochte?

Missmutig blätterte Emily die nächste Seite des Grimoire um, um sich endlich in Nannas vertraute Handschrift zu vertiefen.

Es schien noch genau das Gleiche drinzustehen wie letzte Nacht auf der Heimfahrt. Die Familiengeschichte. Sie fing an, darin zu blättern. Der Text füllte nur etwa ein Drittel des Buches und bot keinen Hinweis darauf, warum Nanna das Tagebuch Jay gegeben oder gar, wieso sie es nicht direkt Madeline überlassen hatte. Aber schließlich hatte Emily das pubertäre Ritual noch nicht ausgeführt, das Jay ihr erklärt hatte.

Emily schaute sich im Zimmer um. Dann stopfte sie Charlie, ihr Plüschschwein, so unter die Decke, dass sein Gesicht bedeckt war. Das Ganze war schon peinlich genug, auch ohne dass seine kleinen Knopfaugen sie beobachteten. Sie prägte sich die Widmung ein, schlug das Buch dann zu und zeichnete mit dem Finger das Symbol auf dem Einband nach. Gegen den Uhrzeigersinn. Wie sie das allerdings bei den ineinander verschlungenen Dreiecken anstellen sollte, war ihr schleierhaft.

»Für jene leuchtenden Seelen vor uns, hinter uns, unter uns, in uns«, deklamierte Emily und kam sich dabei ziemlich kindisch vor.

Es tat sich nichts.

Sie versuchte es noch einmal. Diesmal begann sie an einer anderen Ecke des Musters. Etwas machte »Klick«, vielleicht im Buch, vielleicht in einem verborgenen Winkel ihres Hirns. Sie hörte sich seufzen, als würde jemand träge und genüsslich an ihrem Finger lutschen, sie war nicht mal sicher, ob sie laut oder ob sie überhaupt geseufzt hatte – aber sie war allein, also musste sie es gewesen sein, oder?

Als sie das Buch wieder aufschlug, hatte sich die Schrift verändert.

Mein Name ist Marguerite de Betancourt, geborene Vladislava. Mein Vater, Sven, kam als Einwanderer in dieses Land und fand Arbeit beim Bau des großen Staudamms in den Snowy Mountains. Er ließ sich auf einem Stück Land in den Bergen nieder, das er nach und nach erschloss – bis zum Tod seiner Frau, meiner Mutter, Genevieve. Ihr Tod und der Umzug von unserer Farm in die Stadt brachen mir das Herz. Zum Glück hatte ich jemanden, der mir darüber hinweghalf. Denn in diesem Buch geht es nicht um mein Leben, darum, wie mein Vater eine Französin heiratete, die mich nach ihrer Großmutter nannte, auch nicht darum, wie ich später einen unbescholtenen Mann ähnlicher Herkunft ehelichte, meinen liebsten Alan, wie wir eine Tochter und einen Sohn großzogen, wie der Sohn jedoch bei einem Verkehrsunfall ums Leben kam und die Tochter den falschen Mann heiratete und so furchtbar gemütskrank wurde, dass sie schließlich ganz aufhörte, ihren beiden Töchtern eine Mutter zu sein. Das ist Stoff für ein anderes Buch, bestimmt für die Augen meiner Nachfahren und anderer, die sich für unseren Stammbaum mit all seinen verworrenen und ineinander verschlungenen Wurzeln interessieren.

Nein, dieses Buch ist für meine Erbin gedacht. Ich habe das überlieferte Wissen ergänzt, das auf diesen Seiten von meinen Vorfahrinnen gesammelt wurde, dieser langen Reihe mächtiger Frauen, von denen ich abstamme. Dieses Buch wird als Leitfaden und als Warnung in einer Zeit dienen, in der Worte allein nicht mehr genug sind. Es enthält viel mehr als nur die Erinnerungen einer alten Frau. Für jene, die wirklich zwischen den Zeilen lesen können, ist es eine Tür zur Vergangenheit und der Schlüssel zur Zukunft.

Ich habe versucht, meine Enkeltochter das zu lehren, was meine Mutter mich gelehrt hat, aber Darcy zeigt kein Interesse, kein instinktives Verständnis dafür, dass das, was ich ihr über unsere Herkunft erzähle, mehr ist als das Märchen einer senilen alten Frau. Sie ist faul und eitel und liest nur Zeitschriften über Make-up und Röcke, und wie man einem Mann gefällt. Ihr Altar ist das Einkaufszentrum, und Beziehungen pflegt sie über Handy und Computer. Darcy ist offenbar für Größeres bestimmt. Zum Teil ist das meine eigene Schuld. Ich habe ihnen die Wahrheit vorenthalten, die ersten Anzeichen dafür, dass die Gabe sich manifestierte, unterbunden und die Symptome als Krankheit und ähnliches abgetan. Wie dumm von mir! Aber für Reue ist es nun zu spät, viel zu spät.

Die Gabe geht auf die erstgeborene Tochter über, und daher füge ich dieser Sammlung mein eigenes Wissen hinzu und beschütze dieses Buch, bis Darcys erstgeborene Tochter eines Tages Fragen stellt. Obwohl ich andererseits darum bete, dass dieser Tag nie kommen möge.

Der Text schlängelte sich wie ein Wurm über das Papier. Emily wandte den Blick ab und versuchte, sich auf einen Bilderrahmen auf dem Toilettentisch zu konzentrieren. Das hatte nicht in dem Buch gestanden, als sie heute Morgen darin geblättert hatte. Heute Morgen schien es genau das zu enthalten, was es Nanna zufolge nicht enthielt: die Familiengeschichte. Dank der Nachmittage, die sie mit ihrer Großmutter verbracht hatte, sei es, um Brot backen oder Knöpfe annähen zu lernen, sei es, um einfach an einem Herbsttag im warmen Sonnenlicht mit ihr Tee zu trinken, kannte Emily diese Geschichte recht gut. Nanna hatte ihr jedesmal Anekdoten aus dem Leben von Emilys Urgroßvater im Europa der Nachkriegszeit erzählt, von seiner Emigration nach Australien und Nannas früher Kindheit auf der Farm.

Das Tagebuch streifte den Tod von Nannas Mutter nur flüchtig, und Emily vermutete, dass ihre Nanna auch nach so vielen Jahren noch erheblich darunter gelitten hatte. Wendy hatte Emily erzählt, dass Genevieve mit einem anderen Mann fortgelaufen und dann im westlichen Kanada tot aufgefunden worden war. Niemand wusste, was für Sven schlimmer gewesen war: dass sie ihn anscheinend verlassen hatte oder ihr Tod.

Abgesehen von dieser einen schmerzlichen Episode liebte Nanna es, über die Vergangenheit zu sprechen. Sie konnte das Leben vergangener Zeiten mit einer Lebendigkeit und Detailgenauigkeit schildern, als sei sie selbst dabei gewesen. Vom antiken Rom bis zum Mittelalter, von der Renaissance bis zur industriellen Revolution erzählte sie von jedem Zeitalter gern, aber immer aus der Perspektive des kleinen Mannes. Ihre Erzählungen drehten sich meist darum, wie sich die großen Weltereignisse auf den Durchschnittsbürger auswirkten. Es waren Geschichten, dachte Emily, die vor Farben, Gerüchen und sogar witzigen Dialogen nur so strotzten. Am Ende pflegte ihre Großmutter in die Hände zu klatschen und zu sagen: »Ach, das waren noch Zeiten«, und das war das Zeichen, dass es nun galt, wieder Teewasser aufzusetzen und etwas Nützliches zu tun.

Tränen, eine Mischung aus Nostalgie und Müdigkeit,

ließen die Seiten verschwimmen. Emily wünschte, sie würde verstehen, was ihre Nanna meinte, wenn sie von der Gabe und der langen Reihe mächtiger Frauen schrieb. Offenbar hatte ihre Nichte, Madeline, etwas damit zu tun. Emily sah Maddy nur selten, seit ihre Schwester und ihr Schwager eine vornehme Villa in einem der teuren Viertel im Norden von Sydney bezogen hatten. Das sind die Vorteile einer guten Partie, dachte Emily und bereute den Gedanken prompt. Wenn sie an Darcy und ihren Mann dachte, weckte das immer Erinnerungen an Martin, ihre erste große Liebe – diesen untreuen Wichser, den sie das letzte Mal gesehen hatte, als er mit einem Koffer in der einen und einem Ticket nach Hongkong in der anderen Hand zur Tür ging und ihr versprach, ihr nach seiner Ankunft zu mailen. Wozu bloß, hatte sie sich gefragt. Um anzugeben? Um Salz in die Wunden zu streuen?

Erschöpfung überkam Emily. Die Weinflasche war leer, das Grimoire lastete schwer auf ihren Oberschenkeln.

»Was hältst du von der Sache, Charlie?«, fragte sie das Spielzeugschwein und tätschelte seinen ausgeblichenen Plüschrücken. Sie betrachtete das Buch. Sie wurde darin so gut wie gar nicht erwähnt. Die zweite Tochter spielte keine Rolle. Die unscheinbare, flachbrüstige, schüchterne Tochter, die nicht so klug wie ihre Schwester war. Ihr schliefen die Beine ein. Das Grimoire rutschte zur Seite und fiel zugeklappt auf die Bettdecke neben ihr.

»Zeit für einen Kaffee, Schweinchen Charlie.«

Emily ging in die Küche und fragte sich, ob ihre Erinnerungen an ihr Leben mit Nanna überhaupt der Wahrheit entsprachen. Sie hatte sich Nanna immer sehr nah gefühlt, näher als Darcy. Sie schüttelte die Erinnerungen ab und konzentrierte sich auf ihre plötzlichen Zweifel. In all den Stunden, die sie mit ihrer Großmutter verbracht hatte,

hatte Nanna nur darauf gewartet, dass Darcy sich durch irgendeine Handlung als noch außergewöhnlicher erwies, als sie ohnehin schon war. Das war nicht fair.

Darcy hatte tatsächlich häufig Kopfschmerzen, schon seit der Pubertät. Und Emily neigte zu schrecklichen Albträumen. Konnte beides etwas miteinander zu tun haben?

Im Wohnzimmer war es kalt. Emily schlang die Arme um sich und kämpfte gegen den Drang zu weinen an, während der Regen gegen die klappernden Fenster prasselte. Sie machte Kaffee, wobei sie nur widerwillig Nannas Kessel benutzte – warum hatte sie ihn ihr geschenkt, wenn Emily ihr so wenig bedeutete? Als Trostpreis? *Darcy vererbe ich die Macht, der Welt Frieden zu bringen, sobald sie vom Valium loskommt, Emily diesen recht hübschen, wenn auch etwas abgenutzten Kessel.* Emily berührte das Medaillon, das auf ihrer Brust hing. Nanna war nicht reich gewesen, aber großzügig.

Emily ging wieder ins Bett. Der Anblick des schwarzen Buchs auf ihrer tiefblauen Daunendecke machte sie wütend. Wenigstens war das Bett noch warm. Emily trank ihren Kaffee und schöpfte Kraft aus der bitteren Hitze. Sie zündete sich noch eine Zigarette an. Sie hatte sich zwar geschworen, nicht in der Wohnung zu rauchen, aber draußen war es nass und kalt. Noch ein Schluck, noch ein tiefer Zug. Die Anrufe – woher hatte Jay ihre Nummer? Wer war er, und wieso hatte Nanna ihn nie erwähnt? Und würde Brett ihr je verzeihen, dass sie ihn heute für nichts und wieder nichts durch die Gegend gescheucht hatte und dann auch noch sein Mobiliar auf so mysteriöse Weise zerstört worden war? Sie konnte es sich nicht leisten, ihren besten Freund zu verlieren. Die Liste der Menschen, denen sie vertrauen konnte, begann und endete mehr oder weniger mit ihrem Nachbarn.

Nicht mal der Cocktail aus Verwirrung, Koffein und Nikotin konnte den Schlaf fernhalten. Nach den Aufregungen der letzten Nacht und der Dramatik des heutigen Tages fühlte sie sich völlig ausgelaugt. Emily stürzte den Kaffee hinunter und drückte die Zigarette aus, dann schlurfte sie ins Badezimmer, um sich die Zähne zu putzen und zu pinkeln. Als sie ins Schlafzimmer zurückkehrte, warf sie ihre Klamotten auf den Fußboden und kuschelte sich, Charlie im Arm, unter die Daunendecke.

»Morgen früh wird alles einen Sinn ergeben«, sagte sie zu dem Schwein. Sie schaute auf die Uhr auf ihrem Nachttisch. Die Digitalanzeige zeigte 23:22. Ihre Augen waren geschlossen, bevor die nächste Minute umsprang.

Emily wurde von einem eigenartigen Geruch aus dem Schlaf gerissen. Es roch nach Abwasser oder faulen Eiern. Sie ließ ihren Blick durch das Zimmer schweifen. Es war immer noch dunkel, immer noch Nacht. Nicht mal die Uhr auf ihrem Nachttisch leuchtete. Es gab mal wieder keinen Strom. Bei jedem Gewitter fiel in Teilen der Stadt der Strom aus.

Dann hörte sie es. Ein leises Rascheln. Es schien ganz aus der Nähe zu kommen. Emily schoss in die Höhe, die Hände in die Daunendecke gekrallt. Sie starrte ins Nichts, kaum imstande, die Möbel im dunklen Zimmer zu erkennen.

»Ist da jemand?«, flüsterte sie.

Noch ein Rascheln. Es schien aus der gegenüberliegenden Ecke zu kommen.

»Ich kann Sie hören.« Sie flüsterte ein bisschen lauter: »Ich habe eine Waffe.« Wo war ihr Pfefferspray?

Ihr Herz pochte. Das Scharren wurde lauter. Es kam definitiv aus der Ecke gegenüber.

Langsam gewöhnten sich ihre Augen an das Dämmerlicht im Schlafzimmer. Schatten verwandelten sich in die Gegenstände ihres täglichen Lebens: der Toilettentisch, der Kleiderschrank, der Stuhl, halb begraben unter Klamotten, die nicht sauber genug zum Aufhängen waren und nicht schmutzig genug zum Waschen. Und dort, in der am weitesten entfernten Ecke, wo die Wand an die Decke stieß, über der Federmaske, die sie zu einer Kostümparty getragen hatte – diesen Schatten konnte sie nicht einordnen.

Dann bewegte er sich, schwappte vor wie eine schwarze Woge, aber ohne sich wieder zurückzuziehen. Er floss einen Zentimeter nach vorn, dann noch einen. Emily knetete die Decke in den Händen, während sie langsam die Beine anzog. Das konnte nicht real sein. Sie starrte ihn an, als würde er dadurch verschwinden oder sich plötzlich in einen großen Hut oder einen Mantel verwandeln, den sie herumliegen lassen hatte. Aber er war an der Decke. An der Decke konnte doch gar nichts sein. Wenn sie nur an den Lichtschalter herankäme. Doch dafür müsste sie sich bewegen, den Blick von dem lauernden Schatten lösen. Und das durfte sie nicht. Wenn sie ihn nur einen winzigen Moment aus den Augen ließe, würde etwas Furchtbares passieren.

Emilys Augen brannten, und ihre Muskeln zitterten. Kälte stieg in ihr auf, obwohl sie die Decke bis ans Kinn gezogen hatte. Sie fühlte sich ganz klein. Sie hätte heulen können. Aber sie würde den Blick nicht von dem Ding an der Decke abwenden. Sie würde ihm nicht die Blöße bieten, die es brauchte. Ihre Augen brannten, während sie versuchte, den Schatten mit ihrem Blick niederzuzwingen, ihn durch reine Willenskraft dazu zu bringen, zu etwas Harmlosem und ganz Natürlichem zu werden.

Emily blinzelte.

Mit einem Knurren stürzte der Schatten sich auf sie.

Emily schrie.

Wendy Winters lief in ihrem Zimmer auf und ab. Sie hatte im Bett gelegen und an die Decke gestarrt, als diese sich plötzlich veränderte. Das geschah hin und wieder – sie wurde schwarz und zähflüssig, als hätte jemand im Stockwerk darüber Molasse ausgekippt, die durch den Boden sickerte. In manchen Nächten sah sie bereits vor sich, wie die Flüssigkeit das Zimmer füllte, einen elastischen Tropfen nach dem anderen, bis sie darin ertrank. In anderen Nächten waren es Fangarme, die sich um sie schlangen und in sie eindrangen. Heute war es anders gewesen. Als der Fleck erschien, war seine Tintenschwärze nach und nach an der Decke entlanggeflossen. Dann hatte er nach ihr gegriffen. Er wollte sie nicht ertränken oder verführen, er wollte sie erwürgen. Sie hatte geschrien und einen Arm über ihr Gesicht gelegt, doch als sie die Augen zu öffnen wagte, war die Schwärze fort. Nur das matte Licht der Gartenlampe warf ein Streifenmuster durch das Gitter vor ihrem Fenster ans obere Ende der Wand.

Nun ging Wendy im Zimmer auf und ab. Es konnte nur einen Grund dafür geben, dass ihre Qualen sich verändert hatten. Eine ihrer Töchter hatte die Macht erlangt, vermutlich ohne es zu wissen.

Am ehesten war es Darcy. Sie hatte stets unter dem Fluch gelitten, der auf der Familie lastete: die Albträume, die Visionen, die Stimmen. Emily hatte als kleines Kind auch Symptome gezeigt, aber sie schien ihnen entwachsen zu sein.

Mit einem Schrei boxte Wendy gegen die Tür. Margaret, diese alte Hexe, hatte ihre Töchter ebenso verwünscht wie sie selbst. Der Fluch ihrer eigenen Mutter lastete auf ihr, und nun auch auf Darcy und vielleicht Emily. Und was war mit Madeline, der armen kleinen Madeline? Eine Mutter sollte ihr Kind fördern und nicht zu so einem furchtbaren Schicksal verdammen! Margarets ganzer Hokuspokus war für die Katz gewesen. Das alles war nur das unsinnige, nutzlose Gefasel einer senilen Frau, die nicht mit der Tatsache fertig wurde, dass der Wahnsinn durch ihre Familie polterte wie ein Clown durch den Zirkus. In Wendys Innerem begann ein Sturm aus Schuld und Zorn zu toben, ein Strudel, der ihren Verstand weit unter die Oberfläche sog. Er trieb sie gegen die Tür, wieder und wieder, und nicht mal die Polsterung konnte verhindern, dass ihre Hände und Arme von blauen Flecken übersät waren, als die Pfleger kamen, um ihr ein Beruhigungsmittel zu geben.

Das Letzte, was Wendy sah, bevor das Mittel wirkte, war ein schwarzer Fleck an der Decke, der sich voller Vorfreude auf die nächste Mahlzeit die glänzenden, grinsenden Lippen leckte.

Emily kauerte an der Wand, die Arme um die nackten Beine geschlungen. Sie bemerkte das Blut kaum, das aus zahlreichen Kratzern an ihren Armen und Beinen lief. Ihre Aufmerksamkeit war von dem schwarzen Etwas gebannt, das auf ihrem Bett lag. Die Kreatur war zu Asche geworden, zu einem Haufen Grau mit dunklen Flecken darin, der die verkohlten Überreste von Bettzeug, Daunendecke und Matratze überzog. Schweinchen Charlie lag noch im Bett, halb verbrannt, Schnauze, Ohren und Augen unversehrt, und machte ein etwas verwirrtes Gesicht. Und in der Mitte, als sei es mit größter Sorgfalt auf einem Altar platziert worden, lag das Grimoire, umgeben von seiner ganz speziellen bedrohlichen Aura.

Die Kreatur hatte sich von der Decke auf sie gestürzt.

Emilys Körper vibrierte bei der Erinnerung daran, wie sie sich angefühlt hatte: trocken und ledrig, und sie roch wie etwas, das eben erst verbrannt worden war. Als sich ihre Klauen in Emilys Fleisch gruben, wehrte sie sich instinktiv, indem sie ihr mit den Fingernägeln die Haut aufschlitzte. Und als die Krallen der Kreatur ihr Fleisch zerfetzten, vergaß sie sogar, den Schmerz zu spüren. Das Wesen, das sich der Länge nach an ihren Körper presste, war überraschend schwer. Seine Klauen krallten sich in ihre Schultern und versuchten, sie aufs Bett zu drücken. Sie schrie und wehrte sich, aber es nützte nichts. Seine Augen waren flammend rot wie die Fenster zu einem Ofen, der ihm Energie lieferte. Und als seine gierige Zunge ihren Mund erkundete, schmeckte sie den Atem von etwas, das zu lange in einem engen Raum eingesperrt gewesen war.

Ihre tastende Hand hatte das heiß gewordene Grimoire gefunden und damit auf die Kreatur eingeschlagen. Durch die Wucht des Aufpralls hätte sie das Buch beinahe fallen lassen. Sie schlug wieder und wieder zu, und jedes Mal kam es zu einer Explosion von Licht und Hitze. Die Kreatur kreischte und versuchte, die Schläge mit erhobenen Klauen abzuwehren. Das Buch brach ihr die knochigen Unterarme und trieb ihr einen Schwall stinkenden Sekrets aus der Nase. Der nächste Schlag löste eine Explosion aus, die Emily vom Bett warf und ihr das Grimoire aus den Händen riss.

Nun saß sie blutend auf dem Boden und fragte sich, wieso der Rauchmelder im Flur nicht losgegangen war. Sie fühlte sich sehr nackt. Dachte an Tetanus, an Tollwut. Schluchzte. Die Mattigkeit zwang sie schließlich, sich zu bewegen, den Flur entlangzukriechen, sich am Türpfosten hochzuziehen, nach dem Lichtschalter im Badezimmer zu tasten. Sie blinzelte in das grelle Neonlicht, während sie ihre Verletzungen begutachtete: ein Bluterguss am Kinn, Hals und Schultern waren bereits grün und blau verfärbt. Es war bemerkenswert, dass ihr Medaillon die Attacke überstanden hatte. Der Anhänger und die Kette waren klebrig vor Blut. Emily tauchte lange im kochend heißem Wasser unter. Schließlich griff sie nach der Seife, und obwohl sie jedesmal zusammenzuckte, wenn der Schaum in ihren Wunden brannte, seifte sie sich ein, bis sie die Knochen unter der Bürste spüren zu müssen glaubte. Noch immer reizte der Gestank von Verbranntem ihre Nasenlöcher. Wie viel Shampoo sie sich auch in die Haare schmierte, den Geruch wurde sie nicht los.

Als sie sich abgetrocknet hatte, tupfte sie ihre Wunden mit Desinfektionsmittel ab. Das tat weh, aber sie war froh über den reinigenden Schmerz. Die Kratzer waren nicht so tief, dass sie genäht werden mussten. Sie sprühte sich mit Parfüm ein, um den anhaltenden Brandgeruch zu übertönen, verband die schlimmsten Wunden und kuschelte sich in ihren Bademantel und ihre Lieblingspantoffeln. Und dann wagte sie sich in den Flur. Machte zwei zögernde Schritte und kam sich in diesen Klamotten ein bisschen albern vor. Sie ging in die Küche und machte Kaffee, setzte sich an den Tresen und starrte in die Dampfkringel. Trank zwei Schlucke und sah zu, wie der Rest kalt wurde. Ließ die Tasse auf dem Tresen stehen und tappste mit langsamen, aber gleichmäßigen Schritten ins Schlafzimmer. Fand es genauso vor, wie sie es in Erinnerung hatte. Erstaunlicherweise legte sich daraufhin ihr Entsetzen. Sie war nicht dabei, verrückt zu werden. Es war real. Es war wirklich geschehen. Ihre Verwirrung schmolz dahin, während das Licht die Szenerie in Realität badete. Ein beißender Geruch brannte ihr in Schlund und Nase, unverkennbar der gleiche wie bei Brett. Sie nahm an, dass etwas Ähnliches wie das, womit sie gerade gekämpft hatte, das Buch stehlen wollte, während sie und Brett unterwegs waren. Irgendwie hatte das Buch sich selbst verteidigt. War die Kreatur in ihrem Zimmer ebenfalls hinter dem Buch hergewesen? Oder hatte sie bloß über sie herfallen wollen?

Das Buch. Das Grimoire. Es lag in der Asche, und sein Anblick ließ ihr den Atem in der Brust gefrieren. Es sah so harmlos aus, und dabei war es so gefährlich. Was, zum Teufel, war es? Warum hatte sie es bekommen, und warum hatte Jay sie nicht vor seinen todbringenden Eigenschaften gewarnt? Und wieso hatte Nanna gewollt, dass Madeline es bekam? Der Gedanke, so ein Schattenwesen könnte über ihre Nichte herfallen, fraß Emilys Angst langsam auf. Ihre Schrammen juckten, in den Blutergüssen pochte es. Die Wut wärmte sie langsam auf, bis sie aufstehen und umherlaufen musste, weil sie vor Zorn zu zittern begann. Sie hatte keine Ahnung, was Nanna im Sinn gehabt, was der geheimnisvolle Jay damit zu tun oder was für eine Kreatur ihr Zimmer verwüstet und sie angefallen hatte, aber irgendjemand würde ihr die Antwort auf all diese Fragen geben. *O ja.*

4

Behutsam nahm Emily das Grimoire aus dem verkohlten Bettzeug. Das Buch sah ganz normal aus. Sie stopfte es rasch in ihre Handtasche und schnappte sich dann ihr Handy vom Nachttisch. Die Digitaluhr blinkte 00:00. Emily zögerte einen Moment. Sie wusste nicht genau, seit wann der Strom wieder da war. Dann machte sie, ohne sich umzusehen, im Schlafzimmer das Licht aus und ging ins Badezimmer.

Sie durchwühlte den Wäschekorb und fand ein schwarzes Ensemble aus Turnhemd und Jeans. Keine Zeit, um nach einem sauberen BH oder Socken zu suchen, aber sie warf sich einen Mantel über und schlang sich einen Schal um den Hals. Dann ging sie weiter ins Esszimmer. Auf dem Tisch lagen immer noch die Fotoalben. Ohne zu überlegen, nahm sie das Bild, das Jay in Nannas Schlafzimmer zeigte, und steckte es ins Grimoire. Ihre Armbanduhr lag da, wo sie sie abgelegt hatte. Sie zeigte 1:01 an. Emily ließ sie auf ihr linkes Handgelenk gleiten, dann schnappte sie sich eine Taschenlampe aus der Küche und stopfte sie in ihre übervolle Handtasche.

Auf einem Bein hüpfend, zog sie an der Wohnungstür ihre kniehohen Stiefel an, hängte sich wie gewohnt die Kameratasche über die Schulter und ging hinaus.

Immer noch verdunkelten Wolken den Himmel, die, die am tiefsten hingen, wurden von den Lichtern der Stadt in einem kränklichen Gelb angestrahlt. Die Straßenlaterne an der Ecke spiegelte sich orange in der regennassen Straße. Eine kühle, feuchte Brise fegte durch ihre Kleidung und machte ihre Nase taub.

Emily blieb vor Bretts Tür stehen. Er würde bestimmt mitkommen, wenn sie ihn darum bäte. Sie hob die Hand, um zu klopfen. Dann überlegte sie es sich anders und drehte sich um. Besser, ihn schlafen zu lassen. Sie hatte ihm schon genug zugemutet. Aber es fiel ihr schwer, auf ihren Begleiter zu verzichten und allein hinunter zu ihrem Wagen zu gehen. Sie schaute nach, ob sich irgendwelche unerwünschten Mitfahrer im Auto befanden. Nichts. Hastig stieg sie ein und stellte die Handtasche neben sich auf den Beifahrersitz. Die Zigaretten schauten lockend aus einer Seitentasche. Sie glaubte zu sehen, wie der kleine Lufterfrischungsbär das Gesicht verzog.

»Keine Versprechungen«, sagte sie zu ihm, während sie sich einen Streifen Kaugummi aus dem Handschuhfach nahm. Ihr Körper verlangte dringend nach einer Zigarette, ihr Kiefer schmerzte, als sie auf den Nikotinersatz biss. Es war einfach nicht dasselbe.

Sie überprüfte, ob die Schatten in den Rückspiegeln sich bewegten. Nichts. Alles war so ruhig, als würde die Welt auf etwas warten. Der widerspenstige Motor zerriss die Ruhe, röhrte kurz und sprang dann an. Emily legte den Heizungsschalter um, und bald strömte elektrische Wärme durch die Lüftungsschlitze. Im Radio versprach eine näselnde Stimme, dass das Wetter aufklaren würde. Am Sonntag sollte es schön werden. Wir werden ja sehen, dachte sie. Hoffentlich würde sie Jay finden, und hoffentlich würde er ihr ein paar Antworten geben – bevor sie diesem Geheimniskrämer sagte, dass er sich das Buch dorthin stecken sollte, wo die Sonne nicht scheint.

Brett schlief unruhig in dieser Nacht. Jedes Mal, wenn er die Augen schloss, sah er den verbrannten Tisch, roch den beißenden Qualm. Er konnte weder die absonderlichen Schrammen an Emilys Wagen noch das ungute Gefühl vergessen, das ihn jedes Mal überkommen hatte, wenn er das Buch anschaute, das Jay ihr gegeben hatte.

Zwischendurch war einmal der Strom ausgefallen, aber als er seiner Unruhe endlich nachgab und aufstand, funktionierte alles wieder. Er streifte durchs Wohnzimmer. Alles schien in Ordnung zu sein. In der Küche lockte der Scotch. Ein Schlaftrunk war genau das, was er brauchte. Er schaute aus dem Fenster und stellte fest, dass Emilys Wagen nicht auf dem Parkplatz stand. Eine kleine Ewigkeit stand er mit der Flasche und einem Glas in der Hand da und starrte auf den leeren Platz, als könnte er den Kombi durch reine Willenskraft wieder zurückbringen. Hatte er gehört, wie sie gegangen war? War es das Klappen ihrer Tür gewesen, was ihn aus dem Bett geholt hatte? Oder hatte er etwas anderes gehört – andere seltsame Geräusche, die durch die Wand und in seinen unruhigen Schlaf gedrungen waren?

Die Nachtluft war nach dem Regen ziemlich frisch, und er hatte nur Boxershorts und ein T-Shirt an, als er in den Laubengang trat und zu Emilys Tür ging. Vielleicht hatte sie den Wagen in die Garage gestellt, nachdem sie seine Wohnung verlassen hatte. Vielleicht lag sie im Bett. Er sah sie schlafend in seinem Gästebett vor sich. Sie hatte so zart und verletzlich gewirkt. Er erinnerte sich, wie sie das Schloss an der Kirche aufbrach, an den entschlossenen Ausdruck um ihren Mund, die konzentriert gerunzelte Stirn.

Brett klopfte leise an ihre Tür. Er wollte nicht, dass die anderen Nachbarn ihn hörten. Keine Reaktion. Angst packte ihn. Er klopfte lauter. Als sich nichts rührte, drehte er sich um und lehnte sich an die Tür. Er ließ seinen Blick über die Straße schweifen, die voller Schatten war. Eine Straßenlaterne flackerte. Brett hörte sie hektisch summen wie ein riesiger Insektenvernichter. Dann drehte er sich abrupt von der Tür weg, umklammerte das Geländer des Laubengangs, obwohl es ein unangenehmes Gefühl war, mit seinen halb erfrorenen Fingern das kalte Metall zu umfassen, und sah auf die Straße. Hatte sich da unten etwas bewegt? Etwas Schwarzes in der tiefen Dunkelheit, das in dem schwach flackernden Licht schillerte? Er starrte auf diese Stelle, bis er glaubte, die Augen würden ihm aus dem Kopf treten, aber er konnte nichts sehen. Sein frustrierter Seufzer verfärbte sich in der Luft weiß. Er rieb sich das Gesicht, schlang die Arme um sich, als er merkte, wie kalt ihm war, und kehrte in seine vergleichsweise warme Wohnung zurück. Vergewisserte sich, dass die Tür verriegelt war. Warf noch einen Blick aus dem Fenster, aber die Straße blieb leer und still.

Heute würde er keinen Schlaf finden. Nicht, solange Emily fort war. Brett machte Kaffee, setzte sich auf die Couch und starrte den verkohlten Fleck an, auf dem sein Tisch gestanden hatte. Er würde es sich nie verzeihen, wenn ihr etwas zustieße. Doch schlimmer als das war seine Enttäuschung darüber, dass sie, wo auch immer sie war, ihn nicht bei sich haben wollte.

Diesmal regnete es nicht, und dafür war Emily dankbar. Die Fahrt zur Kirche hatte nicht lange gedauert. Sie hielt so dicht an der Eingangstür wie möglich. Nachdem sie das Handy an ihren Gürtel geklemmt und sich vergewissert hatte, dass das Grimoire neben der Dose Pfefferspray in ihrer Handtasche steckte, holte sie die Taschenlampe hervor und verließ den Schutz des Wagens. Ein Chor von Fröschen quakte im Gebüsch. Ein dünner Streifen Mond erschien, in

Wolkenfetzen gehüllt, am Himmel und verschwand dann wieder. Die kühle Nacht stach wie Nadeln in ihre Haut, und Emily wünschte, sie hätte eine dickere Jacke an.

Vor der Kirchentür fühlte sie sich plötzlich verletzlich und unbehaglich. Geradezu nackt. Sie umklammerte ihre Handtasche fester und fragte sich, ob das hier wirklich so eine gute Idee war. Das höchst reale Gewicht des Buchs und das Jucken in ihren Wunden trieben sie voran. Sie brauchte Antworten, und sie brauchte sie jetzt.

Die Tür ging auf, als sie sie berührte. Das Quietschen ließ sie zusammenzucken. Sie hielt inne, lauschte auf ein Zeichen dafür, dass derjenige, der die Tür geöffnet hatte, in der Nähe war. Nichts. Emily biss sich auf die Lippe, schlüpfte dann durch den Spalt und ließ die Tür hinter sich zufallen. Wieder standen ein paar Kisten im Vorraum herum. Ansonsten sah es fast genauso aus wie an dem Nachmittag, als sie mit Brett hier gewesen war.

Mit angehaltenem Atem kniete sie sich hin und zupfte das Klebeband ab, das einen der Kartons verschloss. Im matten Licht ihrer Taschenlampe sah sie nichts als Bettwäsche. Enttäuscht, dass es sich um so etwas Profanes handelte, atmete sie wieder aus. Dann fummelte sie das Klebeband von einer anderen Kiste so weit ab, dass sie gerade hineinsehen konnte. Geschirr. Jemand zog aus. Oder ein.

Emily stand auf und stieß leise die Tür zum Andachtsraum auf. Die Kandelaber waren angezündet und tauchten den ganzen Raum in ein friedliches Licht. Verblüfft schüttelte Emily den Kopf. Von draußen war kein Licht zu sehen gewesen. Nicht mal unter der Tür hindurch zum Vorraum. Sie machte die Taschenlampe aus und nahm stattdessen das Pfefferspray in die Hand.

Dann sah sie ihn. Er stand mit dem Rücken zu ihr vor

dem Altar und zündete die Kerzen an – der Mistkerl, der all ihre Probleme verursacht hatte. Emilys wurde stinkwütend. Die Kerzen schienen plötzlich heller zu brennen. Gebückt schlich sie den Gang hinunter, wobei sie achtgab, nur auf den Läufer zu treten, um kein Geräusch zu verursachen. Auf halbem Weg zum Altar blieb sie stehen, hob das Pfefferspray und zielte damit auf seinen Rücken. Ihre Hände zitterten.

»Hallo, Emily«, sagte Jay mit dieser tiefen, sinnlichen Stimme. Er drehte sich nicht um, sondern fuhr einfach fort, die restlichen Kerzen anzuzünden. »Ich nehme an, es geht Ihnen gut.«

»Das tut es nicht, dank Ihnen«, sagte sie und fragte sich plötzlich, wieso, zum Teufel, sie schon wieder allein hier war.

Jay drehte sich um. Der Kerzenanzünder flackerte noch in seiner Hand. Er hatte seinen Mantel abgelegt, darunter trug er ein locker sitzendes Satinhemd. Die Hose und die Stiefel schienen dieselben zu sein wie gestern.

Er runzelte die Stirn, seine Nase zuckte. »Sind Sie verletzt?« Er schürzte die Lippen, blies die Streichholzflamme aus und trat dann dreist einen Schritt vor. »Was ist passiert?«

»Ich hatte gehofft, dass Sie mir diese Frage beantworten könnten«, sagte sie und schüttelte drohend das Pfefferspray.

Er deutete auf die Kirchenbänke. »Setzen wir uns. Sie können mir alles erzählen. Ich glaube, heute Abend sind wir hier in Sicherheit.«

»Bleiben Sie, wo Sie sind«, warnte sie ihn. »Kommen Sie mir nicht zu nahe!«

»Emily ... Emily ...« Seine Stimme war ruhig und tröstlich, sein Gesichtsausdruck verriet, dass ihr Misstrauen ihn tief verletzte. »Ich tu Ihnen nichts. Sie müssen mir glauben.«

»Aber sicher.« Emily nickte so sarkastisch sie konnte. »Sie haben mich reingelegt. Diese Wesen, die letzte Nacht hier waren, haben mich verfolgt – des Buches wegen, wette ich. Also sagen Sie mir, wie soll ich Ihnen trauen?«

Er baute sich vor ihr auf und schaute durch die zitternde Spraydose hindurch, als wäre sie nicht da. Seine Augen waren so braun wie Kaffee oder Schokolade. Sie leuchteten fast wie Honig im Sonnenschein. Er wirkte größer, als sie es in Erinnerung hatte, seine breite Brust war wie eine Mauer aus schwarzem Satin. So ruhig. Ein Anflug von Besorgnis glitt über seine Stirn. Plötzlich fühlte sie sich schwach, fast weggetreten, als hätte sie sich plötzlich erkältet und ihre gesamte Wahrnehmung würde durch Unmengen von Rotz und Pseudoephedrin gedämpft.

»Ich bezweifle, dass die Schatten Ihnen ernsthaft etwas zuleide tun würden«, sagte Jay. »Sie werden versuchen, das Grimoire zu stehlen und Sie schutzlos zu machen, aber Sie sind bei weitem die wertvollere Beute. Auch wenn Ihnen vielleicht gar nicht klar ist, worum es hier wirklich geht.« Er trat näher an sie heran, nah genug, um ihre Hand zu berühren. Doch auch ohne Körperkontakt konnte sie ihn spüren, seinen charakteristischen erdigen Geruch riechen. Der Kerzenschein schien schwächer zu werden, der Raum schrumpfte. Es gab nur sie und ihn, das matte rote Glühen in seinen Augen und die Gewissheit, dass alles gut werden würde, wenn er sie berührte. Besser als gut.

Emilys Knie begannen, weich zu werden. Hitze stieg aus ihrem Schoß auf, Verwirrung benebelte sie.

»Wer sind Sie?«, flüsterte sie. Sie ließ das Spray sinken und rieb die Stelle, an der das Medaillon wie ein Eiswürfel auf ihrer fiebrigen Haut lag. »Was machen Sie mit mir?«

»Haben Sie das Grimoire gelesen?«, fragte er sanft.

Eine Welle der Kälte durchströmte sie, als habe gerade jemand eine Kühlschranktür geöffnet. Blinzelnd wich sie zurück. Sie spürte, wie ihr Herz klopfte. Durch den Strudel ihrer Emotionen hindurch brach ihre Wut sich Bahn. Sie hob das Pfefferspray. Jay zog die Augenbrauen hoch und trat einen Schritt zurück.

»Was, dieses Buch?«, fragte sie und zerrte wütend das Grimoire aus ihrer Tasche. »Da steht nur Unsinn drin.«

Wie konnte er nur so verdammt ruhig sein, während sie ein Nervenbündel war? Sie wäre fast in ihrem eigenen Bett umgebracht worden. Alles wegen dieses Buchs, das er ihr gegeben hatte. Dabei hätte sie es doch eigentlich gleich nach Nannas Tod bekommen sollen, und sei es nur, um es für Madeline aufzubewahren. Wie konnte er es wagen, so zu tun, als wäre er für Nanna wichtiger gewesen als sie? *Nannas geheimer Freund.* Sogar vor Emily, die in Nanna eher eine Mutter gesehen hatte als in Wendy selbst, hatte sie ihn geheim gehalten.

Und wie konnte Jay es wagen, ihre Gefühle so zu manipulieren, ihr so furchtbare Angst einzujagen, sie so durcheinanderzubringen und sie gleichzeitig so scharf zu machen? Sie fühlte sich wie ein hilfloser Teenager, wie ein kleines Dummchen. So hatte sie sich seit ... seit Martin nicht mehr gefühlt.

»Hören Sie auf, mich wahnsinnig zu machen, Sie Mistkerl«, schrie Emily und schleuderte mit ihrem ganzen Frust das Grimoire nach ihm. Es öffnete sich, und die Seiten flatterten wie Fledermausflügel. Das Foto, das dazwischen steckte, fiel zu Boden. In dem Moment, als es auf Jays Gesicht zuflog, bereute sie schon, dass sie es geworfen hatte. Das Buch ihrer Nanna.

Jay fing das Grimoire im Flug auf und klappte es zu.

Emily staunte, was für Reflexe dieser Mann hatte. Überrascht stand sie da, als er näher trat und ihr das Buch hinhielt.

»Ach, liebe Emily«, sagte er. »Sie müssen sich Zeit lassen. Das ist erst der Anfang, Ihre Bestimmung reicht weit über die Seiten dieses Buches hinaus. Bitte setzen Sie sich zu mir und lassen Sie mich versuchen, es Ihnen zu erklären.«

Als sie sich nicht rührte, sagte er: »Haben Sie keine Angst. Ich habe die Schutzvorkehrungen auf diesem heiligen Boden verstärkt. Heute Nacht zumindest sind wir hier in Sicherheit.« Er lächelte finster. »Hier werden sie mich nicht so schnell wieder überfallen.«

»Allerdings nicht, schließlich haben Sie ja auch das Buch nicht mehr«, sagte sie. Sie war hin und her gerissen zwischen dem Drang, das Buch an sich zu drücken und es ihm erneut ins Gesicht zu schleudern.

Der Schatten eines Schuldgefühls huschte über sein Gesicht.

»Die Geschichte ist noch viel komplizierter. Bitte.« Er bedeutete ihr erneut, sich neben ihn zu setzen.

Emily nahm Platz, hielt jedoch Abstand. Das Buch war schwer und fühlte sich auf ihrem Schoß warm an. Da sie in ihrer Verwirrung nicht wusste, was sie sonst anschauen sollte, betrachtete sie den dicken Einband mit dem seltsamen Symbol.

»Wie viel wussten Sie über Ihre Großmutter?«, fragte Jay.

Sie ließ das Buch nicht aus den Augen. Das Symbol auf dem Einband schien sich im Kerzenlicht zu winden.

»Offenbar nicht viel«, sagte Emily. Gott, wie sehr ihr Nanna fehlte! Sie hatte geglaubt, den Kummer unter Kontrolle zu haben. Doch bei Jays Nachricht, beim Anblick des

Buchs hatte die Trauer sie wieder überwältigt, so schmerzvoll und frisch wie die Verletzungen an ihrem Körper.

»Dieses Buch hat ihr gehört«, sagte er. Seine Stimme strahlte eine hypnotische Ruhe aus.

»Ja«, erwiderte er.

»Sie sind von ihrem Blut«, fuhr er fort. »Sie sind wie sie.«

»Die Leute haben immer behauptet, wir wären uns ähnlich«, sagte sie. Sie fühlte sich, als hätte sie keinen Boden mehr unter den Füßen.

»Und dieses Buch hat ihr gehört«, wiederholte er.

»Ja«, sagte sie. »Das war Nannas Buch.«

Eigentlich hätte es ihr auf die Nerven gehen müssen, dass sie immer nur im Kreis herumredeten, doch stattdessen drängten sich schöne Erinnerungen an ihre Großmutter in den Vordergrund. Sie nahm Jay kaum noch wahr und spürte nur noch das Gewicht des Buchs auf ihrem Schoß.

»Sie hat es in ihrem Schlafzimmer aufbewahrt«, sagte Emily. »Da habe ich es immer gesehen. Es ist auf einem Foto, das ich mal gemacht habe – auf dem da.« Sie zeigte auf das weiße Rechteck am Boden und wurde plötzlich sarkastisch. »Sie sind auch drauf, aber ich kann mich nicht erinnern, Sie damals da gesehen zu haben.«

Er zog eine Augenbraue hoch.

»Das … ist unmöglich.« Er nahm das Foto in die Hand und starrte es an, als hätte er es verloren und jetzt erst wiedergefunden. Es kam ihr so vor, als ließe er es nur widerstrebend los, als er es ihr zurückgab.

Emily steckte das Foto zwischen die Seiten und schlug das Buch zu.

»Das Symbol auf dem Einband ist das gleiche wie das auf dem Kopfteil ihres Betts.« Sie berührte das silberne

Zeichen. Es war eindeutig warm, und es wurde immer wärmer. »Was bedeutet es?«

Er tat die Frage mit einer Handbewegung ab. »Dieses Symbol ist der Schlüssel. Es erlaubt Ihnen, die Geheimnisse des Grimoire zu entschlüsseln.«

»Ich hab gemacht, was Sie gesagt haben«, erklärte Emily, während sie mit dem Finger das Muster in der Luft nachzeichnete. »Der Text hat sich ... verändert.«

»Ich hätte es Ihnen sagen sollen, als ich es Ihnen gegeben habe. Doch wir hatten nicht genug Zeit. Euer Leben ist einfach zu kurz.« Er hielt inne und schien durch sie hindurchzusehen, dann blinzelte er kurz und fixierte sie wieder. »Mit Hilfe des Entschlüsselungszaubers können Sie das eigentliche Buch lesen. Je stärker der Zauber wirkt, desto mehr wird es von seinem wahren Inhalt preisgeben. Für den Rest werden Sie den Ring brauchen.«

»Den Ring?«, fragte sie, während sie das Buch aufschlug, und schnappte dann nach Luft. Die Seiten waren voller holzschnittartiger alter Schwarzweißbilder. Und schon stand ihr im flackernden Kerzenschein wieder ihr Traum in all seiner Drastik vor Augen. Sie verdrängte die Hitze, die sie jäh erfüllte, und konzentrierte sich auf die Handschrift ihrer Großmutter. Sie wirkte auf dem Papier so lebendig, die Tinte so frisch wie am ersten Tag. Sie bedeckte Seiten um Seiten, als wäre das, was sie bisher gelesen hatte, nur eine Einleitung gewesen.

»Wissen Sie, was aus dem Ring geworden ist?«, fragte Jay.

»Nannas Bernsteinring? Den hat sie meiner Nichte hinterlassen. Sie ist erst sieben, also wird meine Schwester ihn wohl haben. Sie wohnt in Bayview.«

»Madeline hat doch in fünf Tagen Geburtstag?«

»Ja, woher wissen Sie das?«

»Dafür bin ich da. Wir haben nicht viel Zeit. Sie müssen den Ring holen. Nur damit können Sie all die Informationen, die in diesem Buch enthalten sind, bis Donnerstag in sich aufnehmen.«

»Wieso gerade bis Donnerstag?«

»Da wird Madeline acht Jahre alt. Wenn etwas geschieht – und das scheint unausweichlich zu sein –, dann an dem Tag.«

»Weiß Darcy davon? Wenn Maddy irgendwie in Gefahr schwebt, müssen wir es ihr sagen.«

»Ihre Schwester wird Ihnen nicht glauben.«

»Das kann man nie wissen.«

»Doch, ich kann. Glauben Sie mir, Sie brauchen den Ring, um das Buch zu lesen, und Sie sind auf jeden Fetzen Information in diesem Buch angewiesen, wenn Sie eine Chance haben wollen, Ihre Nichte zu beschützen, Ihre Schwester – alle, die Sie lieb haben.«

»Wovor schützen? Vor wem? Vor diesen Kreaturen?«

»Die Schatten sind das geringste Problem, das sind nur Gehilfen. Können Sie den Ring besorgen?«

»Ich schätze schon, aber es ist eine ziemlich lange Fahrt. Hören Sie ...«

»Wir brauchen ihn«, unterbrach er sie. »Wenn Sie mir vertrauen, fahre ich, und Sie können lesen und mir Fragen stellen. Wir schaffen es doch vor Sonnenaufgang dorthin, oder?«

»Ja, schon, sie wohnt ja schließlich nicht in Queensland. Aber was spielt das für eine Rolle?«

Er lächelte finster, stand auf und streckte die Hand aus. Sie zögerte, dann nahm sie sie. Sie staunte über die glatte Haut und die ruhige Kraft, die in ihr lag.

»Wir können im Auto reden, während Sie lesen«, sagte er und ging zu den Kerzen hinüber.

Emily versuchte, die Furcht abzuschütteln, die sie überkam. Fünf Tage? Um ihre gesamte Familie vor einem geheimnisvollen Feind zu schützen, der sie belauerte?

»Das ist doch alles Schwachsinn«, sagte sie.

Er hielt inne und fixierte sie mit einem langen, unerbittlichen Blick. »Sind Sie bereit, deswegen Ihr Leben und das Ihrer Nichte aufs Spiel zu setzen?«

»Nein, nein, bin ich nicht«, räumte sie ein.

»Das ist immerhin ein Anfang.« Er drehte sich wieder um und fuhr fort, die Kerzen mit einem ziselierten Metallhütchen auszulöschen.

»Sagen Sie mir wenigstens, wer, zum Teufel, Sie sind«, erwiderte sie, während die Dunkelheit die Kirche zurückeroberte.

»Ich bin auf Ihrer Seite«, sagte er. Er nahm die Altarkerze und ging vor Emily her zur Tür.

»Das beantwortet meine Frage nicht.«

»Sie werden es aus dem Grimoire erfahren. Der Ring wird den Rest enthüllen.«

Sie traten nach draußen. Emily blieb auf der Veranda stehen und blinzelte im grellen Licht der Autoscheinwerfer. Die stille, kühle Nacht umhüllte sie. Sydneys Lichter verliehen dem Himmel ein kränkliches Grau, aber direkt über ihnen schimmerten die Sterne durch die dünnen Wolken. Die Welt wirkte so normal. Wenn sie sich umdrehte, würde Jay dann noch da sein? Das Ganze kam ihr viel zu irreal vor. Sie hätte sich am liebsten gekniffen, um zu sehen, ob sie noch schlief. Stattdessen zog sie ihre Zigaretten aus der Tasche. Sie brauchte etwas, um sich zu beruhigen.

»Würde es Ihnen etwas ausmachen, nicht zu rauchen?«, fragte Jay, während er die Tür zuzog. »Ich reagiere empfindlich auf so etwas.«

Na toll, dachte sie. Ein Gesundheitsfreak. Sie seufzte,

während die Müdigkeit in ihr hochkroch, und schaute Jay ins Gesicht. »Wieso ist der Ring so wichtig, dass wir gleich jetzt hinfahren müssen? Ich dachte, diese Schatten wären mehr an dem Buch interessiert.« Trotzig tippte sie auf das Grimoire.

»Der Ring ist eine Verbindung zu Ihren Vorfahren, ein Sammelbecken ihrer Erfahrungen, könnte man sagen. Er wird seit Generationen in direkter Linie von Mutter zu Tochter vererbt. Im Buch steckt das Wissen, im Ring die Erinnerung. Er wird dabei helfen, die Zauberformeln im Buch zu aktivieren. Zusammen mit Ihren angeborenen Kräften ist das eine starke Kombination. Und täuschen Sie sich nicht – momentan ist die Cabal zwar nur hinter dem Buch her, aber auf lange Sicht werden sie alles haben wollen. Angefangen mit Ihrer Nichte.«

»Können wir dann nicht einfach die Polizei rufen?«

Er schaute sie an, als sei sie etwas, das er in seiner Tasche gefunden hatte, ohne sich daran erinnern zu können, wie es dorthin geraten war.

Emily spürte, wie das Feuer der Verlegenheit ihre Wangen wärmte. »Ich meine, wenn Maddy bedroht wird, kann man sie dann nicht in Schutzhaft nehmen oder so was?«

»Hat die Polizei Ihnen letzte Nacht geholfen?«, fragte er.

Emilys Augen verengten sich. »Nein«, räumte sie ein.

»Wie kommen Sie dann darauf, dass sie morgen mehr Einsatz zeigen wird?«

Sie fummelte an ihrer Handtasche herum und sehnte sich nach einer Zigarette, einem Whisky und vielleicht einer Zeitmaschine, die sie vierundzwanzig Stunden zurückversetzte, als alles noch normal gewesen war. Beschissen, aber normal.

»Ich weiß nicht recht, ob ich bereit dafür bin«, sagte Emily.

Er umfasste ihre Arme und sah sie eindringlich und entschlossen an. »Das kommt noch.«

Natürlich konnte sie nicht so tun, als sei das alles nicht geschehen, nicht, wenn auch nur die geringste Gefahr bestand, dass Madeline etwas zustoßen könnte. Und es gab nur einen Weg, das herauszufinden.

»Wie wär's, wenn ich fahre?«, fragte sie und fischte den Schlüssel aus der Tasche.

Er streckte die Hand aus. »Sie müssen lesen.«

Widerstrebend ließ sie die Schlüssel in seine Handfläche fallen und folgte ihm dann zum Wagen.

»Ich könnte wirklich eine Zigarette gebrauchen«, sagte sie. Es war ein unangenehmes Gefühl, an der Beifahrerseite ihres eigenen Wagens zu stehen.

»Bitte nicht. Das ist wirklich eine ganz schlechte Angewohnheit.«

»Hey, das ist schließlich mein Wagen!«

Er sah sie an, ohne mit der Wimper zu zucken.

Na gut, ich will ihn lieber nicht verärgern, dachte sie.

Er lächelte. »Ihre Urgroßmutter hat auch geraucht. Ihr konnte ich es ebenfalls nicht ausreden. Vielleicht sind Sie ja klüger.«

»Unwahrscheinlich. Darcy ist die Intelligentere von uns beiden.« Sie machte die Tür auf, und dann trafen sich ihre Blicke, als er die seine öffnete. »Ich wüsste gern mehr über sie – meine Urgroßmutter, meine ich. Über Genevieve.«

»Sobald wir den Ring haben, werden Sie vermutlich alles erfahren, was Sie wissen wollen, und noch mehr.«

Emily stieg in den Wagen und angelte sich ein weiteres Kaugummi aus dem Handschuhfach. Sie fuhren los. Während Jay ihren Anweisungen zum Freeway folgte, schaltete sie die kleine Lampe am Armaturenbrett ein, die fürs Kartenlesen gedacht war, und schlug das Grimoire auf. Bald waren ihre Bedenken und ihre Müdigkeit wie weggeblasen.

Dem Datum des ersten Eintrags nach zu urteilen, hatte Nanna ein paar Jahre vor ihrem Tod mit ihren Memoiren begonnen. Der Gedanke trieb Emily die Tränen in die Augen, und sie biss die Zähne zusammen, damit ihr Kinn nicht zu zittern anfing. Dann vertiefte sie sich in die vertraute Handschrift ihrer Nanna und die Geschichte ihres Lebens, völlig gebannt von der wachsenden Einsicht, dass ihre Großmutter Seiten gehabt hatte, von denen sie nie zu träumen gewagt hätte. Eine der ersten, auf die sie stieß, und eine der faszinierendsten war Nannas Schilderung ihrer ersten Begegnung mit dem rätselhaften Fremden, der jetzt neben Emily saß.

J kam eines Abends zu mir, nachdem ich weiter als sonst auf unserem Anwesen umhergestreift war. Der Sonnenuntergang über den Bergen war wunderschön, aber dann wurde es sehr schnell dunkel, und als ich durch den Wald wieder zum Haus ging, herrschte tiefste Finsternis. Ich lief eine Trift entlang, und plötzlich merkte ich, dass mir ein Schatten den Weg versperrte. Es war wohl das erste Mal, dass ich auf unserem Land wirklich Angst hatte, und ich nahm das Medaillon in die Hand, das meine Mutter mir geschenkt hatte. Sie hatte gesagt, es würde mich vor bösen Dingen beschützen, und bislang hatte es wie ein Talisman funktioniert.

»Wer sind Sie?«, fragte ich. Meine Stimme zitterte vor Angst, auch wenn die Nacht eine bittere Kälte mit sich gebracht hatte, für die ich zu dünn angezogen war.

»Ein Freund«, sagte der Mann. »Ich bin hier, um dafür zu sorgen, dass Sie sicher nach Hause kommen.«

»Hat mein Vater Sie geschickt? Ich kenne Sie nicht.« Ich schaute mich nach einem Stock um, nach irgendwas, womit ich mich verteidigen konnte. Doch gleichzeitig gab mir etwas in seiner Stimme, in seinem Verhalten das Gefühl, dass das nicht nötig sein würde. Dass ich ihm vertrauen konnte. Ich war fünfzehn und noch ziemlich naiv.

»Nein«, sagte er. »Ich wollte Sie schon seit einiger Zeit besuchen. Ich war ein Freund Ihrer Mutter und auch Ihrer Großmutter.«

»Ach ja? Wie heißen Sie denn? Ich bin sicher, dass ich Sie noch nie gesehen habe.«

»Mein Name ist Jehail. Aber ich bezweifle, dass sie mich erwähnt haben.« Er zögerte, als wüsste er nicht, was er sagen sollte. »Ihre Mutter ist ... zu jung gestorben, viel zu jung.«

Tränen brannten bei seinen Worten auf meinen Wangen. Ich musste daran denken, wie furchtbar es für mich gewesen war, als mein Vater mir vor zwei Jahren gesagt hatte, dass sie fort war. Weggelaufen, sagte er, wie ein Dieb in der Nacht. Sie hatte nur einen Brief hinterlassen, in dem sie schrieb, dass sie uns liebte, aber Vater fand heraus, dass sie im Wagen eines Mannes gesehen worden war, und später, dass sie das Land verlassen hatte. Und dann erfuhren wir, dass man sie ertrunken in einem Bergbach in British Columbia gefunden hatte.

»Jehail. Das ist ein merkwürdiger Name«, sagte ich, um das Thema zu wechseln. »Den habe ich noch nie gehört.«

»Er ist ziemlich alt«, sagte er.

Emily schaute Jay wieder an. »Jehail.« Sie ließ sich den Namen auf der Zunge zergehen, spürte das Gewicht des Alters und der Macht. »Wie alt genau?«

»Älter als Sie«, sagte er mit einem Lächeln.

»Wie können Sie die Mutter meiner Großmutter gekannt haben? Sie sind doch noch nicht mal vierzig?«

»In meiner Familie altert man langsamer«, sagte er. Als sie die leise Ironie in seiner Stimme hörte, durchlief sie ein warmes Glühen, und sie kicherte, ohne richtig zu wissen, warum.

»Den Trick würde ich gerne kennen«, sagte sie. »Damit könnte ich ein Vermögen verdienen.«

»Es kostet mehr, als sich irgendjemand leisten kann«, sagte er ernst.

Sie streichelte kurz seinen Arm und zog dann rasch die Hand wieder zurück. Es war ihr ganz natürlich erschienen, ihn zu berühren. »Geld ist mir nicht besonders wichtig. Ein bisschen wäre allerdings nicht schlecht.«

»Wir haben noch eine Weile zu fahren. Sie sollten weiterlesen.«

Emily nickte. An ihren Fingerspitzen spürte sie noch das geisterhafte Gefühl, das seine Muskeln hinterlassen hatten. Sie wandte sich wieder dem Buch zu.

Wir gingen durch den Wald und plauderten, und ich ertappte mich dabei, dass ich langsamer wurde, um den Abschied hinauszuzögern. Es war, als wären wir ganz alte Freunde, die sich nach einer langen Trennung wiedergefunden hatten und sofort wieder an früher anknüpften. Als wir zur oberen Koppel kamen, konnten wir die Lichter des Hauses hell leuchten sehen. Ich lud ihn zum Tee ein. Er lehnte höflich ab, versprach aber, mich wieder zu besuchen. Tagsüber war er durch seine

Arbeit verhindert. Er könne am frühen Abend kommen, sagte er. Bei dem Gedanken an ein nächtliches Rendezvous bekam ich Herzklopfen. Er war so attraktiv, dass ich mich fragte, ob meine Atemnot, die Hitze in meinen Wangen wirklich nur davon herrührten, dass wir eine geheimnisvolle Freundschaft wieder aufgenommen hatten, oder vielmehr vom Erblühen einer geheimen, vorherbestimmten Liebe. Rückblickend glaube ich, dass es beides war. Ich kann mich glücklich schätzen, dass ich Ersteres kennenlernen durfte, auch wenn unser beider Welten sich miteinander verschworen haben, um Letzteres zu verhindern.

Nanna war also in Jehail verknallt gewesen. War das der Grund, weshalb sie ihn in dem Tagebuch nur mit einem großen J bezeichnete? Aber eine pubertäre Schwärmerei, wie lange sie auch gedauert haben mag, erklärte kaum, warum jemand hinter dem Tagebuch her sein sollte. Großvater war schon vor vielen Jahren gestorben, und Nanna war mittlerweile seit vier Jahren tot. Und sie hatte ihn noch nicht mal betrogen. Zumindest glaubte Emily das nicht. Vielleicht kamen die pikanten Stellen noch.

Emily betrachtete Jay. Seine Augen wanderten ständig zwischen der Straße und den Rückspiegeln hin und her. Warum hatte er ihr das Buch gegeben? Die Einleitung ließ darauf schließen, dass es für Emilys Schwester bestimmt war und nicht für sie selbst. Sollte sie ihn fragen? Wusste er überhaupt, was drinstand? Gestern hatte sie sich noch darüber beklagt, dass sie niemanden hatte, mit dem sie ausgehen konnte, jetzt grübelte sie über die heimliche Affäre ihrer Großmutter mit einem Mann nach, der mindestens hundert Jahre alt sein musste und aussah wie dreißig. Das wäre eine tolle Geschichte für die Zeitung, wenn irgendjemand sie glauben würde. Sie stöhnte, während die Verwirrung einen Strudel in ihrem Kopf bildete wie in einem Whirlpool.

»Alles in Ordnung?«, fragte Jay und warf ihr einen besorgten Blick zu.

»Nein«, sagte sie. »Was, zum Teufel, geht hier vor?«

Er lachte. »Haben Sie seltsame Träume?«

»Was?«

»Haben Sie?«

»Früher schon. Dann und wann habe ich auch heute noch welche.«

»Das sind keine Träume. Das sind Erinnerungen.«

»Das glaube ich nicht.«

»Warum nicht?«

»Weil Sie darin vorkommen. Hundertprozentig.«

»Sie müssen eins begreifen: Ich bin hier, um Sie zu beschützen, so wie ich Ihre Großmutter und deren Mutter, Genevieve, beschützt habe. Was wissen Sie von ihr?«

Emily nickte. »Wenig. Sie ist in Kanada gestorben«, sagte sie geistesabwesend. »Moment mal. Wechseln Sie nicht das Thema. Vor wem oder was genau beschützen Sie uns?«

Er setzte ein finsteres Gesicht auf, warf einen Blick aus dem Fenster und starrte dann wieder auf die Straße vor ihnen.

Sie glaubte, er sei verstummt, und wollte gerade eine neue Frage stellen, als er wieder zu sprechen begann. »Was Sie momentan wissen müssen, ist, dass Sie, Emily Winters, von einer langen Reihe von Hexen abstammen, die darum gekämpft haben, ihr Leben so zu leben, wie sie es wollten. Und dass es andere gibt, Zauberer, könnte man sagen, die sie zurück in die Gemeinschaft holen wollen. Diese Männer und Frauen – die Cabal – sind seit Generationen auf der Suche nach Ihrer Familie, und nun haben sie Sie gefunden. Sie sind hinter den Informationen in diesem Buch her, sie sind hinter Ihrer Nichte her, und wenn ihnen klar wird, welche Macht in Ihnen wohnt, werden sie auch hinter Ihnen her sein. Und sie werden nur auf zwei Hindernisse stoßen: auf Sie und mich.«

Emily lehnte sich zurück und versuchte, diesen plötzlichen Wortschwall und die Informationen, die er enthielt, zu verdauen. »Warum ich?«, fragte sie leise.

»Sie sollten eigentlich gar nicht damit behelligt werden. Im Idealfall weder Sie noch Ihre Schwester. Aber der Feind hat Sie gefunden, und all unsere Pläne sind Schall und Rauch. Marguerite und ich hatten gehofft, dass die Macht zum Schweigen gebracht worden wäre. Eingeschläfert, wenn Sie so wollen. Dass Sie in der Lage sein würden, ein normales Leben zu führen. Deshalb habe ich Sie beobachtet und gewartet, ob sich die Fähigkeiten bei Ihrer Schwester entfalten würde.«

»Hat das irgendwas mit ihren Kopfschmerzen zu tun? Oder Mums ... Krankheit?«

Er zuckte mit den Schultern. »Vielleicht. Die Gabe lässt sich nicht gern verleugnen. Abgesehen von Darcys relativ leichten Symptomen geschah offenbar nichts Ungewöhnliches. Ihr achtzehnter Geburtstag verging, ohne dass sich eine Veränderung feststellen ließ. Dann brachte sie Madeline zur Welt, und auch die schien keine übernatürlichen Kräfte zu haben. Allerdings ist sie noch klein und hat noch Zeit. Es ist möglich, dass die Gabe Darcy komplett übersprungen hat und in ihrem Kind wiedergeboren wurde. Meist wird sie jedoch an die erstgeborene Tochter weitervererbt.«

»Was ist das für eine Gabe?«

Mit einem Nicken deutete er auf das Buch. »Das wird Marguerite Ihnen zeigen.«

»Sie glauben also, dass ich diese mysteriöse Gabe geerbt habe.«

»Das ist schon vorgekommen, wenn auch selten. Ich weiß jedoch, dass die Cabal glaubt, eine von Ihnen hätte sie.«

»Ich bestimmt nicht«, sagte Emily. »Meine Schwester hat alles abgekriegt. Das Aussehen, die Intelligenz – das volle Programm.«

»Da wäre ich nicht so sicher.«

»Ach ja? Na, dann warten Sie, bis Sie ihr Haus sehen. Und dann vergleichen Sie es mit der Bruchbude, in der ich wohne.«

»Das habe ich schon. Das Ganze hat nichts mit Geld zu tun, Emily, sondern nur mit dem Geist und der Seele.«

»Also, der einzige Geist, den ich kenne, wohnt in einer Flasche.«

Er lachte. »Ihr Humor wird Ihnen bei dem, was Ihnen bevorsteht, gute Dienste leisten. Sie haben viel zu erledigen und nicht viel Zeit dafür. Es gibt Leute, die es auf die Fähigkeiten Ihrer Familie abgesehen haben. Sie sind nicht bereit, noch länger darauf zu warten.«

»Wer sind diese Leute?«

»Sie sind böse. Mehr kann ich Ihnen später sagen, wenn Sie besser vorbereitet sind. Glauben Sie mir einfach, dass Sie sich für diese Aufgabe am besten eignen. Darcy verschließt sich der Gabe, und Madeline ist zu jung.« Er seufzte. »Eine Schande, dass es so weit gekommen ist, wenn man bedenkt, welche Opfer gebracht wurden, um Ihnen die Freiheit zu sichern. Aber lesen Sie. Lassen Sie sich von Ihrer Großmutter leiten.«

Freudige Erregung brandete in ihr auf. Etwas Besonderes? Begabt? Sie? Sie berührte das Medaillon, das ihre Nanna ihr geschenkt hatte. Es fühlte sich stets warm an, aber sie hatte es nie geschafft, es zu öffnen. Offenbar war es nicht dafür gedacht, auch wenn es sich hohl anfühlte. Auf jeden Fall war es alt, ein silbernes Herz mit feinen Ziselierungen. Als Emily Nanna gefragt hatte, was es enthielt, hatte die alte Dame gesagt: »Einen Engel, der über dich wachen soll. Also mach es nicht auf, sonst lässt du ihn raus.« Konnte es sein, dass Nanna ihr diesen Anhänger geschenkt hatte, damit er sie bis zu Jays Ankunft beschützte? Sie erschauerte und las weiter, eine Hand auf dem Medaillon.

Nach Genevieves Tod, hieß es im Tagebuch, waren Nanna und ihr Vater aus den Bergen an den Stadtrand von Sydney gezogen, wo er Gemüse anbaute. Diese kleinen Gemüsegärten waren inzwischen verschwunden, das Ackerland war von der wachsenden Stadt verschlungen worden. Nanna hatte das Haus jedoch behalten, und sie und ihr Mann, Alan, waren nach ihrer Heirat dort eingezogen. Ihr Vater, Sven, der immer noch Genevieves Tod betrauerte, war kurz danach gestorben. Kein Wort von Zauberringen, seltsamen Kreaturen oder einem geheimnisvollen Feind, der auf der Lauer lag. Nur von zwei verliebten jungen Menschen, die sich ihr eigenes Leben aufbauten.

Das Knirschen von Kies unter den Reifen holte Emily in die Gegenwart zurück. Die Scheinwerfer strahlten einen großen Betonspringbrunnen in der Mitte einer ringförmigen Zufahrt an. Die weiße Backsteinvilla, die aus der Dunkelheit aufragte, blickte unfreundlich auf sie herab. Emily fragte sich, ob sie sich auch so ein monströses Haus kaufen würde, vorausgesetzt, sie hätte das nötige Geld.

Jay hielt am Fuß der Treppe und schaute zu ihr hinüber.

»Der Ring«, erinnerte er sie. »Bitte. Und schnell. Wir müssen noch vor dem Morgengrauen wieder in der Kirche sein.«

Emily runzelte die Stirn. Sie hatte gerade erst mit dem Lesen angefangen und wollte das Grimoire nicht schon wieder weglegen.

»Es ist noch wahnsinnig früh, Jay. Können wir nicht wenigstens warten, bis die Sonne aufgeht?«

»Nein!«

Die harsche Reaktion ließ sie zurückzucken.

»Bei Tageslicht sind wir ihnen noch mehr ausgeliefert«, sagte Jay. Sein Ton war ein wenig entgegenkommender, aber nicht entschuldigend. Die Entschlossenheit darin war unmissverständlich.

»Sie werden sich fragen …«

»Dann sehen Sie zu, dass Sie überzeugend wirken«, schnitt er ihr das Wort ab. »Wir haben keine Zeit zu verlieren, Emily. Glauben Sie mir, ich wäre nicht hier, wenn es nicht wichtig wäre. Ich hoffe nur, die Cabal hat den Ring noch nicht gefunden.«

Emily löste ihren Sicherheitsgurt und gab Jay das Grimoire widerstrebend zurück.

»Gehen Sie«, sagte er. »Schnell. Hier draußen sind wir ungeschützt.«

Bei dem Wort »ungeschützt« schluckte Emily schwer. Sie stieg aus dem Kombi, drückte leise die Tür zu und lief, zwei Stufen auf einmal nehmend, die Marmortreppe hoch. Oben angekommen, schaute sie sich nach Jays diffusem Schatten im Fahrzeug um, und all ihre Zweifel und Ängste brachen sich wieder Bahn. Sollte sie Darcy überreden, die Polizei anzurufen? Oder vielleicht die Klapsmühle, um ihm ein schönes Zimmer neben ihrer Mutter zu reservieren? Wem wollte sie etwas vormachen? Seine Geschichte faszinierte sie, ob es ihr gefiel oder nicht. Hier ging irgendetwas nicht mit rechten Dingen zu, und der einzige Weg, der Sache auf den Grund zu gehen, bestand darin, mitzuspielen.

Sie schaute zu dem Haus auf, das vor ihr aufragte. Wenn sie irgendwelche Risiken eingehen musste, um Maddy zu beschützen, dann war sie dazu bereit.

Emily klingelte an der Tür. Einmal. Zweimal. Dreimal. Hinter den Glasscheiben in der Tür ging an der Treppe ein Licht an. Dann eines am Fuß der Treppe. Schließlich leuchtete die Eingangslampe auf, und Emily stand blinzelnd in dem grellen Schein.

»Wer ist da?«, fragte eine verschlafene Frauenstimme.

»Darcy, ich bin's. Emily.«

Die Tür ging langsam auf und gab den Blick auf Emilys Schwester frei. Sie trug einen seidenen roten Morgenmantel und Samtpantoffeln. Ihre blonden Haare waren vom Schlafen zerzaust, und ihr ungeschminktes Gesicht war gebräunt. Darcy blinzelte, es dauerte eine Weile, bis ihre Augen sich an das Licht gewöhnt hatten.

Obwohl sie nur zwei Jahre auseinander waren, sahen die beiden Schwestern sich überhaupt nicht ähnlich. Die meisten Leute kamen gar nicht auf die Idee, dass sie Geschwister waren, und insgeheim freute Emily das.

»Emily? Weißt du, wie spät es ist?« sagte Darcys Stimme undeutlich.

»Ja, tut mir leid, Darcy, aber ...« Emily fiel ein, dass Jay gesagt hatte, die Gabe ließe sich nicht gern zurückweisen, und sie bekam ein schlechtes Gewissen. Hatte Darcy denn eine Wahl gehabt? Wusste sie überhaupt, was ihre Schlaflosigkeit und ihre Übelkeitsanfälle verursachte? Emily riss sich zusammen – so einfach wollte sie Jays Märchen keinen Glauben schenken.

»Was machst du hier?«, fragte Darcy. Ihre Stimme wurde kräftiger und deutlicher. »Es ist mitten in der Nacht.«

»Also, weißt du, ich muss ...«

Darcy trat vor und hob mit ihrer feingliedrigen, manikürten Hand Emilys Kinn an. Kaum ein Zittern in den Fingern, die Augen nun klar und fokussiert.

»Und was ist das hier?«, fragte Darcy eindringlich, während sie an Emilys Schal zog, um die Wunden und Blutergüsse an ihrem Hals zu begutachten. »Was ist mit dir passiert?«

»Ich bin überfallen worden«, stotterte Emily. Sie wusste nicht recht, wie sie die Situation erklären sollte, obwohl sie merkte, wie sie langsam trotzig wurde. Ihre Schwester glaubte zweifelsohne, dass irgendein Lover sie so zugerichtet hatte. Darcy hatte keine hohe Meinung von Emilys Gespür für die Wahl des richtigen Partners. Das war eines der wenigen Themen, bei denen die Schwestern einer Meinung waren.

»Überfallen?« Unbeeindruckt zog Darcy ihre Hand wieder zurück. »Tja, bei der runtergekommenen Gegend, in der du wohnst, wundert mich das nicht. Ach, Emily ...«

»Herrje«, murmelte Emily, »danke für dein Mitgefühl.«

»Tut mir leid. Ich wusste einfach, dass eines Tages so etwas passieren würde. Und? Wie geht es dir?«

»Ganz gut.« Emily versuchte zu lachen. »Du solltest mal den Typen sehen.«

Eine Männerstimme ertönte auf der Treppe. »Schatz? Wer ist da? Was ist los?«

»Schon gut, Giacomo«, rief Darcy zurück. Sie blickte auf Emily herab wie auf eine streunende Katze, die ins Warme wollte. »Es ist bloß Emily.«

»Weiß sie, wie spät es ist? Ist sie vielleicht gekommen, um sich eine Armbanduhr auszuleihen?«

»Ja, Schatz. Geh wieder ins Bett.«

»Hi, Jack«, rief Emily, winkte ihm unvermittelt zu und verbiss sich ein zufriedenes Grinsen, als sie ihn verärgert grunzen hörte. Was für ein Mann lässt seine Frau schließlich zu einer so unchristlichen Zeit die Tür öffnen? Emily sah ihre Schwester an. Waren es das große Haus und der Wagen mit den Ledersitzen wirklich wert, dass sie sich dafür herumkommandieren und behandeln ließ wie irgendein hübsches Möbelstück? War es das, worauf all die Diäten und Kosmetikbehandlungen sie vorbereitet hatten?

»Emily, was willst du?«

Emily holte tief Luft. Sie wusste, dass sie das Unmögliche verlangte. »Ich hatte gehofft, ich könnte vielleicht Madeline fotografieren.«

»Was? Es ist vier Uhr morgens, Emily.«

»Ich weiß«, sagte sie und bemühte sich nach Kräften, sich wie die peinliche, nichtsnutzige kleine Schwester aufzuführen, als die Darcy sie sah. »Aber ich brauche dringend ein paar Bilder von einem kleinen Mädchen für eine Anzeige, und nichts von dem, was ich organisiert habe, hat geklappt. Ich wusste nicht, was ich sonst tun sollte, und außerdem muss ich es bis morgen fertig haben. Na ja, eigentlich bis heute.«

»Mein Gott, Emily, wie schaffst du es nur, nicht zu verhungern und zu erfrieren?«

Emily biss die Zähne zusammen. »Bitte, Darcy, kannst du mir nicht helfen?« Und dann hielt sie die Luft an, während sie Darcy dabei zusah, wie diese überlegte, wovon sie am meisten hätte: davon, zuzusehen, wie Emily gedemütigt wurde, oder ihr zu helfen, um mal wieder zu beweisen, wie viel mehr sie selbst aus ihrem Leben gemacht hatte.

»Na schön, Emily.«

»Oh, danke, Darcy, vielen Dank. Darf ich sie in ihrem Schlafzimmer fotografieren? Du brauchst ihr nur das Gesicht zu waschen und die Haare zu kämmen, das Nachthemd kann sie anbehalten.«

»Es muss aber schnell gehen.« Darcy schnaubte. »Madeline braucht ihren Schlaf. Wir fahren am Sonntag zum Mittagessen zu Giacomos Eltern, und ich will, dass sie dann in Bestform ist. Wir wollen die letzten Einzelheiten für ihre Geburtstagsparty am nächsten Wochenende besprechen. Du kommst doch, oder?«

»Natürlich, das will ich auf keinen Fall verpassen.«

»Schön. Du holst deine Kamera, und ich mache Madeline fertig. Du hast deine Kamera doch dabei?« Sie musterte Emilys leere Hände und schaute dann an ihr vorbei zum Wagen. Jays Anwesenheit schien sie nicht zu bemerken.

Emily deutete hinter sich. »Sie ist im Wagen.«

»Na, dann holst du sie besser. Das Zimmer ist oben links, du kennst doch den Weg noch?«

»Ja, natürlich.« Emily lief los, um ihre Kamera zu holen.

Jays Blick war eine stumme Frage.

»Das klappt schon«, sagte Emily. »Ich hoffe nur, dass der Ring noch in Madelines Zimmer ist. Ich glaube nicht, dass sie ihn für wertvoll genug erachtet haben, um ihn in den Safe zu legen.«

»Sie haben einen Safe?«

»Aber ja. Giacomo macht in Immobilien und arbeitet viel zu Hause. Hat mit Siedlungsbau zu tun oder so was.« Sie tat das Thema mit einer Handbewegung ab und überprüfte die Batterie in der Kamera. »Bin gleich wieder da.«

»Das ist gut«, sagte er. An der Haustür drehte sie sich um und konnte mit Mühe sein blasses Gesicht erkennen, das durch die Windschutzscheibe gen Himmel gerichtet war.

Emily lief die Treppe hoch und ließ dabei ihre Hand über das glatte Holz des reich verzierten Geländers gleiten. Es war ein schönes Haus, das musste sie zugeben. Allerdings zu groß für eine Person. All die hübschen Türrahmen und die Bilder an den Wänden – hier Staub zu wischen war bestimmt die Hölle.

Beim dritten Versuch fand sie Madelines Zimmer. Sie war einfach zu selten hier. Meist traf sie sich mit Darcy in der Stadt, um mit Maddy ins Museum, ins Kino oder sonstwohin zu gehen.

Darcy war immer noch dabei, Maddy im Badezimmer hübsch zu machen. Wo mochte der Ring sein?

Ein Schatten fiel über die Schwelle und ließ Emily zusammenzucken.

»Warum bist du hier?«, fragte Giacomo, die Hände am Türsturz. Sein Bauch wölbte sich zwischen der lose gebundenen Pyjamahose und dem Saum eines T-Shirts mit dem Logo eines italienischen Fußballclubs hervor. Seine runden Wangen waren gerötet, die kurzen schwarzen Haare zerzaust. Doch seine Augen blickten weder müde noch besonders glücklich, seine Schwägerin zu sehen. Er ging auf Emily zu und baute sich direkt vor ihr auf, so nah, dass ihre Nasen sich beinahe berührten.

Igitt, Mundgeruch. Sie bemühte sich, das Gesicht nicht zu verziehen.

»Was suchst du hier, Emily?« Sein Blick wanderte über ihren Körper.

Emily zog ihren Mantel um sich zusammen.

Er starrte sie halb misstrauisch, halb feindselig an.

Da kam Darcy herein. Sie schob Madeline vor sich her. »Giacomo?«

»Wollte nur mal fragen, ob deine kleine Schwester einen Kaffee möchte, da wir ohnehin schon alle auf sind.«

»Ich habe nein danke gesagt«, sagte Emily und trat einen Schritt zurück. »Ich möchte euch nicht noch mehr Unannehmlichkeiten bereiten.«

»Ach, das macht nichts«, sagte Giacomo. Er gab Darcy einen Kuss auf die Wange und tätschelte seiner Tochter den Kopf. »Du siehst wunderhübsch aus, Engelchen.«

»Giacomo«, schimpfte Darcy. »Ich hab ihr gerade die Haare gekämmt.«

»Ich setz mal Wasser auf«, grummelte er und schlurfte davon.

Emily fingerte an ihrer Kamera herum, um ihr Zittern zu verbergen. Was sollte *das* denn? Giacomo sprach so gut wie nie mit ihr und beachtete sie kaum, außer bei diesem einen Familienausflug, als er sie seinen Brüdern zum Scherz als kleinen *Bruder* seiner Frau vorstellte.

»Wo willst du sie haben?«, fragte Darcy.

Emily schaute auf und erinnerte sich daran, weshalb sie hier war. »Ähm, einfach im Bett. Es soll ganz natürlich aussehen.«

Darcy fummelte an Madelines Haaren herum und brachte das Mädchen dann wieder ins Bett. Madeline saß in ihrem zerknüllten Bettzeug und rieb sich den Schlaf aus den Augen, obwohl ihre Mutter sie davon abzuhalten versuchte, damit sie sich nicht röteten.

»Ich bin euch wirklich dankbar, Darcy. Womöglich hast du mir gerade das Leben gerettet.«

»Ja, aber beeil dich.«

Es hätte nur noch gefehlt, dass sie mit dem Fuß auf den Boden klopfte, während sie mit verschränkten Armen neben dem Bett stand.

»Hey, Maddie«, sagte Emily und umarmte das Mädchen.

»Hallo, Tante Em«, sagte die Kleine, die Zunge schwer vor Müdigkeit.

»Ich muss bloß eben ein Foto von dir machen«, sagte Emily, während sie ihren Blick durch den Raum schweifen ließ. Als sie vor fast einem Jahr zuletzt hier war, hatte sie Nannas Bernsteinring in Madelines Schmuckkästchen gesehen. Komisch – sie hatte sich, wie sie sich erinnerte, damals so über diese Achtlosigkeit geärgert, dass sie versucht gewesen war, ihn mitzunehmen. Wo war das Kästchen jetzt? Da, im Regal. Sie hoffte, dass der Ring immer noch drin war.

»Setz dich einfach hin … so. Braves Mädchen.« Maddy war mit den klaren grauen Augen ihrer Mutter, dem dunklen Teint ihres Vaters und den langen, welligen Haaren ein gutes Model.

Emily nahm sie ins Visier und ging rückwärts, bis ihr Hintern ans Regal stieß. »So ist's recht. Tut mir leid, dass ich dich aufgeweckt habe, Süße, aber könntest du versuchen, zu lächeln? Sehr schön. Was bist du für ein hübsches Mädchen!« Der integrierte Blitz erhellte das Zimmer, während Emily eine Reihe von Fotos schoss. Sie wich noch ein bisschen weiter zurück und drehte sich dann um. »Wie wär's, wenn wir deinen Teddybär …«, sagte sie und stieß das Schmuckkästchen herunter.

»Mensch, Emily! Pass doch auf.« Darcy schien sich über die Ungeschicklichkeit ihrer Schwester geradezu zu freuen.

»Ach du liebe Güte, das tut mir leid. Ich mach schon …« Emily kniete sich hin und schaufelte den Inhalt wieder ins Kästchen zurück. Abgeschirmt durch ihren zusammengekauerten Körper ließ sie den Ring rasch in ihren Stiefel gleiten.

»Vielleicht sehen wir lieber zu, dass wir fertig werden«, sagte sie, während sie das Kästchen wieder ins Regal stellte. Dann ging sie quer durchs Zimmer, um ihre Nichte fest in den Arm zu nehmen. »Danke, Süße, du siehst wirklich toll aus. Jetzt kannst du weiterschlafen.«

»Bleibst du denn nicht, Tante Em? Wir könnten im Garten frühstücken.«

»Tut mir leid, Süße. Ich möchte schon, aber ich muss arbeiten.«

»Sei still, Madeline, und schlaf weiter«, sagte Darcy und zog die Decke bis ans Kinn ihrer Tochter hoch. »Du willst doch keine verquollenen Augen haben, wenn du Oma und Opa besuchst, oder?«

Madeline schüttelte den Kopf, und ihre Locken hüpften.

Liebe wallte in Emily auf, gemischt mit einem Hauch von Traurigkeit darüber, dass ihre Nichte in eine Porzellankopie ihrer Mutter verwandelt wurde. Konnte es wirklich jemanden geben, der diesem Kind wehtun wollte? Was auch von Jays Geschichte zu halten war, in diesem Moment schwor sie sich, dass niemand Maddy etwas antun würde, und wenn es doch jemand versuchte, würde sie ihn, verdammt noch mal, umbringen.

»Bis bald, Süße«, sagte Emily und winkte. Sie versuchte, die Schuldgefühle zu unterdrücken, die sich bei dem Gedanken in ihr regten, dass sie ihrer Nichte etwas gestohlen hatte.

Darcy küsste ihre Tochter auf die Wange und brachte Emily dann hinunter zur Haustür. Auf dem Weg wies sie sie auf diverse Neuanschaffungen hin: eine Vase, in der nie Blumen stehen würden, eine Büste, einen antiken Stuhl, in dem nie jemand sitzen würde. Brachte sie Emily aus Höflichkeit zur Tür oder nur um sicherzugehen, dass ihre Schwester nichts kaputt machte?

Emily konnte es kaum erwarten, endlich wegzukommen. Mit einem Satz war sie aus der Tür.

»Schön, das du da warst, Emily. Aber nächstes Mal warte, bis die Sonne aufgeht, ja? Und lass mich wissen, wie das mit der Anzeige läuft. Bekommt Madeline ein Honorar?«

»Was? Ach, richtig. Nur wenn sie sie nehmen. Bislang bewerbe ich mich nur um den Auftrag, weißt du? Also, Daumen drücken. Aber du kriegst auf jeden Fall Abzüge. Versprochen.«

»Das wäre schön«, sagte Darcy in einem Ton, als wäre das das Mindeste. »Dann bis nächstes Wochenende auf der Party. Und vergiss nicht: Ihr Geburtstag ist am Donnerstag.«

»Natürlich, ich ruf sie an. Ich hab ihr schon ein Geschenk gekauft.«

»Schon?« Darcy sagte das so, als hätte sie erwartet, Emily würde auf dem Weg zur Party noch schnell ein Spielzeug im Supermarkt besorgen.

»Na ja, sie ist schließlich meine Lieblingsnichte. Wir sehen uns auf jeden Fall nächstes Wochenende. Um wie viel Uhr geht es noch mal los?«

»Um zwei, Emily. Ich hab dir eine Einladung geschickt.«

»Danke«, sagte Emily und ging mit großen Schritten zum Wagen. Sie drehte sich noch einmal um, um zum Abschied zu winken, aber ihre Schwester hatte bereits die Tür geschlossen und das Licht ausgemacht.

Eine Bewegung erregte Emilys Aufmerksamkeit. Im Obergesschoss beobachtete Giacomo – jemand anders konnte es nicht sein – sie aus einem Fenster. Als sie aufblickte, zog sich die Silhouette zurück.

Ein Kookaburra lachte, und zwei Krähen und eine zeternde Elster antworteten ihm. Der Sonnenaufgang konnte nicht mehr fern sein. Kalte Luft drang durch ihre Kleidung. Sie stieg schnell ins Auto und schob die Finger unter die Achseln ihres Mantels, um sich aufzuwärmen.

»Ich hab mir schon Sorgen gemacht«, sagte Jay.

»Wieso? Ist doch bloß meine Schwester.«

Jay sagte nichts, aber sein Schweigen ließ nichts Gutes ahnen. »Wir waren zu lange hier. Wir müssen los.«

»Ich hab den Ring«, sagte sie und griff in ihren Stiefel. Das Schmuckstück bohrte sich in ihren Knöchel. Es war beim Gehen hinuntergerutscht.

»Lassen Sie ihn da drin, bis wir weg sind.«

»Aber er sticht mir in den Fuß.«

»Lassen Sie ihn dort. Nur noch ein kleines bisschen.« Er ließ den Motor an, und ein willkommener Hitzeschwall wurde durch die Lüftungsschlitze hereingeblasen. »Wir müssen erst in Sicherheit sein. Sie können ihn herausholen, sobald wir da sind. Und dann werde ich Ihnen etwas zeigen. Etwas Wunderbares.«

5

Nanna setzte sich an den schweren Holztisch in der Küche ihres Farmhauses. Sie sah sehr jung aus, in den Vierzigern vielleicht, die Haare dick und grau meliert. Auch das Zimmer wirkte anders, als Emily es in Erinnerung hatte. Keine Mikrowelle, stattdessen ein mächtiger grüner Kühlschrank mit einem silbernen Griff. Ein süßlicher Patschuliduft erfüllte die Luft. Mitten auf dem Tisch flackerte eine Kerze, obwohl die Deckenlampe eingeschaltet war. Nanna war ganz in Schwarz gekleidet, eine Farbe, die sie nur zur Kirche und zu Beerdigungen trug. Das Grimoire lag aufgeschlagen vor ihr.

»Er ist tot«, sagte Nanna und blickte mit rotgeweinten Augen auf. Sie knetete ein Taschentuch. Der bernsteinfarbene Ring an ihrer rechten Hand, der das Gegengewicht zu dem Ehering an ihrer Linken bildete, blitzte auf, als das Licht darauf fiel.

»Ich bin gleich gekommen, als ich es gehört habe«, sagte Jay, der gerade in den Raum trat.

»Dafür ist es ein bisschen spät, findest du nicht?«

Er machte eine Geste der Hilflosigkeit. »Es war ein Verkehrsunfall, Marguerite. Ein tragischer Unfall.«

»Und wo warst du?«

»Es war Tag.«

»Versuch nicht, mich für dumm zu verkaufen, Jehail! Ich weiß sehr gut, welche Tageszeit es war.«

»Ich hätte es verhindert, wenn ich gekonnt hätte.«

Sie stand wutentbrannt auf und zeigte anklagend mit dem Finger auf ihn. »Aber du konntest nicht, was? Wozu bist du bloß nütze? Ich dachte, du als Wächter sollst uns beschützen.«

»Vor der Cabal. Nicht vor Zufällen.«

»Nein, in Wirklichkeit meinst du, dass du hier bist, um unser Erbgut zu beschützen, und das tragen die Söhne nun mal nicht in sich, nicht wahr?«

»Willst du mir ernsthaft unterstellen, dass mir das Schicksal deines Sohnes gleichgültig ist? Glaubst du wirklich, dass ich ihn nicht retten würde, wenn ich könnte?«

Sie versetzte dem Grimoire einen Schlag mit dem Handrücken. »Angeblich besitzen wir gewisse Kräfte, Kräfte, die wir aus Angst, dass die falschen Leute uns finden könnten, nicht einzusetzen wagen. Was nützen diese Kräfte, wenn wir nicht mal die beschützen können, die wir lieben?«

»Ganz meine Meinung«, sagte er düster.

»Mein Sohn ist tot, Jehail«, sagte sie mit brechender Stimme. Von Schluchzen geschüttelt, sank sie in den Stuhl zurück und umklammerte das Taschentuch, als wäre es eine Rettungsleine.

»Ich weiß, und ich wünschte, ich könnte so über Leben und Tod bestimmen, wie du es von mir verlangst.« Er ging zu ihr, um ihr tröstend die Hand auf die Schulter zu legen. »Aber wir wissen beide, dass ich zwar den Tod bringen kann, das Leben jedoch leider nicht.«

»Dann geh weg von mir.«

»Was?«

Sie schaute auf und wrang das Taschentuch in den Händen, als würde sie eine Katze erwürgen.

»Du hast schon verstanden. Dein Gehör ist gut genug.«

Er verzog das Gesicht, als habe sie ihn an etwas Unangenehmes oder sogar Schmerzliches erinnert.

»Ich möchte, dass du aus meinem Haus und aus meinem Leben verschwindest. Ich bin diesen Fluch satt. Ich werde alles tun, damit meine kleine Wendy nicht so aufwachsen muss, gejagt, gequält und voller Angst, sie selbst zu sein.«

»Du kannst sie nicht vor ihrem wahren Ich, ihrem Schicksal beschützen. Sie ist, was – oder wer – sie ist. Sie ist deine Tochter, Marguerite.«

»Und ich werde dafür sorgen, dass sie sicher und unschuldig aufwächst und ein langes, glückliches Leben ohne Aberglauben und Angst hat. Und da passt du nicht hinein. Wir wissen beide, was du bist.«

Er schloss die Augen, den Kopf abgewandt, als träfen ihre Worte ihn ins Mark.

Ein Mann betrat den Raum, gefolgt von einem kleinen blonden Mädchen. Beide waren in Schwarz gekleidet.

»Jay, ich hab dich gar nicht kommen hören«, sagte der Mann.

»Ich wollte euch mein Beileid aussprechen, Alan.«

Alan nickte. »Ich habe Stimmen gehört«, sagte er, eher an Marguerite gewandt. »Ist alles in Ordnung?«

»Jehail wollte gerade gehen. Er kann nicht zur Beerdigung kommen.«

Die beiden Männer schauten einander an.

»So ist es«, sagte Jay. »Ich werde abberufen und komme eine ganze Weile nicht wieder her. Es tut mir so leid, Alan. Wirklich.«

Alan ging zu seiner Frau hinüber und nahm sie in die Arme. Das Mädchen schmiegte sich an sie beide, die neugierigen Augen auf Jay gerichtet. Marguerite umklammerte die Hand ihrer Tochter und starrte Jay trotzig an.

»Ein langes, glückliches Leben«, sagte sie.

»Das wünsche ich euch«, sagte Jay und nickte zum Abschied. »Damit sollten Sie doch warten.« Seine Stimme war plötzlich gellend laut, und das Bild löste sich zu einer bernsteinfarbenen Fläche auf, die dann mit dem Armaturenbrett des Wagens verschmolz.

Emily blinzelte, während die Geräusche des Autos und der Straße unter den Reifen langsam in ihr Bewusstsein drangen.

Jay nahm seine Hand von ihrem Arm. Nannas Ring steckte an ihrem Finger.

»Haben Sie etwas gesagt?«, fragte sie, während sie sich mühte, aus der eindringlichen Traumszene wieder in die Welt um sie herum zurückzufinden.

»Das hier ist nicht gerade der ideale Ort für ein vertrauliches Gespräch«, sagte er. »Nehmen Sie erst mal den Ring wieder ab.«

»Er tat mir am Fuß weh«, sagte sie, streifte den Ring widerwillig von ihrem Finger und verstaute ihn sicher in einem Reißverschlussfach ihrer Handtasche. »Ich kann mich gar nicht erinnern, ihn angesteckt zu haben, ich wollte ihn nur aus meinem Stiefel holen. Was ist dann passiert? Nanna ... ich hab sie gesehen. Mit Ihnen. Aber sie war jung. Und Sie ... Sie waren Sie.«

Er lächelte. »Ich bin schon seit ziemlich langer Zeit ich.«

»Und Nanna?«

»War Ihre Nanna und stammt wie Sie von einer langen Linie von Seelen ab, denen es obliegt, das Gleichgewicht zu bewahren. Und da kommen wir beide ins Spiel.«

Das war ihr zu hoch. »Wird das Grimoire mir erklären, wovon Sie reden?«

»Ich denke schon.«

»Dann fahren Sie.«

Er lachte, und sie spürte, wie sich ein Schauer in ihrem Körper ausbreitete. »Wir sind fast da.«

»Wo, zum Teufel, ist ›da‹?«, fragte sie, als sie in einer Gasse zwischen zwei Läden hielten.

»In Sicherheit.«

»Sicherer als in der Kirche?«

»Allerdings. Da bin ich nur deshalb so lange geblieben, weil ich herausgefunden hatte, dass Sie noch mal dort waren. Nur für den Fall, dass Ihr Besuch bei Tageslicht Sie nicht zufriedengestellt hat, habe ich letzte Nacht dort gewartet.« Er öffnete seine Tür und beugte sich dann noch einmal zu ihr hin. »Lassen Sie uns hineingehen. Dann werde ich Ihre Fragen beantworten. Versprochen.«

Emily sah zu, wie er die klapprige Holztür eines Schuppens öffnete und dann zurückkehrte, um den Wagen hineinzumanövrieren. Fässer, Kisten und eine Sammlung von Harken und Schaufeln säumten die Wände. Jay machte den Motor aus und ließ sie in der Dunkelheit aussteigen. Dann schloss er den Wagen ab und schaltete eine flackernde Neonleuchte an der Decke ein, die gerade so viel Licht gab, dass Emily den Weg auf Jays Seite des Wagens finden konnte. Er ging ihr voran durch eine Seitentür in einen von Mauern umgebenen Hof.

»Wir müssen nach drinnen«, sagte er. »Der Morgen graut schon fast.«

»Was haben Sie denn bloß gegen den Sonnenaufgang?«, fragte sie.

Sein Lächeln konnte eine Spur von Angst nicht verbergen. »Ich hole mir leicht einen Sonnenbrand«, sagte er.

Sie stiegen eine Holztreppe hoch, das Geländer wackelte unter ihrer Hand. Ein kleiner Treppenabsatz beherbergte eine Reihe von wild wuchernden Topfpflanzen.

Emily drückte zum Schutz gegen die beißende Kälte der Nacht das Grimoire an sich, während der Himmel im Osten sich über den Dachgiebeln und Fernsehantennen grau färbte. Jay steckte einen Schlüssel ins Schloss. Ein Holzkreuz schlug klappernd gegen die verzogene Tür, als er sie aufstieß. Sie betraten eine Küche, die gelinde gesagt etwas beengt war. Höchstens drei Personen konnten bequem an dem Holztisch am einen Ende sitzen, der Kochbereich reichte definitiv nur für eine Person.

Der Holzfußboden knarrte, als sie in das lange, schmale Wohnzimmer gingen. Bis auf eine abgenutzte Couchgarnitur und ein durchgebogenes, überladenes Bücherregal standen keine Möbel in dem Zimmer. An einer Wand hing ein weiteres einfaches Holzkreuz, und die anderen Wände zierten Gemälde mit Motiven aus Europa: ein paar Dörfer, aber auch großstädtische Straßenszenen.

Der Geruch von verbranntem Holz aus einem kleinen Kamin am gegenüberliegenden Ende erfüllte das Zimmer.

»Wessen Wohnung ist das?«, fragte Emily. »Ihre?«

»Nein, die eines Freundes. Er kommt später noch her.«

Jay geleitete Emily zu einer Tür, die auf einen Flur hinausging.

»Hier ist die Toilette«, sagte er und zeigte dabei auf eine Tür zur Rechten. »Gehen Sie nicht die Treppe hinunter. Sie führt zu einem Geschäft unter uns, und ich glaube nicht, dass der Architekt sehr erfreut wäre, wenn Sie plötzlich in seinem Büro auftauchten. Es gibt zwei Schlafzimmer. Sie können das große am Ende haben. Durch den Straßenverkehr ist es etwas laut, aber erträglich, wenn Sie die Fenster geschlossen halten. Haben Sie noch einen Wunsch, bevor wir uns hinlegen? Ich weiß nicht, wie es Ihnen geht, aber ich brauche etwas Ruhe.«

Sie hielt ihn am Arm fest. »Na ja, Sie haben mir ein paar Antworten versprochen.«

Er fuhr sich mit der Zunge über die Lippen und unterdrückte ein Gähnen. »Tut mir leid. Ich muss mich wirklich ausruhen, Emily. Wir reden, wenn ich wieder wach bin, das verspreche ich.« Er schob sanft ihre Hand weg und streifte mit den Lippen ihre Fingerknöchel.

»Sie können einem echt auf die Nerven gehen, wissen Sie das?«

»Das hab ich schon mal gehört, allerdings nicht so subtil ausgedrückt.«

»Na gut, legen Sie sich hin. Ich könnte auch eine Mütze voll Schlaf gebrauchen. Ich glaube, ich gehe erst mal ins Bad, wenn's recht ist.«

»Bitte fühlen Sie sich wie zu Hause. Im Küchenschrank müsste etwas zu essen sein, und im Kühlschrank steht Milch. Wenn Sie nicht schlafen können, lesen Sie im Grimoire, und bereiten Sie Ihr Verhör vor. Und, Emily, stecken Sie den Ring nicht an, solange ich nicht bei Ihnen bin. Er könnte Ihnen Dinge zeigen, die Sie vielleicht nicht verstehen, Sie zu früh mit zu vielen Informationen überschütten. Sie müssen ohnehin schon so viel im Schnellverfahren lernen, ich möchte nicht, dass Ihnen wehgetan wird.«

Bisschen spät, dachte sie. »Versprochen.«

Er starrte sie an, die Augen wie tiefe Brunnen, auf deren Grund viele Geheimnisse versteckt waren. »Sie sollten schlafen«, sagte er mit leiser Stimme. Durch die Wärme der Wohnung und das Gefühl der Sicherheit, das sie ihr verlieh, spürte sie plötzlich ihre Erschöpfung. Ein Nickerchen zu halten schien ihr eine verdammt gute Idee. Emily ging ins Badezimmer. Es überraschte sie nicht, dass Jay fort war, als sie wieder herauskam. Vor dem zweiten Schlafzimmer blieb sie kurz stehen. Die Tür war geschlossen und kein Geräusch zu hören. Dann ging sie den Flur weiter zum vorderen Teil des Gebäudes.

»Boah«, sagte sie, während sie ihren Blick durch das

Schlafzimmer schweifen ließ. Eine Doppeltür öffnete sich zu einem kleinen Balkon, so groß, dass gerade eine Person darauf stehen konnte. Sie begnügte sich jedoch damit, durch die Vorhänge zu schauen. Die Straße unter ihr erwachte langsam zum Leben: Ein Lebensmittelhändler gegenüber fuhr seine Markise aus, ein Transporter lieferte Zeitungen an einen Kiosk, Rauch kringelte sich aus einem Schornstein, dessen Spitze vom Licht des Sonnenaufgangs rot gefärbt wurde.

Sie zog den schweren Vorhang zu und bedachte die stabilen Fensterläden mit einem anerkennenden Pfiff, hängte ihre Jeans über einen Stuhl und rollte sich auf dem Himmelbett zusammen. Ein bisschen Staub kitzelte sie in der Nase, während sie ihre Tasche mit dem Ring und dem Grimoire darin an sich drückte, als wäre sie aus weichem, tröstlichen Plüsch.

Emily stand auf einem Balkon und schaute auf einen vollendet gepflegten Rasen hinunter. Hinter der Steinmauer, die die Grundstücksgrenze markierte, lagen von Weinstöcken überzogene Berge und ein Hain von Orangenbäumen, wie sie wusste. Nichts davon war real, nicht für sie. Die Szenerie war bräunlich eingefärbt und verblichen, wie durch Gaze betrachtet, oder vielleicht war es ein Dia, das in einem zu hellen Raum auf eine Leinwand projiziert wurde. Der kühle Stein des Balkongeländers unter Emilys Händen war jedoch ziemlich real, auch die Brise mit dem Duft von Erde und Zitrusfrüchten. Sie wandte ihr Gesicht der Sonne zu und kostete ihre Wärme aus. Ein weiterer Duft weckte ihre Aufmerksamkeit: Rosen. Sie drehte sich um und sah eine elegante Frau neben sich. Sie trug eine graue Kostümjacke und einen knöchellangen Rock, Strümpfe und flache Schuhe.

»Ich habe auf dich gewartet«, sagte die Frau. Ihre Lippen bewegten sich nicht.

»Genevieve«, sagte Emily.

»Meine liebe Urenkelin«, sagte Genevieve und streichelte Emilys Wange. Der Bernsteinring an ihrem Finger war so real wie der an Emilys. »Ich freue mich, dass du hier bist, Schwester, aber du kannst nicht lange bleiben. Ich werde dir so viel zeigen, wie ich kann.«

Sie winkte sie durch die Vorhänge vor den Türen ins Zimmer. Drinnen züngelte ein Feuer hinter einem Rost. Die beiden Frauen stellten sich dicht an den Kamin und sogen die Wärme und den Duft des Holzrauchs ein, während es draußen mit übernatürlicher Geschwindigkeit dunkel wurde. Ein kleines, dunkelhaariges Mädchen schmückte in einer Ecke einen Weihnachtsbaum. Es zeigte mit dem Finger auf einen Engel und ließ ihn auf die Spitze des Baums fliegen.

»Ich war etwas frühreif«, sagte Genevieve.

Emily nickte. »Das Mädchen bist du.«

»Da bin ich acht Jahre alt. Das ist die Nacht, in der meine Mutter uns verlassen hat.«

Genieves Traurigkeit strahlte mehr Kälte aus, als der Kamin bewältigen konnte. Die Szene verschwamm wie eine Wasserpfütze, in die eine Träne fällt.

»Draußen reißen sie die Welt in Fetzen«, sagte Genevieve. »Der Erste Weltkrieg erreicht gerade seinen grausamen Höhepunkt. Nachts können wir in der Ferne das Aufblitzen der Kanonen sehen und das Donnern hören wie ein fernes Gewitter. Zum Glück wurden die Deutschen an der Marne gestoppt, und die Front kam nie bis zu uns durch. Uns konnte nichts passieren. Ich weiß, dass ich glücklich war, bis zu dieser Nacht.«

Genevieve drehte sich um und blickte zur Tür. Emily spürte, dass sich auf der anderen Seite etwas bewegte.

»Du kannst sie spüren, nicht wahr?«, sagte Genevieve. »Die Wächter. Eine irreführende Bezeichnung – sie sind Gefängniswärter, keine Beschützer.«

Die Tür ging auf, und Jay kam herein. Er sah genauso aus, wie sie ihn kannte, trug aber einen altmodisch geschnittenen Anzug unter einem knöchellangen Ledermantel. Eine Schwertscheide blitzte silbern an seiner Hüfte. Das kleine Mädchen verzog das Gesicht, als er auf es zuging.

»Mutter ist tot, nicht wahr?«, rief sie. »Er hat sie umgebracht. Und du hast ihm geholfen.«

Mit elastischer Langsamkeit streckte sie die Hand aus.

Jay hielt inne, als habe er eine Ohrfeige erhalten. »Deine Mutter dient ihm wie wir alle.« Er nahm die Hand des Mädchens, legte einen bernsteinfarbenen Ring hinein und schloss ihre Finger darum. »Bewahre ihn gut auf, und sie wird immer bei dir sein.«

Das Mädchen inspizierte den Ring. Mit einem Ausdruck stiller Entschlossenheit, für den es eigentlich noch zu jung war, steckte es sich das Geschenk an. Es kam Emily so vor, als schrumpfe der Ring, um sich dem schlanken Finger anzupassen.

Eine große, dünne Frau in einem schwarzen Hemd und einer schwarzen Hose kam mit einem Strudel winterlicher Luft vom Balkon herein. Sie schlang die Arme um Jay und musterte das kleine Mädchen wie einen frisch gebackenen Kuchen. »Petr kommt. Ich kann ihn spüren.«

»Sei tapfer«, sagte Jay zu der kleinen Genevieve. »Mach deine Mutter stolz.«

Das Mädchen nickte und rieb mit der anderen Hand den Ring. Jay begleitete die Frau nach draußen, während die Tür zum Korridor sich langsam öffnete. Das Zimmer verschwamm, und Emily stand wieder mit der erwachsenen Genevieve auf dem Balkon.

»Was ist aus deiner Mutter geworden?«, fragte Emily sie, obwohl sie die Antwort bereits zu wissen glaubte.

»Ich glaube, Uhgrau hat sie getötet.«

Emily erschauerte. »Uhgrau?«

»Petr Uhgrau. Mein Gebieter und das Haupt der Cabal.«

»Warum?«

»Er benutzt unsere Lebenskraft. Er lässt sie durch die Wächter filtern, um sein Leben zu verlängern und seine Zauberkräfte zu verstärken.« Genevieves Stimme war kalt wie der Schnee und hart wie Eis. »Ich habe alles riskiert, um meine Familie aus seinen Fängen zu befreien, und fürchterlich versagt, wie ich aus deiner Anwesenheit hier schließe.«

»Ich habe im Grimoire von deinem Verschwinden gelesen, aber es stand nicht drin, was genau passiert ist.«

»Als mir klar wurde, dass Uhgrau uns benutzte, musste ich fliehen. Weißt du, es gab Zwistigkeiten zwischen unserer Cabal und einer anderen. Wir nannten sie die Parisiennes. Sie hatten seit Generationen mit Uhgrau rivalisiert, aber als der Zweite Weltkrieg kam, haben sie sich der Resistance gegen die Deutschen angeschlossen. Wir wollten uns aus diesem Konflikt heraushalten und haben mit den Deutschen kollaboriert. Schließlich stammte Uhrgrau aus Preußen. Das machte es mir leicht« – ihr finsteres Lächeln verriet, dass es alles andere als leicht gewesen war – »einen Kampf vom Zaun zu brechen, in dem ich umkommen würde. Oder zumindest so tun, als ob«, fügte sie hastig hinzu. »Mit Jays Hilfe ließ ich die Parisiennes wissen, wo ich mich aufhalten würde, und lockte sie in einen Hinterhalt.«

Genevieve zeigte zum Horizont. Emily folgte mit dem Blick ihrem Finger, als habe Genevieve einen Pfeil abgeschossen, an dessen Spitze sie klebte. Die Landschaft zog mit halsbrecherischer Geschwindigkeit vorbei und kam so plötzlich zum Stehen, dass Emily auf ihren Fußballen schwankte. Unter ihnen lag ein verwüstetes Dorf. Nicht ein einziges Haus schien unversehrt zu sein, die Landschaft war ein unübersichtliches Brachland voller Krater und Haufen von eingestürztem Mauerwerk, gesprenkelt mit den verkohlten Gerippen zerstörter Maschinen.

Sie sausten abwärts, bis Emily merkte, dass sie sich auf ein bestimmtes Gebäude zu bewegten: das unscheinbare Gerippe eines Hauses, dessen obere Stockwerke in Form von Backsteinhaufen und zerborstenen Balken im Erdgeschoss lagen. Und plötzlich *war* sie Genevieve und wartete geduldig auf den Überresten der Treppe, während sich dunkel gekleidete Männer in die Ruine schlichen.

»Sie rechneten damit, mit Zauberei angegriffen zu werden, weißt du«, sagte Genevieve. Jäh wurde Emily wieder aus dem Körper der Frau gestoßen und stand nun wie ein Geist hinter Genevieve auf der Treppe. Asche, Staub und Korditgestank hingen in der Luft. »Trotz all des Blutvergießens waren manche Leute unbelehrbar. Schnell hatte die Technik die Rolle der Zauberei übernommen. Die Parisiennes wappneten sich jedoch lieber gegen magisches Feuer und verzauberte Erde. Sie kamen gar nicht auf die Idee, auf irdische Gefahren zu achten. Sie verbrannten im Feuer der Phosphorgranaten, und ich ließ gerade genug von mir selbst in den Flammen zurück, um sie glauben zu machen, dass auch ich ums Leben gekommen sei.«

Genevieve hielt eine Hand hoch, um ihren fehlenden Finger zu zeigen. »Ein geringer Preis für meine Freiheit. Ich habe nie versucht, diese Wunde zu heilen, sondern in ihr eine ewige Warnung vor der Gefahr gesehen, die die Cabal darstellte. Ich habe mich völlig verausgabt in jener Nacht, habe mich getarnt und unsichtbar gemacht, um meine Energie und meinen Körper – selbst meinen Herzschlag – vor Magiern und normalen Menschen zu verbergen. Ich floh mit dem Kind in meinem Bauch, und Jehail floh mit mir.«

Genevieve berührte ihren Bauch, und unbewusst ahmte Emily diese simple Geste nach. Sie merkte, dass Tränen in ihren Augen standen.

»In England habe ich mich unter die anderen Flüchtlinge gemischt und meine Identität abgelegt. Obwohl ich gar nicht danach suchte, fand ich einen Mann, dessen Herz groß genug war, sowohl mich als auch das Kind eines anderen Mannes zu lieben. Sven war ein wunderbarer Mann, bescheiden und fleißig, aber wahnsinnig liebevoll. Wir waren sehr glücklich, obwohl wir bettelarm waren. Es war nicht schwer, ihn davon zu überzeugen, in Australien einen neuen Anfang zu wagen, weit entfernt von den Schrecken des Krieges. Er hat das, was ich ihm angetan habe, nicht verdient, weder Sven noch meine geliebte Tochter Marguerite.«

Genevieve lächelte traurig. Sie ließ ihren Blick über den Horizont schweifen, und Emily stieg der Geruch des Meeres in die Nase. Sie spürte, wie sich die Welt unter ihren Füßen bewegte, als hätte der feste Boden sich in Wellen verwandelt.

»Was für ein Abenteuer, mit dem Schiff nach Australien zu fahren und sich dann in den Bergen niederzulassen, während Sven jeden Job annahm, den er fand. Was für ein Land …«

Sie standen in einer rustikalen Küche und blickten auf smaragdgrüne Weiden, einen Bach und von Wald umkränzte Berge.

Emily berührte Genevieves Hand und sagte: »Und dann bist du weggegangen und nie wieder zurückgekommen. Irgendwann sind Sven und Nanna näher an Sydney herangezogen, um Gemüse anzubauen. Warum bist du gegangen? Was ist in Kanada geschehen?«

Schatten flackerten über Genevieves Gesicht wie der Widerschein von Wellen. »Der Fluss…«

»Was ist am Fluss passiert?«

»Der Fluss …«

Genevieves Stimme verhallte nach und nach, während das Plätschern von Wasser, das über Felsbrocken strömte, lauter wurde. Die Luft wurde kälter. Schritte näherten sich, und Genevieve schaute sich voller Panik um, während sie und die Welt verblassten.

Nur ihr Flüstern hing noch wie eine Winterbrise in der Luft. »Der Fluss … Jehail … O nein …«

Ein sanftes Schaukeln weckte sie auf. Ein hagerer Mann im Ornat eines Geistlichen stand vor ihr und rüttelte sie sanft an der Schulter. Sein Alter war schwer zu schätzen, den zahlreichen Leberflecken auf den Händen, den grauen Haare und der Stirnglatze nach zu urteilen musste er um die sechzig sein. Aber seine Augen waren lebendig und warmherzig.

»Miss? Sind Sie wach, Miss?«, fragte er.

Emily regte sich. Ihr Mund war trocken, ihre Augen juckten, die Überreste des Traums hinterließen ein mulmiges Gefühl in ihrem Bauch.

»Pater O'Brien? Wie spät ist es?« Emily setzte sich im Bett auf und reckte sich zaghaft.

»Fast zehn.« Der Priester musterte sie. »Sie sind Emily, nicht wahr? Emily Winters? Ist alles in Ordnung? Was machen Sie hier?«

»Ähm, schlafen?«

O'Brien zog eine Augenbraue hoch, und Emily wurde

verlegen, als ihr bewusst wurde, dass sie vermutlich ohne das Wissen oder die Erlaubnis dieses Mannes in seinem Bett schlief. Allerdings hatten sich keinerlei persönliche Gegenstände in dem Zimmer befunden, es wirkte mehr wie ein Hotelzimmer denn wie ein privates Schlafzimmer.

»Tut mir leid«, sagte sie. »Ich bin ein verdammter Morgenmuffel.« Sie biss sich auf die Lippe. Vermutlich war das nicht die passende Ausdrucksweise für ein Gespräch mit einem Priester. »Jay hat gesagt, ich könnte hierbleiben.«

Als sie Jays Namen erwähnte, schien sich der Mann zu entspannen. Er lächelte wieder. »Ah, dann sind Sie herzlich willkommen. Ist er auch hier?«

Sie nickte.

Die Sprungfedern quietschten, als O'Brien sich aufs Bett setzte. Emily zog unter der Bettdecke die Knie hoch, um ihm Platz zu machen.

»Ich erinnere mich sehr gut an Ihre Großmutter. Ich habe sie mit Alan getraut, wissen Sie. Und sie beide beerdigt.«

»Sie haben ein gutes Gedächtnis, Pater. Nannas Tod ist bereits vier Jahre her.«

»Und Sie sehen ihr sehr ähnlich. Wir kannten uns schon sehr lange, schon seit sie und Alan sich kennenlernten. Sie waren ein schönes Paar.«

»Tut mir leid, dass ich so selten in die Kirche gehe«, sagte sie. Früher war sie gelegentlich mit Nanna hingegangen, aber eigentlich fand sie es immer ziemlich langweilig. Und als Nanna gestorben war, hatte die Kirche für sie keine Bedeutung mehr gehabt.

O'Brien tätschelte ihr beruhigend das Knie. »Die Kirche ist ein Ort der Gemeinschaft. Unsere Spiritualität ist etwas, das wir in uns tragen. Sie sollten kein schlechtes Gewissen haben, weil Sie Ihren eigenen Weg gehen, solange

Sie damit zufrieden sind. Aber natürlich würde die Kirche Sie mit offenen Armen aufnehmen, wenn Ihr Weg den unseren kreuzen sollte.«

»Hm, vielleicht später einmal.«

»Waren meine Predigten so langweilig?«

»Aber nein«, sagte sie so entrüstet, dass dem Priester die Ironie nicht verborgen blieb.

Er nickte zerknirscht und stand auf, wobei er das Bett wieder in Schwingungen versetzte. »Sie können sich Tee und Kaffee nehmen. Ich habe eine Taufe, aber nach dem Mittagessen bin ich wieder zurück. Dann können wir uns unterhalten, wenn Sie möchten.«

»Danke, Pater. Kaffee klingt wunderbar. Eine Frage habe ich allerdings noch.«

»Ja?«

»Woher kennen Sie Jay?«

»Ach, das ist eine lange Geschichte, in die auch Ihre Nanna verwickelt ist«, sagte er, eine Hand auf der Türklinke. »Wenn Sie möchten, kann ich sie Ihnen nachher bei einer Tasse Kaffee erzählen.«

»Danke, gern.«

»Versuchen Sie, sich etwas auszuruhen, Emily. Sie sind hier in Sicherheit. In Sicherheit und sehr willkommen.«

»Danke«, wiederholte Emily.

Er winkte, während er die Tür hinter sich schloss. Als sie hörte, wie die Haustür zufiel, stand Emily auf, fuhr sich mit den Fingern durch die zerzausten Haare und ging in die Küche. Während sie Wasser aufsetzte, vergewisserte sie sich mit einem Blick aus dem Fenster, dass es draußen immer noch bewölkt und windig war. Sie sah den Priester gerade noch mit einem weißen Transporter die Gasse entlangfahren. Der Wasserkessel klickte, und sie wandte ihre Aufmerksamkeit einer Sache zu, die sie beherrschte – dem

Kaffeekochen. Ihr Magen knurrte, als der Duft aus dem Becher aufstieg.

»Ruhe«, herrschte sie ihn an, durchstöberte jedoch die Schränke, bis sie eine Packung Kekse fand. Die spärlichen Vorräte deuteten darauf hin, dass die Wohnung nicht dauerhaft bewohnt war, sondern eher als Wochenendwohnung diente. Oder als Versteck. Schlürfend und kauend schaute sie wieder aus dem Fenster; das Einzige, was sich bewegte, war eine Krähe, die gegen den Wind ankämpfte. Sie konnte nachempfinden, wie der Vogel sich bei dem Bemühen fühlte, gegen diese unsichtbaren, aber gewaltigen Kräfte anzufliegen. Ob die Krähe auch so müde war wie sie?

Emily ging den Flur wieder hinunter und blieb vor Jays Tür stehen. Es war schon merkwürdig, wie er sie heiß machte und ihr zugleich das Blut in den Adern gefrieren ließ. Konnte sie ihm vertrauen? Vermutlich nicht, dachte sie. Aber bei Pater O'Brien war das anders. Wenn er sagte, sie sei hier in Sicherheit, dann glaubte sie ihm. Außerdem – was hatte sie schon für eine Wahl? Jay war der Einzige, der ihr sagen konnte, was hier vor sich ging, obwohl O'Brien offenbar auch irgendwie damit zu tun hatte. Sie konnte es kaum erwarten, zu hören, was die beiden zu erzählen hatten.

Sie unterdrückte ein Gähnen, während sie zurück ins Schlafzimmer ging. Es war ein verlockender Gedanke, sich einfach wieder unter der Decke zusammenzurollen und etwas von dem Schlaf nachzuholen, der ihr fehlte. Aber der Traum von Genevieve ließ sie nicht los. Nur ein Traum? Seine Bildhaftigkeit erinnerte sie an die Albträume, in denen sie von fledermausähnlichen Gestalten gejagt wurde, als sie noch ein Kind war. Es war so real. Sie setzte sich aufs Bett und streichelte ihre Handtasche. Vielleicht hatte Nanna in ihrem Tagebuch ja noch mehr über

Genevieve geschrieben. Emily stopfte sich die Kissen in den Rücken und holte dann das Grimoire und den Bernsteinring aus ihrer Tasche. Den Ring fest mit einer Hand umklammert, schlug sie das Buch auf und begann zu lesen. Vielleicht konnte ihre Nanna ihr erzählen, was Jay ihr verschwieg.

6

Vor Müdigkeit verschwammen die handgeschriebenen Zeilen im Tagebuch vor ihren Augen, aber Emily las trotzdem weiter. Sie wurde vom Klang der Stimme ihrer Nanna mitgerissen, die daraus sprach und ihr erzählte, wie ihre Mutter ihr beigebracht hatte, mittels einfacher Tricks verlorene Gegenstände wiederzufinden oder das Wetter vorherzusagen. Einmal hatte sie sogar durch reine Willenskraft eine Dose von einem oberen Regalbrett herunterschweben lassen. Es waren faszinierende Geschichten, und als Emily sich zurücklehnte und die Augen schloss, um diese unbekannte Vergangenheit auf sich wirken zu lassen, sprach ihre Nanna weiter.

»Meine Mutter hat selten über ihr Leben in Europa gesprochen. Sie fühlte sich wohl bei ihrer Familie und in ihrer neuen Wahlheimat. Sie glaubte uns in Sicherheit, nachdem sie die Cabal von ihrer Spur abgebracht hatte, indem sie in Frankreich ihren Tod vorgetäuscht, sich mit der Nachkriegs-Immigrantenflut bis nach Australien durchgeschlagen hatte und in dem weiten Land untergetaucht war, das damals noch für viele Menschen einen Neuanfang verhieß.

Vielleicht ist ihr klar geworden, dass ihre Täuschung nicht von Bestand sein würde, denn sobald ich acht Jahre alt geworden war, begann sie, mir nachmittags und abends, wenn mein Vater nicht da war, ein paar ihrer Abenteuer zu erzählen. In einer abgemilderten Version natürlich, denn mir wurde durch das, was sie ausließ, klar, dass sie gezwungen gewesen war, Dinge zu tun, auf die sie nicht stolz war.

Und von all diesen Dingen bereute sie ihre Beziehung zu Petr Uhgrau am meisten. Ihre Affäre mit dem Anführer der Cabal war das Ungeheuerlichste und Furchteinflößendste, was sie je getan hatte, sagte sie. Ich gebe ihre Worte aus der Erinnerung wieder, damit du eine Ahnung bekommst, wie es passiert ist, und gewarnt bist.

Ich glaube, ich war ungefähr zwölf Jahre alt. Meine Mutter erzählte mir eines Morgens beim Brotbacken von Petr. Die Küche war vom Duft des Teigs erfüllt. Er klebte an meinen Fingern, und die Bank war vom Mehl ganz weiß. Aus dem Fenster über der Spüle, wo meine Mutter immer eine Vase mit Blumen aus dem Garten stehen hatte, konnten wir das grüne Feld sehen, das bis zu der Baumreihe reichte, die am Bach entlangführt. Wir hielten Ziegen und Kühe, deren weißes Fell die Hügel wie Felsbrocken sprenkelte, und der Himmel wirkte über der Silhouette der Berge sehr, sehr blau.

Meine Mutter sagte zu mir: ›Du kommst jetzt in das Alter, in dem die Jungen ein Auge auf dich werfen.‹ Mein Körper hatte tatsächlich seine Koordinationsfähigkeit verloren, als ob die Anstrengung, Brüste und Haare wachsen zu lassen, dazu führte, dass er nicht mehr das Gleichgewicht oder eine Tasse halten, geschweige denn sich länger auf einen einzigen Gedanken konzentrieren konnte, als es dauert, sich die Haare zu kämmen. Ich war überhaupt nicht glücklich mit meinem Körper, aber meine Mutter hatte recht: Es dauerte gar nicht mehr lange, bis die Jungs anfingen, sich für mich zu interessieren, vor allem, als meine BHs immer größer wurden.«

Emily unterbrach ihre Lektüre und dachte: Dieses Körpermerkmal liegt wohl nicht in der Familie. Ihr fiel eine Schulfreundin ein, die ihr mal im Vertrauen gesagt hatte, es komme nicht darauf an, was man habe, sondern wie man es einsetze. Im selben Atemzug hatte sie Emily geraten, enge weiße Blusen ohne BH anzuziehen, damit die Jungs Stielaugen bekamen. Diesen Rat hatte sie nie befolgt, aber eine andere Freundin hatte ihr gesagt, sie könne sich glücklich schätzen, denn große Titten seien furchtbar schwer und beim Sportunterricht ständig im Weg.

Emilys Erfahrung nach ernteten ihre großbusigen Freundinnen jedoch deutlich mehr Blicke als sie. Jungs waren seltsame, triebgesteuerte Wesen, die in einer unverständlichen Sprache über Sport, Autos und Kriegsfilme redeten. Auch Emilys Freundinnen konnten das alles nicht verstehen. Aber der Unterschied war, dass sie zumindest die Kunst beherrschten, so zu tun, als würde es sie interessieren. Emily seufzte, hörte auf, über ihr trostloses oder nicht vorhandenes Liebesleben nachzugrübeln, und vertiefte sich wieder in die viel interessantere Erzählung ihrer Urgroßmutter.

»›Petr war der charismatischste Mann, dem ich je begegnet bin‹, sagte meine Mutter, und der Gesichtsausdruck, mit dem sie aus dem Fenster schaute, ließ mich vermuten, dass sie gerade alles, was sie erlebt hatte, wieder vor sich sah. ›Die Welt befand sich im Krieg, und die mit uns verfeindete Cabal nutzte das Chaos, um uns anzugreifen, wann immer sie konnte. Trotz meiner Ängste, trotz meines Misstrauens musste ich ertragen, dass er mir den Hof machte. Ich musste meine Rolle spielen. Die Cabal war meine Familie, es war meine Aufgabe, sie zu beschützen. Und ich liebte die Magie, die Rituale und Zaubersprüche, liebte es, Teil von etwas zu sein, das so viel größer war als ich, etwas, von dessen Existenz nur so wenige wussten. Als ich älter und Petr immer aufdringlicher wurde, erkannte ich, dass ihm weniger etwas an mir lag als daran, ein Kind von mir zu bekommen. Mit Liebe oder auch nur der Vorspiegelung von Liebe hatte er nichts im Sinn. Es ging ihm lediglich darum, sich mit allen Mitteln die besonderen Kräfte unserer Familie anzueignen. Und deshalb bin ich weggelaufen, als die Alliierten begannen, die Deutschen zurückzudrängen.‹

Meine Mutter sah mich durchdringend an. ›Du musst vorsichtig sein, Marguerite‹, sagte sie. ›Männern darf man nicht trauen, und je mehr sie dir versprechen, desto weniger solltest du auf sie hören. Ich wäre nicht traurig, wenn du unverheiratet bleiben würdest. Vielleicht hat dieser Irrsinn dann endlich ein Ende.‹

Meine Mutter streichelte meine Wange, eine zarte, liebevolle und doch traurige Geste. ›Ich habe gar nichts gegen die Liebe eines guten Mannes, aber sie ist auch ein Fluch.‹ Sie schaute aus dem Fenster auf die Berge. ›Dein Vater ist ein guter Mann. Ein liebevoller Mann. Ich hatte großes Glück, ihn zu finden. Er war für mich da, als ich ihn am dringendsten brauchte. Er ist so verständnisvoll. Er liebt dich von ganzem Herzen.‹ Sie drehte sich, Tränen in den Augen, zu mir um und nahm einen Lappen, um mir Mehl von der Wange zu wischen. ›Und was wäre ich für eine Mutter, wenn ich dir das Glück nicht gönnen würde, ein Kind zu bekommen, das für dich etwas ebenso Wunderbares ist wie du für mich?‹ Mit einem Seufzen, das ihre ganze Zerrissenheit verriet, küsste sie meine Stirn. ›Ich hoffe, wenn du groß bist, kannst du ein einfaches Leben voller Liebe führen, unbelastet von den Erwartungen und Wünschen anderer.‹

Ihre Worte verwirrten mich. Ich war zu jung, um ihre tiefere Bedeutung zu verstehen, aber ich wusste, dass eine große Traurigkeit und Enttäuschung aus ihr sprach. Ich umarmte sie, und sie drückte mich an sich. Dann löste sie mit einem Schniefen und einem Lächeln meine Arme von ihrem Leib, wir schoben den Teig in den Backofen und sie schickte mich zum Spielen hinaus.

Das Vermächtnis unserer Gene ließ sie nicht zur Ruhe kommen, und sie fühlte sich nie richtig sicher vor Petr. Sie glaubte eigentlich nie daran, dass sie jemanden wie ihn an der Nase herumführen konnte, und sie war überzeugt, dass er, sobald er erfuhr, dass sie noch am Leben war, nach ihr suchen würde, wenn nicht nach ihr, dann nach ihren Töchtern. Auch wenn es mir fast das Herz bricht, es niederzuschreiben, glaube ich, sie hat uns verlassen und ist später ums Leben gekommen, weil sie versucht hat, die Bande zwischen sich und der Cabal zu durchtrennen. Erst viel später habe ich herausgefunden, welche Rolle Jay dabei spielte. Ich habe mich nie wirklich damit abgefunden, aber da das Alter mir zu schaffen macht und ich fürchte, dass Petr uns doch noch finden könnte, habe ich keine andere Wahl, als das Schicksal meiner geliebten Nachfahrinnen erneut J anzuvertrauen. Es gibt sonst einfach niemanden, und ich selbst war gewiss keine gute Beschützerin. Meine arme Wendy. Wie soll sie mir je all ihre Qualen verzeihen? Wie kann ich mir selbst verzeihen, dass ich nicht imstande war, ihre Pein zu lindern?

Doch ich greife vor. Nachdem wir die Nachricht erhielten, dass meine Mutter in Kanada ums Leben gekommen war, war mein Vater wie verwandelt. Ich glaube, das Einzige, was ihn am Leben hielt, war ich. Schließlich verkauften wir unser Land und zogen näher an die Stadt heran, wo er von den Vorzügen der Zivilisation profitieren zu können glaubte. Ich, die ich zu der Zeit bereits unter Js Schutz lebte, versuchte, ihn umzustimmen und gelobte, niemals zu heiraten und auf keinen Fall eine weitere Generation gepeinigter, verfolgter Frauen in die Welt zu setzen.

Doch dann traf ich Alan, und dummerweise verliebte ich mich in ihn. Diese Liebe, die mich nach diesem Leben in Einsamkeit und Angst so wunderbar wärmte, war stärker als meine Zweifel, und wir taten uns zusammen und lebten fast wie normale Menschen. Ich gebar einen Sohn und eine Tochter. J gelobte, sie zu beschützen, wie er mich beschützt hatte, sie abzuschirmen, damit sie ebenfalls ein normales Leben führen konnten, ungestört durch Petrs Cabal.

Als Wendy acht Jahre alt wurde, zeigte ich ihr das Buch meiner Mutter und ihren Ring. J hatte mir beides nach ihrem Tod gegeben. Das Buch, in dem du gerade liest, gehörte Genevieve und davor ihrer Mutter und so weiter. Es wurde durch die Generationen weitervererbt, ein Dokument der Rituale und Geschichten, der Zauberei und des Wissens. Durch den Ring spricht jede Generation für sich. Er verschafft dir Zugang zu der Weisheit der Frauen, die bereits gestorben sind. Ohne ihn hast du nur mein Gekritzel, und ich fürchte, ich konnte wenig zu den hier aufgezeichneten Hexenkünsten beitragen.«

Emily ließ das Grimoire sinken und betrachtete die Seiten und den handschriftlichen Text. Jede ihrer Vorfahrinnen hatte also etwas zu dem Buch hinzugefügt und im Lauf der Jahre die Informationen darin immer weiter aktualisiert und ergänzt.

Dann betastete sie den Bernsteinring und versuchte, seine Kraft zu erspüren. Der Gedanke, dass ihre Nanna ihn getragen hatte, davor ihre Mutter und immer so weiter, tröstete sie, aber er machte sie auch traurig. Ob sie alle mit dem Ring am Finger gestorben waren? Hatte Nanna ihn bei ihrem Tod getragen? Ruhten ihre letzten Gedanken in dem Stein?

Emily steckte den Ring wieder in die Tasche. Wie hatte wohl ihre Mutter auf dieses Vermächtnis reagiert? Wie hatte sie diese bizarre Familiengeschichte aufgenommen?

Gleich der nächste Absatz in Nannas Tagebuch lieferte die Antwort: Nicht besonders gut.

»Ich hatte gehofft, dass das Tragen dieses Rings Wendy von den Albträumen, die sie in ihrer Kindheit gequält haben, befreien würde, aber er schien sie zu verschlimmern. Die Visionen suchten sie ungebeten und völlig willkürlich heim. Es ging so weit, dass sie kaum noch Vergangenheit und Gegenwart auseinanderhalten konnte. Mir blieb nichts anderes übrig, als ihr den Ring wieder wegzunehmen und ihn im Grimoire zu verstecken. Sie hatte einfach eine zu zarte Konstitution, um in so jungen Jahren schon damit umgehen zu können. Als sie älter wurde, wurden die Albträume weniger. Ich schob es immer wieder hinaus, ihr den Ring zurückzugeben, denn ich glaubte, dass vielleicht doch noch Hoffnung auf ein normales Leben für sie bestünde. Ich beschloss, das Thema nicht von mir aus anzuschneiden, sondern darauf zu warten, dass sie selbst davon anfing. Als sie in die Pubertät kam, verlor sie jegliches Interesse an allem, was mit Hexerei oder den Grundkenntnissen der Zauberei zu tun hatte, wie sie mir meine Mutter beigebracht hat. Es ging ihr nur noch um Klamotten, Jungs und Autos.

Und Alan hat sie darin bestätigt. Er war ein gottesfürchtiger Mann, ein Kirchgänger. Wenn einer unserer Nachbarn eine tote Katze zur Abschreckung von Hexen unter sein Dach legte, machte er sich darüber lustig und meinte, er hätte den Mann dafür verprügeln sollen, dass er das Tier getötet hatte, und stattdessen ihn unters Dach legen.

Und dann kam unser Sohn bei einem Autounfall ums Leben. Ich fand keinen Trost in der Magie, überhaupt keinen. Der Ring weckte nur schmerzliche Erinnerungen an dieses viel zu früh ausgelöschte Leben. Daher schloss ich ihn und das Grimoire weg und schickte auch J fort. Ich glaube, dass ich ihm die Schuld am Tod meines Sohnes gab. Lächerlich. William starb bei einem Autounfall, am hellichten Tag. Es war bloß ein Unfall. Aber J sollte auf meine beiden Kinder aufpassen. Die Sache warf kein gutes Licht auf ihn, und so ungerecht es auch war, nutzte ich das, um mich in meinen Schmerz und meinen Zorn hineinzusteigern. Heute weiß ich, wie dumm das von mir war. Hätte ich das Ganze durch die Augen meiner Mutter betrachtet, wäre mir die tiefere Wahrheit klar geworden. Ich hätte gewusst, dass wir vor unserer Bestimmung nicht weglaufen können.

Für meine liebste Wendy ist es zu spät. Mit der Geburt ihrer Töchter kehrten die Albträume zurück, die Kräfte, die uns im Blut liegen, erwachten wieder zum Leben. Ich musste mitansehen, wie diese Kräfte sie an den Rand des Wahnsinns trieben und dann auch ihre ältere Tochter Darcy infizierten, wenn auch zum Glück nur geringfügig. Das war meine Schuld, alles meine Schuld. Jetzt, da ich alt und gebrechlich bin und meinen Stolz und meinen Zorn bereue, werde ich Kontakt mit J aufnehmen. Ich werde ihn anflehen, zurückzukehren, falls er dazu bereit ist. Um ehrlich zu sein, bezweifle ich, dass er weit weggegangen ist. Ich spüre seine Nähe und seinen Schutz, trotz der Beleidigungen, die ich ihm an den Kopf geworfen habe. Ich hoffe, er kann einer alten Frau vergeben und wieder über uns wachen.

Ich fürchte, dadurch, dass wir uns unserer magischen Berufung verweigert haben, haben unsere Kräfte nachgelassen. Je schwächer sie werden, desto größer wird die Gefahr, dass die Cabal uns findet und ausbeutet. Ich vertraue darauf, dass J uns beistehen wird, sollte diese Stunde jemals kommen. Oh, wie ich meinen lieben Alan vermisse. Den lieben Alan, dem, da bin ich sicher, klar war, dass er mein Herz mit einem anderen Mann teilen musste. Doch er gab sich mit seiner Hälfte zufrieden, weil er wusste, dass ich ihn so wahrhaftig liebte wie niemanden sonst …«

Emily rieb sich die Augen. Diese Geschichte war einfach zu unglaublich. Ihre Mutter saß in einer Irrenanstalt, weil sie die Stimmen ihrer eigenen Verwandten hörte. Ihre Nanna hatte Jay geliebt, der offenbar direkt mit der Cabal und Genevieves Qualen zu tun hatte. Darcy wäre als Nächste an der Reihe gewesen, diese magische Gabe zu empfangen, aber Nanna hatte zu große Angst gehabt, um sie darin zu unterrichten. Und außerdem fürchtete sie sich vor der Cabal, rief sich Emily in Erinnerung. Immer noch, nach all den Jahren. Und Jay hatte dazugehört.

Emily schlug das Buch zu und steckte es wieder in ihre Tasche. Jeder Muskel tat ihr weh. Der Überfall in der Nacht zuvor forderte seinen Tribut. Vor Müdigkeit und Verwirrung war ihr ganz schwindelig. Vielleicht half eine Tasse Kaffee. Sie hatte einen faden Geschmack im Mund, und unter ihren Achseln, und zwischen ihren Beinen juckte es. Eine Dusche und ein paar frische Klamotten wären schön. Nach Hause zu fahren wäre noch schöner. Sie setzte sich auf und zog sich vorsichtig das Unterhemd über den Kopf. Schnüffelte. Ergänzte ihre Wunschliste um ein Deodorant. Und sie brauchte ein paar neue Heftpflaster, ihre Wunden hatten ein wenig geblutet.

Langsam schwang sie die Beine aus dem Bett, stand auf und steckte den Kopf zur Tür hinaus.

»Jay? Pater O'Brien?«

Keine Antwort.

Emily musterte das stinkende Unterhemd und beschloss

dann, es darauf ankommen zu lassen. Barfuß und unter ihrem Mantel nur mit einem Slip bekleidet, lief sie den Flur entlang zum Badezimmer. Sie ging auf die Toilette und wusch sich dann flüchtig Gesicht und Arme. Danach fühlte sie sich erfrischt und ein bisschen wagemutig. Rasch schlich sie auf Zehenspitzen zurück in ihr Zimmer und wühlte in ihrer Tasche nach ihrer Puderdose. Schnittwunden und Abschürfungen verunzierten ihre Arme, Hals und Brust. Ihr Unterkiefer war auf einer Seite schwach violett verfärbt. Sie stöhnte auf, als sie sich im Spiegel sah. Na, großartig. Wunderbar. Sie würde ewig brauchen, um sich zu schminken.

Sie zog sich wieder an und zuckte zusammen, als der Stoff ihre Wunden streifte. Schaute auf ihre Uhr – fast ein Uhr nachts. Sie war erstaunt, wie schnell der Tag vergangen war. Was war aus dem Priester geworden? Und aus Jay?

Sie warf einen Blick in die Küche, schaute auf dem Hof nach und klopfte dann leise an die Tür zum Gästezimmer.

»Jay? Sind Sie da?«

Sie drückte vorsichtig die Tür auf, die den Blick auf ein offenbar unbenutztes Doppelbett und ein paar einfache Möbelstücke freigab: einen Kleiderschrank, eine Frisierkommode und einen Beistelltisch mit einer Lampe darauf. Wie auch in ihrem Zimmer gab es hier nichts, was darauf hindeutete, dass jemand darin wohnte. Keine Fotos, kein Krimskrams, kein Klamottenhaufen auf dem Fußboden, keine Bücher oder leeren Tassen.

Waren beide Männer weggegangen und hatten sie hier allein zurückgelassen? Das machte sie nervös. Doch andererseits hatten beide gesagt, sie sei hier in Sicherheit. Sie blieb am oberen Ende der Treppe zum Erdgeschoss stehen. Die Stufen waren gerade breit genug für zwei Personen.

Das Geländer wirkte kaum stabiler als das der Außentreppe. Die Wände brauchten einen neuen Anstrich. Sie trat auf die erste Stufe.

»Jay? Ist jemand da?«

Vorsichtig stieg sie weiter hinunter. Eine Tür mit der Aufschrift »Privat«. Sie ließ sich nicht öffnen. Vermutlich arbeitete niemand in dem Büro, das sich Jay zufolge unten befand. Zum Glück hatte sie heute keine Termine, morgen allerdings schon. Wann sie wohl endlich nach Hause fahren konnte? Und was war mit Brett? Womöglich machte er sich Sorgen, nachdem sie ihn gestern so sinnlos durch die Gegend gescheucht hatte. Sie würde ihn später anrufen müssen, ihm vielleicht zum Dank eine Flasche Wein mitbringen.

Emily drehte den Knauf noch einmal und drückte gegen die Tür. Definitiv abgeschlossen. Sie erwog, das Schloss zu knacken, nur um zu sehen, ob dahinter wirklich das Büro eines Architekten lag, aber dazu hätte sie nach oben gehen und ihre Tasche holen müssen. Daher beschloss sie, sich erst den Flur anzusehen. Am anderen Ende befanden sich zwei Türen, eine ihr gegenüber und eine zu ihrer Rechten. Sie versuchte, Erstere zu öffnen. Sie war von innen verriegelt und führte zu einem Geräteschuppen. Der Schuppen war fast leer, nur ein noch neu aussehender Stapel Pappkartons lag, zusammen mit ein paar leeren Vogelkäfigen, in einer Ecke. Zweifelsohne das Resultat von O'Briens kirchlichem Umzugsdienst. Eine klapprige Holztür ging nach draußen zum Hof auf. Der Schuppen hatte ein Betondach, das vermutlich gleichzeitig der Boden des Balkons auf der Rückseite des Hauses war.

Emily ging wieder zurück, um sich die zweite Tür anzusehen. Auf der anderen Seite war zwar der Riegel vorgeschoben, doch er hatte die Halterung verfehlt, sodass die

Tür einen Spalt breit offen stand. Das war entweder Absicht, oder derjenige, der sie hatte verriegeln wollen, war zu sehr in Eile oder einfach unachtsam gewesen. Eine Zementtreppe, voller Spinnweben und an den Rändern staubig, führte in die Dunkelheit hinab. Sie betätigte einen Schalter an der Wand. Nichts passierte.

»Jay?«, sagte sie leise.

Emily trat ein. Sie ließ die Tür weit offen, damit so viel Licht wie möglich aus dem Flur hereindrang. Dann stieg sie vorsichtig in die Dunkelheit hinab. Ein paar Schritte weiter unten entdeckte sie eine kleine Nische mit weißen Kerzen und Streichhölzern. Sie zündete eine an und ging weiter, bis sie einen Treppenabsatz erreichte.

Eine große Holztür schnitt ihr den Weg ab. Sie drückte die Klinke herunter. Die Tür öffnete sich.

Ein Kandelaber warf unheimliche Schatten an die von leeren Regalen gesäumten Wände, aber das Licht drang nicht bis ans Ende. Dicke Spinnweben hingen in den Ecken. Eine große Holzkiste stand hinter dem Kandelaber, weitere Kisten waren unordentlich zu einem Hindernisparcours quer durch den Raum aufgebaut, so weit der Schein des Kerzenlichts reichte. Die dünne Staubschicht auf dem Boden wurde durch einen mit Kreide um die Kiste herum gezeichneten Kreis unterbrochen. Die Steine verströmten eine feuchte Kälte, irgendwo tropfte Wasser.

Etwas Weißes bewegte sich auf dem Boden. Sie starrte es an. Eine Feder. Und noch eine. Jetzt hörte sie das gedämpfte Gurren von Tauben, das Flattern von Flügeln. Der Moschusgeruch von Vögeln in Käfigen mischte sich mit Staub und Wachs und verlieh der Kammer eine muffige, bedrückende Atmosphäre. Im Halbdunkel konnte sie etwas Weißes schimmern sehen. Ein seltsamer Ort für einen Taubenschlag, dachte sie. Sie wollte gerade zu den Tieren hinübergehen, als ein anderes Geräusch sie mitten im Schritt verharren ließ. Da war es wieder, in der Stille, wenn die Vögel sich gerade nicht bewegten. Ein leises Schmatzen. Sie legte die Hand hinters Ohr und versuchte zu ergründen, woher es kam. Es schien lauter zu werden, während sie lauschte, ebenso wie ihr Herzschlag. Sie merkte, dass sie den Atem anhielt. Es kribbelte auf ihrer Haut, das Geräusch ähnelte denen der Kreatur, die sie angegriffen hatte, nur dass es feuchter klang, als würde jemand die letzten Tropfen eines sehr dicken Milchshakes schlürfen.

Sie schlich vorwärts, wobei sie die Kerze wie eine Waffe vor sich hertrug. Als sie an der großen Kiste vorbeikam, vermied sie es unbewusst, auf den Kreidekreis zu treten. Da. Hinter dem Stapel Holzkisten bewegte sich etwas. Das Geräusch kam unverkennbar von dort.

Noch ein Schritt, und sie sah, halb durch die Kartons verdeckt, den blassen Rücken eines Mannes. Eine tiefe Muskelfurche lief an seinem Rückgrat entlang, und seine schwarzen Haare fielen bis auf die Schulterblätter.

Ein Mann, der sich über etwas beugte. Er trank. Sie trat noch einen Schritt vor und hörte, wie erst ihr Absatz und dann ihre Schuhspitze auf den rauen Betonfußboden auftraf. Eine Taube schlug geräuschvoll mit den Flügeln.

»Jay?«, fragte Emily und streckte nervös die Hand mit der Kerze aus.

Der Mann drehte sich um und schirmte mit einer spitzfingrigen Hand seine Augen ab. In der anderen hielt er den zerschmetterten Körper einer Taube. Blut war auf seinen Lippen und seinem Kinn verschmiert, tropfte auf seine glatte, weiße Brust. Er knurrte. An seinen Reißzähnen glitzerte Blut, sein Gesicht war verzerrt wie das eines tollwütigen Hundes.

Der Schrei blieb ihr im Hals stecken. Emily rannte los.

Die Kerzenflamme ging aus. Sie ließ die Kerze fallen, als sie gegen die Tür krachte. Ohne sich dadurch aufhalten zu lassen, rappelte sie sich aus dem Schmutz auf. Sie fiel fast die Treppe hinunter und brach sich an den Wänden die Nägel ab. Schluchzend und atemlos stolperte sie nach oben und richtete sich im staubigen Licht des Flurs erleichtert auf. Schnell lief sie zur nächsten Treppe und stieg, das Geländer umklammernd, ins Obergeschoss hoch. Dort stieß sie mit einer dunklen Gestalt zusammen. Endlich entrang sich ihr ein halb erstickter, schriller Schrei.

»Emily! Ich bin's, Pater O'Brien. Was ist denn los?«

»Ach, Pater«, sagte sie und wich zurück. »Entschuldigen Sie. Ich dachte, ich hätte ... Ich weiß auch nicht ...«

»Schon gut. Kommen Sie.« Er streckte seine geäderte und fleckige, aber durch und durch menschliche und beruhigende Hand aus. »Wir machen uns eine Kanne Tee, und dann erzählen Sie mir alles.«

»Was ist da unten, Pater? Was ist das für ein ... Ding?«

»Nichts, wovor Sie Angst haben müssten, das versichere ich Ihnen. Aber wir sollten uns unterhalten.«

Brett tötete einen weiteren Dämon und bewegte sich über den sich rasch verflüchtigenden Blutfleck hinweg. Noch ein Energiekristall, und er hätte es aufs nächste Level der Raumstation geschafft. Hoffentlich war es das, auf dem die Prinzessin der Galaxie als Geisel gefangen gehalten wurde. Er hielt das Spiel an, um pinkeln zu gehen, goss sich Kaffee aus der Espressokanne nach und kehrte ins Gästezimmer zurück. Dort sah er auf sein Handy, das neben dem Mauspad lag: keine Nachrichten. Fluchend setzt er sich wieder vor den Computer und warf einen Blick aufs Bett. Das Bettzeug war immer noch von Emily zerwühlt.

Wo war sie bloß?

Er hatte einen Anruf von einem Kumpel bekommen, der mit ihm Squash spielen wollte, aber er hatte abgelehnt. Er wollte die Wohnung nicht verlassen, für den Fall, dass Emily plötzlich vor der Tür stand oder wenigstens anrief.

Brett befingerte sein Handy und überlegte, ob er ihr noch eine Nachricht hinterlassen oder eine SMS schicken sollte. Doch das wurde langsam albern. Sie war eine erwachsene Frau, er brauchte nicht auf sie aufzupassen wie ein großer Bruder. Manchmal hatte er das Gefühl, dass genau das die Art ihrer Beziehung war, und obwohl ihm der Gedanke, jemandes Bruder zu sein, durchaus behagte, wäre es ihm lieber gewesen, wenn es sich dabei nicht gerade um Emily gehandelt hätte. Denn seit den seltsamen Ereignissen der letzten Nacht war ihm schmerzhaft klar geworden, dass sein Interesse an Emily Winters inzwischen keineswegs mehr brüderlicher Natur war. Er hatte sie zwar schon immer attraktiv gefunden, aber ihre immer enger werdende Freundschaft war ihm so kostbar und zerbrechlich erschienen, dass er Angst gehabt hatte, sie mit romantischen Avancen zu gefährden. Wenn es um Frauen ging, war er ziemlich ungeschickt. Sie war jedoch mitten in der Nacht abgehauen, und seine Sorge war alles andere als nachbarlich. Er konnte den Gedanken nicht ertragen, sie zu verlieren, allerdings auch nicht den, sie mit einem anderen Mann zu sehen. Aber sie war irgendwo dort draußen, vermutlich nicht allein, und er saß zu Hause und spielte Computerspiele.

Er nahm einen Schluck Kaffee, setzte das Spiel wieder in Gang und versuchte, seine Ängste zu betäuben, indem er den Bösen den Garaus machte. Man tötet die Dämonen, rettet das Mädchen und geht dann über zur nächsten Folge: Wenn das Leben doch nur so einfach wäre.

Emily aß noch ein Sandwich und seufzte dann in ihren Kaffee. Er war stark und heiß und kam frisch aus Pater O'Briens Espressokanne, die das Zimmer immer noch mit ihrem köstlichen Duft erfüllte.

»Besser?«, fragte der Priester.

Sie nickte. Sie war O'Brien dankbar dafür, dass er geduldig gewartet hatte, während sie sich das Gesicht wusch und sich zu beruhigen versuchte, bevor er sich zu ihr setzte und sich über das Mittagessen hermachte, das er auf dem Heimweg geholt hatte. Emily hätte gern eine geraucht, aber nirgendwo stand ein Aschenbecher. Also noch ein Sandwich ... Ja, das half, solange sie nicht an das dachte, was sie gesehen hatte. Eine Zigarette wäre allerdings noch besser gewesen.

»Also«, sagte sie so begierig, den Priester auszufragen, dass ein Brotkrumen aus ihrem Mund auf den Tisch flog. Sie glaubte nicht, dass Pater O'Brien es bemerkt hatte. »Erklären Sie es mir jetzt? Dieses ... Ding ... im Keller?«

»Nein, das tut er nicht«, sagte Jay von der Tür aus. Sogar O'Brien zuckte zusammen und hätte beinahe den Kaffee verschüttet, den er gerade eingoss. »Ich werde es Ihnen erklären.«

Die beiden Männer nickten einander zu. Jay setzte sich hin und sagte zu Emily: »Tut mir leid, wenn ich Sie erschreckt habe.«

»Das waren Sie, nicht wahr?«

Er nickte. Er war wieder in elegantes Schwarz gekleidet, und nirgends war eine Spur von der Mahlzeit zu entdecken, die er gerade zu sich genommen hatte.

»Was haben Sie da gemacht?«

»Gefrühstückt?«, sagte er mit einem Schulterzucken.

»Verarschen Sie mich nicht«, sagte sie und hoffte, dass ihre Stimme nicht zitterte. »Was *sind* Sie?«

»Ich bin Ihr Beschützer. Das ist meine heilige Pflicht.«

»Das habe ich nicht gemeint.«

Jay schaute den Priester an, der leicht amüsiert wirkte.

»Ich bin ein Vampir. Ein besseres Wort fällt mir nicht ein.«

»Vampir reicht völlig.« Sie schüttelte den Kopf und wandte den Blick ab. Ihr Herz hämmerte so laut, dass sie kaum denken konnte. Emily umklammerte ihre Tasse und nippte daran, um sich zu beruhigen. Hexen, Ringe, Zaubersprüche ... und nun dies. Sie starrte O'Brien über den Rand ihrer Tasse an. »Kaum zu glauben, dass ich das gerade gesagt habe«, murmelte sie. »Pater, so etwas gibt es doch gar nicht, oder?«

»Doch, allerdings, obwohl ich das auch nicht geglaubt habe, bis ich Ihre Großmutter kennenlernte.«

»Was? Nanna war doch nicht etwa ...?«

»Nein, so war das nicht gemeint«, sagte O'Brien. Er schaute Jay an, und dieser nickte.

»Sagen Sie's ihr, O'Brien. Ihnen wird sie glauben – einem Geistlichen.« Sie wechselten einen Blick, der sehr nach Insiderwitz aussah.

»Also«, sagte O'Brien. »Es muss mindestens vierzig Jahre her sein. Alan gehörte zu meiner Gemeinde. Als er heiratete, habe ich Ihre Großmutter kennengelernt. Margaret war eine temperamentvolle Frau, und es war ziemlich offensichtlich, dass sie sich nur Alan zuliebe kirchlich trauen ließ. Sie war durchaus höflich, aber dabei immer distanziert, wenn Sie wissen, was ich meine. Trotzdem ging sie mit ihm in die Kirche, half bei den Tombolas und Festen mit, und ich betrachtete sie als wertvolles Mitglied der Gemeinde. Im Zuge ein paar ziemlich hitziger Diskussionen über den Glauben und andere Themen wurden wir sogar gute Freunde.«

Er lächelte, als er sich daran erinnerte. Emily ertappte sich dabei, dass sie ebenfalls lächelte.

»Und dann kamen mir gewisse Dinge zu Ohren«, sagte O'Brien. »Angeblich ging man zu ihr, wenn man zum Beispiel etwas verloren hatte. Oder wenn man das Geschlecht seines Babys noch vor der Geburt wissen wollte. Und dann kam der Tag, an dem im Haus eines meiner Gemeindemitglieder, das er vor kurzem bezogen hatte, plötzlich seltsame Dinge vorgingen. Stimmen, Schatten im Flur, Schreie im Garten. Eines Nachts wachte er auf und sah eine verschwommene Gestalt am Fuß seines Bettes stehen. Es war eine Frau in altmodischer Kleidung. Das machte ihm nichts aus, damit konnte er leben, aber im Laufe der Zeit passierte immer mehr. Gegenstände bewegten sich. Das Wasser im Kessel kochte ohne Grund. Türen klemmten oder knallten zu, auch wenn es gar nicht zog. Seine Freundin sagte, jemand habe sie in der Dusche geschubst, obwohl sie ganz allein zu Haus war. Sie hat sich am Handgelenk verletzt, es hätte viel schlimmer kommen können.

Schließlich war er es leid und kam zu mir. Das Haus hatte ihn eine Menge gekostet, und es bot eine fantastische Aussicht. Er wollte es nicht wieder aufgeben. Also bin ich eines Sonntags nach dem Gottesdienst mit ihm hingegangen, und tatsächlich konnte auch ich spüren, dass dort irgendwas nicht stimmte. Ich versuchte es mit Weihrauch und Segnungen, aber offenbar machte es das nur noch schlimmer. Noch in derselben Nacht wurde der Besitzer aus dem Bett geworfen und fast von seinem Kleiderschrank zerquetscht. Er zog in ein Motel und schwor, das Haus abzureißen, aber das fand ich etwas extrem. In meiner Verzweiflung wandte ich mich an Ihre Großmutter. Sie schickte mich wiederum zu Jehail. Gemeinsam haben wir den unruhigen Geist vertrieben, und seitdem sind wir – wie würden Sie es nennen, Jay? Verbündete? Kollegen?«

»Ich würde es Freunde nenne, O'Brien«, sagte Jay.

»Ja, Freunde und Verbündete im Kampf um die gute Sache. Nicht dass Sydney eine Brutstätte des Satanismus wäre – mal abgesehen von der Börse.« Er zwinkerte. »Hin und wieder kommen ein paar lästige Touristen her, unerwünschte Elemente, die Gefallen an der Stadt finden und hier Geschäfte machen wollen. Jay und ich helfen ihnen, etwas anderes zu finden, wenn wir es für nötig erachten.

Was mich zu dem Grund bringt, weshalb ich Ihnen das alles erzähle, Emily. Ich war ein Freund Ihrer Großeltern. Ich weiß, dass es auf dieser Welt übernatürliche Geschöpfe gibt, und wenn Jay sagt, dass sie eine Gefahr für Sie sind, glaube ich ihm. Wenn Sie es erlauben, würde ich mich freuen, Ihnen gegen sie beizustehen.«

»Natürlich nehme ich jede Hilfe an, die ich kriegen kann, Pater. Aber das ist alles ziemlich verwirrend und, nun ja, neu für mich. Nanna hat nie etwas in der Art erwähnt. Niemals.«

Jay ergriff das Wort. »Marguerite wollte nicht, dass Sie damit konfrontiert werden. Sie wollte, dass ihre Familie ein sorgenfreies, normales Leben führt. Aber das ist Ihnen nicht vergönnt. Die Cabal hat Sie gefunden, und sie kommt immer näher.«

»Was sind das denn für Kreaturen? Vampire wie Sie? Hexen wie Nanna?«

»Von beidem etwas.«

»Oh.« Sie musterte erst ihn und dann O'Brien. »Wie können …?«

»Die Wege des Herrn sind unergründlich«, sagte O'Brien. »Ich beurteile einen Menschen nach dem, was er tut, danach, wer oder was er ist.«

»Ob schwarz, rot oder untot, für Sie sind alle gleich, was, Pater?«

»Das könnte man so sagen, Emily.«

»Der gute Pater ist im Gegensatz zu vielen anderen ein vorurteilsfreier Mann«, fügte Jay hinzu.

Emily sah ihn an. Langsam gewöhnte sie sich an den Gedanken. Er begann, sich in ihre neue Weltsicht einzufügen. »Was ist mit der Kirche? Und den Kreuzen? Bringen die nicht ... ich meine, sie schrecken ... Leute wie Sie doch ab, oder?«

Er schüttelte den Kopf. »Sie schrecken gewisse... primitivere Dämonen ab, aber meinesgleichen nicht.«

»Sonnenlicht? Weihwasser? Knoblauch?«

»Sonnenlicht schränkt meine Kräfte ein, und ein längerer Aufenthalt in der Sonne kann recht unangenehm sein. Der Rest ist Geschwätz und Propaganda. Außer der Sache mit dem Blut. Die stimmt. Und es tut mir leid, dass Sie es auf diese Weise herausfinden mussten. Das muss ein ziemlicher Schock gewesen sein.«

»Das ist noch milde ausgedrückt. Heilige Scheiße ... Ups, tschuldigung, Pater.« Sie sah aus dem Fenster und drehte sich dann wieder zu den beiden Männern um. »Meine Großmutter kannte ihr ganzes Leben lang einen Vampir und hat mir nie etwas davon erzählt. Das ist unglaublich. Und was ist mit Mum? Wusste sie Bescheid?«

Jay schüttelte den Kopf. »Ich glaube nicht. Nicht die ganze Wahrheit jedenfalls.«

»Können Sie denn für die Vögel nicht so etwas benutzen?«, fragte Emily Jay und deutete auf ihre Tasse. »Haben Sie etwas gegen Geschirr?«

Er lachte leise, und sie musste sich ins Gedächtnis rufen, wie er im Keller ausgesehen hatte: wild wie ein Dobermann und über und über mit Blut besudelt. Aber seine

Stimme klang ernst, als er sagte: »Das Leben, das ich habe, nehme ich anderen. Der Lebensfunken von Vögeln ist sehr schwach. Er erlischt schnell, sobald das Tier tot ist. Deshalb ist es am besten, wenn auch nicht am appetitlichsten, ihm das Leben direkt aus dem Herzen zu saugen. Das Blut ist das Medium, daraus gewinne ich die Energie, die ich brauche, um die dunklen Mächte in Schach zu halten.«

»Sie wissen aber, dass ich nur Bahnhof verstehe, oder?«, sagte sie.

»Das kommt schon noch«, sagte Jay. »Aber jetzt müssen wir aufbrechen. In der Stadt sind wir nicht mehr in Sicherheit. Ich muss Sie vorbereiten.«

»Was? Wollen Sie damit sagen, dass ich gehen muss? Mit Ihnen?«

»Ich fürchte, ja. Sie sind hinter Ihnen her. Sie wissen, dass Sie das Gimoire haben.«

»Sie? Wer sind ›sie‹? Uhgraus Cabal?«

»Ich glaube, ich muss jetzt los«, sagte der Priester. »Im Wagen stehen noch die letzten Kisten aus der Kirche, die ich auspacken muss.«

Jay bedeutete ihm zu bleiben. »Die Bettwäsche kann warten. Außerdem glaube ich, Emily findet ihre Anwesenheit beruhigend.«

Der Priester schaute Emily an. Sie nickte.

»Na gut«, sagte O'Brien. »Noch Kaffee?«

»Ja, danke«, sagte Emily.

»Gern geschehen«, sagte er und schenkte ihr nach.

Jay seufzte. »Woher wissen Sie von Uhgrau?«

»Ich habe meine Quellen«, sagte Emily.

»Haben Sie den Ring wieder getragen?«

»Nein, nur im Buch gelesen«, sagte Emily.

»Bemerkenswert.«

»Was denn?«

»Dass Sie so empfänglich sind.«

»Sie sollten mal hören, was meine Informanten über Sie sagen«, neckte sie ihn.

»Ach ja?«

»Ehrlich gesagt herrscht in diesem Punkt ein wenig Verwirrung. Es gibt da einige Widersprüche.«

»Ach. Und wie fühlen Sie sich jetzt in meiner Gegenwart?«

»Das Urteil steht noch aus, Mister. Lassen Sie es mich so ausdrücken: Ich fühlte mich irgendwie wie eine Taube, falls Sie verstehen.«

»Ich versichere Ihnen …«

Sie tat seinen Protest mit einer Handbewegung ab. »Oder wie ein Pilz. Sie wissen schon: Man lässt ihn im Dunkeln und überhäuft ihn mit Scheiße. Ups, Verzeihung, Pater.«

»Schon gut, mein Kind«, sagte O'Brien übertrieben väterlich.

»Emily«, sagte Jay. »Es ist wichtig. Sie sind *wirklich* in Gefahr.«

»Was Sie nicht sagen, Sherlock«, sagte sie und bekleckerte sich mit ihrem Kaffee, als sie den Ausschnitt ihres Unterhemds herunterzog, um ihre Schrammen und blauen Flecken zu demonstrieren. »Ich möchte nur wissen, warum.«

Jay verzog das Gesicht. »In gewisser Hinsicht ist das meine Schuld. In dem Chaos nach dem Krieg konnte Ihre Urgroßmutter, Genevieve, ihren Verpflichtungen entrinnen. Danach hat sie ein fast normales Leben geführt. Sie hat geheiratet und eine Tochter bekommen. Das Problem war, dass ich durch ihr Blut mit ihr verbunden war. Ich bin ihr um die halbe Welt gefolgt. Dabei ist die Cabal mir auf den Fersen geblieben, und nun haben sie die Jagd wieder aufgenommen.«

Er hielt inne. Dann fixierte er Emily, und all ihre Zweifel an seiner Aufrichtigkeit waren wie weggeblasen. »Es tut mir leid, dass Ihnen das zugestoßen ist, und ich will Ihnen keine Angst machen, aber das nächste Mal wollen sie vielleicht mehr als nur das Grimoire.«

»Das nächste Mal?« Sie umklammerte ihre Tasse mit beiden Händen und presste die Knie zusammen, damit ihre Beine nicht so zitterten.

»Ihre Familie besitzt eine Macht über die Elemente, die nur unter den Frauen weitervererbt wird. Es ist die Macht, das Böse in Schach zu halten, das Gleichgewicht zu bewahren, sich gegen jene zu stellen, die die Kräfte der Natur zu ihren eigenen Gunsten nutzen wollen.«

»Okay, nehmen wir mal an, ich kaufe Ihnen das alles ab. Was ist mit Madeline? Und mit Darcy? Wir können sie nicht einfach im Stich lassen, während ich zu einer Art Superhexe ausgebildet werde, um diese Cabal zu bekämpfen. Sie haben angedeutet, dass die beiden ebenfalls eine Rolle in dieser ganzen Geschichte spielen, vielleicht noch mehr als ich. Was machen wir mit ihnen?«

»Sie haben recht, Ihre Nichte sollte auf keinen Fall unbeaufsichtigt bleiben. Wir sollten sie mitnehmen.«

»Das ist ja Wahnsinn.«

»Bitte, Emily, glauben Sie mir. Wir sind alle in Gefahr. Doch letztendlich ist es Ihre Aufgabe, Ihre Familie zu beschützen. Ob Sie es wollen oder nicht, da Sie nun mal die zweitgeborene Tochter sind, hat die Cabal es auf Sie und Ihre Familie abgesehen. Bei der Zweitgeborenen können die Kräfte mehr oder weniger ausgeprägt sein, aber wie stark sie auch bei Ihnen sein mögen, Sie müssen lernen, sie zu benutzen. Und zwar schnell. Sie sind uns auf den Fersen.«

»Herrgott noch mal«, sagte sie. Der Priester lächelte,

und sie hatte das Gefühl, sich schon wieder im Ton vergriffen zu haben. »Aber Sie ... Ich hab Sie doch gesehen! Ich weiß einfach nicht, wie weit ich Ihnen trauen kann.«

»Sie haben gesagt, im Grimoire steht etwas über mich. Können Sie denn die Wahrheit nicht in sich spüren?«

Sie stand auf und wandte beiden den Rücken zu, um ihre Verwirrung zu verbergen. »Ich habe einfach keine Ahnung.« Sie wusste nur, dass die Tasse, wenn sie sie noch fester umklammerte, zerspringen würde.

»Irgendwann werden Sie es wissen«, sagte Jay. »Sie müssen einfach. Eigentlich wollte ich die Cabal weglocken, wie ich es schon einmal getan habe. Sie dazu bringen, mir zu folgen. Aber für solche Mätzchen ist es zu spät. Der Überfall in der Kirche – der mehr gegen mich als gegen Sie gerichtet war, wie ich vermute – und dann der bei ihnen zu Hause sind der Beweis. Ich muss also an Ihrer Seite bleiben, um Sie zu beschützen und Ihnen so viel beizubringen, wie ich kann.

»Mich beschützen?«, fragte sie und wandte ihm wieder das Gesicht zu. »Das haben Sie ja bislang prächtig hinbekommen.«

Seine Augen verengten sich. »Die Cabal war schneller, als ich erwartet habe«, sagte er. »Dafür kann ich mich nur entschuldigen. Sie wird es wieder versuchen. Weder Sie noch Ihre Familie noch sonst jemand, der Ihnen am Herzen liegt, ist vor ihnen sicher.«

»Niemand? Nicht mal Brett? Bei ihm waren sie nämlich auch schon.«

»Niemand. Aber ich glaube nicht, dass sie Ihrer Familie etwas tun werden, solange sie noch Hoffnung haben, sich Ihre Kräfte aneignen zu können.«

»Aber Brett ... Er weiß doch gar nicht Bescheid, er hat keine Ahnung. Ich nehme an, es war eine dieser Kreaturen, die bei dem Versuch, das Grimoire zu stehlen, gegrillt wurde. Was, wenn sie es wieder probieren? Vielleicht ist er in Gefahr.«

Jay nickte.

»Ich muss ihn warnen.« Sie durchwühlte ihre Tasche, bis sie ihr Handy fand. Zuckte zusammen, als es klingelte, noch bevor sie einen Knopf gedrückt hatte.

Emily sah Jay und den Priester an. Sie erwiderten ihren Blick, während das Telefon klingelnd in ihrer Hand lag.

»Soll ich rangehen?«, fragte O'Brien.

»Nein, ich mach schon.« Als sie aufs Display schaute, überkam sie ein ungutes Gefühl. Die Klinik.

Sie hielt das Handy ans Ohr, aber sie wusste schon Bescheid, bevor sie die Stimme der Schwester gehört hatte. Etwas war mit ihrer Mutter passiert.

7

»Sie fragt andauernd nach Ihnen«, sagte die Schwester ins Telefon. »Schon seit Mitternacht, und so sehr wir ihr auch zureden – nichts kann sie davon überzeugen, dass es Ihnen gut geht. Sie muss es mit eigenen Augen sehen.«

»Jetzt gleich?«

»So bald wie möglich. Sie ist ziemlich verzweifelt.«

Nun, da ist sie nicht die Einzige, dachte Emily, und staunte, dass sie gleichzeitig sagen konnte: »Klar, ich bin gleich da.«

Jay machte ein besorgtes Gesicht, als sie auflegte. »Probleme?«

Sie schüttelte den Kopf. »Nur meine Mum. Sie flippt mal wieder aus. Obwohl …«

Jay zog eine Augenbraue hoch.

»Ach, nichts. Wie real ist die Gefahr für meine Familie, für Brett?«

»Real genug.«

Sie fluchte halblaut und wählte Bretts Nummer. Nachdem es mehrere Male zermürbend lange geklingelt hatte, wurde der Anruf zum Auftragsdienst durchgestellt. Sie rief auf seinem Handy an. Niemand ging ran.

Emily starrte das Telefon an, als ob sie ihn durch reine Willenskraft zum Abheben bringen könnte. Brett hatte ihr im Laufe des Tages eine Nachricht und zwei SMS hinterlassen. Sie schickte ihm eine kurze SMS mit dem Inhalt, dass er auf sich aufpassen solle und sie sich wieder melden würde. Dann rief sie Darcys Handy an. Es war abgestellt. Natürlich, sie war ja beim Mittagessen. Diese Familienzusammenkünfte durften durch nichts gestört werden. Oder vielleicht hatte die Klinik Darcy zuerst angerufen, und jetzt machte sie auf unerreichbar. Das hätte Emily nicht überrascht. Sie hinterließ Darcy die knappe Nachricht, sie solle sie anrufen, und steckte das Handy wieder in ihre Tasche.

»Ich kann Ihnen helfen, sie zu beschützen«, sagte Jay.

»Ach ja? Wie denn?«

»Indem ich die Bedrohung aus dem Weg räume.«

»Aha.«

»Es wird nicht leicht sein, die Cabal zu besiegen. Menschen werden dabei zu Schaden kommen. Vielleicht Menschen, die Sie lieben.«

»Sie haben doch gerade gesagt, Sie könnten mir helfen, sie zu beschützen.«

»Wir können unser Bestes tun, aber es gibt keine Garantie.«

Emily stand auf. Ihre Handtasche war eine tote Last in ihrer Hand, als die Erkenntnis ihr mit betäubender Klarheit ins Bewusstsein drang: Ihre Mutter war in Not, ihre Freunde und ihre Familie in Gefahr. Ihretwegen? Sie starrte Jay an. Seinetwegen?

»Sie sollten zu Ihrer Mutter fahren und sie beruhigen«, sagte Jay. »Dann fahren Sie zu Ihrem Freund. Sagen Sie ihm, dass Sie eine Zeit lang nicht da sind. Sie machen Urlaub, eine Geschäftsreise – Hauptsache, er glaubt Ihnen. Gehen Sie auf Abstand, bis Sie gelernt haben, wie Sie mit den Kräften, die Ihnen innewohnen, umgehen müssen. Warnen Sie ihn, wenn es sein muss, aber behutsam. Je weniger er weiß, desto besser. Für alle.«

»Sie kommen nicht mit?«

Jay warf einen Blick auf das gedämpfte Sonnenlicht, das durch die Fenster drang. »Nicht jetzt.«

Sie wühlte ihre Autoschlüssel aus der Handtasche, schnappte sich das Buch und bedankte sich bei dem Priester für seinen Beistand.

»Der Herr sei mit Ihnen«, sagte O'Brien.

»Fahren Sie vorsichtig«, sagte Jay. »Ich komme später zu Ihnen und schaue nach, ob alles in Ordnung ist.«

»Woher wissen Sie denn, wann ich nach Hause komme?«

»Ich weiß es eben.«

Emily wusste nicht recht, ob ihr das ein Trost war. Wie sicher sollte sie sich denn in dem Wissen fühlen, dass ihr, sobald die Sonne untergegangen war, ein Vampir einen Besuch abstatten würde?

Brett wachte ruckartig auf. Er ruderte mit den Armen, um nicht vom Sofa zu fallen.

»Verdammt«, murmelte er und massierte sich den müden Nacken. Er streckte sich, um seinen Rücken zu entlasten, als es erneut an der Tür klopfte.

Mist, wie spät war es? Seine Augen brauchten einen Moment, bis sie seine Armbanduhr scharf sahen – zwei Uhr nachmittags.

»Ich komme«, rief er und fuhr sich mit belegter Zunge über die pelzigen Zähne. Er humpelte zur Tür und riss sie auf. »Em?«

Es war nicht Emily. Der Energieschub ebbte so schnell ab, wie er gekommen war. Es war ein alter Mann.

»Kann ich Ihnen helfen?«, fragte Brett und rieb sich die Augen und das Gesicht, während ihm einfiel, dass er immer noch mit nichts als Boxershorts und T-Shirt bekleidet war. Er starrte dem Mann stumpfsinnig auf die Brusttasche und suchte nach einer Anstecknadel, die anzeigte, für wen er Spenden sammelte. Doch dort steckte nur ein sauberes weißes Taschentuch, das sich von dem dunklen Sakko abhob.

»Entschuldigen Sie die Störung, junger Mann. Haben Sie geschlafen?« Seine höchst akkurate Ausdrucksweise verriet, dass Englisch nicht seine Muttersprache war.

»Ja, ich arbeite nachts«, log Brett, sich des Misstrauens in seiner Stimme sehr wohl bewusst. »Was wollen Sie?«

»Ah, erlauben Sie mir, dass ich mich vorstelle. Ich bin Doktor Petr Uhgrau. Diese Herren ...« – er deutete auf zwei untersetzte Männer in teuren Anzügen, die im Laubengang standen – vor Emilys Wohnung.

»Was suchen die da?«, fiel Brett, der seinen Energielevel wieder ansteigen spürte, dem Mann ins Wort.

»... sind meine Mitarbeiter. Sie warten auf mich«, sagte Uhgrau.

»Tut mir leid. Ich bin etwas müde. Also, was wollten Sie doch gleich?« Unwillkürlich wanderte Bretts Blick zwischen Uhgrau und den Männern hin und her. Alle drei waren gut gekleidet, aber Uhgrau übertrumpfte die anderen mit seinem altmodischeren Stil: Rüschenärmel und -kragen unter einem mit Samt eingefassten Sakko. Seine schütteren grauen Haare waren zurückgekämmt und entblößten die kahle Stelle auf seinem Kopf. Zusammen mit dem gepflegten Ziegenbart verlieh ihm das eine distinguierte Ausstrahlung. Der Griff des Gehstocks in seiner Hand war zu einem Uhu geschnitzt.

»Ich hatte gehofft, Sie hätten einen Moment Zeit, Mr. ...?«

»Samuels. Brett Samuels.« Automatisch gab er ihm die Hand, und die Kraft und Festigkeit von Uhgraus Griff überraschten ihn.

»Darf ich, Mr. Samuels?« Er deutete mit seinem Stock an Brett vorbei in Richtung Wohnung.

»Lieber nicht. Es ist furchtbar unaufgeräumt. Ich habe gestern eine Party gefeiert.« Der Gedanke, dass jemand den Brandfleck im Teppich sehen könnte, erinnerte ihn an seine Zeit an der Uni und die hastigen Putzaktionen vor der monatlichen Inspektion durch den Hauswirt.

»Ich verstehe. Eigentlich hatte ich gehofft, Sie wüssten vielleicht, wo ich Ihre Nachbarin finde, Miss Winters.«

»Ach ja?«, sagte Brett und straffte die Schultern. Er stellte fest, dass er größer war als Uhgrau, aber das stärkte sein Selbstvertrauen nur wenig. Er verschränkte die Arme. »Wie kommen Sie darauf?«

»Sie sind Nachbarn, beide jung ... ich dachte, vielleicht sind Sie befreundet.« Uhgrau lächelte schmallippig und entblößte dabei seine weißen Zähne.

Brett spürte, wie der Blick des Mannes ihn durchbohrte. »Das sind wir zufälligerweise tatsächlich. Aber ich weiß nicht, wo sie ist. Wollen Sie ihr eine Nachricht hinterlassen?«

Das Telefon klingelte. Brett drehte sich um, warf einen Blick darauf und wandte sich dann wieder Uhgrau zu.

Der alte Mann sah an ihm vorbei in die Richtung, aus der das Klingeln kam. »Ich kann warten, wenn Sie lieber rangehen möchten.«

»Nein, nicht nötig«, sagte Brett, dem vor allem daran lag, diesen Mann so schnell wie möglich von seiner Wohnung wegzubekommen. »Der Anrufbeantworter ist eingeschaltet.«

Uhgrau nickte. »Sie sagten gerade, dass Sie Miss Winters eine Nachricht von mir geben würden ...«

»Klar. Um was geht es denn?«

Bretts Handy klingelte.

»Wollen Sie ...?«, fragte Uhgrau.

Mist, dachte Brett. Wenn das nun Emily war? »Na ja, ich schätze, ich sollte rangehen. Könnte was Geschäftliches sein«, sagte er betont lässig.

»Natürlich. Bitte.« Mit einer Handbewegung entließ ihn Uhgrau.

Brett nickte und musste sich zusammenreißen, um nicht im Laufschritt zum Telefon zu stürzen. Als er es in die Hand nahm, sah er gerade noch Emilys Nummer auf dem Display. Er ging ran, aber das Klingeln hatte aufgehört.

»Mist«, sagte er halblaut. Er wartete einen Moment, aber das Piepsen, das anzeigte, dass jemand eine Nachricht hinterlassen hatte, blieb aus.

Er fluchte erneut und kehrte zur Tür zurück. Uhgrau vermied es demonstrativ, in die Wohnung zu schauen.

»Also«, sagte Brett, »was ist nun mit Ihrer Nachricht?«

»Sie sind zu freundlich«, sagte Uhgrau. Er wühlte in seiner Manteltasche und holte eine Karte heraus. »Würden Sie ihr die bitte geben, falls Sie sie vor mir sehen?« Er lächelte, als hielte er das für unwahrscheinlich. Brett spürte, wie ihm eine unerklärliche Angst den Magen zuschnürte. Er wollte, dass der alte Mann ging – sofort. Er nahm die Karte entgegen. Sehr edel, dick und weiß, mit eingravierter Schrift. Ein Name und eine Telefonnummer. »Ich muss wirklich dringend mit ihr sprechen. Über ihre Großmutter.«

»Ihre Großmutter ist tot«, sagte Brett mit unverhohlenem Misstrauen.

»Stimmt«, sagte Uhgrau. »Es geht um ihr Erbe.«

»Das werd ich ihr ausrichten.«

»Es ist wichtig, Mr. Samuels.« Uhgrau fixierte ihn mit stahlhartem Blick. »Ihre Zukunft könnte davon abhängen.«

»Wirklich? Sie können sich darauf verlassen, dass ich es ihr sage. Aber durch ihren Job ist sie ständig unterwegs, müssen Sie wissen.« Vergeblich versuchte Brett, Uhgraus Blick standzuhalten. Er sah die beiden Anzugtypen auf sich zukommen und fragte sich, ob er die Tür zuschlagen konnte, bevor sie bei ihm waren, und wie lange sie halten würde, wenn sie sie mit ihren breiten Schultern aufzubrechen versuchten.

»Das ist eine Warnung, Mr. Samuels«, sagte Uhgrau und hob seinen Stock, um seinen Worten Nachdruck zu verleihen. »Von einem Freund, dem allein ihr Wohlergehen am Herzen liegt. Sie wird in die Irre geführt, Mr. Samuels, von einem Mann, der nicht ist, was er scheint. Wenn Ihnen irgendetwas an Ihrer Freundin liegt, dann werden Sie ihr meine Nachricht überbringen. Der Zeitfaktor ist von essenzieller Bedeutung.«

Brett schluckte. Der alte Mistkerl wusste ja gut Bescheid, offenbar besser als er selbst.

»Ich sehe, Sie verstehen mich«, sagte Uhgrau. »Ich glaube, ich kann darauf vertrauen, dass Sie das Richtige für Miss Winters tun, nicht wahr?«

»Sicher, Mr. Uhgrau. Ich sag's ihr, sobald ich sie sehe.« Brett schickte sich an, die Tür zu schließen.

»Ach, Mr. Samuels?«

»Ja?«, fragte Brett und hielt mitten in der Bewegung inne. Er klammerte sich mit klopfendem Herzen an das Türblatt und sehnte sich verzweifelt danach, allein zu sein, damit er endlich der Angst freien Lauf lassen konnte.

»Doktor. Doktor Uhgrau. Denken Sie unbedingt daran, ihr die Karte zu geben.«

Brett nickte halb entschuldigend und lehnte sich gegen die Tür, während sie zuging. Nach Luft ringend, brachte er mit Müh und Not die Energie auf, sie zu verriegeln. Er legte die Stirn an das Holz und hörte, wie die Männer sich entfernten.

Er lief zu seinem Telefon und gab Emilys Nummer ein.

Auftragsdienst. *Scheiße!*

Er sah auf dem Handy nach: eine SMS. *ALLES OKAY. PASS AUF DICH AUF. MELDE MICH ... E x.*

»Oh, Emily, wo bist du?«, flüsterte er. »In was bist du da reingeraten?«

Das Telefon klingelte, als Emily gerade auf dem Weg ins Krankenhaus war. Bei dem Versuch, das Gespräch entgegenzunehmen, stieß sie das Handy auf den Boden des Wagens, während sie beinahe eine rote Ampel überfuhr. Als sie an der Klinik ankam, verdrängte die Sorge um ihre Mutter alle anderen Gedanken aus ihrem Kopf.

Sie hasste diesen Ort. Hasste den Gedanken, dass ihre Mutter hier drin war. Alles war so steril, so kalt. Es gruselte sie vor den Patienten mit ihrem schlurfenden Gang und dem leeren Blick, den sabbernden Mündern und dem unaufhörlichen Gemurmel.

So schlimm stand es zum Glück nicht um Wendy. Noch nicht.

Die Schwester zeigte auf das schmale Fenster in der Tür. Emily schaute durch die dicke Glasscheibe. Ihre Mutter saß auf dem Bett, rang die Hände und warf gelegentlich einen Blick auf die Sonne, die durch das breite, aber nicht sehr hohe Fenster oben in der Wand hereinfiel. Vielleicht redete sie mit sich selbst, aber aus dem Raum drang kein Laut.

»Darf ich reingehen?«, fragte Emily. Sie merkte, dass ihr die Stimme versagte. Das alles kam ihr jetzt wirklich sehr ungelegen. Aber Wendy war ihre Mutter. Was blieb ihr anderes übrig?

»Natürlich. Wir haben sie ruhiggestellt, aber ich werde die ganze Zeit hier sein.«

Emily trat zurück, damit die Schwester, den klirrenden Schlüsselbund an ihrer Taille, die Tür aufschließen konnte. Ruhiggestellt? Wendy wirkte nicht ruhig. Mit ihren wirren Haaren, den wild blickenden Augen und den permanent knetenden Fingern wirkte sie sehr wach. Selbst ihre Beine zuckten, als warte sie darauf, gleich einen Spaziergang zu machen.

Die Schwester öffnete die Tür, um Emily hineinzulassen. »Ich bin hier«, sagte sie noch einmal mit einem beruhigenden Lächeln, bevor sich die Tür mit einem leisen Zischen hinter Emily schloss. Emily spürte, wie sich ihr die Nackenhaare aufstellten, als ihre Mutter sich zu ihr umdrehte.

»Mutter?«, sagte Wendy, die Augen fest auf einen Punkt ein kleines Stück hinter Emily gerichtet.

»Nein, Mum, ich bin's, Emily.« Sie trat vor, und ihr fiel auf, dass Wendys Augen ihren Bewegungen nur langsam folgen konnten. Schließlich fokussierten sie Emily, als diese sich vor ihre Mutter hinkniete. »Wie fühlst du dich?«

»Wie ich mich fühle?« Wendy streckte die Hand nach ihr aus. Ein zitternder Finger fuhr über Emilys Wange und spielte mit ihren Haaren. »Em? Meine kleine Emily?« Dann umarmte sie sie und schluchzte ihr ins Ohr. »Ach, meine Kleine, ich hatte einen ganz schlimmen Traum. Ich hab geträumt, dass dir etwas Furchtbares passiert ist.« Sie ließ Emily wieder los und starrte sie an. »Geht es dir gut, Emily?«

»Aber ja«, sagte Emily und rückte ihren Schal zurecht.

»Wie geht es deiner Schwester?«

»Du kennst doch Darcy«, sagte Emily mit einem Schulterzucken.

»Und Martin?«

Emily stand auf. »Martin ist weg, Mutter. Er ist vor fast zwei Jahren nach Hongkong gegangen.«

»Ja? Ach ja. Die stopfen mich hier mit Beruhigungsmitteln voll, Em. Diese Klinik …«

»Ich weiß. Aber Darcy und ich … ich weiß auch nicht.«

»Ich hatte einen ganz schlimmen Traum … Oh, komm her, setz dich zu mir. Ich will nicht, dass *die* uns hören.« Wendy klopfte mit der Hand neben sich aufs Bett.

Emily setzte sich und wünschte, sie wäre schon wieder weg. Sie hasste es, Wendy in dieser Verfassung zu sehen. Mit Schaudern erinnerte sie sich an den Tag, als ihre Mutter sie und Darcy von der Schule abgeholt hatte. Sie war in Panik gewesen, hatte sich immer wieder umgeschaut, sie zum Wagen gescheucht und wieder und wieder gemurmelt, »die« würden sie verfolgen. Ein paar Blocks später baute Wendy einen Unfall. Darcy hatte die schlimmsten Verletzungen davongetragen. Das hatte sie Wendy nie verziehen – die Narbe, die von ihrem Ellbogen bis fast zur Schulter verlief. Danach waren die Mädchen zu Nanna gezogen, und Wendy wurde in diese Klinik eingewiesen. Seither schwankte sie zwischen Zurechnungsfähigkeit und paranoiden Fantasien hin und her. Aber es hatte eine Zeit gegeben, in der Wendy liebevoll und fürsorglich gewesen war, humorvoll und warmherzig, fast wie eine große Schwester. Das war, nachdem ihr Vater abgehauen war, so früh, dass Emily sich nicht mal mehr an ihn erinnerte. Ihre Mutter war ihr damals so viel jünger vorgekommen. Wie ein anderer Mensch.

Mit den Tränen kämpfend, setzte sich Emily aufs Bett und nahm die Hand ihrer Mutter.

Wendy beugte sich zu ihr und flüsterte ihr ins Ohr: »Sie hat versucht, mich zu verführen, weißt du.«

»Wer? Die Schwester?« Emily versuchte, nicht allzu

interessiert zu klingen. Ihre Mutter witterte überall Verschwörungen und beschuldigte das Personal, ihr Sachen zu stehlen, die sie nie besessen hatte, und sie zu bespitzeln. Was es auch tat, aber nur um ihres Wohlergehens willen.

»Nein, die Frau. Weißt du nicht mehr? Es war in der Nacht, bevor sie gekommen sind, bevor ich ... bevor ich ...«

»Mach dir deswegen jetzt keine Gedanken, Mum. Das ist alles längst vorbei.«

»Nein! Nein, ist es nicht! Die Vergangenheit, die Gegenwart, das ist alles eins. Und sie sind hier, Emily. Sie kommen.« Wendys Griff begann, ihr wehzutun.

Emily bog Wendys Finger auf und umfasste ihre Hand. »Wer kommt?« Eine böse Ahnung stieg in ihr auf. Das konnte kein Zufall sein. Aber woher konnte Wendy etwas darüber wissen, was Emily erlebt hatte, da sie doch die ganze Zeit hier eingesperrt gewesen war?

»Die Kreaturen der Dunkelheit. Du musst auf dich aufpassen, Emily. Sag deiner Großmutter, dass sie vorsichtig sein soll. Sie darf ihm nicht vertrauen, er ist hinter dir her. Hinter dir und deiner Schwester. Ich habe versucht, ihr das klarzumachen.«

»Wer? Wer ist hinter uns her?« Emily blickte in die fiebrigen Augen ihrer Mutter und versuchte, sie durch reine Willenskraft dazu zu bringen, vernünftig mit ihr zu reden.

»Ich brauche Schutz. Ich halte das nicht mehr aus. Sie lassen mich einfach nicht in Ruhe, schnüffeln in mir herum, saugen mir die Kraft aus.« Sie entzog Emily ihre Hand und packte sie an den Schultern. »Ach, wenn ich nur auf andere gehört hätte, als ich noch konnte. Deine Oma ... O Emily, sie lassen mich einfach nicht in Ruhe!« Ihre Hände packten die Kehle ihrer Tochter. Emily durchfuhr ein scharfer Schmerz.

»Mum! Nein!« Sie versuchte, sich zu befreien, während sich hinter ihr die Tür öffnete und die Schwester etwas rief.

»Aber ich brauche es!« Wendy zerrte an Emilys Medaillon.

»Nein«, schrie Emily wieder, während die Schwester Wendys Hände festhielt. Die Kette, an der das Medaillon hing, zerriss. Ihre Mutter drückte ihre Beute an sich und rollte sich von Emily weg.

»Alles in Ordnung?«, fragte die Schwester und schob Emily ein Stück vom Bett weg.

»Ja, ja, mir geht's gut«, sagte Emily und massierte ihre schmerzenden Prellungen und die Stelle, an der die Kette ihr ins Fleisch geschnitten hatte, bevor sie gerissen war. Ohne das Medaillon ihrer Nanna fühlte sie sich plötzlich nackt, so als stünde ihr Mantel offen und ließe eine kühle Brise herein. »Ich muss jetzt gehen.«

»Das wäre wohl das Beste«, sagte die Schwester und geleitete sie hinaus.

Emily blieb stehen, als die Tür zuschlug. Ihre Mutter lag immer noch zusammengekrümmt auf dem Bett und drückte das Medaillon an sich. Emily rieb sich die Kehle und die Brust und betastete ihre schmerzenden Wunden und die leere Stelle, die der Anhänger hinterlassen hatte.

»Wenn es sich machen lässt«, sagte sie zu der Schwester, »hätte ich gerne die Kette zurück.«

Die Schwester nickte. »Natürlich. Ich bin sicher, sie wird sie irgendwann langweilen. Wir können sie Ihnen per Post schicken. Sie sollte ohnehin keinen Schmuck bei sich haben. Ich muss die Sache dem Arzt melden, vielleicht ist es besser, sie zu fixieren. Wir wollen doch nicht, dass sie sich verletzt.«

Emily nickte. Ihre Gedanken überschlugen sich. Jay hatte gesagt, ihre Familie sei in Gefahr, aber sie hatte erwartet, dass ihre Mutter hier drin am sichersten von allen sei. Vielleicht irrte Jay sich. Dadurch, dass sie weglief, würde sie ihre Liebsten nicht beschützen können, ganz im Gegenteil: Wenn Emily sich versteckte, wäre ihre Familie nur noch verwundbarer. Sie musste das mit jemandem besprechen, sie brauchte einen Freund. Sie brauchte Brett.

Wendy lag zusammengerollt auf dem Bett und umklammerte das Medaillon. Der Trost, den ihr das Schmuckstück brachte, war wie die Wärme eines Lagerfeuers in einer Winternacht. Sie hatte so lange gefroren, während sie in diesem Zimmer wohnte, allein in der Dunkelheit, wenn *sie* kamen, um ihr Gehirn auszulutschen, in ihren Körper einzudringen wie die widerlichen schwarzen Wurzeln eines bösartigen Feigenbaums. Nacht für Nacht sogen sie sie aus und verhöhnten sie damit, dass das alles gar nichts war gegen das, was sie ihrer Tochter antun würden. Oder ihren Töchtern. Sie wusste von ihrer Mutter, dass die Kräfte sich zwar vielleicht nur in einer von ihnen voll entwickeln würden, dass jedoch alle Frauen ihrer Familie ein bisschen davon in sich trugen. Selbst Madeline. Wendy stöhnte auf und umklammerte das Medaillon. Fürs Erste war sie in Sicherheit, und sie genoss die friedliche Wärme, die das Metall verströmte.

Die Ärzte würden natürlich versuchen, ihr das Medaillon wegzunehmen. Und sie würde nicht die Kraft haben, sie daran zu hindern. Ein trauriges Lächeln umspielte ihre Mundwinkel. Wenn sie doch nur auf ihre Mutter gehört hätte. Wenn sie ihr nur geglaubt hätte, als sie noch die Möglichkeit gehabt hatte, etwas dagegen zu unternehmen. Jetzt war sie hilflos, und ihre Töchter und sogar ihre Enkelin waren in Gefahr. Die Mädchen waren wie sie. Keine Zeit für Omas Geschichten oder verspätete Warnungen von ihrer Mutter. Und Darcy hatte jung geheiratet und sehr bald Madeline bekommen. Wie alt war Maddy jetzt? Sechs? Acht? Sie konnte sich nicht einmal mehr daran erinnern, wann sie ihre Enkelin das letzte Mal gesehen hatte.

Das Medaillon schien in ihren Fingern zu glühen. Es wurde immer heißer, bis sie es fast nicht mehr halten konnte. Ihre Familie brauchte sie, und sie war hier eingesperrt, nicht nur innerhalb dieser Mauern, sondern auch in ihrem kranken Verstand. Und sie wusste es. Wusste es mit einer Klarheit, die wie ein Schlachtermesser die Beruhigungsmittel und die Verzweiflung durchschnitt. Was konnte sie tun?

Wendy erstarrte. Vor ihrer Tür klirrten Schlüssel. Das hatte sie noch nie gehört. Dafür war der Raum viel zu gut isoliert. Sie spannte die Muskeln an. Das Medaillon hatte ihr einen Moment des Trostes und der Klarheit geschenkt, aber dadurch, dass sie es ihr weggenommen hatte, war Emily ihnen nun ausgeliefert. *Die* wussten jetzt, wo sie war.

Die Tür ging auf, und die Schwester kam herein. Wendy lächelte und versuchte, regelmäßig zu atmen. Sie wusste, was sie zu tun hatte. Aber zunächst einmal musste sie ganz still liegen …

Emily klopfte erneut an Bretts Tür. Immer noch keine Reaktion. Sie konnte nicht sehen, ob sein Wagen in der Garage stand. Vielleicht war er weggefahren. Immerhin war es Sonntagnachmittag.

Erst als sie in ihre eigene Wohnung ging, bemerkte sie die Kühlerhaube seines Wagens in einer Nebenstraße. Sie war so zerstreut gewesen, dass sie sich nur auf ihre Seite der Straße konzentriert hatte und einfach daran vorbeigefahren war. Auf dem Fahrersitz konnte sie eine zusammengekrümmte Gestalt sehen, den Kopf ans Fenster gelehnt. Auf dem Armaturenbrett lagen ein Pappbecher und ein zerknülltes Burger-Einwickelpapier.

Angst packte sie. Sie lief die Treppe hinunter und über die Straße zum Wagen und hämmerte an das Fenster. Ihr Herz machte einen Satz, als Brett sich regte und erschrocken zurückzuckte. Vor Erleichterung wurden ihre Knie weich, als er die Tür öffnete und sie in den Arm nahm. Er roch nach Schweiß und abgestandenem Kaffee, aber das machte ihr nichts aus. Sie drückte ihn einfach fest an sich und hatte Angst, ihn wieder loszulassen.

»Gott sei Dank, geht es dir gut«, sagten sie einander ins Ohr und lösten sich dann voneinander. Sie lachten, und die Spannung fiel von ihnen ab.

»Ja«, sagten sie unisono und kicherten.

»Du siehst furchtbar aus«, sagte Emily.

»Oh, danke.«

»Furchtbar und großartig.« Sie umarmte ihn noch einmal. »Lass uns reingehen«, sagte sie, »dann kannst du mir einen Kaffee kochen und mir erklären, was du hier draußen machst.« Sie rümpfte die Nase. »Nachdem du geduscht hast.«

»Hast du in letzter Zeit mal in den Spiegel geschaut?«, fragte er nur halb im Scherz. Er nahm ihr Kinn zwischen die Finger und neigte ihren Kopf so, dass er die blauen Flecken unter dem Schal sehen konnte. »Meine Güte, Em, was, zum Teufel, ist mit dir passiert?«

»Das erzähl ich dir drinnen. Du wirst es nicht glauben.«

»Zu dir oder zu mir?«, fragte er.

Emily schaute zu ihrer beider Wohnungen hoch. Der Anblick ihrer Tür ließ sie erschauern. »Zu dir, wenn's dir recht ist.«

»Natürlich.«

Emily nahm seinen Arm, als sie zu seiner Wohnung hochstiegen und hineingingen. Wie ferngesteuert ging er in die Küche, um Kaffee zu kochen.

»Macht es dir etwas aus, wenn ich dusche?«, fragte sie. »Ich hatte eine lange Nacht. Und einen langen Tag.«

»Nur zu.«

Sie lächelte, als sie hörte, wie er an sich selbst schnüffelte. »Vielleicht solltest du zuerst gehen«, schlug sie vor.

»Hm, vielleicht. Nein, geh du. Ich muss in die Wanne.«

»Ich beeil mich.« Der tröstliche Duft von gemahlenem Kaffee stieg ihr in die Nase, als sie das Badezimmer betrat.

Emily betrachtete sich im Spiegel und betastete den Striemen an ihrem Hals, dort, wo ihre Mutter ihr die Kette abgerissen hatte. Eine weitere Wunde neben all den Verletzungen, die sie seit Beginn dieser unschönen Angelegenheit schon davongetragen hatte. Sie zog ihr Top aus und spürte die Leere an der Stelle, an der sonst das kleine Metallherz auf ihrer Brust baumelte. Ihr Blick fand ihre Tasche, die auf der Bank stand. Die kleine Beule in der Seitentasche erinnerte sie daran, dass sie noch ein anderes Schmuckstück ihrer Nanna besaß.

Jay hatte gesagt, sie dürfe den Ring nicht wieder anstecken, bevor er es ihr erlaubte.

Mit einem entnervten Schnauben zog Emily sich komplett aus und drehte die Dusche auf. Sie ließ das heiße Wasser über ihren Körper laufen, so heiß, dass sie es gerade noch aushalten konnte, und seifte ihre gerötete Haut zweimal ein, während Wasserdampf den Raum erfüllte. Ein Brennen erinnerte Emily an ihre frischen Verletzungen. Prellungen an ihren Hüften und Rippen, eine lange Schramme an ihrem Schenkel, die sie bislang kaum bemerkt hatte. Während sie ihre Wunden inspizierte, kroch mit dem Dampf langsam ein Gefühl der Furcht in ihr hoch. Ein Gefühl – sie schaute sich in der Duschkabine um – ein Gefühl, als würde sie beobachtet. Sie öffnete die Tür der Dusche einen Spalt breit, konnte sich jedoch in dem beschlagenen Spiegel kaum selbst sehen. Die Badezimmertür war geschlossen. Aber das Gefühl war sehr intensiv. Und da – dieses Geräusch. Eine Art Murmeln. Ein Singsang. Kaum zu hören unter der prasselnden Dusche. Sie stellte das Wasser ab und lauschte angestrengt. Ihr Herz hämmerte. Hatte Brett das Radio eingeschaltet? Vielleicht war es der Fernseher eines Nachbarn, den sie hörte.

Emily schnappte sich ein Handtuch von der Stange, wickelte es sich rasch um den Leib und stopfte das Ende an der Seite fest. Tropfend trat sie an die Tür und horchte. Nichts. Kein Radio, kein Fernseher.

»Brett?«, rief sie durch die Tür. »Bist du da?«

»Ja«, antwortete er. »Wieso? Stimmt etwas nicht?«

Eine Woge der Erleichterung. Emily drehte sich um und lehnte sich gegen die Tür, denn ihr wurden plötzlich die Knie weich. »Hast du gerade mit jemandem gesprochen? Hattest du das Radio an?«

»Nein. Weder noch. Warum? Soll ich Musik anmachen?«

»Nein, schon gut. Offenbar höre ich Stimmen.«

»Kaffee ist fertig.«

»Schön, ich bin gleich da.«

Sie ging wieder zum Waschbecken und spritzte sich kaltes Wasser ins Gesicht. Werde ich jetzt verrückt?, fragte sie sich und starrte ihr Spiegelbild an.

Emily drehte sich zu ihrer Tasche um, um ihre Haarbürste herauszuholen.

Etwas bewegte sich.

In der Ecke des Spiegels.

Sie schnappte nach Luft, zuckte zurück und riss die Augen auf. Nichts. Das Licht hatte ihr einen Streich gespielt. Eine flüchtige Bewegung, etwas Dunkles. Jetzt war es fort. Sie streckte die Hand aus und wischte vorsichtig die Ecke des Spiegels ab. Zum Vorschein kam ... klares, kühles Glas. Nur Glas. Dann wischte sie eine weitere Stelle in Augenhöhe frei und sah zu, wie ihre andere Hand die fehlende Kette und das Medaillon nachzeichnete und an den Schrammen an ihrem Hals entlangfuhr.

Scheiß auf Jay.

Sie nahm den Bernsteinring aus der Tasche. Er schien zu summen. Sie starrte ihn lange an. Er glitzerte zwischen ihren Fingerspitzen. Dann schob sie ihn mit einer fließenden Bewegung auf ihren rechten Zeigefinger. Er saß wie angegossen. Das Metall schmiegte sich warm an ihre Haut. Sie hielt ihn hoch und betrachtete über den Ring hinweg ihr Spiegelbild, während Kondenswasserstreifen über das abgewischte Glas und über ihr Abbild tropften wie Tränen.

»Oh, Nanna«, flüsterte sie.

»Em?«, rief Brett draußen im Flur. »Der Kaffee ist fertig.«

»Muss mich nur noch abtrocknen«, rief sie. Die aufwallenden Gefühle ließen ihre Stimme erbeben. Emily trocknete sich rasch mit einem zweiten Handtuch die Haare, drehte es dann zum Turban, schnappte sich ihre Handtasche und ging hinaus.

Brett war in der Küche und legte gerade zwei Kekse auf einen Teller, um sie mit den zwei dampfenden Kaffeebechern zu servieren, die auf dem Tresen warteten. Als sie den Raum betrat, suchte sein Blick sie nach Verletzungen ab. Plötzlich wurde ihr bewusst, dass sie nur mit Handtüchern bekleidet war. Lächerlich, schließlich waren sie eng befreundet – er hatte sie durchaus schon im Bikini gesehen.

»Die neueste Pariser Mode?«, fragte er.

Sie machte einen Knicks und streckte ihm dann die Zunge heraus.

»Wie fühlst du dich?«, fragte er ernst.

»Jetzt besser«, sagte sie. »Wolltest du nicht duschen?«

»Nein, das kann warten. Mich interessiert viel mehr, was du zu erzählen hast.«

Sie rümpfte die Nase, aber das war nicht ernst gemeint. Sie wusste, dass er sich nicht davon abbringen lassen würde. Wie sollte sie ihm bloß diesen ganzen Irrsinn erklären?

Emily nahm sich einen Becher, ging hinüber zum Sofa, setzte sich mit angezogenen Beinen darauf und machte es sich bequem. Sie bekam ein schlechtes Gewissen, als sie die Matte sah, die er dort, wo der Couchtisch gestanden hatte, über das Loch im Teppich gelegt hatte. Wenn sie das alles hinter sich hatte, würde sie einen möglichst guten Ersatz dafür finden müssen.

Brett folgte ihr zum Sofa und stellte den Keksteller zwischen sie.

»Der ist neu«, sagte er und zeigte auf den Ring an ihrer Hand, während sie ihren ersten tröstlichen Schluck Kaffee aus dem Becher nahm.

»Ja«, sagte sie und hielt ihn verlegen hoch. »Er hat Nanna gehört.«

»Gehört er zu dem Buch?«

»Ehrlich gesagt weiß ich das nicht genau. Kann sein.«

»Hast du ihn von Jay bekommen?«

»Nein, Darcy hatte ihn. Wieso?«

»Nur so. Und, hast du mehr über das Tagebuch herausgefunden?«

Emily trank noch einen Schluck Kaffee, um sich in Bretts

plötzlichem Fragen-Bombardement eine Pause zu verschaffen.

»Ein bisschen«, sagte sie schließlich, »aber sag du mal: Weshalb hast du in deinem Wagen geschlafen?«

»Ich wollte deine Wohnung im Auge behalten, und meine auch.« Er zuckte mit den Schultern, vorsichtig, um seinen Kaffee nicht zu verschütten. »Ich fand das eine gute Idee.«

Sie musterte ihn misstrauisch. »Das ist lieb von dir«, sagte sie. »Aber das ist noch nicht alles.«

Eine lange Pause trat ein, in der sie beide schweigend den Dampf betrachteten, der immer noch spiralförmig von ihrem Kaffee aufstieg.

»Ich weiß nicht, ob es gut ist, dir das zu erzählen, aber ich finde, du solltest es wissen. Es waren ein paar Männer hier, die zu dir wollten.«

»Ach ja?« Sie merkte, wie ihr Blutdruck anstieg, und konzentrierte sich auf ihren Becher, damit er nicht so zitterte.

»Ein alter Knacker, der sagte, sein Name sei Uhgrau, und zwei junge Männer in Anzügen, die wie Bodyguards aussahen.« Er hielt wieder inne. Sie ließ ihm Zeit, sich zu sammeln, denn sie merkte, dass er noch mehr sagen wollte. »Er hat das hier für dich dagelassen.«

Brett nahm eine Karte aus seiner Brieftasche und reichte sie ihr.

»Uhgrau?«, sagte sie und drehte die Karte um, während Alarmglocken in ihrem Kopf dröhnten. Ihr ganzer Körper bis hin zu den Zehen schien zu vibrieren. Petr Uhgrau, las sie auf der Karte. Der gleiche Name wie der des Mannes, vor dem Genevieve geflohen war. Ob das sein Sohn war? Sein Enkel? Neben Namen, Telefonnummer und Adresse war die Vorderseite der festen weißen Karte mit einem

Uhu geschmückt, der auf einer Art knotigem Ast saß. Auf der Rückseite stand in eleganter Handschrift mit dicker schwarzer Tinte geschrieben: *Wir müssen uns dringend unterhalten. Bitte rufen Sie mich an. Ich garantiere für Ihre Sicherheit. U.*

»Wie hat er ausgesehen?«, sagte Emily. Sie befingerte die Karte und rief sich in Erinnerung, dass Jay gesagt hatte, der Mann sei böse.

»Sehr distinguiert«, sagte Brett. »Er hatte einen europäischen Akzent. Und wenn ich mich nicht irre, trug er so einen ähnlichen Ring wie du.«

»Der hier hat meiner Nanna gehört.« Sie runzelte die Stirn und spürte, wie der Druck in ihren Lungen anstieg, als ob die Luft aus dem Raum gesogen würde.

»Er war sehr höflich, aber irgendwie ganz schön aufgeblasen«, sagte Brett. »Ich soll dir ausrichten, dass dieser Jay, mit dem du dich offenbar öfter triffst, nicht das ist, was er zu sein scheint.«

Sie blinzelte und holte wieder Luft. »Ist ja ganz was Neues«, murmelte sie. Wogen der Verwirrung brachen sich an ihrer Vernunft. Woher sollte sie wissen, wem sie vertrauen konnte? Wie konnte sie überhaupt sicher sein, dass das hier real war? Nun, ihre Wunden waren ein Beweis dafür, dass das alles wirklich geschehen war, aber real und normal sind zwei verschiedene Dinge.

Brett legte sanft seine Hand auf Emilys. »Vielleicht sollten wir die Polizei rufen.«

Sie schüttelte den Kopf. »Ich glaube nicht, dass die das verstehen würden. Das fällt mir ja selber schwer. Und ich hab dir noch gar nicht die ganze Geschichte erzählt. Nein, ich brauche etwas Zeit zum Nachdenken, das ist alles. Es ist alles viel zu schnell gegangen. Wir dürfen die Polizei nicht rufen, auch du nicht, das musst du mir versprechen.

Sonst landen wir beide in der Klapsmühle«, sagte sie und versuchte, beruhigend zu lächeln. *Bei meiner Mutter.*

»Wie du meinst. Hauptsache, du weißt, dass ich für dich da bin.« Er drückte ihre Hand, und ihr kamen fast die Tränen.

Schließlich erzählte sie ihm alles, was passiert war, wobei sie nur den Umstand wegließ, dass Jay ein Vampir war. Hexen und Dämonen waren genug für eine Sitzung. Jays wahre Natur wollte sie vorerst lieber für sich behalten, zumindest so lange, bis sie die Gelegenheit gehabt hatte, sich über ihre Gefühle für ihn klarzuwerden. Es genügte, wenn Brett wusste, dass Jay auf ihrer Seite war – höchstwahrscheinlich.

Brett erhob sich so langsam, als erfordere diese einfache Bewegung eine enorme Willenskraft. »Ich glaube, ich brauche einen kleinen Drink. Wie ist es mit dir?«

»Klingt gut.«

Ihr Blick folgte ihm, als er zur Bar ging und zwei Gläser großzügig mit Scotch füllte. Er nippte an einem davon und musterte sie über den Glasrand hinweg, als versuche er, sie in das Bild einzupassen, das sie ihm gerade gezeichnet hatte.

Sie fuhr sich nervös mit der Zunge über die Lippen und wünschte, er würde etwas sagen. Oder ihr zumindest ihren Drink bringen.

»Eine Hexe, hm?«, sagte er schließlich.

»Angeblich ja.« Sie versuchte, ihrer Stimme einen beruhigenden Klang zu verleihen.

Er setzte sich und reichte ihr das Glas. »Glaubst du das?«

Sie schaute auf die Stelle am Boden, wo sein Couchtisch gestanden hatte. »Ich glaube, ich habe keine andere Wahl.«

»Nun, also, mein Angebot steht.«

Fragend schaute sie ihn mit hochgezogenen Augenbrauen an.

»Ich bin immer für dich da, Nachbarin.«

Emily stieß einen tiefen Seufzer der Erleichterung aus und gab ihm einen Kuss auf die Wange. »Vielen Dank. Ich wüsste nicht, was ich ohne dich tun sollte.«

»Ich bin sicher, du würdest irgendeine andere Wohnung finden, die du verwüsten kannst«, murmelte er und warf einen Blick auf seinen Teppich, bevor er sie verschmitzt angrinste.

Emily gluckste. Sie war froh, dass Brett seinen Humor wiedergefunden hatte. Sie wedelte mit Uhgraus Karte. »Und, was hältst du von diesem Typen?«

»Die Wahrheit? Er ist ein Arsch. Aber auch ein bisschen Furcht einflößend. Und zwar nicht nur wegen seiner Bodyguards. Ich kam mir vor wie … wie ein Laufbursche.«

»Wie sahen die Bodyguards aus?«

»Sehr trendy, mit großen Sonnenbrillen. Einer hatte einen Pferdeschwanz, der andere war kahl wie Kojak. Jeder von beiden trug einen Silberring. Ich glaube, der Langhaarige hatte einen Ohrring, du weißt schon, so einen Stecker.«

»Seine Söhne?«

»Vielleicht. Aber ich glaube es eher nicht. Allerdings hatten sie eindeutig eine Menge Respekt vor ihm.«

Sie nippte an ihrem Scotch und genoss die Wärme, die durch ihre Kehle rann und ihre verkrampften Muskeln löste. Jetzt eine Zigarette …

»Also«, erklärte sie, »ich schätze, ich muss mich mit ihm treffen und mir anhören, was er zu sagen hat.«

Brett sah sie mit ruhigem Blick an.

»Du kannst ruhig nein sagen, aber was hältst du von einem kleinen Ausflug?«, fragte Emily.

»Bei einem Trip ins Zauberland bin ich immer dabei.«

»Danke.« Sie beugte sich vor, um seine Hand zu berühren. Er zuckte mit den Schultern, als sei das nichts Besonderes. »Um dich hab ich mir auch Sorgen gemacht«, sagte sie.

»Es ist alles in Ordnung«, erwiderte er.

»Wo wollen wir uns mit ihm verabreden? Es muss irgendwo in der Nähe sein, und ich möchte, dass die Sonne dann noch scheint.« Sie warf einen Blick auf den trüben, bewölkten Nachmittag draußen. »Du weißt schon, was ich meine.« Sie verdrehte die Augen und wurde mit dem Aufflackern eines Lächelns von Brett belohnt. »Und es müssen viele Leute dort sein.«

Sein Lächeln erstarb. »Wie wär's mit dem Museum?«, schlug er vor. »Da gibt es einen Sicherheitsdienst.«

»Das Naturkundemuseum an der Channing Street? Hat das am Sonntag geöffnet?«

Er nickte. »Soweit ich weiß, ja.«

Sie dachte kurz nach. »Gefällt mir. Und da sind wir nicht allein. Aber wir müssen uns beeilen. Es wird allmählich spät.«

Brett wählte Uhgraus Nummer. Eine Frau nahm ab. Das Treffen wurde für innerhalb der nächsten Stunde verabredet, bei Sonnenuntergang. Brett legte auf.

»Er wollte, dass wir heute Abend zu ihm kommen, aber ich habe gesagt, dass wir uns lieber zunächst auf neutralem Boden treffen möchten. Seine Sekretärin war mit dem Museum einverstanden.«

»Ob er lange dorthin braucht?«, fragte Emily. »Der Telefonnummer nach zu urteilen muss er auf der anderen Seite der Stadt wohnen. Vielleicht sogar in den Bergen.«

»Seine Sekretärin schien darin kein Problem zu sehen. Vielleicht ist er ja noch hier in der Gegend.«

Aus irgendeinem Grund hatte Emily bei diesem Gedanken ein höchst ungutes Gefühl.

Als sie wieder in ihrem Schlafzimmer war, versuchte Emily nach Kräften, das Durcheinander auf dem Bett zu ignorieren, während sie sich anzog. Der Geruch nach Verbranntem hing immer noch in der Luft. Sie war froh über ihre frische Unterwäsche und das beruhigende Gewicht ihrer abgetragenen Doc Martens, während sie die Schnürsenkel um ihre Waden festzurrte. Sie schnappte sich eine Jacke, Handschuhe, einen neuen Schal und eine neue Halskette: ein kleines Silberkreuz, das Nanna und Großvater ihr mal zum Geburtstag geschenkt hatten. Dass es nicht das vertraute Gewicht des Medaillons ihrer Nanna hatte, verunsicherte sie so, als sei sie ohne Schuhe nach draußen gegangen, aber sie tröstete sich mit dem Bernsteinring. Sie hatte sich bereits an ihn gewöhnt, als würde sie ihn schon seit Jahren tragen.

Ein letzter Blick in den Spiegel sagte ihr, dass sie so gut vorbereitet war, wie es nur ging.

Brett fuhr. Während der zwanzigminütigen Fahrt sagten sie kein Wort, sondern begnügten sich damit, der Musik aus dem Radio zu lauschen. Emily spürte, wie der Schraubstock sich fester um ihren Magen zog, als sie vor dem Museum hielten. Kahle, im Winterwind zitternde Bäume warfen Schatten auf die paar Autos, die auf dem Parkplatz standen. Scheinwerfer schimmerten im Zwielicht.

Emily drehte den Ring an ihrem Finger und zog dann die Handschuhe an. Der Traum, den sie gehabt hatte, als sie den Ring zum ersten Mal getragen hatte, wiederholte sich offensichtlich, was ihr nur recht war: Sie brauchte ihre volle Konzentration, wenn sie diesem Mr. Uhgrau gegenübertrat. Brett und Emily sahen sich kurz an, nickten einander zu und stiegen aus dem Auto. Als sie zwei Schritte gegangen waren, fiel Emily das Pfefferspray in ihrer Tasche ein, und sie bat Brett, den Wagen wieder zu entriegeln.

»Tut mir leid«, sagte sie. »Ich lasse das wirklich nicht gern hier, aber wenn der Sicherheitsdienst es bei mir findet, hab ich ein Problem.«

»Was ist das?«, fragte Brett.

»Eine kleine Absicherung, die Martin mir geschenkt hat. Er meinte, es könnte nicht schaden, so was dabeizuhaben, wenn ich so viel allein unterwegs bin.« Sie zeigte ihm die faustgroße Spraydose. »Hierzulande ist das natürlich verboten.« Sie versteckte sie im Handschuhfach und versuchte, sich einzureden, dass sie sie ohnehin nicht brauchen würde. Das hier war nur eine Verabredung, eine Chance, die andere Seite der Geschichte zu hören.

Sie gingen Hand in Hand über den Parkplatz. Es war schon Jahre her, dass Emily das letzte Mal hier gewesen war. Das Museum sah mit seinem Satteldach, den Eisenbeschlägen und den fleckigen Steinmauern aus wie ein heruntergekommenes Herrenhaus. Gebückt liefen sie gegen den kalten Wind zum Eingang. Dem Schild am oberen Ende der Treppe zufolge hatten sie noch eine halbe Stunde Zeit, bis das Museum geschlossen wurde.

»Ha«, sagte Brett, als er dem gelangweilten Teenager an der Kasse das Eintrittsgeld hinknallte und das Wechselgeld einsteckte. »Wenigstens kriegen wir einen Preisnachlass, weil wir so spät dran sind.«

Emily war zu nervös, um auf seinen Versuch, zu scherzen, zu reagieren. Ihr drehte sich der Magen um, als der einzige Wachmann ihre Handtasche durchleuchtete. Wenigstens piepte es weder bei ihr noch bei Brett, als sie durch die Sicherheitsschleuse gingen.

»Was hat Uhgraus Sekretärin gesagt, wo wir uns treffen sollen?«, fragte sie, nur um die klösterliche Stille zu durchbrechen, als sie auf die schwungvoll ausladende Treppe zugingen.

Brett zeigte nach oben. »Bei den Vögeln.«

Kurz vor der ersten Stufe blieb Emily stehen. »Mist«, flüsterte sie, »vielleicht hätten wir uns doch lieber in der Stadt treffen sollen. Hier ist ja so gut wie niemand.«

»Das macht nichts«, sagte Brett. »Hauptsache, der Aufseher ist hier, der Metalldetektor ist hier, und außerdem gibt es hier überall Überwachungskameras. Wenn es gefährlich wird, schlagen wir einfach eine Vitrine ein, und schon wird uns jemand zu Hilfe kommen.«

»Gute Idee.«

»Kaum zu fassen, dass wir über so was reden. Glaubst du wirklich, dass wir Schwierigkeiten kriegen, Em? Vielleicht sollten wir einfach abhauen?«

»Nein, nein, das können wir nicht. Wir müssen die Sache klären. O Mann, es tut mir echt leid, Brett. Ich hätte dich nicht schon wieder in eines meiner Desaster mit reinziehen dürfen.«

»Hey, ich bin freiwillig mitgekommen, alles klar, Nachbarin?« Er tätschelte ihre Arme. »Mir gefallen deine Desaster. Sie lenken mich von meinen eigenen ab.«

»In deinem Leben gibt es keine Desaster, Brett.«

»Ach ja? Na, vielleicht hätte ich gern welche. Computerspiele zu programmieren ist ja wohl etwas anderes, als Fotoreportagen zu machen.«

»Ich mache Society-Fotos, Brett.«

»Na, du weißt schon, was ich meine.« Er zwinkerte ihr zu. »Wollen wir dann mal?«

»Ja, jetzt oder nie …«

Sie stiegen die Treppe bis zur nächsten Etage hoch.

»Meine Güte, ist das hier gruselig«, sagte Emily und unterdrückte ein Schaudern, während ausgestopfte Kängurus und plüschige, harmlose Beuteltiere mit großen Augen und kurzen Schwänzen sie durch die Glasscheiben hindurch anglotzten.

Brett erstarrte plötzlich und hielt die Luft an. Sie schaute den Gang hinunter.

»Da sind sie«, sagte er.

Sie spürte, wie ihr Mund trocken wurde, als sie die drei Männer vor einem Schaukasten mit Vögeln stehen sah. Eulen, so viel sie erkennen konnte. Ein ungutes Gefühl überkam sie.

Als sie auf ihn zugingen, trat Uhgrau einen Schritt vor, den knubbeligen Gehstock in der linken Hand. Seine beiden Leibwächter blieben ein Stück hinter ihm stehen.

»Ah, Miss Winters«, sagte er mit einem schmeichelnden französischen Akzent. »Wie schön, Sie endlich kennenzulernen.« Unter seinem durchdringenden Blick wurde ihr ganz anders. Die Luft knisterte geradezu, so intensiv war seine Präsenz spürbar. Er streckte die Hand aus, und sogleich fiel ihr der Ring an seiner Rechten ins Auge – er sah genauso aus wie der von Nanna.

»Mr. Uhgrau, nehme ich an?«, antwortete sie und schüttelte zögernd seine Hand. Sein Griff war fest und gebieterisch.

»Allerdings«, erwiderte Uhgrau. »Aber Doktor Uhgrau, bitte.«

Emily nickte. »Ist gut, Doktor.«

Sie merkte, wie an ihrer rechten Hand langsam etwas heiß wurde. Emily schaute hin. Der Ring ihrer Nanna leuchtete! Ein blasses bernsteinfarbenes Licht drang durch ihren Handschuh. Rasch entzog sie ihm ihre Hand, schob sie unter den Saum ihrer Jacke und schaute Uhgrau prüfend an. Offenbar hatte er nichts gemerkt, aber seine Mundwinkel hatten sich gehoben. Sie senkte den Blick und stellte fest, dass der Ring an seiner Hand ebenfalls pulsierte. Ein Energiestrom züngelte ihren Arm hoch, drang in ihre Wirbelsäule ein und nistete sich zögernd in ihren Lenden ein, bevor er nach und nach wieder abflaute.

Uhgrau machte nach wie vor ein Gesicht, als sei ihm nichts aufgefallen, aber sie spürte einen Hauch von Belustigung in seinem Blick.

»Und Mr. Samuels«, fuhr er fort. »Freut mich, Sie wiederzusehen.«

Brett schüttelte Uhgrau der Form halber die Hand. »Ebenfalls. Ich sehe, Sie haben Ihre *Mitarbeiter* mitgebracht.«

»Zu unser aller Schutz«, sagte Uhgrau. »Bitte fühlen Sie sich durch sie in keiner Weise bedroht.«

»Nun«, begann Emily, die wünschte, Brett stünde ein bisschen näher neben ihr, »weshalb wollten Sie sich mit mir treffen?«

»Soweit ich weiß, kennen Sie jemanden, der sich ›Jehail‹ nennt.«

»Ah, ja«, antwortete Emily bedächtig. »Ist das ein Problem? Und was geht Sie das an?«

»Kommen Sie.« Der alte Mann deutete mit seinem Stock den Korridor entlang. »Gehen Sie ein Stück mit mir.«

Die Leibwächter folgten ein paar Schritte hinter ihnen, als Uhgrau, Emily und Brett sich den Gang hinunter in Bewegung setzten. Emily spürte ihren Blick im Rücken wie einen störenden BH-Verschluss. Sie hätte sich am liebsten gekratzt.

Uhgrau blieb stehen. »Mr. Samuels, ob es Ihnen wohl etwas ausmachen würde, hier zu warten?«

Brett schaute Emily an. Sie erwiderte seinen Blick und

wusste nicht recht, ob sie darauf bestehen sollte, dass er bei ihnen blieb.

»Haben Sie keine Angst, Miss Winters, Ihre Sicherheit liegt uns sehr am Herzen«, sagte Uhgrau. »Meine Männer werden bei ihm bleiben.«

Brett rührte sich nicht, deutete aber unauffällig mit den Augen zu der Überwachungskamera an der Wand. Emily nickte und ging dann mit Uhgrau weiter.

»Wissen Sie«, sagte Uhgrau, »ich suche schon seit vielen, vielen Jahren nach Jehoel – das ist übrigens sein richtiger Name.«

»Weshalb?«, fragte Emily.

»Er ist ein sehr gefährlicher Mann, Miss Winters. Er hat etwas dagegen, dass Sie sich mit mir verbünden. Er will nicht, dass Sie Ihre Familie finden.«

Emily blieb stehen und starrte Uhgrau an. »Meine was?«

»Ihre Familie, Miss Winters. Ich habe Grund zu der Annahme, dass ich Ihr Urgroßvater bin.«

Emily stand mit offenem Mund da. Ihr *was*?

»Jetzt sind Sie schockiert, nicht wahr?«

»Mh-hm.«

»Eigentlich wollte ich es Ihnen nicht auf diese Art sagen, aber der Zeitdruck lässt mir keine Wahl. Ich glaube, der Beweis für meine Annahme steht im Tagebuch Ihrer Großmutter.«

»Im Grimoire? Warum sind Sie nicht gleich zu mir gekommen und haben gefragt, ob Sie es lesen dürfen?«

»Das bin ich ja. Sie waren nicht zu Hause, und Mr. Samuels hat vorgeschlagen, dass wir uns hier treffen.« Er zuckte mit den Schultern.

»Tja, das Leben war in letzter Zeit recht kompliziert. Es haben sich noch andere für das Buch interessiert.«

»Ach wirklich? War einer von ihnen vielleicht Jehoel? Oder nennt er sich heute immer noch Jehail?«

»Unter anderem.«

»Vielleicht sollten wir uns setzen, was? Damit Sie wieder zu Atem kommen.«

»Mal wieder zu Atem zu kommen wäre schön.«

In den Lautsprechern knisterte es, und dann sagte eine Stimme: »Achtung, Achtung, das Museum schließt in Kürze. Bitte begeben Sie sich zum Ausgang. Danke.«

»Nun, vielleicht nicht hier.« Er sah auf die Uhr, eine goldene Scheibe, die an einer Uhrenkette an seinem Hosenbund hing. »Außerdem bin ich spät dran. Ich kann Ihnen ein anderes Angebot machen. Ich gebe heute Abend einen Empfang. Einen Maskenball, ab acht Uhr auf meinem Anwesen. Ein etwas unglücklicher Zeitpunkt, fürchte ich, aber das lässt sich nicht ändern.« Er schob seine Hand in sein Sakko und zog ein Kärtchen hervor. »Das ist meine Adresse. Ich hoffe sehr, dass Sie kommen. Und bringen Sie ruhig Mr. Samuels mit, wenn Sie möchten. Es macht nichts, wenn Sie sich ein bisschen verspäten. Ich weiß, dass das ziemlich kurzfristig ist.« Mit einem Lächeln überreichte er ihr die Einladung.

Sie überflog sie. »Ein Maskenball?«

»Eine Gelegenheit, sich mal zu verkleiden«, sagte Uhgrau. »Wir haben viel zu besprechen, und die Zeit ist knapp. Wenn Sie das Grimoire mitbringen, dann können wir die Sache heute Abend noch klären, und Sie können sich überlegen, was Sie tun möchten. Sie und Ihre Familie. Es gibt noch so viele von uns, die Sie nicht kennen!«

Uhgrau verstummte, als sie bei den anderen ankamen.

Emily stellte sich demonstrativ neben Brett und tätschelte seinen Arm. Sie spürte, wie seine Finger beruhigend die ihren berührten.

»Es war schön, Sie kennenzulernen, Miss Winters.« Wieder streckte Uhgrau seine Hand aus.

Emily schüttelte sie hastig. »Dr. Uhgrau.«

»Glauben Sie nicht alles, was man Ihnen über mich erzählt, Miss Winters. Jede Medaille hat mindestens zwei Seiten, und ich bitte Sie nur, mir die Chance zu geben, Ihnen von meiner Seite zu erzählen. Und Ihnen heute Nacht Beweise zu liefern, falls Sie sich entschließen sollten, zu unserer kleinen Soirée zu kommen.«

»Wir werden sehen«, sagte Emily. »Brett und ich müssen beide morgen arbeiten.«

»Glauben Sie mir, mein liebes Mädchen, diese Sache ist viel wichtiger. Einen guten Tag, Mr. Samuels.« Uhgrau und Brett gaben sich kurz die Hand.

Uhgrau winkte seinen beiden Bodyguards. Auf einen Schlag drehten die drei sich um und machten sich auf den Weg zum entgegengesetzten Ende des Saals.

»Komm«, sagte Brett. »Mich gruselt's vor diesen Typen. Lass uns hier abhauen.«

»Ja, je schneller, desto besser.«

Sie musste sich zwingen, nicht zwei Treppenstufen auf einmal zu nehmen.

Was war es für eine Erleichterung, nach draußen zu kommen, an die frische Luft. Der Himmel war fast schwarz. In diesem Moment zwischen Tag und Nacht wirkte die Welt einsam und verlassen.

»Also, was wollte er?«, fragte Brett, sobald sie sicher in seinem Wagen saßen.

»Ich weiß nicht genau«, sagte Emily und schwenkte dabei Uhgraus Karte, »aber wir sind heute Abend zu einem Ball im Urquhart Manor eingeladen.«

»O Mann«, sagte Brett. »Urquhart Manor? Da wohnt der alte Knacker also? Der muss ja stinkreich sein.«

»Das nehme ich auch an«, sagte sie.

»Und? Willst du hin?«

»Ich schätze schon. Er behauptet, er sei ein ... ein Verwandter von mir.«

»Echt?«

»Echt.«

»Glaubst du ihm?«

»Er sagt, er kann es beweisen. Angeblich steht es im Grimoire. Aber ich weiß nicht recht. Jay hat von ihm gesprochen ... Irgendwas ist mit diesem Typen. Ich weiß nur nicht genau, was.« Sie rieb den Ring ihrer Nanna, aber die erhoffte Eingebung blieb aus.

»Ja, ich weiß, was du meinst«, sagte Brett. »Zum Beispiel, wozu braucht er Bodyguards?«

»Ja, der Doktor mag ein Muster an Höflichkeit sein, aber dennoch ... Jay kommt mir nicht wie ein Lügner, ein Mörder oder so was ähnliches vor.« Sie hätte sich am liebsten die Hand vor den Kopf geschlagen, kaum dass die Worte aus ihrem Mund waren: Natürlich ist er ein Mörder, du dumme Kuh. Er ist ein Vampir. Ein verdammter Vampir! »Ich meine, ich kenne Jay noch nicht lange, aber gestern Nacht habe ich mich bei ihm richtig wohl gefühlt. Obwohl er mir etwas verschweigt.«

»Du warst letzte Nacht bei Jay?«, sagte Brett. »Hat *er* dich so zugerichtet? Was hast du dir bloß dabei gedacht?«

»Aber nein, Brett, nein«, beschwichtigte Emily ihn. »Ich hab's dir doch gesagt: Das war irgendeine Kreatur in meinem Zimmer, die hinter dem Grimoire her war. Ich wollte Antworten von Jay. Und Hilfe.« Sie sah ihn liebevoll an und tätschelte seinen Arm, während er sie anstarrte.

»Ich wäre mitgekommen«, sagte er.

»Ich weiß, aber du hast schon so viel getan. Und es war spät ...«

»Er hat dir also nicht wehgetan?«

»Nein. Ganz im Gegenteil.«

»Oh.« Brett hantierte mit dem Schlüssel, ließ den Wagen an und betätigte dann aus Versehen die Scheibenwischer, als er Licht machen wollte. »Im Gegenteil«, murmelte er.

»Er hat mir nichts getan, okay?« Sie sah zu, wie Brett die Scheibenwischer wieder ausstellte und knirschend den Gang einlegte. »Alles in Ordnung?«

»Ja, mir geht's prächtig«, sagte Brett und lenkte den Wagen vom Parkplatz. Seine Stimme war leise und ausdruckslos, als er fragte: »Und wer hat dann dieses Ungeheuer in dein Schlafzimmer geschickt?«

»Ich weiß es nicht. Wirklich nicht.«

»Wem vertraust du denn?«

»Ha, das wüsste ich selber gern«, sagte sie und holte ihre Pfefferspraydose aus dem Handschuhfach. Müde, zerschlagen und verwirrt, wie sie war, hatte sie überhaupt keine Lust, an diesem Sonntagabend auf einen Ball zu gehen. Aber wie sollte sie sonst die Antworten bekommen, die sie wollte? Wie sonst sollte sie herausfinden, ob Jay tatsächlich ihr Freund oder ihr Feind war?

8

»Jetzt ist es nicht mehr weit«, sagte Brett, während er den Geländewagen in die Ausläufer der Blue Mountains lenkte. Nach der größtenteils wortlos verlaufenden Fahrt quer durch Sydney klang seine Stimme laut. Er hatte das Radio leise gedreht, um ihnen beiden Zeit zum Nachdenken zu verschaffen.

Emily lächelte ihm aufmunternd zu, bevor sie ihre Aufmerksamkeit wieder dem nächtlichen Blick aus dem Fenster widmete. In ihrem tief ausgeschnittenen Samtkleid, dessen burgunderfarbener Stoff ihren dunklen Haaren und ihrer blassen Haut schmeichelte, sah sie toll aus. Von den Blutergüssen an ihrem Hals war kaum noch etwas zu sehen. Doch ihre behandschuhten Finger, die in ihrem Schoß miteinander spielten, verrieten ihre Nervosität.

Es fiel ihm immer noch schwer, ihr die Geschichte zu glauben. Emily eine Hexe? Eine Hexe, die von anderen Hexen gejagt wurde? Und der mysteriöse Jay war wohl der tapfere Ritter, gekommen, um die holde Maid zu retten, die sich dann natürlich Hals über Kopf in ihn verliebte. Irgendetwas verschwieg Emily ihm, da war er sich sicher. Was es auch immer mit der ganzen Sache auf sich hatte, er würde zu ihr halten und Jay und Uhgrau und jeden anderen, der ihr irgendwelche Flausen in den Kopf setzen wollte, nicht aus den Augen lassen.

Brett seufzte. Ihm war beileibe nicht danach zumute, Uhgrau und seinen Muskelmännern heute zum dritten Mal zu begegnen. Er versuchte, seine Schultern zu bewegen, denn er fühlte sich in seinem Smokingjackett eingeengt und unbehaglich. Er hatte den Anzug vor geraumer Zeit aus einer Laune heraus für eine vornehme Silvesterparty gekauft und seitdem nicht mehr getragen.

»Ich glaube, da ist es«, sagte Emily und tippte ans Fenster.

Beklommenheit schnürte ihm den Magen zusammen. »Wir sind ein bisschen spät dran, ganz wie es sich gehört«, sagte er und hoffte, er klang selbstsicherer, als er sich fühlte.

Emily schaute ihn entschlossen an. »Ehrlich gesagt, Nachbar, glaube ich nicht, dass Höflichkeit hier eine Rolle spielt.«

Urquhart Manor lag mitten in einem Weinberg, von dem aus man einen unbezahlbaren Blick auf Sydney hatte. Die Blue Mountains bildeten den schwarzen, von Lichtern gesprenkelten Hintergrund. Die Szenerie sah aus wie eine Postkarte aus Frankreich, vorausgesetzt, es gab Postkarten von französischen Villen im Mondlicht. Das schwere Eisentor, das normalerweise die Zufahrt versperrte, stand an diesem Abend für die Gäste offen. Das weitläufige Gebäude, dem ein markanter Turm etwas Klosterähnliches verlieh, war zwar von der Straße aus für alle sichtbar, aber nur wenige Menschen konnten sich damit rühmen, bis zur Eingangstür vorgedrungen, geschweige denn hereingelassen worden zu sein. Das Anwesen war Privatbesitz, Betonung auf privat, und das stand auch auf den zahlreichen Schildern, die die Zäune um das Grundstück herum zierten. Wer den Wein probieren wollte, konnte das an der Kellertür am Fuß des Berges tun.

Am Tor zeigte Brett zwei Männern im Anzug durchs

Fenster hindurch die Einladung. Sie winkten ihn in die Einfahrt.

»Mann, ist das riesig hier«, sagte Brett. »Bist du sicher, dass du nicht mit ihm verwandt bist?«

»Um das herauszufinden, bin ich hier«, sagte Emily. »Aber ich an deiner Stelle würde hier vorerst kein Zimmer reservieren.« Sie rieb sich den Magen und wünschte, sie würde sich nicht so gestresst fühlen. Sie war sicher gewesen, dass es richtig war, herzufahren, aber jetzt, hier draußen am Stadtrand, auf dem Terrain eines Mannes, der ihr oder ihrer Familie womöglich etwas antun wollte, war diese Sicherheit verflogen.

Brett stoppte den Geländewagen an der Eingangstreppe, und ein Bediensteter im schwarzen Anzug öffnete die Wagentür.

»Guten Abend, Sir. Darf ich Ihr Fahrzeug für Sie parken?«

Brett schaute Emily an. Sie nickte.

»Aber ja, danke.«

Ein zweiter Bediensteter öffnete Emilys Tür und eskortierte sie zu Brett. Sie sahen zu, wie der Wagen weggefahren wurde, um auf dem Rasen zwischen lauter blitzblank polierten BMWs, Audis und Oberklasse-Geländewagen geparkt zu werden.

»Das ist ja der Wahnsinn«, murmelte Brett, als sie die Stufen zum Haus emporstiegen. Emily setzte ihre Maske auf und ließ sie von Brett begutachten, bevor sie dem Türsteher gegenübertrat.

»Guten Abend, Madam, Sir. Würden Sie mir bitte Ihren Namen sagen?«

Emily reichte dem Mann die Karte, die Uhgrau ihr hinterlassen hatte. Sicherheitshalber stellte sie sich und Brett trotzdem noch vor. Der Türsteher überflog seine Liste.

»Natürlich«, sagte er und hakte sie ab. »Willkommen im Urquhart Manor. Darf ich Ihnen den Mantel abnehmen, Madam?«

Widerstrebend überließ Emily dem Mann ihren Mantel. Mit ihren nackten Schultern fühlte sie sich verletzlich, und sie betete, dass sie genug Make-up aufgetragen hatte, um die schlimmsten ihrer Verletzungen zu überdecken. Beim Ankleiden waren sie ihr gar nicht so schlimm vorgekommen, aber sie musste trotzdem ständig daran denken.

»Ja bitte?«, sagte sie, als sie merkte, dass der Türsteher ihr eine kleine Plastikscheibe entgegenstreckte.

»Ihre Marke, Madam. Damit können Sie ihren Mantel wieder abholen.«

»Oh, danke«, sagte sie und steckte die Marke in ihre Handtasche.

»Wenn Sie so freundlich wären, sich zum Hausherrn in den Ballsaal zu begeben, ein Stück rechts den Gang hinunter. Einen schönen Abend.« Er deutete zur Tür, und sie setzten sich den geräumigen Gang hinunter in Bewegung.

An der Tür zum Bankettsaal mussten sie einen Schritt beiseitetreten, um einer maskierten Frau Platz zu machen, die vor einem Pärchen ohne Masken herging.

»Siehst du«, flüsterte Emily, wobei sie Brett anstieß. »Ich hab doch gesagt, es macht nichts, wenn du nicht verkleidet bist.«

»Vielleicht müssen sie ja deshalb gehen. Oder vielleicht sind auch nur die Kanapees alle«, erwiderte Brett, und Emily musste grinsen, als die drei sich mit einem entschuldigenden Lächeln an ihnen vorbeidrängten.

»Ich empfehle den Roten«, sagte der Mann, dessen amerikanischer Akzent nicht zu seinen asiatischen Zügen passte.

Emily spürte, wie der Ring ihrer Nanna warm wurde,

und drehte sich um, um das Trio bei seinem Abgang zu beobachten. Die maskierte Frau wandte sich nach ihr um, dann ging sie weiter und blieb an der Tür stehen, um das Pärchen zu verabschieden.

»Was ist?«, fragte Brett.

»Ach, nichts«, sagte Emily und rieb den Ring. »Ich dachte bloß, ich würde die Leute irgendwoher kennen. Lass uns reingehen.« Dankbar für den Körperkontakt, überließ sie ihm ihren Arm. Doch sie hatte ein schlechtes Gewissen, weil sie geschwindelt hatte. Wie sollte sie ihm erklären, dass diese Frau ihr ohne jeden Grund unheimlich war?

Der Ballsaal war von großen Kandelabern an den Wänden und atemberaubenden Lüstern an der Decke erleuchtet. Es waren bereits viele Gäste da, die den höhlenähnlichen Raum mit Trubel erfüllten, während auf einer kleinen Bühne in der entgegengesetzten Ecke ein Streichquartett spielte. Ein paar Paare tanzten vor den Musikern, aber die meisten Leute hatten sich um das Büfett am anderen Ende versammelt.

»Em, guck dir mal diese Eisskulptur an«, flüsterte Brett. »Die ist fantastisch.«

Die tropfende Statue eines Uhus wachte mit ausgebreiteten Schwingen über das Essen.

»Miss Winters, ich bin so froh, dass Sie kommen konnten«, rief ganz in der Nähe eine Stimme mit einem vertrauten Akzent. Uhgrau, dessen altmodischer Anzug von einer antik wirkenden Porzellanmaske, einem kurzen Umhang und einen Gehstock ergänzt wurde, kämpfte sich durch die Menschenmenge zu Emily durch. »Und Mr. Samuels auch.« Er lächelte freundlich. »Erlauben Sie mir zu sagen, meine Liebe, dass Sie beide ganz famos aussehen.«

Emily errötete. »Danke, Dr. Uhgrau«, sagte sie mit besonderer Betonung auf seinem Titel.

»Gern geschehen, meine Liebe«, erwiderte er und musterte sie noch einmal von oben bis unten. »Ich möchte, dass Sie beide diesen Abend genießen. Sie sind meine Gäste, und wenn Sie irgendetwas brauchen, zögern Sie bitte nicht, darum zu bitten. Wir haben später, wenn ich meine Gastgeber-Pflichten erfüllt habe, noch Zeit, ein ernsthafteres Gespräch zu führen. Ich hoffe, das ist Ihnen recht?«

»Durchaus. Danke«, sagte Emily.

»Sie sind zu freundlich. Fürs Erste müssen Sie mich jedoch entschuldigen. Wie ich sehe, ist gerade jemand eingetroffen, mit dem ich sprechen muss.« Uhgrau küsste ihr die Hand. »Bis später.«

»Was glaubst du, womit er seinen Lebensunterhalt verdient?«, flüsterte ihr Brett ins Ohr, sobald Uhgrau in der Menge verschwunden war.

»Wer weiß?«, sagte Emily. »Als Regierungsbeamter oder so was? Beim ASIO? CIA? Als verrückter Professor?«

Brett zuckte mit den Schultern. »Zumindest wissen wir, wo die Schönen und Reichen heute Abend alle sind.«

Er hatte recht. Es war wie im Yuppie-Himmel. Alle Gäste waren so gut aussehend, als wären sie einem Hochglanzmagazin oder einer Sitcom entsprungen. Und zwar mit ihren Masken. Keine Rollstuhlfahrer, keine Alten, keine Dicken. In ihren Satinroben und Pinguin-Anzügen wirkten sie wie Windhunde, geschmeidig und beschwingt. Emily bereute, dass sie nicht ihre Docs angezogen hatte, denn sie wurde derart mit beiläufigen Blicken taxiert und dann links liegengelassen, als trüge sie wirklich welche.

»Wie auch immer, ich hol mir jetzt etwas zu essen«, sagte Brett. »Soll ich dir was mitbringen?«

»Nein, danke. Ich glaube, ich geh mal an die Luft.« Emily zeigte auf die offene Balkontür auf der anderen Seite des Raums, die offenbar auf eine Veranda hinausführte. Sie fragte sich, weshalb sie sich die ganze Zeit das Gähnen verkneifen musste: aus Müdigkeit oder aus Nervosität? Aber eines wusste sie: Sie hätte gern einen Drink gehabt. Am besten direkt aus der Flasche. Das hätte den Leuten hier gefallen. Aber sie musste unbedingt hellwach sein, sobald Uhgrau bereit war, übers Geschäftliche zu reden. Und dann war da noch die zweistündige Fahrt nach Hause und morgen der Job. Sie hoffte, Uhgrau würde sich kurz fassen, damit sie bald gehen konnten. Außerdem konnte sie es kaum erwarten, weiter im Grimoire zu lesen, vielleicht würde sie dann nicht mehr so zwischen Uhgrau und Jay hin und her gerissen sein.

Unkonzentriert und frustriert bahnte sich Emily den Weg zwischen den tanzenden Paaren hindurch. Eine kühle, aber sanfte Brise wehte vom Weinhang draußen herein. Sie blieb neben einem Kandelaber stehen. Die Kerzen flackerten in dem Luftzug, der mit den leichten Vorhängen neben ihr spielte.

»Emily.« Eine leise, aber scharfe Stimme auf der Veranda. »Emily!«

»Ja? Wer ist da?«

Eine Gestalt tauchte aus der Dunkelheit auf. Ihr Herz setzte aus. Bildete sie sich das nur ein, oder flammten die Kerzen wirklich heller auf und strahlten sein Gesicht an?

»Jay? Was tun Sie hier?« Sie blickte sich nervös um, bevor sie zu ihm hinaustrat.

»Das könnte ich Sie ebenso fragen«, sagte er und zog sie von der Tür weg. »Wir waren in Ihrer Wohnung verabredet. Wissen Sie, wem dieses Haus gehört?«

»Ja. Einem Herrn namens Uhgrau. Er hat mich eingeladen.«

Jay fluchte. »Wissen Sie denn nicht, wer das ist?«

»Nicht genau. Um das herauszufinden, bin ich hier.«

»Und das Buch, Emily? Wo ist das Grimoire?«

»Das habe ich zu Hause gelassen.« Ihr Magen schnürte sich plötzlich zusammen. »Ich dachte, da wäre es sicherer.«

Er packte ihre Arme. »Habe ich nicht gesagt, Sie dürfen das Buch nie unbeaufsichtigt lassen? Was? *Merde*!« Er ließ sie los und drehte sich um, als habe er Angst, seine Wut zu zeigen. »Er ist der Feind, Emily. Petr Uhgrau ist derjenige, der die Schatten geschickt hat!«

»Jetzt rücken Sie plötzlich damit heraus.« Sie sprach immer noch leise, aber ohne ihren Zorn zu verbergen. »Immer wieder versprechen Sie mir, meine Fragen zu beantworten, mir zu erklären, was, zum Teufel, hier los ist, aber Sie tun es nie. Sie sagen mir nur, dass ich das verdammte Buch lesen soll. Nun, ich habe das Buch gelesen, und es hat mir in keiner Weise weitergeholfen. Es hat mich bloß mehr und mehr verwirrt. Ich brauche Antworten, Jay, Jehail, Jehoel, wie auch immer Sie heißen – wenn ich sie nicht von Ihnen bekomme, wende ich mich eben an jemand anderen. Also, was fällt Ihnen ein, hier aufzutauchen und mir Vorträge zu halten, als ob das alles meine Schuld wäre. Ich habe das alles nicht gewollt. Ich bin die Zweitgeborene, wissen Sie noch?«

Er schaute an ihr vorbei. Sie drehte sich um, denn ihr wurde plötzlich bewusst, dass ihre Stimme lauter geworden war. Niemand war in der Nähe, der etwas mitbekommen haben könnte. Brett stand am Büfett und machte den Eindruck, als würde er nur allzu gern den Annäherungsversuchen einer Frau mit Federschmuck entrinnen, während er seinen Teller mit Essen belud.

Emily wandte sich wieder Jay zu. Sie sahen einander in die Augen.

»Sie haben recht«, sagte Jay und schaute weg. Als sein

Blick den ihren wieder fand, lag statt Wut Reue darin. »Es tut mir leid. Die Zeit … war einfach nicht auf unserer Seite. Ich wollte es Ihnen wirklich erzählen. Aber ständig kommt etwas dazwischen. Die Cabal, Ihre Mutter …«

»Mir tut's auch leid. Ich bin müde, durcheinander und frustriert. Verstehen Sie? Sie müssen ehrlich zu mir sein. Noch einen Mann, der mir nicht die Wahrheit sagt, kann ich nicht verkraften.«

»Ich verstehe. Es tut mir wirklich leid, dass ich so wütend geworden bin. Ich versichere Ihnen, dass daran nur meine Sorge um Sie und Ihre Familie schuld ist. Dabei fällt mir ein, und ich muss mich schon wieder für meine Unhöflichkeit entschuldigen: Wie geht es Wendy?«

»Mum geht es gut. Den Umständen entsprechend.« Emily berührte ihre Brust an der Stelle, wo das Medaillon ihrer Nanna hätte hängen müssen, und spürte das substanzlose Gewicht des kleinen Kreuzes, das sie stattdessen trug.

»Gut. Können Sie jetzt gehen? Und sich in Ihrer Wohnung mit mir treffen? Wenn Sie in Sicherheit sind, können wir reden. Ich werde Ihnen alles sagen, was Sie wissen möchten. Aber Sie müssen bitte dieses Haus verlassen, sobald Sie können.«

Er streckte die Arme aus. Sie nahm seine Hände und genoss den tröstenden Druck seiner Finger.

Sie lächelte versöhnlich. »Ich hole Brett, und wir treffen uns zu Hause.«

Endlich, dachte sie, hat dieses Spielchen ein Ende.

Und dann hörte sie den Schrei.

9

Jay stieß Emily so blitzschnell gegen die Wand, dass sie kaum wusste, wie sie dorthin gelangt war. Sie saß in der Hocke und schaute sich nach dem Ursprung des Schreis um – da! Ein Haufen aufgeplusterter Federn auf dem Geländer – da saß der größte Uhu, den sie je gesehen hatte, und starrte sie auf eine Weise an, die ihr kalte Schauer über den Rücken laufen ließ.

»Ich kann nicht hierbleiben, Emily«, sagte Jay. »Und Sie sollten ebenfalls hier verschwinden. Uhgrau ist ein Meister der Lügen, und er passt sie der Wahrheit so gut an, dass sogar er selbst beides kaum noch auseinanderhalten kann. Fahren Sie nach Hause, wir sehen uns dort.«

Mit gebleckten Zähnen wich Jay zurück, als jemand zu ihnen hinaustrat. Brett, mit Essen und Wein.

»Bis nachher. Seien Sie vorsichtig«, flüsterte Jay. Sein Blick huschte zwischen ihr und Brett hin und her. Er schwang sich über das Geländer, lief über den Rasen und verschwand rasch in der Dunkelheit. Der Uhu richtete seinen starren Blick wieder auf Emily und Brett.

»Und das war Jay, nehme ich an«, sagte Brett, während er sich neben sie stellte.

Sie schauderte. »Ja, das war er.«

»Interessanter Typ«, sagte er. Er wartete, bis sie ihm ein Glas abnahm, und biss dann in einen dicken Cracker mit etwas darauf, das für sie aussah wie Kaviar und irgendwelches Grünzeug.

Zwei Männer im Anzug kamen durch die Tür. Einer hatte eine Hand in seinem Sakko. Sie starrten Emily und Brett an und suchten dann mit misstrauischen Blicken den dunklen Garten ab. Der Uhu kreischte noch einmal und erhob sich in die Luft. Die Männer kletterten über die Brüstung und schlichen in die Richtung davon, in die der Vogel davongeflogen war.

»Merkwürdig«, sagte Brett.

»Allerdings«, sagte Emily. »Ich glaube, wir können jetzt fahren.«

»Was, wo wir doch gerade anfangen, Spaß zu haben?«

Sie grinsten, und Brett bot Emily einen Cracker von seinem Teller an. Sie schüttelte den Kopf, und er stopfte sich den letzten Rest in den Mund. Er schaute sich um und ließ dann den Teller in eine Topfpflanze fallen.

Sie traten durch die Balkontür und stießen fast mit Uhgrau zusammen.

»Amüsieren Sie sich?«, fragte er.

»Ja, sehr«, sagte Emily, während Brett nickte wie ein Schaukelpferd.

»Wunderbar«, sagte er. »Vielleicht können wir uns jetzt, da sich die Lage etwas beruhigt hat, in den Wintergarten begeben und die Sache besprechen. Was meinen Sie?« Unverwandt lächelnd nahm er mit festem, aber höflichem Griff Emilys Ellenbogen.

»Äh, ja, natürlich«, sagte sie. »Das wäre schön. Ich muss zugeben, dass ich eine Menge Fragen habe.«

»Das glaube ich gern«, sagte er. Mit einem Fingerschnippen rief Uhgrau einen Kellner herbei, der ihnen die fast unberührten Gläser abnahm. »Hier entlang bitte.« Er geleitete sie auf die andere Seite des Saals und zu einer reich verzierten Tür mit einem Messinggriff. Sie betraten eine Bibliothek, durchquerten sie aber so schnell, dass Emily nicht viel von der Einrichtung wahrnehmen konnte. Sie erhaschte nur einen flüchtigen Blick auf Bücherregale, die vom Boden bis zur Decke reichten, und Stühle aus dunklem Holz, alles auf Gemütlichkeit und Bequemlichkeit ausgerichtet.

Sie gingen durch eine weitere Tür, die der ersten sehr ähnlich sah, und dahinter tat sich ein kleiner, rechteckiger Raum auf, von dem aus man auf eine Veranda mit Blick auf die Berge hinaustreten konnte. Uhgrau deutete auf ein dunkles Holzsofa mit bestickten Polstern und zwei dazu passende Stühle zu beiden Seiten und forderte sie auf, Platz zu nehmen. Emily machte Brett ein Zeichen, dass er sich neben sie aufs Sofa setzen sollte.

»Etwas zu trinken?«, fragte Uhgrau und zeigte auf eine mit Flaschen vollgestellte Anrichte.

»Rotwein, falls Sie welchen haben«, sagte Emily und bereute den Nachsatz sogleich. Natürlich hatte er Wein.

»Für mich auch«, sagte Brett spontan, während er die Einrichtung und den dicken, weichen Teppich begutachtete.

Uhgrau füllte zwei schwere Kristallkelche zur Hälfte mit Wein und stellte sie mitsamt Untersetzern auf die antiken Beistelltische.

»Wohl bekomm's«, wünschte er, bevor er sich hinter seinem leeren Schreibtisch niederließ. Er legte die Hände aneinander, als würde er beten, und betrachtete sie beide über seine Fingerspitzen hinweg.

Emily nippte an ihrem Wein und hoffte, er würde sie beruhigen, wobei sie sich gleichzeitig ermahnte, nicht zu viel zu trinken. Sie musterte den würdevollen Herrn, der ihr gegenübersaß. Wie gefährlich mochte er wohl sein? Das Zimmer wurde in den Ecken dunkler und immer beengter, während es sich mit ihren Zweifeln und Ängsten füllte.

Sie konzentrierte sich auf den Wein und war froh, ihre Augen von Uhgraus beunruhigendem, starrem Blick abwenden zu können. Der Rotwein war schwer und köstlich, viel besser als alles, was sie jemals getrunken hatte – sogar bei Darcy. Die Wärme füllte ihren Mund, ihre Kehle und ihren Magen, und sie zwang sich, sich entspannt in das Sofa zurückzulehnen. Brett schlug ein Bein über das andere, ein sicheres Zeichen dafür, dass er nervös war.

»Also«, sagte Uhgrau, der im schummrigen Licht der beschirmten Lampen ein wenig raubtierhaft wirkte. »Darf ich das Grimoire mal sehen, Miss Winters?«

»Ähm, ehrlich gesagt habe ich es nicht dabei.«

Langsam beugte er sich vor und neigte den Kopf zur Seite, als habe er sie nicht recht verstanden. »Ich dachte, wir hätten eine Abmachung.«

Emily fuhr sich mit der Zunge über die Lippen und umfasste das Glas in ihrem Schoß. »Ich wollte erst hören, was Sie zu sagen haben. Das Grimoire ist offenbar sehr wertvoll.«

»Das hier ist keine Auktion, Mädchen. Sie begreifen wohl nicht, mit was für Mächten Sie es hier zu tun haben.«

»Dann sollten Sie es mir vielleicht sagen. Schließlich ist jemand erst in Bretts und dann in meine Wohnung eingebrochen, um das Buch meiner Nanna in seine dreckigen Pfoten zu kriegen.« Sie nahm einen Schluck aus ihrem Glas und hoffte, dass sie unerschrocken wirkte, während sie Uhgrau mit ihrem Blick aus der Fassung zu bringen versuchte.

Einen langen Moment saßen sie da und starrten einander an. Dann lachte er, lehnte sich zurück und klatschte in die Hände.

»Ich habe keine Ahnung von den Vorfällen, die Sie da schildern. Und nun, da ich Sie kennengelernt habe, glaube ich eigentlich nicht, dass ich das Grimoire noch brauche. Ich denke, ich erkenne, wenn mein Blut in den Adern eines anderen Menschen fließt, Miss Winters.«

»Nun, ich bin froh, dass wir das geklärt haben«, sagte Emily und schickte sich an, aufzustehen. Uhrgrau bedeutete ihr, sitzen zu bleiben. Dann schaute er Brett an. »Was für eine Frau, nicht wahr?«

»Äh, ja«, sagte Brett, aber Uhgrau hörte weder zu, noch hatte er auf eine Antwort gewartet.

»Sie haben Genevieves Temperament, daran besteht kein Zweifel, aber Sie haben auch ihre Naivität. Ich glaube, Jehoel hat Ihnen sein Gift eingeflößt, und jetzt wird er Sie ebenso um den Verstand bringen wie Ihre Urgroßmutter. Ihre Urgroßmutter ... meine Frau.«

Brett hustete in sein Weinglas.

Emilys Hand zitterte, und sie bekleckerte ihr Kleid mit Wein. »Können Sie das beweisen?«

Uhgrau beugte sich wieder vor, doch jetzt war er nicht mehr so gut gelaunt. Die Dunkelheit hinter ihm verdichtete sich wie eine Gewitterwolke, seine Augen funkelten wie ein Flächenblitz. »Versuchen Sie nicht, mich für dumm zu verkaufen, Emily. Sie müssen nur in sich hineinschauen, um die Wahrheit zu erkennen.«

»Wozu brauchen Sie dann das Grimoire, wenn Sie bereits alles wissen?«

Die Gewitterfront dräute lautlos und bedrohlich, während die beiden einander wieder unverwandt in die Augen sahen. Emily hielt die Luft an. Das eine hatte Darcy ihr beigebracht: Sie hasste es, wenn jemand sie einschüchtern wollte. Sie hatte beschlossen, Uhgrau schon aus Prinzip nicht zu mögen.

»Es zu wissen, ist eine Sache«, sagte er. »Es zu beweisen, ist etwas ganz anderes.«

»Aber Sie haben mir Beweise versprochen, Mr. Uhgrau.«

»Als Gegenleistung für das Grimoire, Miss Winters. Eine Abmachung, die Sie nicht erfüllt haben.«

»Nun, dann erzählen Sie mir was über die Ringe«, sagte sie. »Vielleicht kommen wir dann ins Geschäft.«

Einen langen Moment lang starrte Uhgrau sie an, als stöbere er in ihrem Verstand und ihrer Seele herum. »Sie lassen sich nicht unterkriegen. Das gefällt mir.« Lächelnd betrachtete Uhgrau den matt orangefarbenen Stein an seinem Finger und lehnte sich dann zurück wie ein würdevoller Gelehrter. Das Unwetter in seinen Augen zog sich bis zum Horizont zurück.

»Also«, sagte er mit halb geschlossenen Augen, während er überlegte, wo er anfangen sollte. »Vor langer, langer Zeit glaubten die Menschen noch an Zauberei. Und dann fanden sie andere Dinge, an die sie glauben konnten. Heute müssen sie feststellen, dass diese Dinge nur ein minderwertiger Ersatz waren, und sie wenden sich wieder den alten Gebräuchen zu. Diese Ringe sind ein Symbol für jene Zeiten und für das, woran man damals glaubte. Damals mussten die Gläubigen jedoch stets auf der Hut sein. Die Christen benutzten einst das Zeichen des Fisches, mein Orden wählte diese Ringe. Dafür gab es zwei Gründe: Erstens waren sie ein unauffälliges Symbol, an dem sich die Mitglieder gegenseitig erkennen konnten – viel praktischer, als mit dem Fuß einen Fisch in den Sand zu kratzen –, und zweitens konnte man damit zaubern. Schließlich ist es viel besser, die Macht über das eigene Schicksal selbst in der Hand zu haben, als auf die Hand Gottes zu vertrauen. Seine Willkür ist wohlbekannt.«

Er lächelte. Nun hatte er die Augen wieder geöffnet, und sie musste an einen großen Tiger denken, der, Christenblut am Maul, durch den blutdurchtränkten Sand einer Arena schlich.

Sie schauderte und nahm hastig noch einen Schluck Wein. Ein paar Tropfen liefen ihr das Kinn hinunter, und sie wischte sie schnell ab. Uhgrau beobachtete jede ihrer Bewegungen, und sein Lächeln wurde breiter.

»Und woher hatte meine Nanna so einen Ring?«, fragte Emily. »Diesen Ring.«

Uhgrau betrachtete die Stelle, an der sich der Ring unter Emilys Handschuh wölbte. Sie legte ihre Hand wieder in ihren Schoß, stellte zitternd ihr Glas ab und bedeckte ihre rechte Hand mit der linken.

Uhgrau blinzelte und sah ihr in die Augen. Sein Gesicht war so unbewegt, als habe er immer noch seine Porzellanmaske auf. Doch Emily konnte seine Neugier – seine Gier – hinter dem ruhigen Blick spüren.

»Die Familie Ihrer Großmutter gehörte einst zu meinem Orden«, sagte Uhgrau, und Emily konnte eine Sehnsucht, ja, Wehmut oder Bedauern hinter seinen gemessenen Worten erahnen. »Und wir möchten, dass auch Sie sich uns jetzt wieder anschließen. Sozusagen, um das Gleichgewicht wieder herzustellen. Sie sollten den Platz in Ihrer wahren Familie wieder einnehmen.«

»Dafür müsste ich mehr wissen«, erwiderte Emily.

»Natürlich«, sagte Uhgrau. »Deshalb habe ich Sie ja hergebeten, damit wir uns ungestört unterhalten können.«

Es klopfte an die Tür. Ein Ausdruck gespielter Verärgerung wanderte über sein Gesicht, während er »Ja« sagte.

Ein Mann im Anzug huschte an Uhgraus Seite, beugte sich zu ihm und flüsterte ihm etwas ins Ohr. Emily verstand die Worte »keine Spur« und »keine Nachricht«. Offenbar verhießt das nichts Gutes, denn der Bote hatte beides mit besonderem Nachdruck gesagt.

Uhgraus Gesichtsausdruck veränderte sich nicht. Er flüsterte etwas zurück, aber ohne dass auch nur ein Wort über den Schreibtischrand drang. Der Bote nickte einmal und verließ im Laufschritt den Raum.

»Schlechte Neuigkeiten?«, fragte Emily, sobald der Mann die Tür hinter sich geschlossen hatte. Sie nahm wieder ihr Glas in die Hand.

Uhgrau winkte ab. »Das war nur etwas Geschäftliches. Also, wo waren wir stehengeblieben? Ach ja. Der Orden. Sie sind vertraut mit der Lehre von den vier Elementen?«

»Feuer, Erde, Luft und Wasser«, sagte Emily, und erst als sie es ausgesprochen hatte, fragte sie sich, woher sie das wusste.

Er nickte. »Nun, mein Orden glaubt an ein fünftes Element, das die anderen vier miteinander verbindet. Es füllt sozusagen die Lücken zwischen ihnen aus.«

»Wie Mörtel in einer Backsteinmauer«, warf Brett ein.

Emily lächelte ihm kurz zu. Er hatte so lange geschwiegen. Was mochte er von all dem hier halten?

»Genau«, sagte Uhrgrau in oberlehrerhaftem Ton.

Brett trank noch einen Schluck Wein und kniff die Augen zusammen.

»Nun, dieses fünfte Element hat viele Namen, aber bei unserem Orden nennt man es die dunkle Seite. Rückblickend ist das vielleicht nicht die beste Bezeichnung, denn sie hat einen gewissen … negativen Beiklang.« Wieder beugte Uhgrau sich vor, diesmal mit lebhaftem Mienenspiel.

Diesen Gesichtsausdruck kannte Emily aus der Kirche, wenn religiöse Fanatiker von der Ekstase ihres Glaubens überwältigt wurden. Während Uhgrau sprach, musste Emily unwillkürlich an einen Priester denken, der um zwei Uhr nachts im Fernsehen zu Spenden aufrief. Eifer stand in seinem Gesicht, und der war gefährlich.

»Wir glauben, wenn es jemandem gelingt, zwischen die vier Elemente zu gelangen, also sozusagen in die Lücken einzudringen, dann kann er die Lebensenergie des ganzen Universums manipulieren«, sagte Uhgrau. »Unserer Überzeugung nach ist die dunkle Seite die Energie, die ... alles antreibt. Sie ist das, was einen Mann von einem Leichnam unterscheidet. Sie ist die Macht, die durch Ihre Adern fließt, Emily.«

»Meinen Sie die Seele?«, fragte Brett.

»Die Lebensenergie«, sagte Uhgrau. »Sie hat kein eigenes Bewusstsein. Sie ist reine Energie, die jene, die stark und mutig genug dazu sind, nach Belieben beeinflussen können.«

»Und was für eine Rolle spielt dabei meine Nanna?« Emily fragte sich, ob man ihr ihre seit jeher niedrige Toleranzgrenze gegenüber derartigem Geschwätz anmerkte. Hatte sie vor diesem ... Wirrkopf wirklich Angst gehabt?

»Ihre Nanna – Marguerite – war, soweit ich weiß, die Tochter von Genevieve, einer der mächtigsten Hexen, die jemals in unserem Orden gedient haben. Der Gedanke, sie verloren zu haben, hat mir das Herz gebrochen. Jetzt haben Sie die Chance, ihren Platz einzunehmen.«

»Ähm, Doktor, was erwarten Sie, für wie alt ich Sie halte?«

Er schlug auf den Tisch, und sie zuckte zusammen. »Sie haben doch Jehoel gesehen. Glauben Sie, Macht über die Zeit haben nur die Verdammten? Sehen Sie denn nicht, was ich Ihnen für ein Angebot mache, Mädchen?«

»Ich weiß nicht recht, was ich sehe, Doktor.«

Brett beugte sich zu ihr hinüber, machte ein fragendes

Gesicht und deutete unmissverständlich zur Tür. Emily schüttelte den Kopf.

Uhgraus Gesicht erstarrte zur Grimasse, und es kam Emily so vor, als wäre er ebenso ungeduldig wie sie. Vielleicht waren sie wirklich verwandt. Das allerdings war ein beängstigender Gedanke. Sie nahm sich vor, von nun an ihre Zunge im Zaum zu halten. Wirrkopf oder nicht, dieser Mann hatte Geld, Macht und ein großes Haus voller sehr kräftiger Männer. Wenn Jay Angst vor ihm hatte, dann sollte Emily das Gleiche empfinden. Aber sie würde sich nicht einschüchtern lassen.

Uhgrau drückte sich sorgfältig und präzise aus. Sie spürte die elektrische Spannung hinter ihm, das dräuende Gewitter, das sie hervorgerufen hatte.

»Lassen Sie es mich ganz deutlich sagen, Miss Winters. Emily. Ich lade Sie ein, den Platz in meinem Orden einzunehmen, der Ihnen Ihrer Herkunft nach zusteht. Zu der Familie zurückzukehren, die Ihre Vorfahrinnen jahrhundertelang gefördert hat. Damit Sie Ihr Potenzial voll ausschöpfen können.«

»Und wenn ich sage, das interessiert mich nicht, und diesen Ring lieber versetzen würde, um meine Stromrechnung zu bezahlen?«

»Ich glaube nicht, dass Sie den Ring Ihrer Nanna verkaufen würden.« Sein herablassender Ton ließ vermuten, dass er besser als sie selbst wusste, was in ihrem Kopf vor sich ging. »Es wäre nicht leicht für Sie, dem Ruf Ihrer Bestimmung zu widerstehen. Wie ich schon sagte, die erforderlichen Fähigkeiten liegen Ihnen im Blut. Es ist schwer, sich ihnen zu verweigern, und traurig, mit anzusehen, wie jemand seine wahre Natur verleugnet.«

»Aber ich bin die *Zweit*geborene …«

»Ungewöhnlich, aber nicht unmöglich. Ich frage mich

sogar, ob wir nicht Opfer einer gewissen überlieferten Ignoranz geworden sind. Die Macht pflanzt sich innerhalb bestimmter Familien fort, in manchen stärker als in anderen. Warum sollte sie auf nur ein Kind beschränkt sein? Oder nur auf Töchter?«

»Ich bräuchte mehr Bedenkzeit, mehr Einzelheiten über die Folgen, die das für mich hätte …« Zeit, zu gehen. Denn so gern sie Uhgrau auch als Irren mit mehr Geld als Verstand abtun wollte, ahnte sie doch, dass er in gewissem Maße recht hatte. Instinktiv wusste sie, dass das alles mehr oder weniger stimmte. Es war vielleicht nicht die ganze Wahrheit, aber es *war* real. Sie brauchte Zeit, um es sich durch den Kopf gehen zu lassen, und es dann mit dem zu vergleichen, was Jay ihr erzählen wollte. Wenn sie erst einmal beide Seiten der Geschichte kannte, konnte sie sich den Rest selbst zusammenreimen. Drei Seiten der Geschichte, fügte sie hinzu, sie musste auch noch das Grimoire zu Ende lesen.

»Natürlich, ich verstehe, dass Sie nichts überstürzen wollen«, sagte Uhgrau mit einem Kopfschütteln, das ein gewisses Maß an Selbstbeherrschung wiederherzustellen schien. »Das war ein überwältigender Ansturm von Informationen, die da auf Sie hereingeprasselt sind. Normalerweise wären wir schon viel früher an Sie herangetreten, aber … es kam anders. Australien ist ein großes Land, und manchmal bricht der Nachrichtenverkehr zusammen. Ich hoffe, wir haben das Problem jetzt gelöst.«

Sie nahm ihr Glas und nippte noch einmal an ihrem Wein, während sie ihre Gedanken ordnete.

»Was spielen Jehail und Genevieve bei all dem für eine Rolle? Sie müssen doch einen guten Grund gehabt haben, aus Ihrem Orden auszutreten?«

»Die Ziele unseres Ordens werden oft missverstanden.

Uns geht es um Eintracht und vollkommenen Frieden. Probleme gibt es nur dann, wenn irgendwelche selbstsüchtigen Individuen versuchen, uns vom Weg abzubringen. Wie zum Beispiel Jehoel. Er hat uns verraten und wollte uns zerstören. Er hat Genevieve getötet.«

Emily schnappte nach Luft. »Können Sie das beweisen?«

»Noch nicht. Geben Sie mir das Grimoire, dann kann ich es. Das und noch vieles andere.«

Kopfschmerzen schwollen in ihrem Schädel an, als würde eine unsichtbare Hand langsam ihr Hirn zerquetschen. Sie konzentrierte sich auf Uhgraus Worte und wich seinem stechenden Blick aus. »Mr. ... Verzeihung, Dr. Uhgrau, ich bin sehr müde und durcheinander. Ich brauche Zeit, um die Informationen, die Sie mir gegeben haben, zu verdauen. Können wir hier demnächst wieder anknüpfen, wenn ich mehr über meine Herkunft weiß?« Ihr Blick begegnete seinem, während sie Trost aus der Wärme des Rings an ihrem Finger schöpfte.

Einen eisigen Moment lang glaubte sie, er würde nein sagen. Dann lächelte er, und der Moment war vorbei. »Aber natürlich«, sagte er und breitete dabei als Zeichen des Verständnisses die Hände aus. »Mir ist klar, dass das alles für Sie sehr plötzlich kommt. Lassen Sie sich Zeit, aber hüten Sie sich vor Jehoel. Er wird versuchen, Sie davon abzuhalten, ihre Bestimmung zu erfüllen, Ihren Platz bei Ihren Brüdern und Schwestern einzunehmen. Und dann ist da natürlich noch Ihre Nichte.«

Emily wollte sich gerade erheben, aber sie erstarrte und setzte sich wieder hin. »Maddy?«

»Ist das ihr Kosename? Wie niedlich. Soweit ich weiß, wird sie bald acht Jahre alt, sogar schon in ein paar Tagen. Wenn sie die Begabung in sich trägt, wäre es am besten, bald mit ihrer Ausbildung zu beginnen, bevor die Voreingenommenheit, die man sich beim Erwachsenwerden aneignet, es ihr zunehmend erschwert, Zugang zu ihrem wahren spirituellen Ich zu finden.«

Uhgrau stand auf und ging um seinen Schreibtisch herum, um Emily die Hand zu reichen. Sie hätte sie fast nicht genommen, so fassungslos war sie angesichts der Art und Weise, wie der Doktor in wenigen Sätzen gleichzeitig seiner Fürsorge als auch einer perfiden Drohung Ausdruck verliehen hatte. Da sich ihre Kopfschmerzen immer mehr ausdehnten, ließ sie sich jedoch von Uhgrau beim Aufstehen stützen. Sie bemerkte Bretts sorgenvollen Blick und lächelte ihm zu. Immerhin gingen sie endlich. Das war gut.

»Sie sollten sich erst etwas ansehen«, sagte Uhrgrau, wobei er fest ihren Arm drückte. »Wie ich es im Museum versprochen habe.«

»Ach ja?« Sie warf einen Blick auf die Tür, die nach draußen führte.

»Es dauert nicht lange, versprochen. Ich nehme an, Sie haben morgen viel zu tun. Leider habe ich aufgrund meines eher dekadenten Lebensstils keine Ahnung vom Leben der Werktätigen.«

»Versuchen Sie, mich neidisch zu machen, Doktor?«

Er lachte, offenbar wieder guter Laune. »Natürlich nicht. Ich versuche, Sie in Versuchung zu führen. Wie ich schon sagte, Miss Winters, wir kümmern uns um unsere Angehörigen.«

»Tja, wie kann ich da widersprechen?« Sie sah Brett an und zuckte hilflos mit den Schultern, eine Bewegung, die sie sofort bereute, weil der Schmerz ihr durch die Schläfen schoss.

Sie traten durch eine andere Tür in einen langen Gang. Weiche Strahler beleuchteten Porträtgemälde, und in Glasvitrinen, die auf mit Schnitzereien verzierten Holzgestellen standen, waren Bücher, Schmuck und anderer Krimskrams ausgestellt. Der Korridor schien sich durch das ganze Haus zu ziehen.

»Unsere Galerie«, sagte Uhgrau mit einer vertraulichen Geste. »Unser Museum, wenn Sie so wollen. An diesen Wänden, Miss Winters, werden Sie die Gesichter Ihrer Vorfahren finden.«

Langsam schritt Emily die Gemälde ab und sah sie sich an. Die verschiedensten Stile waren vertreten, von dunklen, gespenstischen Ölgemälden bis hin zu heiteren Aquarellen. Sogar Gobelins und Fotos waren dabei. Viele zeigten Gruppen von Menschen, die sich in dunklen Arbeitszimmern um Bücher scharten oder in blühenden Gärten Wein tranken. Augen starrten Emily aus den Bildern heraus an, und kleine Details weckten ihre Aufmerksamkeit. Wie in Nannas Geschichtsunterricht, dachte sie. Momente, in denen die Zeit stehen geblieben war. Die 40er Jahre, die 20er, das 19. Jahrhundert, das 18. ... es ging immer weiter zurück bis zu steinernen Statuetten, die so abgegriffen waren, dass sie kaum noch sagen konnte, ob sie einen Mann oder eine Frau darstellen sollten.

»Das hier ist Ihr Stammbaum«, sagte Uhgrau im Flüsterton. »Durch Blut und Magie sind Sie mit all diesen Menschen verbunden.«

Von diesem Wissen und dem Anblick überwältigt, schlug Emily die Hände vors Gesicht. Ihr Ring leuchtete, und der Kopfschmerz, der in ihrer Stirn pochte, nahm den Rhythmus ihres klopfenden Herzens auf. Ihre Ohren wurden von Stimmengemurmel erfüllt. Sie wankte den Gang entlang von einem Gesicht zum nächsten. Die Augen der Menschen starrten sie von den Leinwänden herab an, ihre Lippen waren zu einem permanenten Grinsen verzogen. Sie hörte undeutlich, wie Brett ihren Namen rief und Uhgrau ihm sagte, er solle still sein.

»Sie findet gerade ihren Weg nach Hause, Mr. Samuel. Lassen Sie sie.« Dann deutete Uhgrau auf ein Schwarzweißfoto in einem einfachen Rahmen: »Erkennen Sie diese Dame? Das sollten Sie nämlich.«

Eine Frau im Hosenanzug, mit Baskenmütze und Zigarette. Rustikale Möbel, eine Pistole auf dem Tisch neben Gläsern und einem Baguette. Emily konnte den Blick nicht von dem Bild der Mutter ihrer Großmutter lösen. Genevieve. Neben ihr am Tisch, die Hand an einem Glas Brandy, saß Uhgrau. Jünger, aber unverkennbar. Beide trugen den markanten Ring.

Auf dem Bild stieg spiralförmig Zigarettenrauch auf. Emilys Urgroßmutter runzelte die Stirn und blies Rauch durch die Nasenlöcher. »Was machst du hier, *ma petite*?«, fragte sie. Emily hatte keine Probleme, ihr Französisch zu verstehen. »O nein, nicht er«, sagte Genevieve. »Du musst da raus! Gib nicht die Freiheit auf, für die ich so hart gekämpft habe!«

Emily geriet ins Taumeln, als der Schrei in ihrem Kopf widerhallte. Der Schmerz schnitt ihr ins Gehirn wie eine Motorsäge. Brett und Uhgrau hielten sie jeder an einem Arm. Einen Augenblick lang glaubte sie, sie würden beide so lange daran ziehen, bis sie in der Mitte durchgerissen wurde.

»Was ist los, Em?« Brett funkelte Uhgrau wütend an. »Was ist passiert?«

»Still, Junge«, bellte Uhgrau. »Sie hat Kontakt bekommen, sonst nichts. Sie wird sich rasch wieder erholen.«

Emily befreite sich aus dem Griff der beiden Männer und lehnte sich gegen eine Ritterrüstung. »Alles in Ordnung, mir ist bloß schwindelig. Nicht genug gegessen, und dann der Wein ... Mir geht's gut, wirklich.« Sie konnte immer noch den Angst- und Wutschrei ihrer Urgroßmutter hören. Zögernd schaute sie noch einmal das Foto an. Die Personen waren wieder in Schwarzweiß erstarrt. Die Kopfschmerzen hatten sich so weit gelegt, dass sie nur noch wie ein dumpfes Meeresrauschen waren.

»Frankreich«, sagte Uhgrau. »Nur wenige Tage, bevor wir sie verloren haben.« Dann verbesserte er sich. »Bevor wir *glaubten*, sie verloren zu haben. Es hat ewig gedauert, bis wir sie aufgespürt hatten. Sie war eine unserer Besten, wissen Sie, sie hatte eine fantastische Begabung. Es war ein großer Verlust für mich. Sie können sich gar nicht vorstellen, wie froh ich war, als ich hörte, dass sie überlebt und sich hier ein neues Leben aufgebaut hatte.«

Brett trat zwischen Emily und Uhgrau und legte den Arm um ihre Schultern. »Ich kann diesen ganzen Schwachsinn nicht glauben. Ich kann nicht fassen, dass wir immer noch hier sind und zulassen, dass Sie Emily den Verstand rauben. Für wie alt sollen wir Sie halten, Uhgrau? Sie sprechen hier von etwas, dass ungefähr sechzig Jahre her ist, oder?«

»Alt genug, um zu wissen, dass man Ältere respektiert, Mr. Samuels.«

Von einem Netz der Anspannung umgeben, standen die drei da. Genevieves Befehl ging Emily durch den Kopf, und sie spürte, dass sie recht hatte. Hier war sie nicht sicher, und Brett erst recht nicht.

»Tut mir leid, Doktor, aber wir müssen los«, sagte sie und schlang Brett den Arm um die Taille. »Ich bin müde und durcheinander, und ich habe rasende Kopfschmerzen.« Nichts davon war gelogen. »Wären Sie so nett, uns zur Tür zu bringen?«

Emily hielt die Luft an. Sie hatte keine Ahnung, was sie tun sollte, wenn er sie nicht weglassen wollte.

»Gewiss«, sagte Uhgrau. »Aber Sie müssen verstehen, meine Liebe, dass wir auf Ihrer Seite sind. Wir bieten Ihnen für eine sehr, sehr lange Zeit Frieden und Sicherheit. Wir sind Ihre Familie, Emily.«

»Ich brauche erst mal Zeit, um über alles nachzudenken. Danke für Ihre Gastfreundschaft.«

Er führte sie auf einem anderen Weg durch Korridore und Salons zum Haupteingang. Emily hielt sich an Bretts Arm fest.

Eine Frau in einem dünnen, teilweise durchsichtigen schwarzen Kleid musterte sie mit unverhohlener Neugier, als sie ihr im Foyer begegneten. Ihr Gesicht war halb hinter einer schwarzen Maske verborgen, die die sinnliche Form ihrer Augen und Lippen betonte. Sie nahm einen langen, verführerischen Zug von einer schwarzen Zigarettenspitze und stieß langsam den Rauch aus, als sie an ihr vorbeigingen.

»Sie gehen schon?«, fragte sie, und Emily wurde klar, dass es die Frau war, die bei ihrer Ankunft den Asiaten und seine Begleiterin hinauseskortiert hatte. Eine von Uhgraus Angestellten also. Sie fuchtelte absichtlich mit ihrer Zigarette herum, damit Emily der bernsteinfarbene Stein in ihrem Silberring auffiel.

»Aber wir werden sie wiedersehen, Mayam«, sagte Uhgrau. »Bald. Nicht wahr, Miss Winters? Ich muss Ihnen noch so vieles zeigen. Und dann müssen Sie mir natürlich noch das Grimoire bringen.«

»Ja, Doktor«, stimmte Emily zu. Ihr war alles egal, sie wollte nur noch nach draußen. Ihre Kopfschmerzen hatten sich wieder verstärkt und drohten, ihr mit jedem Schritt die Augenbrauen abzusprengen. Der Gestank der Zigarette der Frau schien es noch schlimmer zu machen.

Dann standen sie auf der Kieszufahrt in der frischen

Luft, und ein Pinguinanzug brachte Brett den Wagen. Uhgrau half ihr auf den Beifahrersitz, und schon waren sie zum Tor hinaus – das jetzt geschlossen war und von vier Anzugtypen und zwei sabbernden Dobermännern bewacht wurde – und auf dem Heimweg.

Emily kurbelte das Fenster herunter, um die klare, kalte Luft hereinzulassen. Die Kopfschmerzen stachen ihr von hinten in die Augen, und sie sehnte sich nur noch nach Schmerztabletten und einem dunklen, ruhigen Zimmer.

Brett berührte ihren Arm. »Ist alles in Ordnung, Em?«

»Ich hab solche Kopfschmerzen«, stieß sie mühsam hervor. »Die bringen mich noch um.«

»Kein Sorge, ich bring dich nach Hause.«

Das Brummen des Fahrzeugs auf der Straße, die grellen Scheinwerfer der vorbeifahrenden Autos, das Blut, das in ihren Ohren pochte ... Sie wäre am liebsten in Tränen ausgebrochen.

»Was ich nicht verstehe«, sagte Brett und korrigierte sich dann. »Oder vielmehr, eines von vielen Dingen, die ich nicht verstehe, ist, wieso deine Oma sich mit Jay abgegeben haben soll, wenn er so ein Mistkerl war.«

Emily drehte langsam den Kopf, um den Schmerz nicht zu verschlimmern, und sah Brett an. Das war eine sehr gute Frage. Ja, warum nur? Leider konnte Nanna sie nicht mehr beantworten, und als sie schließlich in ihre Einfahrt einbogen und Emilys Wohnung betraten, stellte sich heraus, dass es noch andere Fragen gab. Vor allem: Wer waren die beiden Männer, die tot im Wohnzimmer lagen, und wo war das Grimoire?

10

»Ach du Scheiße. Was, zum Teufel, ist hier passiert?«, fragte Brett mit dünner Stimme. »Wer sind diese Typen?«

Emily antwortete nicht. Der Schmerz in ihrem Kopf hatte nachgelassen, als sie bei Uhgrau weggefahren waren, aber jetzt war er wieder da und hämmerte wie wild in ihrem Gehirn, ihren Augen und ihren Ohren.

Die Männer hatten sich offenbar gewehrt. Die Nachbarn schienen sich nicht darum gekümmert zu haben. Aber schließlich lag Emilys Wohnung neben Bretts am Ende des Blocks, und darunter befanden sich nur die Garagen und die Waschküche. Dennoch musste irgendjemand den Lärm und die Schreie gehört haben … Ohne Schreie war das bestimmt nicht abgegangen. Ein Mann lag mit zerfetzter Kehle quer über dem umgekippten Sofa. Seine zerrissene, blutdurchtränkte Kleidung entblößte seine nackte Brust. Der andere lag zusammengekrümmt auf dem Boden. Eine blutfleckige Einbuchtung im Putz hinter ihm ließ darauf schließen, dass er vorher gegen die Wand geflogen war. Blutgeruch schwängerte die Luft.

Emily hielt sich mit einer Hand Mund und Nase zu und stakste vorsichtig durch das Chaos.

»Warte, Em. Sollten wir nicht jemanden anrufen? Die Polizei?«

»Noch nicht«, antwortete sie. »Wir müssen uns erst alles ansehen.« Die Cops waren das Letzte, was sie jetzt brauchte. Wie sollten sie ihnen das alles erklären?

»Verdammter Mist!« Emily boxte gegen die Wand. Wer waren diese Typen, und für wen arbeiteten sie? Sie musterte ihre blutigen Leichen und fand den Gedanken, ihre Taschen zu durchsuchen, sehr unerquicklich. Sie warf Brett einen Blick zu – nein, sein Gesichtsausdruck sagte alles. Er hatte Mühe, sein Abendessen bei sich zu behalten, und das würde ihm nicht viel länger gelingen, wenn er auch nur einen Schritt näher treten würde.

»Komm rein und mach die verdammte Tür zu«, wies sie ihn an.

Er zögerte, und dann leuchteten draußen Autoscheinwerfer auf. Ein Fahrzeug bog in ihre Einfahrt ein.

»Scheiße, sind das die Bullen?«, fragte Emily, während Brett durch den Türspalt hinausschaute. Es hatte also doch jemand etwas mitbekommen. Die Polizei war bloß langsam, wie immer. Oder war das alles doch noch nicht so lange her, wie es den Anschein hatte? Sie fluchte insgeheim – woher sollte sie das wissen? Aber das Blut an der Wand hatte aufgehört, zu tropfen, und auch aus den Wunden trat keines mehr aus. Sie ging davon aus, dass die Leichen schon eine Weile dort lagen. Emily merkte, wie sich ihr der Magen umdrehte. Galle brannte in ihrer Kehle.

Brett warf einen Blick durch die Tür und schaute sich dann zu ihr um. »Es ist ein Van.«

»Herrje, würdest du bitte die verdammte Tür zumachen?«, sagte sie so laut, wie sie es wagte.

Brett lehnte sich gegen das Holz. Die Tür ging mit einem Klicken zu. Mit weit aufgerissenen Augen starrte er erst die Leichen und dann sie an. »Was machen wir jetzt?«

»Keine Ahnung«, sagte sie. »Aber ich muss nach dem Grimoire sehen. Es ist unsere einzige Chance, eine Erklärung für all das zu bekommen. Kommst du einen Moment allein klar?«

»Aber ja. Diese Typen gehen schließlich nirgendwo mehr hin«, sagte er und unterdrückte ein nervöses Lachen.

»Leider nicht«, murmelte sie und eilte ins Schlafzimmer. So weit sie sehen konnte, war alles so, wie sie es zurückgelassen hatte. Sie hockte sich vor den Kleiderschrank. Das Telefon klingelte. Verdammt, wer, zum Teufel, rief zu dieser späten Stunde noch an? »Brett, geh mal bitte ran«, rief sie.

Das Telefon klingelte erneut.

»Brett? Kannst du bitte mal ans Telefon gehen?«

Es klingelte weiter.

»Mist«, murmelte sie, sprang auf und lief wieder ins Wohnzimmer. Zu spät. Mit einem Klicken schaltete sich der Anrufbeantworter ein.

»Da draußen ist jemand«, flüsterte Brett, der zusammengekauert am Fenster hockte. »Er ist aus dem Van gestiegen, ganz in Schwarz. Jetzt kommt er die Treppe hoch, und er trägt etwas in der Hand. O Scheiße, Em!«

Emily fluchte noch einmal und ging auf Zehenspitzen zu ihm. Er lugte durch eine Spalte in der Jalousie.

»Gott sei Dank«, sagte sie, stand auf und machte die Tür auf, noch bevor der Mann klopfen konnte. »Bin ich froh, Sie zu sehen, Pater.«

O'Brien trat mit einem Kopfnicken ein. »Ich habe gehört, Sie hatten ein kleines Problem.«

»Ich nehme an, Jay hat Sie geschickt?«, fragte Emily.

Der Priester pfiff durch die Zähne, als er sich das Chaos anschaute.

»Das ist also sein Werk, ja?«, sagte Emily.

»Sehr wahrscheinlich«, sagte O'Brien. »Obwohl er nicht erzählt hat, was für eine Unordnung er angerichtet hat.«

Dann bemerkte er Brett, und Emily stellte die beiden einander vor.

»Fehlt etwas?«, fragte O'Brien mit besonderer Betonung auf »etwas«.

»Brett weiß von dem Grimoire, Pater«, sagte Emily. »Ich wollte gerade danach sehen, als Sie vorgefahren sind.«

O'Brien öffnete seinen Matchbeutel. »Holen Sie das Grimoire, wir kümmern uns um das hier.« Er hielt eine Flasche mit etwas hoch, das in Bretts Augen wie Salz aussah. »Wären Sie so gut, das hier möglichst kreisförmig um die Leichen herumzustreuen?«

Emilys Handy klingelte. Alle zuckten zusammen. Brett hätte fast die Flasche fallen lassen.

»Halten Sie das gut fest«, sagte der Priester. »Es reagiert unangenehm auf Erschütterungen. Ich allerdings auch.«

»Amen«, murmelte Brett, woraufhin der Priester grinste.

Emily zog das Handy aus ihrer Handtasche, und ihr rutschte das Herz in die Hose. Das Krankenhaus. Was war denn jetzt wieder?

»Miss Winter?«, sagte die Schwester. »Es tut mir sehr leid, dass ich so spät noch anrufe, aber wir wollten erst absolut sicher sein. Um Ihnen nicht unnötig Angst einzujagen ...«

»Ja?«, sagte Emily, klopfte mit dem Fuß auf den Boden und umklammerte das Telefon. »Was ist passiert?«

»Tja, also, es geht um Ihre Mutter ...«

Ach was. »Was ist mit ihr?«

»Sie ist weg, Miss Winters.«

»Was?« Emily erstarrte, als hätten diese Worte ihre Füße an den Boden genagelt.

»Ihre Mutter wird vermisst, Miss Winters. Wir wissen nicht, wie das passieren konnte. Die Schwestern haben ihr kurz nach Ihrem Besuch ihre Medikamente gegeben, und als sie mit ihrem Abendessen zurückkamen, war das Zimmer leer.«

»Wie ist das möglich? Sie konnte sich kaum auf den Beinen halten, als ich gegangen bin.«

»Ihr Zustand war sehr wechselhaft, aber dennoch ist es auch für uns ein Rätsel. Unsere Sicherheitsbestimmungen sind ziemlich streng. Normalerweise. Wir haben die Polizei angerufen, und es wird nach ihr gesucht. Sie kann nicht weit gekommen sein in ihrem Klinikhemd. Irgendjemandem muss sie auffallen …«

Ja, darauf wette ich, dachte Emily. »Was kann ich tun?«

»Nicht viel, fürchte ich. Nur abwarten. Wir setzen uns mit Ihnen in Verbindung, sobald wir etwas wissen.«

Wahrscheinlich haben sie schon ihre Anwälte an der Strippe, dachte Emily. Sie rieb sich die Stelle, an der das Medaillon hängen sollte. Das Kreuz vermittelte ihr einfach nicht das gleiche beruhigende Gefühl.

»Sind Sie noch dran, Miss Winters? Das ist bestimmt ein schwerer Schock für Sie.«

»Allerdings. Ja, halten Sie mich bitte auf dem Laufenden. Haben Sie schon meine Schwester angerufen?«

»Mrs. Mellino? Wir haben es versucht, aber ohne Erfolg, fürchte ich. Wir haben ihr mehrere Nachrichten hinterlassen, dass sie uns anrufen soll.«

»Ich sage ihr Bescheid. Danke für den Anruf.«

Emily schaute Brett und O'Brien an. »Noch schlimmer kann's jetzt nicht mehr kommen, oder?«

Die beiden blickten sie so ausdruckslos an, als würden sie die Antwort bereits kennen. Als sie ins Schlafzimmer zurückkehrte und die Schrankschublade aufzog, wusste sie auch – das Grimoire war verschwunden.

Brett hielt mitten in der Bewegung inne. Der scharfe Geruch des Pulvers, das er ausstreute, eignete sich nicht gerade dazu, die unangenehme Wellenbewegung zu beruhigen, die den Wein und den Kaviar in seinem Bauch hin und her spülte. Emily stand in der Tür und starrte den Priester an. Brett hatte sie noch nie so wütend gesehen. Normalerweise machte sie körperlich keine besonders imposante Figur, aber im Moment wirkte sie größer als alles andere im Raum, und mit jedem Herzschlag wuchs sie ein weiteres Stück.

»Er hat das Grimoire mitgenommen, nicht wahr?«, fragte Emily und starrte den Priester an, die behandschuhten Hände in die Hüften gestützt. Vielleicht bildete Brett es sich nur ein, aber er glaubte sehen zu können, wie sich ihre Haare bewegten, als erzeuge ihr Zorn einen heißen Luftzug oder eine elektrische Aufladung.

O'Brien zuckte mit den Schultern. »Er hat mir nur gesagt, dass Sie meine Hilfe brauchen.«

»Zu wem gehören diese Männer?«

»Ich schätze, dass die Cabal sie geschickt hat – Auftragskiller, denen das Grimoire nicht gefährlich werden kann.«

»Jay hat sie getötet, nicht wahr? Er ist nach seinem kleinen Vortrag auf der Party hierher zurückgekommen, hat diese Männer umgebracht und das Grimoire mitgenommen.«

»Das kann ich nicht sagen, Emily. Ich kann Ihnen bloß sagen, dass er nur getan hat, was er für notwendig hielt.«

»Und wo ist er jetzt?«

»Nicht in der Kirche. Da ist es für ihn inzwischen zu gefährlich geworden.«

»Er muss doch etwas gesagt haben. Was ist mit Ihrer Wohnung? Er hat Ihnen bestimmt gesagt, wo Sie ihn treffen können.«

»Ehrlich gesagt ist er ein bisschen wie eine Katze: Er kommt und geht, wie es ihm gefällt.«

»Argh!« Frustriert winkte sie ab, und Brett hätte schwören können, dass er ein elektrisches Knistern hörte.

»Ähm, Em ... Alles in Ordnung?«, fragte er. Er fühlte sich eindeutig überfordert. »Kann ich dir irgendwas bringen?« Es war wie ein Traum, einer dieser idiotischen Albträume, in denen er, ohne dass jemand etwas dabei zu finden schien, mit einem nassen Fisch in der Hand in einer Konferenz saß, keine Ahnung hatte, wozu der Fisch da war, und niemand es ihm sagte. »Was zu trinken, vielleicht?« Und auch wenn du nichts willst, würde mir bitte jemand einen Drink einschenken, denn ich weiß nicht, wie lange ich diesen Zirkus noch nüchtern ertragen kann.

Emily lachte. Ihre Stimme hatte einen scharfen Beiklang, wie Eiswürfel, die in einem Glas klirren.

»Das ist wirklich toll«, sagte sie und lehnte sich gegen die Wand. Offenbar war es ihr egal, dass ihre guten Schuhe in den Überresten einer ihrer Topfflanzen standen. »Es ist Sonntag, zwei Uhr nachts, ich stehe im Abendkleid neben zwei Leichen in meinem Wohnzimmer, meine Mutter ist auf der Flucht, und der Schlüssel zu all dem liegt in den Händen eines Vampirs, der der Liebhaber meiner Großmutter war – ein Mann, der umwerfend aussieht, aber ein Lügner und Mörder ist – oder auch nicht. O ja, ich hab echt ein Händchen für Männer.«

Sie schaute Brett derart hilflos an, dass ihm das Herz schwer wurde und er am liebsten das Glas mit dem widerlichen Pulver fallenlassen hätte, um zu ihr zu laufen, sie in dem Arm zu nehmen und ihr zu sagen, dass alles in Ordnung sei – dass sie bald aufwachen, ein paar Schmerztabletten nehmen und ein paar Liter Wasser trinken würde, und alles wäre wieder gut. Aber das Wort »Vampir« traf ihn wie ein Schlag, die Andeutung, dass sie sich von Jay angezogen fühlte, raubte ihm den Atem, und er war wie betäubt.

»Was meinst du, Brett? Vom Journalisten zum Vampir, vom Don Juan zum Verräter – nicht gerade eine Verbesserung, oder?«

Das kann man wohl sagen, dachte er. Er wollte zu ihr gehen, aber sie hatte eine so undurchdringliche Mauer aus Frustration und Verzweiflung um sich herum errichtet, dass es war, als befände sie sich in einem anderen Zimmer. Brett schaffte es gerade noch, mit dem Rest des Pulvers den Kreis um die schlimmsten Überreste des Blutbads zu vervollständigen und dann dem Priester das Glas zurückzugeben, bevor er in die Küche wankte, um eine Flasche Bourbon zu suchen. Emily hätte ihm wenigstens zurufen können, was sie trinken wollte.

»Wie sehr vertrauen Sie Jay?«, fragte Emily O'Brien.

»Er hat mir das Leben gerettet. Mehr als ein Mal in all den Jahren«, sagte der Priester. »Er kämpft für eine gute Sache, Emily. Das schwöre ich Ihnen.«

»Obwohl er das hier getan hat? Er ist ein Killer, Pater.«

Der Mann nickte, und Brett spürte, wie eine gewisse Benommenheit sich in ihm ausbreitete. Das süße Brennen des Bourbons nahm er kaum wahr. Er goss sich noch einen ein.

»Ein trauriger Zwischenfall«, sagte O'Brien, »aber zweifelsohne notwendig, um die Geheimnisse des Grimoire vor denen zu schützen, die sie missbrauchen würden.«

»Wie können Sie ihm vertrauen? Kennen Sie überhaupt seinen Namen?«

»Was meinen Sie?«

»Heißt er nun Jehail oder Jehoel?«

Der Priester lächelte. »Wie kommen Sie darauf, dass nicht beides geht?«

»Ach, was ist denn jetzt schon wieder?« Emily zerrte an ihrer Handtasche, und Brett brauchte einen Moment, bis ihm klar wurde, dass ihr Handy wieder klingelte. Ihm machte immer noch der Gedanke zu schaffen, dass Emily offenbar scharf auf einen Vampir war. Diesmal schmeckte er den Bourbon. O'Brien stand plötzlich neben ihm.

»Dürfte ich auch einen haben, junger Mann?«, fragte der Priester. »Eine kleine Stärkung für die bevorstehende Aufgabe wäre nicht das Verkehrteste.«

Brett goss dem Priester großzügig ein, und sie stießen miteinander an, bevor sie den Drink hinunterstürzten.

»Krieg ich keinen?«, fragte Emily, während sie das Handy wieder in ihre Tasche steckte.

»Noch mehr schlechte Nachrichten?«, fragte Brett und stellte fest, dass er lallte.

»Meine Schwester. Sie will, dass ich sofort zu ihr fahre. Irgendwas wegen ihrem Mann. Sie klang, als sei sie total durch den Wind.«

»Sie also auch, ja?«, sagte Brett und schob ihr ein Glas Bourbon zu.

»Ja, sie auch«, sagte Emily leise. Versonnen betrachtete sie ihren Drink und trank ihn dann in einem Zug aus. Brett sah, wie sie sich zusammenriss, ihre Schultern straffte und den Rücken durchdrückte.

»Ich muss los«, sagte sie und lächelte dann gequält. »Ich glaub, ich werd mich erst mal umziehen. Die Party ist definitiv vorbei, oder?«

»Sprechen Sie lieber ein Gebet für mich, Pater«, murmelte Brett dem Priester zu und sah ihr nach, während sie ins Schlafzimmer ging. Wie blass ihr Rücken gegen das Rot ihres Kleides und das hüpfende Schwarz ihrer Haare abstach! Er reagierte nicht auf den fragenden Blick des Priesters, denn dies war der Moment, in dem Brett ganz genau wusste, dass er Emily Winters wirklich liebte und dass das nicht gut ausgehen konnte.

Allerdings, die Party war vorbei. Es war drei Uhr morgens, und die Heizung des Autos konnte rein gar nichts gegen die Kälte ausrichten, die ihr bis ins Rückgrat drang. Sie hatte noch nicht einmal das Kleid aufgehängt, es nur zusammen mit den Strümpfen und den Handschuhen als Stoffhaufen am Fuß des Betts liegen lassen, während sie Jeans und ein Unterhemd herauskramte, ihren dicksten Wollpullover, einen Schal und ihre flachen Lieblingsstiefel. Sie hatte ihre Haare zu einem Pferdeschwanz gebunden, dann eine Wollmütze darübergestülpt und ihre Lederhandschuhe angezogen.

Darcy hatte sie zu Nannas Haus bestellt, und allein der Gedanke daran jagte Emily Schauer über den Rücken. Um das Haus kümmerte sich jetzt Bill, einer von Nannas besten Freunden. Über die Zukunft des Anwesens wollten die beiden Schwestern entscheiden, wenn Bill das Zeitliche gesegnet hatte. Darcy war von diesem Arrangement nicht besonders begeistert gewesen, und auch Emily hatte ihre Zweifel gehabt. Sie liebte das Haus und all die Erinnerungen, die darin wohnten. Sie hatte gehofft, Nanna würde es ihr hinterlassen. Und obwohl sie Old Bill mochte und wusste, dass er ihrer Nanna in deren letzten Jahren ein großer Trost gewesen war, konnte sie es immer noch nicht ertragen, jemand anderen in Nannas Haus wohnen zu sehen, dessen Sachen dort standen, wo Nannas hätten sein sollen. Darcy hatte sich die besten Möbel unter den Nagel gerissen, sie jedoch in irgendwelchen ungenutzten Zimmern eingeschlossen. Sie passten nicht zu ihrer modernen Einrichtung, sagte sie. Außerdem hatte Emily ja auch gar keinen Platz dafür. Aus reiner Höflichkeit besuchte sie Bill immer noch hin und wieder, aber die Abstände zwischen diesen Ausflügen waren immer größer geworden.

O'Brien sagte, er würde sich um Brett kümmern und

nach Emily sehen, sobald sie die Leichen entsorgt hatten. Sie beneidete Brett darum, dass er sich einfach betrinken konnte. Diesen Luxus hätte sie sich auch nur allzu gern gegönnt. Stattdessen fuhr sie durch stille Straßen zum Stadtrand, wo die alten Farmen zu Plastik-Bungalows mit rot gedeckten Dächern und billardtischgroßen Rasenflächen umgebaut worden waren.

Es war, als wäre sie der letzte Mensch in der Stadt. Die Straßen waren leer, Straßenlaternen strahlten eisig in der stillen Morgenluft. Sie wusste, dass das nur eine Illusion war. Ein paar Fenster waren noch erleuchtet, Taxis rasten vorbei, Flugzeuge bewegten sich blinkend unter den Sternen. Die Welt drehte sich weiter, ohne sich um ihre Sorgen zu kümmern, sie war zu sehr mit ihren eigenen Problemen beschäftigt, um Emilys zu bemerken. Was also sollte sie von Darcys Hilferuf halten?

»Es ist wegen Giacomo«, hatte sie am Telefon gesagt. »Er ist plötzlich so merkwürdig. Er macht mir Angst.«

Darcy hatte Maddy zu Emily bringen wollen, aber das ging nicht. Daher hatten sie vereinbart, sich bei Nanna zu treffen, deren Haus ungefähr auf halbem Wege zwischen Darcys Wohnung und Emilys lag. Das Gebäude war das Einzige, was von der Gemüsefarm übriggeblieben war, die Nannas Vater gekauft hatte, als er aus den Bergen hierher gezogen war. Nanna und Großvater hatten das Geschäft nach dem Tod von Nannas Vater fortgeführt, aber als Großvater starb, verkaufte Nanna den Großteil des Anwesens an einen Milchfarmer in der Nachbarschaft und behielt nur das Wohnhaus.

Emily hatte sich immer gern durch den alten Holzzaun gequetscht, um vor den nachdenklichen Augen der Holstein-Rinder auf der Weide zu spielen. Der Farmer hatte nichts dagegen, solange sie die Kühe nicht erschreckte, und ihre Mutter war nur böse geworden, wenn sie mit Kuhmist an den Schuhen nach Hause kam. Emily fand es immer unglaublich, dass Wendy all das aufgegeben hatte, um in die Stadt zu ziehen. Erst später war ihr klar geworden, dass eine alleinerziehende Mutter von zwei Kindern um jeden Preis arbeiten muss. Dann fing Wendy an, Stimmen zu hören – paranoide Wahnvorstellungen nannten die Seelenklempner das –, und schließlich ging Emilys Wunsch in Erfüllung, auf Nannas »Farm« leben zu können.

Emily nahm den Fuß vom Gas und nutzte das langsamere Fahrtempo an einer Baustelle, um sich eine Zigarette anzuzünden. Als sie den Engpass hinter sich hatte, spürte sie, wie sie ruhiger wurde, während der Rauch in ihre Lungen drang. Heute mache ich mir mal kein schlechtes Gewissen, dachte sie. Sie hatte sich einen Moment des Friedens verdient. Wenigstens hatten ihre Kopfschmerzen nachgelassen. Sie stand so unter Anspannung, dass sie das gar nicht gemerkt hatte.

Die Zigarette war halb aufgeraucht, als sie die Abzweigung zu Nannas Haus erreichte. Das verzogene Holztor in der Einfahrt hing schief in den Scharnieren. Widerstrebend drückte Emily die Kippe im Aschenbecher aus. Nanna hatte es gehasst, wenn sie rauchte. So viel zum Thema »kein schlechtes Gewissen« ...

Emily lenkte den Wagen die kurze Kiesauffahrt hoch. Im Haus war Licht, und sie hätte den Rest der Zigarette wirklich gut gebrauchen können. Wer wusste, was sie dort drinnen erwartete?

Das weiße Holzhaus mit der Lamellenfassade stand zwischen den Rosenbüschen und den kahlen Jacaranda-Bäumen, als wäre nichts geschehen. Der Traktor, früher einmal rot, inzwischen jedoch verblichen und rostig, stand neben der Seitentür. Und da war Bills Lastwagen. Er parkte im Maschinenschuppen neben Darcys Wagen.

Darcy musste wirklich Schlimmes erlebt haben, sonst wäre sie nicht hierhergekommen. Sie hatte es gehasst, jedes Mal auf der Farm wohnen zu müssen, wenn Wendy für längere Zeit in der Anstalt war. Selbst wenn es dort »kultivierte« Jungs gegeben hätte, gab es nichts, wohin sie mit ihr hätten ausgehen können. Als der Tag kam, an dem Wendy endgültig eingewiesen werden musste, hatte Darcy keine Zeit verschwendet. Kaum war sie in eine Wohnung in der Stadt gezogen, hatte sie auch schon Giacomo kennengelernt, festgestellt, dass seine Perspektiven ganz nach ihrem Geschmack waren, und ihn geheiratet. Dass innerhalb eines Jahres auch noch Madeline geboren wurde, war das Tüpfelchen auf dem i gewesen.

Emily parkte so dicht am Haus, wie sie konnte, und blieb einen Moment hinter dem Lenkrad sitzen, um ihre Kräfte zu sammeln, während die heiße Kühlerhaube in der kalten Morgenluft tickte. Vor der Morgendämmerung ist es immer am dunkelsten, dachte sie, und bis zum Sonnenaufgang war es noch eine Weile hin. Los jetzt, ermahnte sie sich. Ihre Muskeln erinnerten sie daran, wie wenig Schlaf sie dieses Wochenende bekommen hatte. Aber noch konnte sie sich nicht ausruhen. Ihre Familie brauchte sie. Mit frischer Kraft eilte sie zur Haustür und brachte mit ihrem frustrierten Klopfen die Aluminium-Fliegentür zum Klappern.

»Hallo?«, rief sie.

»Hallo?«, antwortete jemand hinter ihr. »Emily? Bist du das?«

Sie drehte sich um und sah Bill vom Schuppen aus auf sich zukommen.

»Hey, Bill«, sagte sie. »Du bist aber früh auf. Oder spät, ganz wie man's nimmt. Wie geht's dir?«

Der alte Mann trug einen dicken Mantel, einen ausgeblichenen Blaumann, ein rotes Flanellhemd und Gummistiefel. Er überquerte den Rasen und musterte Emily prüfend von Kopf bis Fuß, dann küsste er sie sanft auf die Wange. Er roch nach Sägemehl.

»Alles in Ordnung, kleine Em. Ich schmirgel gerade einen Schrank ab. Und du? Deine Schwester hat schon angekündigt, dass du gleich vorbeikommst.«

»Mir geht's ... ganz gut. Und Darcy, Bill?«

»Sie ist etwas nervös. Sie hat ein mächtiges Veilchen. Keine Ahnung, woher es stammt, sie wollte es mir nicht sagen. Ich habe ihr Tee gekocht und sie allein gelassen. Du weiß ja, wie sie ist.«

Emily nickte zustimmend, vermutlich ein bisschen zu nachdrücklich.

Bill lächelte. »Schön, dich mal wieder zu sehen, kleine Em. Also wirklich, jedes Mal, wenn ich dich sehe, ähnelst du deiner Oma mehr.«

Tränen stiegen Emily in die Augen. Sie umarmte Bill und drängte sie zurück.

»Hey«, sagte er und klopfte ihr dreimal kräftig auf den Rücken, bevor er sich mit gerötetem Gesicht ihrer Umarmung entzog. »Alles in Ordnung?«

Sie nickte, schniefte und wischte sich die Nase.

»Geh lieber rein. Es ist ein bisschen kühl hier draußen.«

»Ja. Danke, Bill.«

»Schon gut. Geh zu ihr. Bleib, so lange du willst, und wenn du etwas brauchst, ruf einfach.« Er lächelte warmherzig, wodurch sein zerfurchtes Gesicht sich noch mehr in Falten legte und Emily an einen freundlichen Elefanten erinnerte. »Ich lass euch ein bisschen Zeit, dann komme ich rein und mache Frühstück für uns alle. Was hältst du davon?«

»Das wäre wunderbar.«

»Kein Problem.« Er wandte sich zum Gehen und winkte ihr zu. »Ich bin im Schuppen, falls du mich brauchst.«

Emily drehte sich wieder zum Haus um, holte tief Luft und streckte die Hand nach der Tür aus. Die Fliegentür quietschte laut, als sie sie öffnete. Sie ließ sie klappernd hinter sich zufallen, stieß die Küchentür auf und ging hinein.

Ein dumpfes Getrappel auf den Dielen im Flur verriet ihr, dass jemand sie gehört hatte. Emily schaute den Korridor hinunter und sah Madeline auf sich zulaufen. Die Kleine lachte sie offen an. Ihre Haare waren zerzaust, und ihr Nachthemd flatterte hinter ihr her.

»Tante Emmy. Tante Emmy«, rief sie fröhlich und stürzte sich in Emilys Arme.

»Maddy.« Emily lachte, fing das kleine Mädchen auf und drückte es an sich. »Warum schläfst du denn nicht, Süße?«

Ihre Nichte schaute sie plötzlich ernst an. Tränen stiegen ihr in die blauen Augen. »Wegen Mama.«

»Ach ja? Was ist denn mit ihr los, Süße?«

»Dadda hat ihr wehgetan.«

Ein Husten im Flur. Emily blickte auf. Darcy lehnte mit müdem Gesicht und einem großen blauen Fleck unter dem rechten Auge am Türrahmen.

»War das Jack?«, fragte Emily entsetzt. »Was, in aller Welt, ist denn passiert?« Sie setzte Maddy ab.

»Es ist nicht zu fassen. Er wollte Nannas Bernsteinring haben. Und als ich ihn nicht finden konnte, ist er durchgedreht. Sobald ich konnte, habe ich mir Maddy geschnappt und bin abgehauen. Den Großteil der Nacht sind wir nur herumgefahren.« Sie sah Emily mit feuchten Augen an. »Ich konnte einfach nicht wieder zurück, nicht heute Nacht.«

Emilys Knie wurden weich. Plötzlich sehnte sie sich erneut nach einer Zigarette.

»O Darcy, es tut mir so leid.« Emily zog die Handschuhe aus und zeigte Darcy den Ring.

»Das hab ich mir gedacht«, sagte Darcy und fuhr sich mit der Hand durch die Haare, als wolle sie sie kämmen. »Es gab gar keinen Werbevertrag, oder?«

Emily schüttelte den Kopf. »Ich konnte nicht anders.«

Sie wechselten einen Blick, der zum ersten Mal seit Jahren nicht von Bitterkeit, sondern fast von so etwas wie Verständnis erfüllt war.

»Ich wusste einfach nicht, wohin ich sonst gehen konnte, an wen ich mich wenden sollte. Tut mir leid, Em.«

»Muss es nicht. Dafür ist die Familie doch da.«

»Ach, Em. Ich hab solche Angst.«

Ihre Schwester nahm sie fest in den Arm. So weit Emily sich erinnern konnte, hatte ihre Schwester sie noch nie umarmt, geschweige denn geweint. Madeline stand neben ihnen und umschlang mit all der Tapferkeit und dem Mitgefühl einer Siebenjährigen ihrer beider Taille.

»Wir mussten Miss Daisy zu Hause lassen, Tante Em. Daddy wird ihr doch nicht wehtun, oder?«

»Nein, Schätzchen, ich bin sicher, deiner Puppe wird nichts passieren«, sagte Emily. »Das wird schon, Darcy, ich bring dich irgendwo in Sicherheit, während wir die Sache regeln.«

»Ich hab bloß solche Angst«, sagte Darcy.

Widerstrebend entzog sich Emily der Umarmung ihrer Schwester.

»Darcy, du kannst mit Maddy nicht hierbleiben.« Emily überlegte rasch. »Ich kenne da einen Priester, der weiß bestimmt etwas, wo ihr unterschlüpfen könnt. Aber ihr müsst sofort losfahren, wenn ich es euch sage.«

»Ich verstehe nicht, was das alles soll. Was ist an dem Ring überhaupt so Besonderes? Warum hast du ihn mitgenommen?«

»Tut mir leid, Darcy, aber ich habe geglaubt, du hättest ihn mir nicht gegeben, wenn ich dich darum gebeten hätte. Damals hatte ich nicht die Zeit, es zu erklären, und jetzt ist es nicht anders. Ich kann dir nur eines sagen: Du musst mir vertrauen. Ich werde dir alles erklären, sobald ich kann.«

Darcy nickte und wischte sich die Tränen ab.

Emily wühlte in ihrer Handtasche nach dem Handy. Hoffentlich war O'Brien noch bei Brett.

»Du kannst das Handy wieder wegstecken, Emily«, ertönte eine Stimme an der Tür. Fast hätte sie das Handy fallen lassen. Sie hatte weder die Fliegen- noch die Küchentür gehört. »Ich kann auch ohne deine Hilfe auf meine Familie aufpassen.«

Emily drehte sich um, und beim Klang der vertrauten Stimme zitterten ihre Knie.

»Dadda?«, sagte Maddy mit großen Augen, während sie sich am Bein ihrer Mutter festklammerte.

Giacomo füllte den Türrahmen aus wie ein wütender Bär. Seine Miene war so finster, dass er kaum zu erkennen war. Seine Augen waren leuchtend schwarz. Seine Stimme klang rau wie ein Reibeisen.

»Ich bin des Rings wegen gekommen, aber wie ich sehe, kann ich noch größere Beute machen. Komm einfach mit, liebe Schwägerin, dann wird niemandem etwas geschehen.«

»Du klingst aber nicht sehr gut, Jack«, sagte Emily, während sie Darcy und Madeline hinter sich schob.

»Mir geht's prächtig«, krächzte er.

»Bleib weg von mir, Jack.« Emily hörte ihre Schwester weinen und Madeline schluchzen. »Um Himmels willen,

Darcy, bring Maddy hier weg.« Doch Darcy war nicht imstande, sich zu rühren, sie konnte sich nur an ihrer Tochter festklammern und wimmern.

»Und wenn nicht? Du weißt ja noch nicht mal, was du wert bist. Aber ich!« Giacomo kam mit ausgestreckten Armen ins Haus geschlingert. »Ich hab mich immer schon gefragt, ob deine Titten nicht viel zu klein für einen Männermund sind.«

»Du Mistkerl«, rief Emily und wich zurück.

Seine Faust streifte ihr Kinn, und sie geriet ins Taumeln und verlor den Halt.

Darcy und Madeline schrien auf.

Giacomo hievte Emily hoch und warf sie bäuchlings auf den Tisch. »Wo ist das verdammte Buch? Ich kann hier drei Fliegen auf einen Schlag erledigen!« Er presste ihre Wange an das Holz. »Und, du Schlampe? Sagst du's mir, oder muss ich es aus dir rausprügeln?«

Darcy stand neben ihm und schlug wild auf ihn ein. »Lass sie in Ruhe, Giacomo, lass sie los!«

Er schlug ihr mit dem Handrücken ins Gesicht. Sie fiel auf den Boden und riss dabei Besteck vom Küchentresen mit sich.

»Mama«, weinte Madeline.

Emily trat um sich und wand sich in Giacomos Griff, aber er war zu stark.

Old Bill tauchte in der Tür auf. Er schwang eine rostige Sichel, deren gebogene Klinge zischte, als er in der Enge neben der Tür damit ausholte. »Was, zum Teufel, geht hier vor? Du lässt sie sofort los, hörst du?«

»Verpiss dich, Alter, wenn du weißt, was gut für dich ist.«

Emily spürte, wie Giacomos Griff sich lockerte. Sie drehte sich herum, zerkratzte ihm mit den Nägeln das

Handgelenk und warf sich dann zur Seite. Plötzlich war sie frei, plumpste zu Boden und rappelte sich mühsam auf die Knie.

Mit leeren Händen stand Giacomo nun vor Old Bill, funkelte Emily wütend an, griff dann nach unten und riss seine Tochter hoch. »Zurück, Opa. Das ist mein Ernst!«

»Dadda«, schrie Madeline.

»Jack, du Wichser, lass sie runter«, brüllte Emily, während sie aufzustehen versuchte.

Giacomo holte aus. Seine Faust krachte auf Emilys Schulter und schleuderte sie gegen die Wand. Ihr Kopf knallte hart gegen das Holz.

Nun ging Giacomo auf Bill los. Aus Angst, das Mädchen zu verletzen, bewegte sich der Farmer zu langsam. Giacomo schleuderte Bill gegen den Türrahmen. Emily hörte etwas brechen. Die Sichel fiel klirrend zu Boden.

Emily warf sich von hinten gegen Giacomos Bein und krallte ihre Finger hinein. Sie sah den Tritt kommen, ohne etwas dagegen tun zu können. Sein Schuh krachte seitlich gegen ihren Kopf. Sie fiel auf die Treppe, und Giacomo rannte hinaus. Emily streckte den Arm nach ihm aus. Sie brüllte: »Bring sie zurück, du Arschloch!«, aber sie wusste nicht mal, ob die Worte nicht nur in ihrem wütenden Hirn existierten, das gerade den Geist aufgab. Madeline blickte über die Schulter ihres Vaters zum Haus und schrie nach ihrer Mutter. Und dann waren sie fort, in der Dunkelheit verschwunden, die hereinströmte, um Emily mit einem Geräusch wie von einem Zug, der durch einen Tunnel fuhr, unter sich zu begraben.

Das Letzte, was sie sah, waren Autoscheinwerfer, die sich näherten. Das ist also der Zug, dachte sie, bevor die Dunkelheit sie vollständig einhüllte.

Brett hatte geglaubt, die toten Männer in Emilys Wohnung wären das Schlimmste, was er je in seinem Leben sehen würde. Irrtum. Das Entsetzen, das er dabei empfand, war nichts im Vergleich zum Anblick Emilys, die der Länge nach auf der Treppe zum Haus ihrer Großmutter lag. Der Bourbon verflüchtigte sich aus seinem Körper. Als er zu ihr rannte, erhaschte er einen Blick in die Küche, wo ein alter Mann, dessen einer Arm schlaff herabhing, einer Frau auf die Beine half. Brett beugte sich über Emily. Ihm wurde fast schwindelig vor Erleichterung, als er ihren Puls spürte und feststellte, dass sie atmete.

»Emily?«, fragte die andere Frau, als er Emily ins Haus trug. »Ist ihr was passiert? Wo ist Madeline?«

»Hier ist sonst niemand«, sagte Brett. »Außer Pater O'Brien. Wo kann ich sie hinlegen?«

Die Frau schlug die Hand vor den Mund. »Maddy?«

Der alte Mann legte seinen gesunden Arm um ihre Schultern. »Giacomo hat sie mitgenommen, wir konnten ihn nicht daran hindern. Tut mir leid, Darcy.« Mit grauem Gesicht und Augen voller Verzweiflung schaute er Brett an. »Wir müssen die Polizei rufen.«

O'Brien kam hereingestürzt. »Ist jemand verletzt? Was ist hier passiert?«

»Gibt es hier ein Bett?«, fragte Brett, dankbar, dass Emily so klein und zierlich war.

Der alte Mann zeigte den Flur hinunter. »Das Bett im Schlafzimmer ist gemacht. Dort können Sie sie hinlegen, während wir auf den Krankenwagen warten.«

»Darum kümmere ich mich«, sagte O'Brien. »Wo ist das Telefon?«

Brett ließ die anderen allein. Er hatte Emily gerade ins Bett gepackt, als O'Brien hereinkam.

»Der Krankenwagen ist unterwegs«, sagte er. »Der Arm

des alten Mannes ist gebrochen, Darcy braucht ein Beruhigungsmittel.«

»Was ist mit Em?«, fragte Brett, der immer noch ihre Hand hielt.

Der Priester fühlte Emily sanft den Puls. »Sie scheint stabil zu sein.«

»Die Polizei wird Nachforschungen anstellen«, sagte Brett. »Sobald die Sanitäter von der Entführung erfahren.«

»Das glaube ich auch«, sagte O'Brien. »Wir müssen sie einfach davon überzeugen, dass es sich nur um einen ganz normalen Ehekrach handelt. Und versuchen, Emily da vorerst rauszuhalten. Sie ist unsere einzige Chance, ihre Nichte zurückzubekommen.«

»Was hat Giacomo überhaupt für einen Grund, seine eigene Tochter zu entführen?«

Der Priester zuckte mit den Schultern. »Auch die Wege des Bösen sind unergründlich.«

Emily regte sich.

»Ich lass Sie jetzt allein«, sagte O'Brien. »Ich muss ihre Schwester im Auge behalten. Sie ist völlig fertig.«

Brett drehte sich zu Emily um. Sie murmelte irgendetwas. Er nahm ihre Hand.

Wut brandete in ihm auf. Alles hatte mit diesem verdammten Buch angefangen! Seit er es das erste Mal gesehen hatte, war es ihm unheimlich gewesen, und jetzt wusste er auch, warum. Hätte er es bloß zerstört, als er die Gelegenheit dazu hatte …

»Brett?«, murmelte Emily.

»Hey, du. Wie fühlst du dich?«

»Als hätte mir jemand einen Tritt in den Kopf versetzt. Und du?«

»Ungefähr genauso.« Jetzt, wo der Adrenalinpegel sank,

begann der Bourbon langsam sein Hirn zusammenzuquetschen. Morgen würde es noch schlimmer sein, nahm er an, aber das war sein geringstes Problem.

»Wo sind denn alle?«, fragte Emily, während sie sich aufsetzte. Sie verzog das Gesicht und verlangsamte ihre Bewegungen. »Wie spät ist es?«

»Alles in Ordnung mit dir? Keine Hektik, du hattest eine grauenhafte Nacht.«

»Ist schon gut. Ich fühle mich, als hätte man mich in eine Wäscheschleuder gesteckt und zum Trocknen aufgehängt, aber ansonsten ist alles in Ordnung.«

»Ja, so siehst du aus.«

»Danke, Nachbar. Du weißt wirklich, wie man einer Frau Komplimente macht. Wie geht es Darcy? Und Maddy? Was ist passiert?«

Sie schickte sich an, aufzustehen, aber er hielt sie sanft fest.

»Immer mit der Ruhe, Em. Du hast ordentlich einen auf die Rübe gekriegt, okay? Lass dir Zeit. Der Krankenwagen kommt gleich, und auch die Bullen sind unterwegs. Wir werden Madeline finden.«

»Dieser Wichser ist entwischt, was?«

»Ja. Hat dich k.o. geschlagen und dem alten Mann den Arm gebrochen.«

»Scheiße. Der arme Bill. Wie geht's ihm?«

»Der wird schon wieder, das ist ein hartgesottener Typ. Aber deine Schwester ist ziemlich durch den Wind. O'Brien ist bei den beiden.«

Der Priester kam ins Zimmer.

»Oder auch nicht«, sagte Brett.

»Wie geht es der Patientin?«, fragte der Priester.

»Alles okay. Was macht meine Schwester?«

»Wir schlagen uns alle ganz gut. Wir hatten noch einen

Besucher.« O'Brien hielt einen Stoffbeutel hoch, in dem sich deutlich eine rechteckige Form abzeichnete. »Er hat das für Sie hiergelassen. Ich soll Ihnen sagen, dass er losgezogen ist, um sich um ihre Nichte zu kümmern.«

»Jay?«

Der Priester nickte und reichte ihr den Beutel. Brett spürte, wie sich ihm der Magen umdrehte, zunächst bei der Erwähnung des Namens und dann beim Anblick des Beutels.

»Ruhen Sie sich aus«, sagte O'Brien. »Wir haben da draußen alles im Griff.« Er zwinkerte ihr zu und ging hinaus.

»Das ist ein guter Rat«, sagte Brett. »Soll ich mich um das Ding da kümmern?«

»Lass nur, ich behalte es hier.« Sie steckte den Beutel neben sich unter die Decke, verzog schmerzerfüllt das Gesicht und sank wieder aufs Kissen.

»Ruh dich aus«, sagte Brett. »Ich bin bei dir.«

»Ich weiß«, sagte sie, lächelte und schlief ein.

Er nahm wieder ihre Hand, achtete jedoch darauf, die Ausbeulung unter ihrer Decke nicht zu berühren. Er hatte gehofft, dass jemand das Buch gestohlen, es ihr endgültig weggenommen hatte. Die Lage wurde nur immer schlimmer, solange es da war. Das wusste er genau.

Brett erwachte mit dröhnenden Kopfschmerzen und dem Gefühl, als hätte jemand seinen Hals an seine Schultern getackert. Er streckte sich und stöhnte auf. Sein Hintern fühlte sich an, als hätte man ihm einen Nagel ins Steißbein getrieben. Auf einem Stuhl zu schlafen war keine gute Idee.

Er warf einen Blick zu Em hinüber, die gerade blinzelnd erwachte. Wenigstens sah sie nicht allzu schlecht aus. Er wunderte sich, dass O'Brien darauf bestanden hatte, sie hierzubehalten, als die Sanitäter die anderen ins Krankenhaus brachten. Wenn es nach Brett gegangen wäre, hätten sie sie ebenfalls mitnehmen dürfen, aber O'Brien hatte seine Autorität als väterlicher Freund ausgespielt und den Sanitätern einfach nichts von Emily erzählt. Brett hatte nicht die Energie gehabt, zu widersprechen. Hier gingen so viele absonderliche Dinge vor, dass er so etwas lieber den Profis überließ. Solange es Em gut ging, war ihm alles recht.

»Wo sind denn alle?«, fragte Emily.

»Im Krankenhaus«, sagte er. »Wie fühlst du dich?«

»Diesen Dialog haben wir schon einmal geführt, oder?«

»Da war es ungefähr vier Uhr. Jetzt ist es fast zehn.«

»Oh.« Sie stemmte sich hoch. »Maddy?«

»Nichts gehört.«

Sie fluchte leise. Ihre Unterlippe zitterte. »Wo ist O'Brien?«

»Auch im Krankenhaus. Spielt den Schäfer und versucht, die Cops auf den richtigen Weg zu bringen, aber auf die falsche Spur, falls du weißt, was ich meine.«

»Ich denke schon.«

»Ich wollte, dass sie dich auch ins Krankenhaus bringen, aber er sagte, Ruhe wäre das Beste für dich, und hier wärst du ebenso in Sicherheit wie überall sonst.«

Sie massierte sich die Stirn. »Würde es dich überraschen, wenn ich sage, dass mich das nicht gerade beruhigt?«

Brett lächelte, obwohl er sich große Sorgen machte. »Nein, würde es nicht.«

»Aber du bist geblieben.« Sie tätschelte seine Hand, und er ergriff wieder die ihre.

»Ich hab Angst um dich gehabt.«

»Unkraut vergeht nicht.« Sie lächelte. »Allerdings könnte ich was zu trinken gebrauchen.«

»Natürlich.« Er stand auf und ließ widerstrebend ihre Finger durch seine gleiten, bevor er ein Glas Wasser aus der Küche holte.

»Außerdem hat dein Büro angerufen«, sagte er, während er sich setzte und ihr das Glas reichte.

Sie zog eine Augenbraue hoch, während sie gierig das Wasser trank.

»Die wollten wissen, warum du nicht zum Working Women Breakfast oder so was erschienen bist. Ich hab gesagt, du hattest einen Unfall, es geht dir so weit gut, aber du bist ein paar Tage außer Gefecht.«

»Haben sie dir das abgenommen?«

»Ich glaube nicht.«

Er beobachtete sie beim Trinken und sah zu, wie ihr Kehlkopf bei jedem Schluck auf und ab hüpfte. Ein paar Tropfen gingen daneben, liefen ihr übers Kinn und tropften auf ihre Brust. Sie betupfte den nassen Fleck, an dem sich ihr Nippel durch das T-Shirt drückte. Er fand diese Geste sexy und verletzlich zugleich und musste den Blick abwenden, bis seine verworrenen Gefühle sich wieder beruhigt hatten. Geilheit war im Moment nicht angebracht.

»Besser?«, fragte er, als sie das leere Glas auf den Nachttisch stellte.

Sie nickte und zog sich die Decke bis zum Hals hoch. »Du bist also wieder mal gekommen, um mich zu retten, hm? Hast du da drauf geschlafen?«

»Ich bin eingenickt.« Er streckte sich und hörte seine Rückenwirbel knacken.

»Wie war's denn noch in der Wohnung? Wie ist es gelaufen?«

Er massierte sich die Stirn und musste sich anstrengen, um die Augen wieder aufzubekommen. »O'Brien hat irgendwas gemacht, aber was, weiß ich immer noch nicht.

Irgendeine Zeremonie mit viel Gemurmel und einem kleinen Feuer in einer Kohlenpfanne aus Stahl. Und natürlich mit diesem stinkenden Salzzeug. Das werde ich nie vergessen. Es war, als wäre ich in einem riesigen Kopierer eingesperrt. Eine Art Energiewelle lief durchs Zimmer, ich weiß nicht, so ähnlich wie Röntgenstrahlen oder so was. Sie hat das ganze Zimmer irgendwie wieder in den Zustand zurückversetzt, in dem es vorher war. Nur die Pflanzen nicht. Er sagte, auf lebende Dinge hätte es keine Wirkung.«

»Und die Leichen?«

»Waren einfach weg. Eben noch da, und im nächsten Moment: puff! Wie eine Fata Morgana. Ich habe ihn gefragt, ob er nicht eine Kopie des Zaubers hätte, damit ich nicht mehr so oft putzen muss, aber er hat den Witz nicht verstanden. Er meinte, mit so etwas treibt man keine Scherze. Ihm war nicht ganz wohl bei der Sache, so viel steht fest, aber ich schätze, es war immer noch besser, als die Leichen mit irgendwas zu beschweren und ins Meer zu werfen.« Brett schauderte. Die ganze Situation kam ihm unglaublich vor, und sie wurde mit jeder Minute irrealer. Er sehnte sich danach, den Arm auszustrecken und Emilys Hand zu berühren, nur um sich zu beweisen, dass er nicht träumte, aber er beherrschte sich. Wenn er sie berührte, würde er sie nicht mehr loslassen wollen, und damit, dass er schwach wurde, wäre keinem von ihnen beiden gedient. Später vielleicht, aber nicht ausgerechnet jetzt.

»Wie bitte?«, fragte er, als ihm klar wurde, dass sie ihm eine Frage gestellt hatte, während er darüber nachgedacht hatte, wie es wäre, wenn er sein Gesicht in ihren Haaren vergraben und sich ausheulen würde.

»Gibt es irgendwas Neues von meiner Mutter?«

»Tut mir leid, ich bin so müde, dass ich mich einfach

nicht konzentrieren kann. Nein, das Krankenhaus hat nicht angerufen«, sagte er.

»Und auch nichts von Jay?«

»Nein. Nicht, seit er das Buch abgegeben hat.« Er hätte wissen müssen, dass das Gespräch irgendwann auf *ihn* kommen würde.

Ihr Gesicht war gerötet, die Augen wach. Ohne sich darum zu kümmern, dass ihr die Decke bis zur Taille runtergerutscht war, hatte sie sich aufgesetzt. »Hat er etwas gesagt?«

»Ich habe ihn gar nicht gesehen.«

Emily tastete unter der Decke herum und zog das Buch aus dem Beutel. Sie hielt es wie einen Vogel, der jeden Moment wegfliegen konnte.

Brett fluchte insgeheim. Die ganze Zeit war es nur ungefähr einen Meter von ihm entfernt gewesen. Er hätte es zur Hintertür hinausbringen und verbrennen können. Andererseits war neulich sein Couchtisch in Flammen aufgegangen, ohne dass das Buch dabei Schaden genommen hatte.

Sie schickte sich an, aufzustehen.

»Hey! Was soll das denn?«

»Jack hat Maddy entführt. Ich werde ihn aufspüren.«

»Du weißt doch gar nicht, wo du ihn suchen sollst.«

»Ich habe eine ziemlich gute Idee.«

»Em, das darfst du nicht. Du musst hierbleiben und auf O'Brien warten. Das hat er gesagt.«

»Brett, ich kann nicht hierbleiben, solange diese Leute Maddy haben.«

»Was willst du denn tun? Du hast bloß ein Buch, verdammt noch mal, keine Flinte.«

»Können wir uns eine Flinte besorgen?«

»Das meinst du auch noch ernst, was?«

»Da hast du verdammt recht. Ich bin fuchsteufelswild.

Wenn sie so scharf auf dieses Buch sind, dann können sie es haben. Ich will meine Nichte zurück.«

»Jay hat gesagt, du sollst das Buch lesen«, sagte Brett. In seiner Verzweiflung griff er nach jedem Strohhalm, der sie dazu bewegen konnte, in Nannas Haus zu bleiben.

»Was?«

»Ja, das hat O'Brien gesagt. Jay meinte, in dem Buch steht etwas, das du gegen die Cabal verwenden kannst. Etwas Wichtiges.«

»Nichts ist wichtiger, als Madeline unversehrt zurückzubekommen.«

»Denk mal nach, Em. Die Cabal hat Maddy. Wenn du unvorbereitet da rausgehst, kriegen sie dich vermutlich auch, dich und das Buch. Und dann heißt es Game Over, Em.«

»Das ist kein verdammtes Spiel.« Sie schwang die Beine aus dem Bett. »Wo sind meine Jeans?«

»Em, du darfst nicht gehen.«

Sie stand auf und begann zu schwanken. Er fing sie auf, als sie zurück aufs Bett fiel.

»Pass mal auf. Gib O'Brien eine Chance. Ruh dich aus, spar deine Kräfte, such in dem verdammten Buch die Stelle, die so wichtig ist. Vielleicht ist das der Schlüssel dazu, wie man diese Ungeheuer ausschaltet und Madeline zurückbekommt.«

»Brett Samuels, seit wann bist du so verdammt clever?«

»Seit ich mich in dich verliebt habe.«

Sie erstarrten.

»Das hab ich nicht gesagt.«

»Was denn?«, fragte sie mit so sanfter Stimme, dass er dahinschmolz.

»Nichts. Jetzt leg dich hin, du Sturkopf.«

»Ja, Doktor.« Sie steckte die Beine wieder unter die Decke.

»Gut. Vielleicht mach ich auch ein Nickerchen«, sagte Brett. *Aber erst, nachdem ich nach draußen gegangen bin und mir kräftig in den Arsch gebissen habe.* »Kann ich, äh, dir irgendwas bringen?«

»Nein, nein, schlaf du nur. Du siehst aus, als könntest du es brauchen.« Sie schaute ihn an, und ihre Sorge kränkte ihn. Als sei er irgendein Haustier, das sie draußen im Regen gefunden hatte. Oder sprachen da nur die Erschöpfung und der Kater aus ihm? Mist, er war gerade einfach mit seinen Gefühlen herausgeplatzt, und es schien überhaupt keine Rolle zu spielen. Was, zum Teufel, hatte er da eben angestellt?

Wem wollte er etwas vormachen? Er hatte Jay – einen verdammten Vampir, wenn man ihr Glauben schenken durfte – nur ein Mal erwähnt, und schon war sie ganz heiß und schwitzig geworden. Wie konnte er da mithalten? Was sollte Emily schon daran finden, dass er zwar mit den Jungs Squash spielte, hinterher aber stets als Erster ging? Ein Drink und ein bisschen leeres Geschwätz, und er hatte genug. Schließlich konnte man sich bloß über das Match, Computer und das Tagesgeschehen unterhalten – außer mit Emily. Mit ihr konnte er stundenlang über gar nichts reden oder nur in behaglicher Stille dasitzen, lesen, Musik hören oder fernsehen. Sie war das einzige Mädchen – die einzige Frau –, bei der er eine Chance zu haben geglaubt hatte.

»Ehrlich gesagt…« Emily weckte ihn aus seiner Träumerei, und ihm wurde klar, dass er sich nicht vom Fleck gerührt hatte, sondern immer noch mit schlaff herabhängenden Händen im Zimmer stand und sich selbst bemitleidete. »Ich hätte gern noch etwas zu trinken. Wärst du so nett? Und du hast wohl keine Schmerztabletten, oder?«

»Ich seh mal nach.« Er ging in die Küche, kramte ein

bisschen herum und kehrte mit einem frischen Glas Wasser und zwei Kopfschmerztabletten zurück.

»Bist du sicher, dass du nicht noch etwas brauchst?«, fragte er, während er ihr das Glas und die Tabletten gab. »Hast du keinen Hunger?«

»Nein«, sagte sie, »im Moment nicht. Ich bin ganz zufrieden damit, einfach nur in meinem Buch zu lesen. Geh du dich ausruhen. Ich rufe, wenn irgendwas passiert.«

War nicht schon genug passiert? Das Gästezimmer war staubig und vom Sonnenlicht hell erleuchtet, aber das machte Brett nichts aus. Er legte sich aufs Bett und fragte sich, was er sonst noch hätte tun sollen. Die Tür war verriegelt, die Fenster geschlossen.

Emily vertiefte sich also gerade in das Tagebuch ihrer Nanna, und er war allein und durcheinander und hatte ein ziemlich schlechtes Gewissen, weil er insgeheim ein wenig gehofft hatte, dass Jay ohne jeden Schutz auf dem Highway unterwegs gewesen war, als die Sonne aufging. Es dauerte eine Weile, aber schließlich schlief Brett ein.

11

Hier sei sie ebenso in Sicherheit wie überall sonst, hatte O'Brien gesagt. Was bedeutete, dass sie nirgends mehr in Sicherheit war. Dies hier war das Haus ihrer Nanna. Es war ihr heilig, und der Gedanke, dass Madeline ausgerechnet hier entführt worden war, machte Emily stinkwütend. Zum Glück war niemand ums Leben gekommen. Dieses Haus beherbergte fast nur glückliche Erinnerungen – an die Jugend mit ihrer Nanna und auch an ihre Schwester, daran, wie sie sich ums Badezimmer und um Jungs und um Make-up gestritten hatten, und darum, weshalb man wissen musste, inwiefern der Versailler Vertrag den Boden für den schrecklichsten Krieg aller Zeiten bereitet hat.

Nanna war in diesem Bett gestorben. Der Gedanke hätte ihr Unbehagen verursachen müssen, aber genau das Gegenteil war der Fall. Sie fühlte sich ihr ganz nah, als könnte sie, wenn sie sich umdrehte, Nanna dort vor dem Spiegel sitzen sehen, beobachten, wie sie sich die Haare kämmte oder nachsah, ob ihre Brosche richtig befestigt war.

Als Emily das Grimoire aufschlug, spürte sie die Energie, die davon ausging. Sie war sich nicht sicher, ob das Funkeln, das sie in an ihrem Ring bemerkte, real oder eingebildet war oder vielleicht nur durchs Sonnenlicht hervorgerufen wurde, das schräg darauf fiel. Das Buch war im Grunde nur ein Tagebuch. Mit Hilfe des Rituals, das Jay ihr gezeigt hatte, hatte sie die magischen Aufzeichnungen ihrer Nanna entschlüsselt. Doch als sie den Ring an den Finger gesteckt hatte, hatte sich ihr das Buch komplett geöffnet. Die Verbindung zu ihren Vorfahrinnen hatte sich erneuert, und das Wissen, das sie über all die Jahre gesammelt und schichtweise ins Grimoire geschrieben hatten, enthüllte sich ihr. Das Buch würde ihr den Weg zeigen, und der Ring würde ihr dabei helfen, hatte Jay gesagt, und jetzt begriff sie, was er gemeint hatte.

Der Bernsteinring, der die Energie all der Hexen in sich aufgenommen hatte, die ihn Generation für Generation getragen hatten, verhielt sich wie ein Katalysator. Aber er war noch mehr als das. Emily konnte das Wissen in dem Buch für sich nutzen. Sie war imstande, instinktiv im Grimoire verborgene Zaubersprüche zu finden, um Gefahren zu bekämpfen, die ihr Verstand kaum begreifen, geschweige denn abwehren konnte. Je mehr sie im Grimoire las, desto mehr verstand sie. Sie spürte, wie ihre Vorfahrinnen immer näher kamen, sodass sie schon fast ihre Stimmen hören, ihre Gesichter sehen und nachempfinden konnte, was sie erlebt hatten. Es war das größte Geschenk, das sie je erhalten hatte, und der Gedanke, dass jemand es ihr wieder wegnehmen oder es schlimmstenfalls beschädigen oder missbrauchen könnte, machte sie fuchsteufelswild. Nicht nur sie war attackiert worden, sondern auch ihre Freunde und ihre liebsten Angehörigen. Wenn die Cabal Maddy auch nur ein Haar gekrümmt hatte …

Emily spitzte die Ohren: Der Wind flüsterte sanft in den Bäumen, nebenan wälzte sich Brett ruhelos im Bett, eine Elster keckerte. Im Hintergrund rauschten weit entfernte Verkehrsgeräusche, die sich leicht ausblenden ließen. Beruhigt konzentrierte Emily sich auf das Buch. Sie musste unbedingt die Informationen finden, die sie brauchte, um ihre Familie zu beschützen.

Die Welt hatte einen diffusen Sepiaton angenommen. Der dunstige Horizont war eine dunkle Wand aus Energie, die unendlich weit entfernt und gleichzeitig so nah schien, das man sie hätte berühren können. Emily spürte die freundliche Gegenwart ihrer Vorfahren, die sie einhüllte wie der Duft von frischem Brot und Kaffee. Es war, als würde sie es sich in ihrem eigenen Zuhause vor dem Kamin gemütlich machen.

»Erzählt mir von Jay«, bat sie und hörte Buchseiten flattern wie Schmetterlingsflügel.

»Das werde ich«, sagte Genevieve, ein schimmernder Umriss, der sich materialisierte. »Komm, Tochter, schau durch meine Augen und erinnere dich an das, was die Cabal manchmal vergessen hat: Jedes Mal, wenn sie jemandem etwas nehmen, lassen sie ein bisschen von sich selbst zurück. Man muss nur wissen, wie man danach suchen muss.«

Emily spürte, wie Genevieve, leicht wie eine Wolke, in sie einströmte. Emily blinzelte, und der Horizont verfinsterte und verwandelte sich in mit Gobelins bespannte Steinmauern, auf denen dunkle Ölgemälde in schweren Rahmen hingen. Das bräunliche Licht verschmolz mit der Dunkelheit des Gewölbes. An einer Wand brannte ein Kamin, Kerzen flackerten auf Haltern an den Wänden. Der Raum war fast nackt, bis auf ein paar mit Samt bezogene Stühle und Sofas, die auf dünnen, gedrechselten Beinen in einem Bogen um den Kamin herumstanden. Es befanden sich vielleicht ein Dutzend Menschen in dem gruftähnlichen Salon, alle mit schwarzen Umhängen bekleidet. Ein Sofa war von einem sich hemmungslos küssenden Pärchen belegt. Ein weiter Mann löschte gerade vier Kerzen, die um einen auf den Boden gezeichneten Kreis herumstanden. Uhgrau, jünger, aber ebenso charismatisch wie heute, sprach mit einer jungen Frau, die ihm hingerissen lauschte. Es war Genevieve. Jay und Mayam standen in einfaches Schwarz gekleidet in einer Ecke.

Jetzt wusste Emily, wieso ihr Mayam bei Uhgraus Party so unheimlich gewesen war – in ihrer Vision war sie die zweite Wächterin. Bedeutete das, dass auch Mayam ein Vampir war?

Emily schwebte zur Decke hoch. Genevieves Stimme erklang in ihrem Ohr. »So geht das nicht, Schwester-Tochter. Du musst es selbst erleben.« Emily ließ sich wieder sinken und schlüpfte von oben in Genevieves Körper. Ein freudiger Schauer durchlief die Genevieve in Emilys Kopf, und dann flüsterte sie: »Wir haben gerade ein Ritual beendet. Ich gehe gleich in mein Zimmer, wo ich den Zauberspruch in mein Grimoire schreiben werde, das jetzt dir gehört.«

Emily kam sich vor wie eine russische Matroschka. Sie steckte in Genevieve und trug wiederum deren Geist in sich.

Genevieve bedachte jemanden, der ihr zum Abschied zuwinkte, lächelnd mit einem Nicken und verließ den Raum. Wie jung sie war! »Achtzehn«, flüsterte ihr Geist in liebevoller Erinnerung an die festen Brüste, den flachen Bauch und die wohlgeformten Beine.

Ein paar Schritte einen Korridor entlang brachten sie zu einem eleganten Schlafzimmer mit einem samtbezogenen Himmelbett, dunklen Möbeln und einem Balkon hinter dicken Vorhängen. Ein Feuer flackerte im Kamin. Genevieve zog ihrem Umhang aus und ließ ihn wie Tinte aufs Bett fließen, dann nahm sie einen Morgenmantel aus einem Kleiderschrank und schlüpfte in ein Paar Pantoffeln, bevor sie sich ein Glas Brandy einschenkte. Sie setzte sich an ihren Schreibtisch und vollführte die Zeremonie zum Aufschließen des Grimoires, dann nahm sie eine Schreibfeder und begann die Einzelheiten des Rituals, das sie gerade gelernt hatte, aufzuschreiben. Die Zeit raste vorwärts wie eine DVD in der Suchfunktion und sprang dann wieder auf Playback zurück, als es leise und beharrlich an die Tür klopfte. Genevieve lächelte, öffnete ein paar Knöpfe, um ihr Dekolleté zu entblößen, und plusterte sich mit den Händen die Haare auf, die ihr auf die Schultern fielen. Emily spürte Genevieves Bewegungen, die ein reiner Willensakt waren und noch nicht mal die Flammen im Kamin zum Flackern brachten. Die Tür ging auf. Jay kam herein. Emily spürte, wie ihr Herz schneller schlug. Ihr Herz oder Genevieves? Schließlich war sie in diesem Körper sozusagen nur als Beifahrerin unterwegs. Es war schwierig, die Gefühle, die diese Erinnerung dank der in dem Ring gespeicherten Emotionen prägten, von ihren eigenen zu unterscheiden.

»Er sieht gut aus, nicht wahr?«, flüsterte Genevieves Stimme in Emilys Kopf. »Du darfst ihn ruhig begehren, Schwester-Tochter, in unserer Familie hatten alle Frauen eine Schwäche für ihn.«

Jay stand vor Genevieve, und Emily blendete die Neckereien ihrer Vorfahrin aus, um sich auf die Vergangenheit zu konzentrieren.

»Der Meister schickt mich«, sagte Jay.

»Um mich zu holen?«

»Ihn dürstet.«

»Sag ihm, er soll Leitungswasser trinken. Wenn er etwas Stärkeres will, wird Amanda ihm gern etwas geben. Euch beiden.«

»Er wünscht es aber, von Ihnen zu bekommen.« Jay fuhr sich mit der Zunge über die Lippen. »Er hat die gleiche Vorliebe wie ich.«

»Ach ja? Er gestattet seinem Sklaven Vorlieben?«

»Ich meinte, ich bin glücklich, Zeit mit Ihnen zu verbringen.«

»Wirklich? Warum machst du es dann nicht so, wie es sich gehört? Setz dich auf den Stuhl da. Trink etwas mit mir. Unterhalte dich mit mir. Dann können wir uns vielleicht des Dursts seiner Lordschaft annehmen.«

Jay machte ein betretenes Gesicht. »Es war ihm sehr wichtig.«

»Wenn es ihm so wichtig wäre, wäre er selbst gekommen.«

Sie deutete auf einen Stuhl, und er gab sich mit einem Schulterzucken geschlagen und zog ihn heran, während sie die Feder weglegte und das Grimoire zuschlug.

»Nun, worüber wollen wir reden, mein lieber Wächter?«

»Was immer Ihnen beliebt, Mylady.«

»Nenn mich Genevieve.«

»Die Wächter dürfen die Schwarzen Roben nicht vertraulich anreden.«

»Aber wenn es ihnen befohlen wird, tun sie es. Und ich befehle es dir.«

»Sie sind ... sehr freimütig, meine ... Genevieve.«

Sie lächelte. »So kann man das ausdrücken. Sag mir, Jehoel, ist Petr wütend auf mich? Verflucht er mich?«

»Das kann ich nicht sagen.«

»Du bist in meinem Zimmer.«

»Auf sein Geheiß.«

»Komm schon, du kannst es mir ruhig verraten«, sagte sie und beugte sich vor. Ihre Hand hob sich zu ihrem Herzen. Provozierend bot sie ihm ihren Busen und ihre Kehle dar. »Es bleibt unser Geheimnis.«

»Ich darf vor dem Meister keine Geheimnisse haben.«

»Wenn du es willst, schon. Das können wir alle, und wir tun es auch. Ich zeig's dir, wenn du willst.«

»Herrin?«

»Komm näher.« Sie legte ihre Hand auf seine Wange und zog ihn zu sich. »Sooft hast du von mir getrunken, Jehoel, und nicht ein Mal hast du meine Lippen geküsst. Willst du nicht wissen, wie das ist?«

»Nein, Mylady. Es ist ausdrücklich verboten.« Er wich zurück, aber nicht so weit, dass sie ihn loslassen musste.

»Du hast meine Kräfte gekostet, Jehoel, auch wenn du sie dann an Petr weitergegeben hast. Aber ich frage mich, ob du ihm alles überlassen hast? Oder hast du ein kleines bisschen für dich behalten? Du bist alt, du bist erfahren, du könntest es tun, zumal er dir so bedingungslos vertraut.«

»Sie wollen mich auf die Probe stellen, Mylady.«

»Und du könntest ohne weiteres aufstehen, und doch bleibst du sitzen.«

»Weil … weil Sie es mir befohlen haben.«

»Dann befehle ich dir, zu tun, was du willst. All dieses Beobachten, Warten … Sehnen, Jehoel? Fragst du dich nicht genau wie ich, was geschieht, wenn eine Hexe und ein Vampir sich vereinigen?«

Wortlos starrte er sie an. Sein Verlangen war so stark, dass er den Blick nicht abwenden konnte. Dann: »Sie sind nicht wie die anderen.«

»Ach nein?« Sie nahm sein Gesicht in ihre Hände und rutschte an ihn heran, bis ihre Knie sich berührten. Dann spreizte sie die Beine, sodass seine dazwischenglitten.

»Sie sind … eigensinnig. Unerschrocken. Sie lassen nicht zu, dass der Meister Sie schwängert«, sagte er.

»Die ganze Welt singt und tanzt, Jehoel, und macht das Beste aus dem hart erkämpften Frieden, auch wenn unsere Nachbarn in der Weimarer Republik darüber nicht erfreut sind. Und die Welt wird immer kleiner, es gibt immer mehr Möglichkeiten. Ein Mann ist ohne Zwischenlandung von

Amerika nach Paris geflogen. Stell dir vor, was das für uns, was das für dich bedeutet! Die Fortpflanzung kann warten, jetzt ist erst einmal der Fortschritt an der Reihe.«

»Ich lebe, um dem Wohlbefinden des Meisters zu dienen.«

»Ich nicht. Ich diene meinem eigenen.«

Jay schwieg. Unter Genevieves Berührung vibrierte er bis ins Innerste wie eine schnurrende Katze. »Er hätte Ihre Mutter nicht töten dürfen.«

»Nein, das hättest *du* nicht tun dürfen, nicht wahr?«

Er erstarrte, dann löste er sich mit einem Blinzeln von ihr und lehnte sich zurück: »Es war nicht mein Wille.«

»Hat Mayam dir geholfen? Wie hat sie geschmeckt, meine Mutter? Wer von euch hat unserem Meister ihr Blut, ihre Kräfte eingeflößt?«

Er wandte den Blick ab, aber ihre Hände zogen ihn wieder zu ihr. »Ich würde es merken.« Und sie küsste ihn und kostete die Lippen, die ihre eigene Mutter getötet hatten.

Da sah Genevieve es. Emily sah es. Durch den Strudel aus Abscheu und Anziehung sah Emily die nackte Frau in der Mitte eines Kreises aus Salz auf den Knien liegen, an einem Arm Jay, am anderen Mayam, vor sich Uhgrau. Betont langsam zog Uhgrau ihr den Ring vom Finger. Sie neigte schluchzend den Kopf. Jay schlug ihr auf der einen Seite die Zähne in die Kehle, Mayam auf der anderen. Sie sogen sie aus, bis sie tot war. Und dann zapften sie einander Blut in eine goldene Schale ab, und Uhgrau trank daraus. Die Wirkung war so stark, dass er auf die Knie sank. Dann forderte er Jay auf, der kleinen Genevieve den Ring zu bringen, noch während er die Hand nach Mayam ausstreckte und den Stoff ihres Kleids von ihren bleichen, schmalen Schultern streifte.

Jack entzog sich Genevieves Griff und holte sie damit wieder zurück ins Zimmer.

»Schämst du dich, Jehoel? Ist es dir peinlich? Du bist es leid, nicht wahr, Jehoel? Bist es leid, immer nur zu nehmen, um zu geben. Aber es ist noch mehr. Du hast dieses Leben, diese Sklaverei satt. Du verfügst über eine große Macht, und doch bist du kaum mehr als ein dressierter Hund, der für seinen Herrn Tiere apportiert, fängt und hütet. Er hat zugelassen, dass du eine Frau erschaffst, die so ist wie du, und selbst sie wendet sich von dir ab und geht zu ihm. Du könntest so viel mehr sein, Jehoel.«

»Worauf willst du hinaus?«

»Auf ein Bündnis. Freiheit für uns beide. Wer weiß, vielleicht beginnst du sogar irgendwann, mich zu mögen.« Sie lächelte, und er erwiderte ihr Lächeln zögernd.

»Wer sagt, dass ich das nicht schon tue?«

»Mal sehen.« Sie streckte wieder die Arme aus und eroberte seine Lippen und seine Zunge mit ihrem Mund. Sie löste sich wieder von ihm, um nach Luft zu schnappen, und flüsterte. »Wenn du Petr seinen Schlummertrunk aus meinen Adern bringst, vergiss nicht, ein bisschen für dich zu behalten. Mein Geschenk für dich.«

Und damit war die Saat gesät. Das Schloss verblasste langsam.

Emily und Genevieve standen wieder auf dem bernsteinfarbenen Feld, vom warmen Wind der Geister ihrer Vorfahrinnen umschmeichelt.

»Wie hast du das gemacht?«, fragte Emily. »Wie hast du es ertragen, ihn zu berühren?«

Genevieve lächelte finster. »Ich habe das Verlangen in ihm gespürt. Ich musste es nur umleiten, indem ich Kuss für Kuss sein Blut mit meinem infiltrierte. Aber ich glaube, ich habe ihm nie vertraut. Schließlich ist er ein Vampir.«

»Trotzdem ... Wenn ich ihn heute sehe, kann ich nicht glauben, dass er all diese Dinge getan hat.«

»Petr hat regelmäßig das Blut anderer getrunken – anderer Cabalisten, herumstreunender Hexen, die wir gefunden hatten, und anderer übernatürlicher Kreaturen. Meistens wurde es von seinen Lieblingswächtern abgezapft. Ihr ausgezeichnetes Immunsystem filterte alle Verunreinigungen heraus, und natürlich bereicherten sie es mit ihrer eigenen Langlebigkeit. Es mag dich vielleicht überraschen, Tochter, aber ich habe Jehoel tatsächlich auf meine eigene Weise lieben gelernt, trotz allem, was ich wusste. Aus Schauspielerei wurde Realität. Ich frage mich, ob der chinesische General Sun Tzu das gemeint hat, als er sagte, man soll die Nähe zu seinen Feinden mehr pflegen als die zu seinen Freunden.«

»Ein guter Rat?«, fragte Emily.

»Wenn es dir nichts ausmacht, dir das eigene Herz herauszuschneiden.«

»Ich weiß nicht, ob ich tun kann, was du von mir verlangst.«

»Ach nein?« Genevieve streichelte Emilys Wange. Es war, als würde ein Blütenblatt sie streifen.

»Ich bin ... ich bin nur ich. Ich habe nicht die gleichen Kräfte wie du. Ich sollte eigentlich gar keine Kräfte haben. Die haben Darcy und Madeline.«

»Aus dir spricht Petr, nicht du selbst.«

»Nun, er muss es doch wissen. Offenbar hat er uns jahrhundertelang ausgesogen.«

»Und jetzt beginnt er, dafür zu bezahlen. Die Wirkung des Vampirbluts lässt langsam nach, die Jahre fordern ihren Tribut. Die Zauberelixiere, die er stattdessen zu sich nimmt, stärken ihn nicht mehr so wie früher. Er braucht die Frauen aus unserer Familie, um den Alterungsprozess zu stoppen, den er so lange in Schach gehalten hat.«

»Ich weiß nicht, was ich gegen ihn ausrichten soll. Ich bin die Zweitgeborene.«

»Du bist, was du bist, Emily. Und das ist genug, wenn du die Kraft hast, daran zu glauben.«

»Ich will Maddy beschützen. Unbedingt.«

»Dann tu es. Du bist nicht allein, Schwester-Tochter. Wir sind immer bei dir.« Sie berührte Emilys Stirn und ihr Herz. »Hier und hier. Du musst uns nur rufen. Aber vor allem musst du an dich glauben.«

Genevieve reckte beschwörend die Arme hoch. Hinter ihr tauchten Gestalten am bernsteinfarbenen Horizont auf. Zuerst Nanna und dann andere, sehr viele andere. Geflüsterte Namen, geflüsterte Gebete umschlangen Emily wie Meereswogen, flossen durch sie hindurch und um sie herum und erfüllten sie.

Genevieve nahm Emilys eine Hand, Nanna die andere. »Glaubst du daran, Emily? Akzeptierst du es? Willst du zu uns gehören?«

»Werde ich in der Lage sein, Maddy zu beschützen?«

»Das und vieles mehr.«

Sie nickte, umarmte ihre Vorfahrinnen und warf sich in ihre schimmernde Wärme. Sie strömten auf sie zu wie ein Wasserfall, hielten sie fest und schoben sie in einen Kreis von Frauen, die, Hand in Hand, singend tanzten. Eine nach der anderen nahm Emily in Empfang, beugte sich vor und küsste sie auf die Lippen. Ein Prickeln überlief Emily, als jede ihr eine Fähigkeit einhauchte: das zweite Gesicht, die Geheimnisse des Heilens, den Schlüssel zum Feuer. Der Singsang wurde lauter, während Emily im Kreis herumschritt und spürte, wie die Energie in ihr wuchs, bis sie glaubte, sie müsse ihr zu den Augen und Ohren wieder herauskommen. Sie hörte, wie der Wind durch sie hindurchblies, spürte das Licht der Sterne, das auf ihre nackten

Schultern fiel, und die Hitze der Erde unter ihren Fußsohlen. Mit ausgestreckten Armen drehte sich Emily im Kreis und umarmte die Frauen und die Nacht.

Sie tanzten, lachten und sangen. Schließlich verblassten die Frauen eine nach der anderen. Manche gingen mit einem Kuss, andere winkten und wieder andere verschwanden einfach mitten im Lied. Ihre Nanna verließ sie als Letzte.

Mit Tränen in den Augen und Liebe im Herzen, hielt sie ihre Hand, während sie langsam durchsichtig wurde und verschwand. Erschöpft sackte Emily in sich zusammen und schlief ein. Mit der Erde unter und dem Himmel über sich fühlte sie sich zum ersten Mal in ihrem Leben als ein Ganzes. Sie nahm sich vor, das Beste aus diesem Augenblick zu machen. Wer wusste, wie lange dieses Gefühl noch andauern würde?

Als Emily den Blick vom Grimoire hob, hatten die Worte »warm und behütet« eine ganz neue Bedeutung für sie bekommen. Sie fühlte sich erneuert, belebt, und ihr Magen knurrte zustimmend. Sie ließ ihren Hunger noch ein bisschen warten und nahm sich die Zeit für eine kurze, erfrischende Dusche. Es kostete sie Überwindung, ihre schmutzigen Sachen wieder anzuziehen. Sie haderte eine ganze Weile mit dem verschwitzten BH, aber als ihr wieder einfiel, wie Brett an ihrem Bett die Fassung verloren hatte, zwängte sie sich doch hinein. Seine Worte klangen ihr noch im Ohr. Im Chaos der letzten drei Tage erschien ihr seine Liebeserklärung geradezu surreal. Was für ein Timing! Momentan konnte sie sich nicht damit befassen, was das für sie bedeutete. Dass er in sie verknallt war, hatte sie gewusst. Am Anfang hatte zwischen ihnen eine gegenseitige Anziehung bestanden – vielleicht war das immer noch so. Aber jetzt? Das war wirklich zu heftig. Sie würde die Autopsie ihrer Gefühle für ihn verschieben, bis ihre Familie in Sicherheit war.

Es war später Nachmittag, aber es kam ihr vor wie am Morgen. Vielleicht litt sie nach dem verrückten Wochenende an Jetlag. Emily seufzte, als ihr klar wurde, dass Montag war und sie im Job jede Menge Einsätze versäumt hatte. Genau wie Brett. Wieder das Konto im Minus, wieder eine demütigende Entschuldigung bei ihrem Boss. Doch auch das hatte Zeit. Rechnungen zu bezahlen gehörte zu einer anderen Welt, einer, mit der sie sich später befassen musste. Für den Moment war sie froh, dass sie sich nur mit Toast und Kaffee auseinandersetzen musste. Sie tat ihr Möglichstes, um die Enthüllungen ihrer Urgroßmutter über Jays Vergangenheit auf dem Boden ihrer Tasse zu versenken; mit derart schwerer Kost gab man sich besser mit einem vollen Magen ab. Und viel, viel später.

Emily rührte Zucker in ihre zweite Tasse Kaffee, als Brett aus dem Gästezimmer hereingewankt kam. Er sah aus, als sei er gerade aus großer Höhe abgestürzt und könne es immer noch nicht fassen, dass er schon wieder auf den Beinen war. Sie drückte ihm ihre Kaffeetasse in die Hand und holte sich eine neue. Dankbar nippte er am Kaffee und setzte sich an den Tisch.

»Alles in Ordnung?«, fragte Emily, stellte sich neben ihn und fuhr ihm mit der Hand durch die fettigen Haare.

Brett schaute auf. Er bewegte den Kopf ganz langsam, als ob jede Bewegung ihn große Mühe kostete. Blutunterlaufene Augen, schwarze Schatten darunter. »Als wir hier ankamen und dich auf der Treppe liegen sahen, hab ich gedacht, du wärst tot«, sagte er. »Ich hab noch nie solche Angst gehabt.« Er vergrub seinen Kopf an ihrer Hüfte.

Vor Überraschung über die intime Berührung stand sie nur da und traute sich nicht, sich zu rühren. Seinen verkrampften Schultern und seiner völligen Regungslosigkeit merkte sie seine Angst und Verwirrung an. Sie spürte, wie er mit sich kämpfte, um seine Freundschaft – seine Liebe – zu ihr mit dem Chaos um sie herum unter einen Hut zu bringen.

»Ach, Em«, sagte er, und die Hitze seines Atems durchdrang ihre Kleidung, prickelte auf ihrer Haut und senkte sich in ihr Fleisch. Seine Hand erschauerte auf ihrer Schulter. Ihre Finger streichelten seinen Hals, seine Schulter. Seine Hand bewegte sich an ihrem Bein hoch und schob eine Welle von Empfindungen vor sich her. Ihr blieb die Luft weg, als er ihren Po berührte und sie noch enger an sein Gesicht drückte. Dann bewegte er sich, und sie war wie erstarrt. Er drehte sein Gesicht zu ihr. Sein Kinn war nur wenige Zentimeter von ihrem Schoß entfernt. Jeder Atemzug fühlte sich an, als wäre sie nackt, als atme er direkt auf ihre Haut, und jeder ihrer Nerven war hellwach. Seine andere Hand stellte die Tasse auf den Tisch – ein weit entferntes, leises Geräusch – und wanderte an ihren Jeans hoch. Seine Finger lagen auf ihrem Po und bewegten sich kreisförmig, so sanft, so schüchtern, als ob eine plötzliche Bewegung die Magie dieses Augenblicks zerstören könnte: die rötliche Färbung der Nachmittagssonne im Fenster, eine Krähe, die ihren heiseren Schrei ausstieß, der Geruch von Kaffee, Seife und Schweiß und ein unterschwelliges Begehren, das alles andere zu überfluten drohte. Wenn er ihr das Hemd hochschöbe … Wenn seine Lippen ihre heiße Haut berühren, wenn seine Hände ihre Rippen hochwandern und ihre sehnsüchtigen Brüste auch nur streifen würden …

Sie zuckten beide zusammen, als die Küchentür aufsprang. Emily trat zurück, zerrte am Saum ihres Hemds und stieß gegen den Tisch. Bretts Tasse kippte um, Kaffee floss über die Tischplatte und tropfte auf den Boden.

»Hey, Darcy«, stotterte Emily, als ihre Schwester im Türrahmen auftauchte.

Darcy schaute erst Emily und dann Brett an, der hektisch den Tisch mit einem Geschirrhandtuch abtupfte.

»Wir sind gerade beim Kaffeetrinken«, sagte Emily.

Darcy bedachte sie mit einem seltsamen Blick, während sie einen Haufen prall gefüllter Plastiktüten auf das trockene Ende des Tischs wuchtete.

»Wir haben euch was zu essen mitgebracht.«

»Hey, ist alles in Ordnung? Wie geht es dir?«, fragte Emily.

»Den Umständen entsprechend. Dieser bekloppte Arzt wollte mich dabehalten und ruhigstellen.« Sie schnaubte.

»Hast du irgendwas gehört?«

»Nein.« Darcy begann mit roboterhafter Präzision die Tüten auszupacken.

»Und Bill?«

»Dem geht's gut«, sagte Darcy. »Er musste noch dableiben.«

Pater O'Brien trat mit weiteren Tüten ein und begrüßte sie beide. »Wie geht's uns denn?«

»Alles, was wir brauchen, sind gute Neuigkeiten und eine Woche Schlaf«, sagte Emily.

»Mit beidem kann ich momentan nicht dienen, fürchte ich«, sagte der Priester.

Brett drückte sich an Emily vorbei, um frisches Wasser aufzusetzen. Sie bekam eine Gänsehaut, als er sie streifte, aber sie rührte sich nicht, denn sie war sich des scharfen Blicks ihrer Schwester wohl bewusst.

Darcy schob Emily eine Tüte zu. »Hier drin sind ein paar Klamotten für dich. Ich hoffe, sie passen.«

»Danke. Wo hast du die denn her?«

»Von zu Hause natürlich«, sagte Darcy und nahm eine

blonde Plastikpuppe aus einer anderen Tüte. »Wir haben auf dem Weg dort haltgemacht, deshalb kommen wir so spät. Dieses Krankenhaus …«

»Du bist zu dir nach Hause gefahren?«, unterbrach Emily sie. »Um Miss Daisy zu holen?«

»Ich wollte, dass sie hier ist, falls – wenn – Maddy zurückkommt. Und du brauchtest was Frisches zum Anziehen. Außerdem dachte ich … ich dachte, Giacomo hat vielleicht eine Nachricht hinterlassen.« Sie stand still und starrte Madelines Puppe an, als hätte sie sie noch nie im Leben gesehen.

»Pater, war das nicht gefährlich?«, fragte Emily. »Hat euch jemand gesehen?«

O'Brien schüttelte den Kopf. »Ich habe versucht, es ihr auszureden, aber so gefährlich schien es mir nicht zu sein. Schließlich wissen sie ja ohnehin, wo wir sind.« Der Priester sah abgespannt aus. Emily wurde klar, dass er keine Minute geschlafen hatte. Er war die ganze Nacht unterwegs gewesen, um ihre Wohnung aufzuräumen, und dann hatte er sich für andere Leute die Hacken abgelaufen.

»Sie haben recht«, sagte Emily und warf einen Blick zur Tür hinaus. »Die Sonne ist fast untergegangen. Wir sollten schleunigst von hier verschwinden.«

»Geh dich umziehen«, sagte Darcy. »Ich kümmere mich ums Essen.«

»Ich finde nicht, dass wir noch länger hierbleiben sollten. Verdammt, wo steckt Jay eigentlich? Ich wünschte, ich wüsste, was hier vorgeht.«

»Was gibt's zu essen?«, fragte Brett und schenkte Kaffee ein. »Ich bin am Verhungern.«

»Fish and Chips«, sagte der Priester. »Ich nehme ihn schwarz mit zwei Stück Zucker.«

Emily schob ihren Ärger beiseite. »Nun, wenn wir schon

eine Pause einlegen, möchten Sie vielleicht duschen, Pater? Sie sehen ziemlich kaputt aus.«

Der Priester rieb sich das Gesicht und nahm die Tasse, die Brett ihm reichte. »Wie wahr, wie wahr.« Er sog den Duft des Getränks ein und wärmte seine Hände an der Tasse. »Aber vielleicht sollte ich eine Münze werfen.« Er schaute Brett an. »Ich würde sagen, Sie könnten auch eine Erfrischung vertragen. Wir haben nicht daran gedacht, Männerkleidung mitzubringen.«

»Ich find schon was«, sagte Brett und umklammerte seine Kaffeetasse mit der Verzweiflung eines Ertrinkenden. »Ich bin sicher, hier liegen irgendwo Sachen von Bill herum.«

»Nun denn«, sagte der Priester und trank seinen Kaffee aus. »Ich beeile mich. Und Sie haben recht, Emily. Wir sollten nicht länger hierbleiben als notwendig.«

»Handtücher sind im Schrank«, rief Emily ihm nach, als er sich auf den Weg zum Badezimmer machte.

»Lassen Sie mir ein paar Pommes übrig«, rief er zurück, und dann hörten sie, wie die Tür sich schloss.

Darcy reichte Emily einen Kulturbeutel. »Ich hab auch etwas Waschzeug eingepackt. Ich wusste ja nicht, was Old Bill hier hat.«

»Danke. Ich gehe mich umziehen.«

Darcy begann, Teller auf den Tisch zu knallen und mit Besteck zu klappern.

Emily berührte sie an der Schulter. »Alles okay?«

Darcy nickte, ohne sich umzusehen.

Emily ließ es dabei bewenden. Sie spürte Bretts Blick in ihrem Rücken, als sie das Zimmer verließ. Es war eine Erleichterung, die Schlafzimmertür hinter sich zumachen zu können. Die arme Darcy. Furchtbar, was sie durchmachen musste. Emily konnte sie nur zu gut verstehen. Diesmal gab

Darcy ihr zu Recht die Schuld. Sie hatte das Ganze heraufbeschworen. Emily konnte geradezu spüren, wie die festen Mauern von Darcys Existenz unter der Belastung Risse bekamen. Dass ihre kleine Schwester kurz davor gewesen war, es auf dem Küchentisch zu treiben, als sie hereinkam, war vermutlich auch keine große Hilfe.

Emily entkleidete sich langsam. Sie musste daran denken, wie sich Bretts Hände angefühlt hatten, und ihr wurde heiß zwischen den Beinen, als sie in Gedanken noch einmal sein Gesicht in ihrem Schoß spürte. Sie ließ ihre Hände an den Seiten ihres nackten Körpers entlangwandern und gestatte sich einen stummen Seufzer, als sie ihre Brüste umfasste. Sie schaute sich im Spiegel an und kam sich vor wie eine Spannerin, die sich selbst durch ein Fenster beobachtete. Sie war damals hin und weg gewesen, dass so ein toller Mann wie Martin mit ihr ins Bett ging. Sie hätte nie gedacht, dass Brett für sie ähnlich empfinden könnte. Vielleicht war es nur der Stress, die Müdigkeit, das Bedürfnis nach Trost und Sicherheit. Eine Dusche und einmal Ausschlafen, und sie wären darüber hinweg. Wieder in der Normalität angekommen. Nur Freunde. Das war es doch, was sie wollte, oder nicht? Keine Nächte, in denen sie sich die Augen vor einer leeren Flasche Wein ausweinte. Kein läuterndes Verbrennen von Fotos. Kein zitternder Finger auf der Computermaus, der davor zurückschreckt, die Jpegs von dem lächelnden Paar endgültig zu löschen: das dumme Mädchen und der grinsende, untreue Mistkerl.

Emily zitterte. Sie merkte plötzlich, dass sie in ihrer Nacktheit fror. Sie sah den Klamottenstapel auf dem Bett durch und legte ein sauberes Outfit zur Seite. Ohne BH natürlich, Darcy hatte die Körbchengröße-C-Gene geerbt. Aber ein dicker Pullover war dabei, und der würde reichen. Sie wollte Brett keinen Grund mehr geben, sie anzustarren, obwohl sie sich fragte, wer von ihnen beiden darüber wohl enttäuschter sein würde. Sie hätte sich gern einem Mann in die Arme geworfen, jemandem, dem sie sich hingeben und dem sie es zutrauen konnte, dass ihm dieser ganze Mist nicht über den Kopf wuchs.

»Nie ist ein guter Mann zur Stelle, wenn man einen braucht«, murmelte sie schuldbewusst und versuchte, nicht an Jay zu denken, während sie Slip und Jeans anzog. Wie sehr sie sich wünschte, er würde anrufen und ihnen sagen, was er so trieb!

Plötzlich bewegte sich etwas im Zimmer: Der Vorhang blähte sich im Wind. Kein Wunder, dass ihr so kalt war. Aber etwas stimmte nicht. Sie hielt inne, die Hände am Reißverschluss, während ihr klar wurde, dass sie einen Gürtel brauchen würde, weil ihre Schwester auch das gebärfreudige Becken, das in ihrer Familie lag, geerbt hatte. Das Fenster war geschlossen gewesen. Sie hatte sie alle zugemacht. Oder nicht?

Sie schnappte nach Luft, als eine Gestalt aus dem Nichts trat. Jemand hatte sie die ganze Zeit beobachtet. Emily schnappte sich das nächstbeste Kleidungsstück, presste es an ihre nackte Brust, wich an die am weitesten entfernte Wand zurück und holte Luft, um das ganze Haus zusammenzuschreien. Dann trat der Eindringling ins Licht.

»Ach du Scheiße! Mum?«

Wendy schaute an ihr vorbei, als würde die Wand nicht existieren.

»Ich musste dich warnen, Emmy«, sagte sie. »Sie kommen.«

12

Brett lehnte sich gegen den Küchenschrank und wärmte sich an der Kaffeetasse, so gut er konnte. Er wünschte, der Priester würde sich beeilen, denn er hatte das dringende Bedürfnis, ein Bad zu nehmen. Was, zum Teufel, wäre da beinahe passiert? Was musste Emily jetzt von ihm denken? Erst platzte er mit einem pubertären Geständnis heraus, und dann versuchte er, sie zu verführen, obwohl er sie eigentlich hätte trösten sollen. Ihre Nichte war gerade entführt worden, und ihm fiel nichts Besseres ein, als zu versuchen, sie mit einer schnellen Nummer auf dem Küchentisch abzulenken. Ja, er war wirklich ein toller Typ.

Er nippte an dem Kaffee und genoss die Hitze, die seine Kehle hinunter in seinen Magen floss. Emily war mit der Klamottentüte praktisch aus dem Zimmer geflohen. Vermutlich würde sie den Rest der Nacht zum Umziehen brauchen, nur, um sich von ihm fernzuhalten. Vielleicht sollte er einfach gehen. Schließlich hatte er die ganze Zeit noch nichts Sinnvolles getan, außer Zaubersalz für den Priester auszustreuen und Botschaften von Jay, dem Mann der Stunde, zu überbringen.

Darcy ging um ihn herum und deckte den Tisch, als würden sie gleich ein Bankett zu sich nehmen und keinen lauwarmen Imbissfraß. Vielleicht konnte er den Priester überreden, ihn nach Hause zu bringen oder, noch besser, zum Flughafen. In Cairns soll es um diese Jahreszeit sehr schön sein. Dort oben gab es bestimmt einen Job für einen Software-Designer. Flüchtig erschien ein Bild vor seinem geistigen Auge: Er lag in einem Liegestuhl am Strand, den Laptop auf einem Beistelltisch, einen Cocktail in der Hand, und sah zu, wie eine Schar von nur mit Bikinis bekleideten Rucksacktouristinnen mit schimmernder, gebräunter Haut vorbeiflanierte. Wem wollte er etwas vormachen?

»Ungefähr eine Minute auf der höchsten Stufe«, murmelte Darcy neben seinem Ellenbogen und machte die Tür der Mikrowelle auf, um die panierten Filets aufzuwärmen.

Brett rührte sich nicht, obwohl er ihr im Weg stand, und sie war viel zu sehr damit beschäftigt, ihn zu ignorieren, um ihn zu bitten, zur Seite zu rücken. Entsetzt starrte er Miss Daisy an, Madelines Puppe, und sah, wie sie ihren Kopf drehte, ihn anglotzte und sich dann erhob.

Brett stürzte sich auf sie. Sie biss ihn in den Finger, während Darcy sich umdrehte und schrie. Brett griff erneut nach der Puppe. Sie wand sich, trat und schlug um sich. Es war, als würde er versuchen, eine Wildkatze festzuhalten. Er schaute sich um. Wo war diese verdammte Sichel? Ein Messer? Er knallte die Puppe gegen den Kühlschrank und dann gegen einen kleinen roten Feuerlöscher, der an der Wand befestigt war. Ob er ihn losmachen und die Puppe damit verdreschen konnte? Keine Chance.

Darcy schrie erneut auf, als Brett durchs Zimmer wirbelte und versuchte, die verrückt gewordene Puppe unter Kontrolle zu bekommen. Sie bewegte sich unter seinen Händen, als wäre sie aus weichem, mit irgendeiner Flüssigkeit gefülltem Gummi. In seiner Verzweiflung wankte er zum Küchentresen und schubste Darcy dabei aus dem Weg. Ein Teller zerschellte auf dem Boden. Brett stieß die Puppe in die offene Mikrowelle. Sie starrte mit ihren pechschwarzen Augen zu ihm empor und grub ihm ihre Finger ins Fleisch. Schließlich gelang es ihm, sie loszumachen und die Tür zuzuknallen. Sie hämmerte so fest gegen die Glasscheibe, dass das ganze Gerät wackelte. Brett hieb auf die Knöpfe, während die Tür unter den Schlägen erbebte. Die Mikrowelle leuchtete auf und begann zu summen. Die Drehscheibe rotierte. Die Puppe fiel in sich zusammen. Irgendein schwarzes Zeug blubberte durch ihre schmelzende Plastikhaut, bis sie ganz und gar schwarz war. Die Gestalt erhob sich. Mit in stummer Wut aufgerissenem Mund warf sie sich von innen gegen die Tür und hinterließ tintenähnliche Flecken auf dem Glas. Schwarze Ranken quollen rund um die Tür herum nach draußen, flossen ineinander und bildeten eine halbwegs menschliche Gestalt.

Brett packte Darcy. Er musste sie nach draußen bringen. Er stieß sie in den Korridor und drückte sie gegen die Wand, während Emily heruntergerannt kam. Ihre Bluse war nicht ganz zugeknöpft und flatterte um ihre Taille.

»Bring sie in mein Zimmer«, rief sie ihm zu, als sie an ihm vorbeilief.

Brett scheuchte Darcy ins Schlafzimmer. Eine Frau stand mitten im Zimmer, in einem Rock und einer Bluse, die mehrere Größen zu groß für sie waren, und ohne Schuhe.

»Gehen Sie Emily helfen«, drängte die Frau ihn, während sie Darcy in ihre Arme schloss. »Ich kümmere mich schon um meine Tochter.«

Er nickte, knallte die Tür hinter sich zu und spurtete den Flur hinunter zurück zur Küche. Fast hätte er den Priester umgerannt, der klatschnass in ein Handtuch gewickelt mit gezücktem Kruzifix aus dem Badezimmer kam und die Sichel schwang.

Die Männer erreichten die Tür gerade rechtzeitig, um eine große Flamme aus Emilys Hand entweichen zu sehen. Sie verschlang einen Schatten in Menschengestalt, der über den Tisch hinweg auf sie zuschwebte.

Emily lehnte sich gegen die Wand und rang nach Luft. Der Priester murmelte ein Gebet, während Brett zögernd auf sie zuging und sich erkundigte, ob sie verletzt sei.

Sie umarmte ihn und ließ ihn dann rasch wieder los. »Ist Darcy was passiert?«

»Sie ist bloß mit den Nerven fertig. Noch mehr als vorher. Wer ist die andere Frau in deinem Zimmer?«

»Meine Mutter. Sie ist gekommen, um mich zu warnen.« Emily knöpfte sich die Bluse zu, steckte sie in die Hose und zog den Gürtel ihrer Jeans stramm. Ihre Finger gehorchten ihr kaum. O Mann, war sie müde. Sie fühlte sich, als habe ihr jemand die Wirbelsäule durch die Zehen aus dem Körper gezogen, falls so etwas möglich war.

O'Brien drängte sich an ihnen vorbei und besprühte die brennende Mikrowelle mit dem Feuerlöscher.

»Was *was* das?«, fragte Brett.

»Brennbar«, sagte sie schulterzuckend.

»Wie hast du das gemacht?«

»Offenbar liegt das in der Familie.«

O'Brien holte die Sichel und erklärte, er würde nach draußen gehen und das Grundstück absuchen.

»Wir sollten hier abhauen«, sagte Brett, als der Priester die Tür hinter sich schloss. »Wir hätten gleich auf dich hören sollen.«

Emily nickte. Zum Sprechen fehlte ihr die Energie.

Da stürzte der Priester wieder zur Tür herein, knallte sie zu und sagte: »Wir müssen hier weg.«

Wendy kam, von Darcy gefolgt, in die Küche. »Sie sind hier«, sagte sie. »Sie sind wirklich hier.«

Emily schüttelte verzweifelt den Kopf. War eine Pause denn zu viel verlangt? Nur ein Moment, um Luft zu schnappen …?

»Sie haben das ganze Haus umstellt«, sagte der Priester.

»Die Anhänger der Cabal. Sie stehen unter dem Einfluss der dunklen Seite.«

»Wir müssen den Van oder Emilys Kombi holen«, sagte Brett. »Wie viele sind es?«

»Zu viele«, sagte O'Brien und zückte dann die Sichel. »Aber wir werden ein ziemliches Spektakel veranstalten. Brett und ich können Ihnen Deckung geben, wenn Sie zum Van laufen, meine Damen. Sie müssen ganz schnell ganz weit wegfahren und hoffen, dass Jehail Sie vor diesen Kreaturen findet.«

»Wenn ich eine Flinte hätte, ginge das vielleicht«, sagte Brett und lugte durchs Fenster, während die Anzugtypen mit gleichmäßigen Schritten näher kamen. »Ich sehe mindestens sechs. Sie sind schon beim Schuppen.«

»Nein«, sagte Emily blinzelnd, als eine weibliche Stimme in ihrem Kopf sagte: *Du musst lernen, Kraft von außen zu schöpfen, nicht von innen.* War das Wendy? Nanna? Oder bloß etwas, das sie im Grimoire gelesen hatte? Verdammt, wo war das Buch überhaupt? Im Schlafzimmer? Eins nach dem anderen. Wenn sie sich nur konzentrieren könnte. »Ich kann versuchen, sie auf die gleiche Weise zu erledigen wie diese merkwürdige Schatten-Puppen. Dazu brauch ich nur euch Jungs, Mum und Darcy können sich verdrücken.«

»Sie sind hinter dir her«, sagte Wendy. »Hörst du sie nicht rufen?«

Darcy hielt ihre Mutter im Arm. »Was wollen die? Was geht hier vor?«

»Sie sind stehen geblieben«, sagte Brett. »Worauf warten sie?«

O'Brien ging zum Fenster und schaute Brett über die Schulter. »Keine Ahnung«, sagte er, »aber wir sollten es ausnutzen.« Er wandte sich zu Emily um. »Haben Sie noch die Energie für ein bisschen Hokuspokus?«

»Ich schätze schon ... Aber dafür brauche ich das Grimoire.«

O'Brien holte es.

Emily schlug es wahllos irgendwo auf und flehte ihre Großmutter insgeheim an, ihr zu helfen. Stimmen flüsterten in ihrem Kopf. Sie spürte, wie Seiten umgeblättert wurden, und dann tauchte sie in sie hinein, während das Papier durchsichtig wurde und so groß wie Bettlaken. Es war, als würde sie darin versinken, zwischen den Wörtern, zwischen den Buchstaben, die nun dunkel, riesengroß und unleserlich waren. Unter der Schrift lag eine weitere Bedeutungsschicht, eine weitere Ebene des Wissens. Mit einem unterdrückten Seufzer, vielleicht dem Geräusch der zahlreichen umgeblätterten Seiten, floss dieses Wissen wie Sirup in sie hinein.

»Irgendwas geht hier vor«, sagte Brett.

Emily sackte in sich zusammen und schlug das Buch zu. Das Flüstern hallte in ihren Gedanken nach. Sie schnappte nach Luft, als ihr klar wurde, dass die Energie als leuchtende Kugel in ihrem Kopf zurückgeblieben war, die darauf wartete, freigesetzt zu werden. Und noch vieles mehr ...

Emily stand auf und registrierte, dass Brett etwas gesagt hatte. Sie lehnte sich dankbar an ihn und schaute über seine Schulter nach draußen. Fast hätte sie Jays Namen gerufen. War er etwa gekommen, um sie zu retten? Wie hatte sie an ihm zweifeln können? Vielleicht würde sie die Kräfte, die sie in sich trug, gar nicht benutzen müssen.

Eine dunkle Gestalt senkte sich schwerelos vom Himmel herab, bis ihre Stiefel mit einem dumpfen Geräusch auf dem Dach von O'Briens Van auftrafen. Emily hielt die Luft an. O bitte, lass es Jay sein.

Wind zerrte am Ledermantel der Gestalt, und eine schmale, bleiche Hand strich lange Haare aus roten Augen. Eine

Frau. Emily hatte sie bereits auf dem Maskenball gesehen, und ihre Hoffnung erstarb wie eine verlöschende Kerze. Mayam. Uhgraus Dienerin. Ganz in Schwarz gekleidet. Das hautenge Lederoutfit betonte ihre Vogelscheuchenfigur. Nun war auch der letzte Zweifel verflogen. Emily wusste, wer ihr Feind war, Verwandtschaft hin oder her.

Mit einem Fingerschnippen zündete Mayam sich eine Zigarette an und sog genüsslich den Rauch ein, bevor sie auf die Motorhaube sprang. Das Gefährt geriet bei dem Aufprall ins Schaukeln. Leichtfüßig sprang sie auf den Boden, stieß den Rauch aus und baute sich in gebieterischer Haltung auf. Ein Bein abgespreizt, als stünde sie auf einem Laufsteg, eine Hand an der Hüfte, in der anderen die Zigarette auf Schulterhöhe haltend, musterte sie die wartenden Cabalisten. Dann zeichnete sie mit der Zigarette ein Muster in die Luft, das noch eine Weile weiterglühte, als sie fertig war. Mit brutaler Gewalt durchstieß sie mit der Zigarette das Symbol in Richtung Haus. Emily zuckte zusammen, als sie einen unsichtbaren Energiestrom verspürte. Die Tür flog auf. Frauen schrien.

Die Männer vor dem Haus stürzten zur Tür.

Mit raschen Handbewegungen und Fingern, die sich wie hektische Spinnen bewegten, flocht Emily vor dem Eingang ein Kraftnetz. Als der erste Anzugtyp es erreichte, flackerten orangefarbene Flammen an den Stellen auf, an denen er gegen den Schutzschild rannte. Die Anstrengung, die es sie kostete, die Barriere aufrechtzuerhalten, während ein Mann nach dem anderen dagegendrängte, ließ Emily aufschreien. Bei jeder Kollision leuchtete der Ring an ihrem Finger auf.

Wendy berührte Emily an der Schulter. »Nimm meine Energie«, sagte sie. »Lass nicht zu, dass sie uns mit ihren klebrigen Zungen und ihren spitzen Fingern noch mehr wegnehmen.« Wendys Griff wurde fester, ihre Hand heiß. Die Wärme durchlief Emily wie eine heiße Dusche an einem kalten Tag. Sie erwartete fast, Dampf aufsteigen zu sehen. Ihre Gedanken wurden klar, als die Energie von ihrer Mutter in sie hineinströmte. Stimmen in ihrem Kopf erhoben sich zu einer Begrüßung, einem Chor der Freude.

»Ich brauche mehr«, sagte Emily.

Wendy streckte den Arm aus und nahm Darcys Hand.

»Was machst du da?«, fragte diese.

»Es wird Zeit, dass wir zu einer Familie werden«, sagte Wendy.

Darcy versuchte, sich dem Griff ihrer Mutter zu entziehen. »Ich verstehe nicht.«

»Das wirst du noch.« Emily sah, dass sich das Gesicht ihrer Schwester vor Angst verzerrte. Dann sah sie sich selbst mit den Augen ihrer Schwester – ihre Haare, die sich durch unsichtbare elektrische Ladungen sträubten, die Augen, in denen rote Flammen loderten, den Mund, der glühte wie ein Holzofen.

»Macht euch bereit, loszurennen«, wies Emily sie an. Ihre Stimme klang so weit entfernt, als blase ein kräftiger Wind an ihren Ohren vorbei und trüge ihre Worte fort. »Wenn ich den Weg freigemacht habe.«

»Tu's«, sagte Wendy und umklammerte Darcys Hand.

Eine Kakophonie von Stimmen umgab Emily.

»Was machst du da?«, fragte Darcy.

»Nimm sie«, drängte Wendy.

»Ihr seid eins«, sagte Nanna.

Emily stieß einen Schrei aus, und die Fenster zersprangen. Die Tür schlug nach innen gegen die Wand, sprang aus den Angeln, flog wieder nach draußen und schleuderte die Männer im Eingang in alle Himmelsrichtungen. Eine sich stetig ausweitende Energiewelle setzte sich kreisförmig vom Haus aus fort, und jeder Cabalist, der von ihr berührt wurde, fiel um. Einige gingen in Flammen auf, andere sackten einfach schlaff in sich zusammen, während die dunkle Seite in ihnen in Flammen aufging und innerhalb eines Sekundenbruchteils ausgelöscht wurde. Mayam wurde nach hinten geschleudert und knallte so heftig gegen den Van, dass eine Beule zurückblieb. Sie rutschte zu Boden.

»Alle raus hier«, kommandierte O'Brien und scheuchte die Frauen durch die Überreste der Tür. »Schnell, Brett, bevor sie sich erholen können.«

Brett musste Emily stützen, sie war schwach und blutete aus der Nase. Dennoch umklammerte sie das Grimoire, als ginge es um ihr Leben, und er glaubte das Flüstern weiblicher Stimmen zu hören, als würde gleich ein Bus voller schwatzender Schulmädchen um die Ecke biegen.

Emilys Mutter und ihre Schwester wirkten benommen und konnten sich nur noch stolpernd vorwärtsbewegen.

Endlich erreichten sie den Transporter. O'Brien hielt die Schiebetür auf und drückte dann Brett die Schlüssel in die Hand. »Fahren Sie in die Wohnung«, sagte er. »Emily weiß, wo. Warten Sie auf Jehail. Er weiß, was zu tun ist.«

»Was ist mit Ihnen, Pater? Kommen Sie nicht mit?«

»Noch nicht. Ich habe ein Rendezvous mit dem Teufel.« Mit einer Kopfbewegung deutete er auf die Front des Fahrzeugs, an der Mayam sich gerade hochzog. Ihre Bewegungen waren langsam, aber sie schüttelte die Wirkung von Emilys Zaubertrick schnell wieder ab.

Der Priester zückte die Sichel und ging, das Kruzifix in der ausgestreckten Hand, auf sie zu.

Mayam lachte und leckte sich die Lippen.

»O'Brien«, rief Brett von der Fahrertür aus. »Kommen Sie mit uns, Mann!«

»Ich kann nicht zulassen, dass sie Ihnen folgt. Dieses abscheuliche Etwas muss sterben.«

Mayam gab ein keckerndes Kichern von sich. »Ich bin doch schon tot, du dummer Priester. Nun komm, lass mich dir die letzte Ölung geben.«

Brett legte den Rückwärtsgang ein und lenkte den Van von den beiden Widersachern weg, die einander umkreisten. »Gott helfe Ihnen, Pater«, murmelte er, während er knirschend den Gang einlegte und den Weg zur Straße einschlug.

Die Frauen, die auf der Rückbank kauerten, schwiegen unheilvoll, aber er wagte es nicht, langsamer zu fahren. Er warf einen Blick nach hinten. »Wie geht es euch?«

»Nicht gut«, sagte Wendy, die ihrer Tochter eine Halskette in die Hand drückte. »Emmy ist bewusstlos. Vielleicht stirbt sie.«

13

Frauen drängten sich um Emily. Sie hörte sie murmeln: »Von innen … das ist nur die Unerfahrenheit … nächstes Mal …« Sie öffnete die Augen und sah die sepiafarbene Traumlandschaft und Nanna vor sich, die auf sie herabblickte.

»Wie unvorsichtig, meine Schwester-Enkeltochter. Im Grimoire steht doch: von außen. Von außen schöpfen, nicht von innen.«

Bei ihren vergangenen Besuchen hatte die mystische Energie dieser Ebene Emily gestärkt. Diesmal funktionierte das nicht. »Ich bin so müde«, sagte sie.

»Du hast die Zauberkräfte aus dir selbst geschöpft und deine eigene Energie vergeudet, statt sie aus deiner Umgebung zu nehmen. Ein typischer Anfängerfehler. Bedenke, dass jedes Lebewesen seine eigene Energie hat. Unsere besondere Fähigkeit besteht darin, diese Energie nach unserem Willen zu formen. Du musst nur daran denken, etwas zurückzugeben, wenn du fertig bist, und dem Universum für die Leihgabe zu danken.« Nanna zwinkerte ihr zu. »Und jetzt wach auf. Jemand will mit dir reden.«

»Nanna?« Licht drang durch Emilys Lider. Sie schloss die Augen und versuchte, sie ganz, ganz langsam wieder zu öffnen. Sie befand sich in einem weißen Zimmer, in einem Bett mit weißer Bettwäsche und einem Metallgitter rundherum.

»Hey, willkommen zurück.« Bretts vertraute Stimme drang an ihre Ohren, und sie hätte am liebsten losgeheult.

Ein Glück, dass du da bist, wollte sie sagen. Stattdessen stieß sie ein heiseres »Hi« hervor. Sie spürte seine Hand auf der ihren, während er auf sie herablächelte.

»Es scheint langsam zur Gewohnheit zu werden, dass du einschläfst, wenn ich da bin. Bin ich denn so langweilig?«

»Sei nicht blöd«, sagte sie und verdrehte die Augen. »Was ist passiert? Wo bin ich?«

»Im Krankenhaus. Du bist zusammengeklappt. Du hast mir ganz schön Angst gemacht – mal wieder«, sagte er, jetzt ohne jede Spur von Ironie. »Erinnerst du dich?«

Emily sank ins Kissen zurück und schloss die Augen. Das Brausen lodernder Flammen brach erneut über sie herein, der Sprechgesang einer Vielzahl von Stimmen. Die Energie, die sie wie Magma durchströmte und sich gegen die Männer richtete, die ihrer Familie wehtun wollten. Wieder spürte sie die Traurigkeit und die Erleichterung ihrer Mutter, die Eifersucht und die Verwirrung ihrer Schwester in sich. Und etwas noch Stärkeres. Einen Quell in ihrem Innern, einen kraftvollen Chor. Emily stöhnte. Von all den merkwürdigen Gefühlen, die sie durchströmten, waren Darcys die überraschendsten. Kaum zu glauben, dass ihre Schwester trotz all ihres Charmes und ihrer Beliebtheit eifersüchtig auf ihre Schwester, das hässliche Entlein, gewesen war: eifersüchtig auf ihre Scharfsinnigkeit, ihren Mut und auf die besondere Freundschaft, die zwischen ihr und ihrer Nanna bestand. Darcys Gefühle machten sie um so trauriger, als sie wusste, dass auch ihre Schwester so eine Freundschaft hätte haben können, wenn sie nur gewollt hätte.

»Alles in Ordnung, Em?«, fragte Brett. »Soll ich eine Schwester rufen?«

Emily schüttelte den Kopf, was sie sofort bereute, weil sie durch die unvermittelte Bewegung prompt hämmernde Kopfschmerzen bekam. Mayam, die Anzugtypen, O'Brien …

»Wie geht es meiner Familie?«, fragte sie und suchte in Bretts Gesicht nach einer Beruhigung.

»Denen geht's gut«, sagte er. »Ich habe sie in einem Hotel in der Nähe abgesetzt, sobald wir wussten, dass du außer Gefahr bist. Sie machten alle den Eindruck, als bräuchten sie Ruhe.«

»Und du nicht?«

Er zuckte mit den Schultern. »Das war ein ziemlich raffinierter Trick, den du da vorhin abgezogen hast. Wie hast du das gemacht?«

»Instinkt. Ein Zauber aus dem Grimoire.«

»Dann war das Buch also endlich doch zu etwas gut.«

»Scheint so.« Emily drückte seine Hand und massierte sich dann die schmerzende Stirn. »Was ist mit Pater O'Brien?«

Brett schüttelte den Kopf. »Keine Ahnung. Vielleicht ist er ja bei Jay.«

»Jay? Ist er hier? Hast du ihn gesehen?«

»Nein«, sagte Brett und schaute weg.

Der gequälte Ausdruck in seinen Augen ließ Emily bereuen, dass sie ihr Interesse an Jay so deutlich gezeigt hatte.

Wenn er jetzt doch hier wäre! Er würde wissen, was sie zu tun hätte. Hatte er Madeline gefunden? Sie konnte es nur hoffen. »Und das Grimoire?«

»Hier«, sagte Brett und klopfte auf eine Beule unter der Bettdecke. »Deine Mutter meinte, du willst es bestimmt haben. Und sie hat dir das da gegeben.« Er deutete auf ihre Brust.

Emily hob die Bettdecke hoch und stellte zu ihrer Überraschung fest, dass jemand das Medaillon, das ihre Nanna ihr geschenkt hatte, neben dem Kreuz auf ihre Kette gefädelt hatte. Es wurde nur knapp von dem Krankenhaushemd verdeckt, das in einem bezaubernden Limonengrün gehalten war.

An ihrem linken Arm hing ein Tropf mit Kochsalzlösung, und ein Plastikarmband zierte ihr Handgelenk.

Sie warf einen Blick auf ihre rechte Hand. »Wo ist mein Ring?«, fragte sie, plötzlich angsterfüllt.

»In der Schublade neben dem Bett«, sagte Brett. »Ich hatte schon meine liebe Not, dafür zu sorgen, dass du die Kette nicht ablegen musstest, das kannst du mir glauben.«

»Danke.« Sie beugte sich vorsichtig vor, um den Schlauch in ihrem Arm nicht herauszureißen, und nahm den Ring aus der Schublade. Kaum war er an ihrem Finger, wurde ihr wärmer. »Wie lange bin ich schon hier?«

»Es ist kurz vor Mitternacht. Du warst ein paar Stunden lang weggetreten. Sie haben dir etwas zum Schlafen gegeben.«

»Du musst müde sein.«

»Es geht«, sagte er und gähnte.

»Du solltest ins Hotel fahren und auf sie aufpassen. Vielleicht bringst du sie besser ganz aus der Stadt raus, bis das alles hier vorbei ist.«

»Wann ist es denn vorbei, Emily?« Er nahm ihre Hand und massierte sie mit seinem Daumen. »Bis dahin möchte ich dich lieber nicht allein lassen.«

Ihr kamen die Tränen, aber sie riss sich zusammen. »Was auch immer hier vor sich geht, an Maddys Geburtstag wird es ein Ende haben«, sagte sie. »Auf jeden Fall. Uhgrau scheint zu glauben, dass der achte Geburtstag ein wichtiges Datum ist. Verdammte Scheiße, Brett, bis dahin sind es nur noch ein paar Tage, und ich hab' keine Ahnung, was ich tue, ich bin praktisch im Blindflug unterwegs.«

»Was uns angeht, hast du dich bislang ziemlich gut geschlagen«, sagte er. »Vielleicht hilft dir das Buch ja weiter.«

Sie nickte. »Ich bin so müde, Brett.«

»Du hast eine Menge durchgemacht. Du solltest dich ausruhen. Deine Mutter glaubt offenbar, das Medaillon würde dich vor Uhgraus Leuten verbergen, zumindest für eine kleine Weile. Der Arzt will dich mindestens einen Tag hierbehalten, vielleicht auch noch morgen. Er sagt, du bist völlig erschöpft, aber es ist nichts, was ein anständiges Essen und ausreichend Schlaf nicht in Ordnung bringen könnten.«

»Schön wär's«, sagte sie, und sie lächelten einander wissend an.

Eine Schwester kam mit einem Plastikbecher herein, der in ihrer fleischigen Pranke kaum zu sehen war. »Es ist ziemlich spät, junger Mann«, sagte sie, während sie den Becher auf das Tablett am Nachttisch stellte und den Tropf mit der Kochsalzlösung überprüfte. »Sie sollten beide ein wenig schlafen.«

Brett wollte widersprechen, doch Emily brachte ihn zum Schweigen, indem sie ihre Hand auf seine legte. »Sie hat recht. Du schläfst doch schon im Stehen ein. Vielleicht könnt ihr ein Bett hier hereinschieben. Ich weiß nicht, ob du noch fahren solltest.«

Die Schwester musterte ihn abschätzig, als ginge sie im Geiste die Liste leerer Betten durch.

Brett stand auf. »Schon gut, ich weiß, wann ich nicht erwünscht bin.«

Emily runzelte die Stirn, und er signalisierte ihr mit einem Lächeln, dass das nicht ernst gemeint war.

»Ich bin morgen früh wieder hier, okay? Ruh du dich aus. Wenigstens hast du was zu lesen, wenn du nicht schlafen kannst.«

Die Schwester trat zwischen sie. »Keine Sorge, junger Mann. Sie wird sich schon ausruhen, wenn sie weiß, was gut für sie ist.« Sie klapperte mit dem Pillenbecher und füllte Emilys Wasserglas auf.

Brett winkte ihr von der Tür aus zu. »Ich sag dir Bescheid, wenn es was Neues gibt, wegen, du weißt schon …«

Emily nickte ihm dankend zu. Tränen brannten in ihren Augen, als er aus ihrem Sichtfeld verschwand. Sie fühlte sich plötzlich sehr allein.

Emily schluckte ihre Tabletten. Sie war unruhig, doch das Medaillon, der Ring und der Druck des Grimoire an ihrer Hüfte spendeten ihr Trost. Wie ihre Mutter gesagt hatte, verbarg der Anhänger sie vor Uhgraus Blicken. Wärme strömte durch ihren Körper, hinter ihren Lidern flackerten Lichter wie von einem Lagerfeuer, und in ihrem Kopf hörte sie Frauenstimmen rufen, ihre Angehörigen, die sie zu Hause willkommen hießen.

Sie eilte zu ihnen.

Brett blieb auf dem Parkplatz stehen, die Schultern gegen die Kälte hochgezogen, um seinen Kragen zu schließen. Sein Atem bildete Dampfwölkchen. Er hatte einige misstrauische Blicke geerntet, als er mit der leblosen Emily auf den Armen in die Notaufnahme gehetzt war. Sie hatten sie für ein Drogenopfer gehalten und wollten ihm nicht glauben, dass sie einfach das Bewusstsein verloren hatte. Er erzählte ihnen, dass sie die ganze Nacht durchgefahren waren, dass es ihr ohnehin schon schlecht ging und sie deshalb einen Urlaub an der Nordküste abgebrochen hätten. Dass es ihm nicht gelungen sei, sie aufzuwecken, als er zum Tanken und Kaffeetrinken gehalten hatte.

Er ging über den leeren Parkplatz zu dem Van. In der vagen Hoffnung, dass niemand die Beule sehen würde, die

Mayam auf der Motorhaube hinterlassen hatte, hatte er ihn mit dem Heck zum Krankenhaus geparkt. Brett schaute hoch. Bestimmt würde er Emilys Fenster sehen können. Schließlich hatte er dort oft genug hinausgeschaut und nach dem Van gesehen, der unten einsam auf dem mit weißen Linien gestreiften Asphalt unter den Scheinwerfern stand, dahinter die flirrenden Lichter der Stadt.

Eine Gestalt flatterte vor dem Gebäude vorbei. Brett kniff die Augen zusammen. Ein Vogel. Die Nacht wurde plötzlich kälter. Nicht irgendein Vogel. Ein Uhu.

Hinter sich hörte er etwas knirschen. Er wirbelte herum. Es war Uhgrau, der mit seinem Stock auf den Boden klopfte, um ihn auf sich aufmerksam zu machen.

»Ich freue mich, Sie wiederzusehen, Mr. Samuels«, sagte Uhgrau.

»Das kann ich von mir nicht behaupten«, sagte Brett, während Wut in ihm aufwallte. Er ballte die Fäuste und ging auf Uhgrau zu. »Warum können Sie Emily nicht in Ruhe lassen, Sie Mistkerl?«

»Erinnern Sie sich an Mayam, meine Assistentin?«, fragte Uhgrau, ohne sich aus der Ruhe bringen zu lassen.

Brett blieb stehen und schaute sich um. Mayam stand in einem hautengen schwarzen Latex-Outfit direkt hinter ihm. Falls O'Brien ihr irgendwelche Verletzungen zugefügt haben sollte, sah man zumindest nichts davon.

»Hallo, mein Hübscher«, sagte Mayam, und ihre Finger krallten sich in Bretts Schulter und lähmten ihn.

»Was Sie vergessen oder vielleicht nicht bedacht haben, Mr. Samuels«, sagte Uhgrau, dessen Atem keine Spur in der kalten Luft hinterließ, ganz beiläufig, »ist, dass das Medaillon zwar Miss Winters für uns unsichtbar macht, aber nicht Sie.«

Mayam grub ihre Finger noch tiefer in Bretts Schulter,

und er rang nach Luft. Er spürte, wie seine Knie nachgaben, und sie drückte ihn zu Boden.

»Nun, wie wär's, wenn Sie mit meiner Assistentin hierbleiben, während ich nach oben gehe und mich ein bisschen mit der kleinen Emily unterhalte? Was halten Sie davon?«

Brett wollte ihm deutlich sagen, was er davon hielt, aber der stechende Schmerz, der durch seinen Körper fuhr, raubte ihm die Sprache. Und plötzlich war er müder, als er geglaubt hatte, und der Asphalt raste auf ihn zu, während er ohnmächtig wurde.

»Tu ihm nichts«, sagte Uhgrau. Seine Worte trieben durch den schwarzen Sumpf, in dem Bretts Bewusstsein langsam versank. »Noch nicht.«

Der Schlaf hatte Emily schon fast übermannt, als das Geräusch der Tür, die geöffnet und dann wieder geschlossen wurde, sie wieder in die Realität zurückholte. Vermutlich eine Schwester, die ihren Blutdruck oder Fieber messen wollte. Typisch Krankenhaus: Erst sagen sie einem, dass man sich ausruhen soll, und dann wecken sie einen ein Mal pro Stunde, um einem irgendwas ins Ohr zu stecken. Oder in noch empfindlichere Körperteile.

Ein vernehmliches Flattern brachte sie dazu, die Augen aufzuschlagen. Der Ring tauchte das Zimmer in ein bräunliches Licht, so hell, dass es ihren müden Augen wehtat. Ein Adrenalinstoß durchfuhr sie. Sie versuchte, das bleierne Gefühl in ihren Gliedmaßen abzuschütteln und sich aufzusetzen. Wieder war das Flattern zu hören. Diesmal sah sie einen Umriss durch den Raum kreisen, bis er sich auf die Vorhangstange des leeren Betts neben ihr setzte – ein riesiger Uhu. Er blinzelte sie irgendwie selbstgefällig an. Sie griff nach dem nächstbesten Gegenstand, um ihn nach dem Vogel zu werfen – ihrem Wasserglas.

Eine Hand hielt sie fest. »Durstig, meine Liebe? Das überrascht mich nicht, nach der ganzen Aufregung.«

Emily riss die Augen auf, als Uhgrau in ihr Blickfeld trat. Seine Hand ließ sie nicht los.

»Ein bisschen weniger Licht wäre gut, glaube ich.« Er fuhr mit seiner freien Hand über ihren Ring und dämpfte so dessen Leuchtkraft.

Sie versuchte verzweifelt, ihn wieder zum Strahlen zu bringen, aber er gehorchte nicht und schimmerte nur noch tief im Innern.

»Was wollen Sie?«, fragte sie, während sie mit der freien Hand verstohlen das Grimoire neben sich unter der Bettdecke berührte.

»Das, was ich immer gewollt habe«, sagte er und tätschelte ihre Hand. »Sie beschützen und dafür sorgen, dass Sie ihr Erbe antreten können. Ist die Familie nicht für so etwas da?«

Sie schüttelte den Kopf. »Sie gehören nicht zu meiner Familie.« Furcht kroch von ihren Zehen aus in ihr hoch, und ihr war plötzlich nur allzu bewusst, dass sie nur mit einem dünnen Hemd bekleidet vor Uhgrau lag. »Was haben Sie mit Madeline gemacht?«

»Ich versichere Ihnen, Ihre Nichte ist in Sicherheit. Sie ist wieder bei denen, die am besten für ihre Zukunft sorgen können. Bei ihrer Familie. Wollen Sie ihr nicht folgen, Emily?«

»Eigentlich nicht.«

»Kommen Sie, Sie haben das Grimoire gelesen«, sagte er. »Sie haben die Bilder in meiner Ahnengalerie gesehen. Sie kennen die Wahrheit, Sie haben sie nur verdrängt. Sie gehören mir.«

Eine Welle der Übelkeit überrollte Emily. Sie entzog ihm ihre Hand und umklammerte ihr Medaillon. Sie war froh, dass ihr Bett von einem Gitter umgeben war, denn das Zimmer schien länger zu werden und um sie herum zusammenzuschrumpfen, als wäre es aus Gummi, das von einem schwachsinnigen Kind auseinandergezogen und wieder zusammengedrückt wurde.

Ein Schauer schüttelte Emily, und Bilder aus einer anderen Zeit überwältigten sie. Uhgrau, der sich mit Genevieve vergnügte und dann von ihr wegtrat, noch bevor der Schweiß auf ihren Körpern abgekühlt war. »Warum weist du mich zurück?«, rief er und schüttelte dabei die Faust. »Warum hörst du nicht auf mit dieser Farce?«

Und Genevieve, die Haare wie einen Trauerschleier vor dem Gesicht: »Du magst imstande sein, meinen Körper zu nehmen, Petr, aber du bekommst niemals mein Herz und niemals meinen Uterus. Beides gehört mir allein. Du wirst dich mit willigeren Frauen zufriedengeben müssen, oder vielleicht sind Mayams kalte Zärtlichkeiten eher nach deinem Geschmack?«

»Eifersüchtig? Du? Von dir hätte ich mehr erwartet.«

»Eifersucht? Du hast wirklich keine Ahnung, obwohl du schon so alt bist. Das ist Hass, Petr, schlicht und einfach Hass. Wenn ich auch nur die geringste Gelegenheit hätte, dir eine Klinge zwischen die Rippen zu stoßen, dann hätte ich das schon längst getan.«

»Dann werde ich dich weiterhin mit meiner uneingeschränkten Zuneigung überschütten, liebe Genevieve, denn Hass ist nur die andere Seite der Liebe, und damit will ich zufrieden sein, wenn du es bist. Glaub bloß nicht, dass du deinen Widerstand ewig aufrechterhalten kannst. Eines Nachts, eines Tages, in einem kleinen Moment der Schwachheit, wirst du mir zu meinem heiligen Gral verhelfen. Du wirst mir eine Tochter schenken, und sie wird an meiner Seite regieren.«

»An deiner Seite oder unter deiner Knute, Petr?«

»Für sie wird das keinen Unterschied machen. Schließlich wird ihre Mutter nicht mehr da sein, die es ihr sagen könnte, nicht wahr?«

Nach Luft schnappend, tauchte Emily wieder aus der Vision auf. Die heftigen Emotionen dieser Erinnerung ließen ihr Herz rasen.

»Ah«, sagte Uhgrau. »Ihrem Gesichtsausdruck entnehme ich, dass Sie mit Ihrer Urgroßmutter gesprochen haben. Hat sie Ihnen verraten, wer sie getötet hat? Hat sie Ihnen erzählt, dass Jehoel sie umgebracht hat, um sie mir wegzunehmen?«

»Niemals!« Emilys Fassungslosigkeit mischte sich mit Genevieves Wut. »Sie hat ihn geliebt! Und Sie hat sie gehasst!« Ein Energieblitz schoss aus ihrem Ring hervor.

Aber Uhgrau war vorbereitet. Der Blitz brachte ihn zwar ins Wanken, prallte jedoch wirkungslos an einem unsichtbaren Schutzschild ab, den er vor sich aufgebaut hatte. Uhgrau packte Emily am Kinn, und ein unvorstellbarer Schmerz durchflutete ihren Körper.

»Du hast vielleicht die Gabe, Mädchen, aber du hast nicht gelernt, damit umzugehen. Jetzt sag mir, wo das Grimoire ist, und wir können mit diesem Unsinn aufhören und mit den Vorbereitungen für deine Rückkehr zur Cabal beginnen.«

»Fick dich«, presste sie hervor. Sie zitterte am ganzen Körper, als seine dunkle Macht sie durchströmte. Wie lange ihr Herz dieser Behandlung wohl noch standhalten würde?

»Zwing mich nicht, dir wehzutun, Mädchen. Ich kann deinen Verstand wie mit einem Dosenöffner aufschlitzen, aber es gibt keine Garantie, dass ich ihn auch wieder richtig zusammensetzen kann.« Sein Speichel bespritzte ihr Gesicht.

»Okay, okay, nimm bloß deine dreckigen Hände weg. Es ist hier«, flüsterte Emily.

Uhgrau ließ sie los und trat zurück. »Zeig's mir.«

Emily streckte die Hand nach der Nachttischschublade aus, während Uhgrau Anordnungen brüllte. Gier verzerrte sein Gesicht und entfachte ein Höllenfeuer in seinen Augen.

»Gib her«, sagte er mit ausgestreckter Hand, »dann wirst du vielleicht doch noch an meiner Seite regieren.«

Wie überheblich, dachte sie. Wie arrogant. Dieser unbedingte Wille, ihren Widerstand zu brechen, sie dazu zu bringen, dass sie klein beigab und ihm seine Beute aushändigte.

»Hier ist es«, sagte Emily. Sie rollte sich auf die Seite und nahm ihm mit ihrer Schulter die Sicht, während sie in ihrer Tasche wühlte. Dann drehte sie sich um. Und sprühte ihm Pfefferspray in die Augen.

Uhgrau wich zurück und griff sich ans Gesicht. Der Uhu schwang sich hektisch flatternd in die Luft, als sein Herr gegen das leere Bett fiel, auf dem er hockte. Mit einem Kreischen und blitzenden Krallen stürzte sich der Vogel auf Emily. Diese warf mit dem Kissen nach ihm und duckte sich dann zur Seite. Das Bettgitter brach unter ihrem Gewicht aus der Verankerung. Emily rollte auf den Boden, und im Fallen rutschte die Kanüle aus ihrem Arm. Sie kroch unters Bett.

Federn schwebten wie Schneeflocken zu Boden. Irgendetwas klatschte feucht aufs Bett. Emily sah ein Beinpaar neben sich stehen. Die kniehohen Stiefel waren schlammbespritzt und abgewetzt. Ein weiteres Paar kam auf sie zugehumpelt. Es war von einem langen Mantel umhüllt und steckte in blitzblank polierten Halbschuhen. Beide Fußpaare tappten unbeholfen in einem flackernden orangefarbenen Lichtschein umher. Männer grunzten und fluchten. Blut spritzte auf den Boden um sie herum. Dann lösten sich die Halbschuhe vom Boden und verschwanden aus ihrem Blickfeld. Sie hörte ein Knirschen und dann ein feuchtes Gurgeln.

»Kommen Sie da raus, Emily! Wir müssen hier weg!« Der Mann, der diese Worte gesagt hatte, ließ sich auf die Knie nieder und zeigte Emily sein Gesicht.

»Jay?« Sie schluchzte, die Knie immer noch eng an die Brust gezogen.

»Ein bisschen spät dran, wie immer«, sagte er. »Sind Sie verletzt?« Er half ihr, unter dem Bett hervorzukriechen. Seine Hand war blutig, und er roch nach verbrannten Haaren.

Sie konnte nicht antworten. Sie stand da und vergrub ihr Gesicht in seinem schwarzen Wollpullover, zitterte und schluchzte, während er schützend beide Arme um sie legte.

»Arme Emily«, sagte er leise. »Süße Emily. Es tut mir leid, aber wir haben nicht viel Zeit. Ich werde ihn nicht noch einmal überrumpeln können.«

Uhgrau lag auf den Knien an einer Wand, umgeben von einem violetten Schild aus magischen Flammen. Seine leuchtenden Hände umklammerten seine Kehle, aus der Blut hervorsprudelte, und eine Reihe tiefer Kratzer hatte seine Wange bis zum Knochen aufgeschlitzt.

»Wir müssen jetzt gehen. Er wird nicht lange außer Gefecht sein«, sagte Jay. Er sieht blasser aus als sonst, dachte sie. Adern schimmerten violett durch die straffe Haut seines Gesichts. »Seine Schatten sind schon auf dem Weg, und wir beide sind nicht in der Verfassung, ihnen entgegenzutreten. Wir müssen los.«

Jay deutete auf das Fenster. Es zerplatzte, und die Scherben fielen nach draußen. Sie erhoben sich, und Emily zog das Grimoire unter den Überresten des Uhus hervor. Das Blut des Vogels hob sich dunkel von den weißen Laken ab.

»Der Tod seines Schutzgeistes macht ihm das Leben zwar noch schwerer, aber unsere Zeit ist kurz. Kommen Sie«, sagte Jay.

Uhgrau funkelte sie wütend an. Vor Schmerz und Zorn traten seine Augen aus ihren Höhlen.

Das nächste Mal, flüsterte seine Stimme böse in Emilys Kopf. Und dann: *Frag deine Urgroßmutter, wie sie gestorben ist. Du wirst schon sehen.*

Emily fasste sich an den Kopf und trat zurück. Dann wandte sie den Blick von Uhgrau ab und schaute unsicher Jay an, der ihr die Hand hinstreckte. Noch ein Blick in Uhgraus wütendes Gesicht, und ihre Zweifel verflogen. Sie erinnerte sich an den Hass ihrer Urgroßmutter. Wieder so ein Martin, wieder so ein hinterhältiges Arschloch. Sie streckte die Hand nach Jay aus …

Sein Gesichtsausdruck veränderte sich, und eine Mischung aus Entsetzen und Betroffenheit erfüllte seine dunklen Augen. »Emily, Sie bluten.«

Sie schaute auf ihren linken Arm. Ein langes Rinnsal aus Blut lief über ihre Haut. »Ach«, sagte sie, »das kommt bloß vom Tropf.«

»Das müssen Sie verbinden.« Jays Stimme bebte, und er ging zurück zum Bett und zerriss ein sauberes Stück Laken zu einer Bandage. »Strecken Sie den Arm aus.«

Ein Ausdruck der Unsicherheit huschte über seine Stirn, Verwirrung und Qual erfüllten seine Augen, als er den Stoff um die Wunde zu wickeln begann. Seine Hände zitterten.

»Alles in Ordnung?«, fragte Emily.

»Wir müssen los«, sagte er mit einem Hauch von Panik in der Stimme. »Vorsicht, das Glas. Kommen Sie.«

Jay trug sie zur Fensterbank. »Legen Sie Ihre Arme um mich, und schließen Sie die Augen. Halten Sie sich einfach fest. So fest Sie können.«

Emily nickte steif. Ihre Kehle wurde trocken, ihr Körper schwach, als ihr klar wurde, was er vorhatte. »Sie machen Witze, oder? Wir klettern doch nicht im fünften Stock aus dem Fenster? Oder doch?«

Sein Körper fühlte sich kalt an, so kalt wie die Nachtluft. Unter ihnen lag der fast leere Parkplatz im kränklichen gelben Licht der Laternen. In ihrem benommenen Kopf drehte sich alles, und sie klammerte sich noch fester an ihn.

»Halten Sie sich fest, schließen Sie die Augen, vertrauen Sie mir. Es dauert nicht lange.«

Emily gehorchte. Sie presste die Lider so fest zusammen, wie sie konnte, und versuchte, nicht darauf zu achten, was er tat. Er hielt sie im Arm, als wäre sie leicht wie eine Feder. Es gab nichts, woran er sich festhalten konnte. Kein Abflussrohr, keine Feuerleiter, nur die Fugen in der Backsteinmauer. Er konnte doch unmöglich mit ihr auf den Armen an dieser Wand hinunterklettern? Bei dem Gedanken daran gelang es ihr nicht einmal mehr, zu schlucken. Ein Blick auf den dunklen Asphalt unter ihr, und sie konnte sich nur allzu leicht zwei weiße Kreideumrisse und die schwarzen Flecken von getrocknetem Blut vorstellen, die zeigten, wo sie auf den Boden aufgeschlagen waren.

Hinter ihnen flog die Zimmertür auf, und jemand kam hereingestürzt. Der Raum wurde von einem orangefarbenen Licht erhellt, das vor Wut knisterte.

Sie fühlte, wie seine Muskeln sich anspannten. »Vertrauen Sie mir.«

Sie bewegten sich langsam und ruckweise, und sie spürte die Entfernung unter ihren baumelnden Füßen, die Leere unter sich, ihre Blase, die sich zusammenkrampfte. Sie klammerte sich an ihn wie eine Klette und versuchte, nicht zu wimmern.

Sie wurden schneller und bewegten sich gleichmäßig nach unten. Der Wind an ihrem nackten Rücken und Hintern ließ sie zittern, und sie verfluchte das Krankenhaushemd. Das Grimoire, das zwischen ihnen eingeklemmt war, bot ihr überhaupt keinen Trost. Jays majestätische Eleganz beschwor in ihrem Kopf Bilder von einer großen Katze, einem Löwen oder Tiger, herauf, deren Muskeln bei jeder Bewegung unter der Haut schimmern. Ja, sie ritt auf einem Tiger die Wand hinunter, und sie durfte ihn nicht reizen. Sie dachte wieder an Uhgraus Warnung, sie solle Jay nicht vertrauen. Sie ritt auf einem Killer nach unten, ohne eine Ahnung zu haben, wie oder wo es weitergehen würde. Und doch machte ihr der Gedanke keine Angst. Sie hätte sich die ganze Nacht an Jay klammern können. Sie hatte sich noch nie so sicher gefühlt. Lächerlich, aber wahr. Dann sagte er: »Emily, strecken Sie die Füße aus und stellen Sie sich hin.«

Sie reagierte sehr zögerlich, denn es fiel ihr schwer, sich von ihm zu lösen. Aber sie konnte schließlich nicht von ihm erwarten, dass er sie ewig im Arm hielt. Vorsichtig streckte sie die Zehen aus, wie um die Temperatur von Badewasser zu prüfen, und spürte kalten Asphalt unter den Sohlen, fest und wenig einladend. Dann stand sie auf beiden Füßen und ließ Jay widerstrebend los. Ein Mensch? Wohl kaum. Nein, er war etwas völlig anderes, etwas ebenso Wundervolles wie Furchteinflößendes.

»O Mann«, sagte Emily. Sie stellte fest, dass sie gar nicht nach unten geklettert waren. Sie standen auf dem Dach, umgeben von Luftschächten, Lichtmasten und Antennen. »Und nun?«, fragte sie, nur um keine der naheliegenderen Fragen zu stellen, die ihr auf der Zunge lagen. Zum Beispiel: »Wie haben Sie das gemacht?«

Jay schaute sich aufmerksam in alle Richtungen um, und bei seinem Anblick liefen ihr erneut Schauer über den Rücken. Sein Gesicht wirkte im Licht der Dachbeleuchtung wie aus Marmor, seine Augen waren rot wie die eines wilden Tiers. Ein Wolf, der mit dem Rücken zur Wand stand und knurrte. Dann drehte er sich zu ihr um, und sein Blick fiel auf ihren Arm. Der Verband war verrutscht und durchgeblutet. Er wandte den Blick ab, schaute in die Ferne, und seine Brust erbebte.

»Wir müssen Sie irgendwo in Sicherheit bringen, bis ...« Er warf ihr einen stechenden Blick zu und unterbrach sich. »Vertrauen Sie mir?«

»Ja«, sagte sie automatisch und versuchte, dahinterzukommen, worauf er hinauswollte. Sie machte einen Schritt nach vorn und fiel fast hin.

Jay streckte die Arme aus. »Kommen Sie, ich werde Sie tragen.«

»Sie können doch nicht ...«, protestierte sie, aber ihre Stimme vermittelte nicht mehr Entschlossenheit als ihre zittrigen Muskeln.

Jay hob Emily hoch, als sei sie leicht wie eine Feder. Dann setzte er sich im Laufschritt in Bewegung. »Schließen Sie die Augen«, flüsterte.

Sie gehorchte ohne ein Widerwort. Es war so einfach, nur dazuliegen, den Wind im Gesicht, dessen kalte Finger an ihrem Nachthemd und ihren Haaren zupften. Sein Schritt war so gleichmäßig, dass sie nicht die kleinste Erschütterung verspürte. Und wie schnell er war, wie stark. Sie hörte nicht, wie seine Füße den Boden berührten, hörte nur den Wind in ihren Ohren. Und er atmete noch nicht mal schwer. Dann schlug sie die Augen auf, schnappte nach Luft und machte sie ganz fest wieder zu, während sie sich an ihn klammerte, als ginge es um ihr Leben. Denn sie schwebten über den Dächern und Antennen und Straßen. Doch auch wenn sie flogen, sie fühlte sich nicht wie Lois Lane, denn ihr Superman hatte rot leuchtende Augen und Reißzähne, die einem Tiger Angst gemacht hätten.

14

Beim Aufwachen fiel Emily sofort wieder ein, wie wohl sie sich während des Fluges in seinen starken Armen gefühlt hatte, und sie japste, als sie plötzlich Jays Gesicht vor sich sah, die glühenden Augen, die blitzenden Reißzähne.

Wo war er? Wo war *sie*?

Emily blieb still liegen, während ihr müdes Hirn den Flug noch einmal Revue passieren ließ. Sie wusste noch, dass sie furchtbar müde gewesen war und dass Jay gesagt hatte, sie seien fast da. Da war ein glitzerndes Meer gewesen, ein kalter Wind und ein helles Licht. Sie hatte sich an Jay geschmiegt, als er mit Hilfe eines einfachen Zaubers eine verriegelte Tür öffnete. Und dann hatte er sie ins Bett gelegt und ihr gesagt, sie solle schlafen.

Jetzt lag sie auf einem Sofa voller Staub, der sie in der Nase kitzelte, und war mit Jays schwarzem Mantel zugedeckt. Das Einzige, was sie hörte, war das beruhigende Rauschen der Brandung. Weiches Mondlicht erhellte das Zimmer, in regelmäßigen Abständen schien ein grelles Licht auf.

Emily zwang sich, sich aufzusetzen. Das abgewetzte Sofa befand sich in der Mitte eines großen Zimmers mit weißen Wänden, in dem vereinzelte Möbelstücke und ein paar Holzkisten herumstanden. Ein Kandelaber mit halb abgebrannten Kerzen stand daneben, der Boden und das Sofa waren mit Wachs bespritzt. Ein großes, rundes Fenster dominierte eine Wand. Draußen war durch ein paar kahle Bäume hindurch das Meer zu sehen, dessen Wellen im Mondlicht glitzerten. Dicke Holzbalken stützten das Dach. In der Wand gegenüber dem Fenster befand sich eine schwere Tür, und in der einen Ecke konnte Emily gerade noch die Umrisse einer Wendeltreppe ausmachen. Zerstreut fragte sie sich, wo ihre Schuhe wohl sein mochten, und rieb sich die Arme. Sie fühlte sich unwohl in ihrem Krankenhaushemd. Der Verband an ihrem Arm war locker und rot gefleckt, aber die Wunde hatte aufgehört zu bluten. Sie sah verheilt aus, nicht einmal ein blauer Fleck war an der Stelle zu sehen, wo der Tropf in ihrem Arm gesteckt hatte. Sie strich mit dem Finger an der Vene entlang und berührte dann den Bernsteinring an ihrer rechten Hand.

»Na, dann ist er ja doch zu etwas nütze«, murmelte sie. »Ob er wohl auch gegen Pickel wirkt?«

Emilys Lächeln wurde zu einem Stöhnen, das ebenso sehr der Schmerzen in ihren Muskeln wie der Verwirrung in ihrem Kopf geschuldet war. War Jay wirklich der Mörder, vor dem Uhgrau sie gewarnt hatte? Und wenn ja, wieso hatte er sie gerettet? Sie schaute sich um, und ihr Herz schlug schneller, als sie feststellte, dass ihre Handtasche noch im Krankenhaus war. Für ihr Handy und ihr Pfefferspray hätte sie alles gegeben. Und wo war das Grimoire?

Sie stand auf, hängte sich den Mantel um und kniff die Augen zusammen, als das helle Licht am Fenster vorbeischwenkte und das Zimmer in ein Relief aus Weiß und Schatten verwandelte. Das Licht fiel auf ein Stück Holz, das aus einer Kiste ragte. Emily ging hin und nahm es hoch. Ein abgebrochenes altes Tischbein, die Bruchstelle gefährlich scharfkantig. Nicht ganz so zuverlässig wie Pfefferspray, aber es musste reichen.

»Ah, Sie sind wach«, sagte Jay.

Sie erstarrte vor Schreck und linste angestrengt ins Halbdunkel. Ihre Hand umkrampfte ihre provisorische Waffe. Jetzt sah sie ihn, da, wo eben noch nichts gewesen war. Seine Gestalt schien sich aus der Dunkelheit zu materialisieren, das blasse Gesicht eine schwarze Silhouette, die vom Mondschein umrahmt wurde. In der einen Hand hatte er etwas Weißes, in der anderen eine Flinte. Sie räusperte sich und rang nach Worten. Es gab so viele Fragen, sie wusste gar nicht, womit sie anfangen sollte.

Jays rote Augen fixierten sie, auf seinem Gesicht lag ein Ausdruck animalischer Wachsamkeit. Zum Glück waren die Reißzähne nicht zu sehen. Er betrachtete das Tischbein in ihrer Hand und blickte ihr dann forschend ins Gesicht.

Emily begann zu zittern, und ihre Knie wurden weich. Sie setzte sich hin, ließ ihre Waffe zu Boden fallen und zog den Mantel um ihre Brust und ihren Schoß.

»Ich habe Ihnen etwas zu essen mitgebracht«, sagte Jay und hielt die Plastiktüte hoch. »Ich dachte, Sie haben bestimmt Hunger.«

Ihr Magen knurrte so laut, dass sie sich die Antwort sparen konnte. Jay durchquerte den Raum, hockte sich vor sie hin und legte die Tüte neben ihr aufs Sofa. Fettgeruch stieg daraus auf, und ihr lief das Wasser im Mund zusammen. Aber sie ließ ihn nicht aus den Augen, und sie konnte kaum atmen.

Er sah sie prüfend an. Vielleicht versuchte er die Fragen zu lesen, die sich in ihrem Kopf überschlugen. Sein eindringlicher Blick erregte sie, und sie empfand den unwiderstehlichen Drang, sich wieder an ihn zu klammern und seinen Körper, seine vibrierenden Muskeln und seine langen, dunklen Haare an ihrer Wange zu spüren.

»Warum sehen Sie mich so an?«, fragte Emily, als sie endlich wieder Luft bekam. Ihr Stimme klang dünn und heiser. Sie brauchte dringend etwas zu trinken, um ihre raue, trockene Kehle zu schmieren, aber sie traute sich noch nicht, sich über das Essenspaket herzumachen. Das hier war viel zu wichtig, um es durch so etwas Triviales wie Hunger zu stören.

»Ich dachte, Sie fürchten sich vielleicht vor mir«, sagte Jay, und sie entdeckte Besorgnis hinter seinem fragenden Gesichtsausdruck. Er warf einen raschen Blick auf das Tischbein.

»Manchmal schon«, sagte sie. »Aber als ich mir das da genommen habe, hatte ich nicht Sie im Sinn. Meistens tröstet es mich, Sie in meiner Nähe zu haben. Sie haben mir heute Abend das Leben gerettet.«

Das Fenster wurde erneut von dem vorbeischweifenden Lichtstrahl erhellt. »Wissen Sie, wohin O'Brien wollte?«, fragte er.

»Nein«, sagte Emily. »Brett meinte, er müsse bei Ihnen sein.« Sie erzählte ihm, dass sie den Pater das letzte Mal gesehen hatte, als er sich Mayam entgegenstellte. »Sie glauben doch nicht ...?« Ihr versagte die Stimme. Sie schluckte und versuchte es erneut. »Vielleicht hat Uhgrau ihn erwischt?«

»Ich hoffe nicht«, sagte Jay. »O'Brien ist Ihrer Familie ein guter Freund gewesen, und mir auch. Für einen Geistlichen ist er erstaunlich tolerant.« Dann schien er sich zusammenzureißen. Er drückte den Rücken durch, schaute ihr wieder tief in die Augen und nahm ihre Hände in seine. Seine Finger waren stark und kalt. Emily schauderte, aber der Gedanke, den Körperkontakt zu unterbrechen, schien ihr unerträglich.

»Petr hat keine Lust mehr, noch länger auf Sie zu warten.« Jay stieß Uhgraus Namen hervor, als hinterlasse er einen üblen Geschmack in seinem Mund. Dann lächelte er, ein frostiges, geradezu boshaftes Lächeln. »Er ärgert sich bestimmt, dass es seinen Dämonen nicht gelungen ist, Sie einzuschüchtern oder gefangenzunehmen. Und nun sind Sie sogar ihm selbst entwischt.«

»Seine Dämonen?«

»Die Schattenkreaturen, die seinen Sklaven innewohnen. Sie tun alles, was er von ihnen verlangt. Hirnlose Parasiten, leicht zu vernichten, wenn man weiß, wie.«

»Damit, zum Beispiel?«, fragte sie und deutete mit einem Kopfnicken auf die Flinte neben ihm.

»Damit? Ich habe zwar ein paar verzauberte Patronen, mit denen man einen Schatten außer Gefecht setzen kann, aber vor allem verwende ich sie für Feinde aus Fleisch und Blut. So eine Kugel kann uns zwar nicht töten, es sei denn durch einen Glückstreffer, aber sie tut weh und kann uns aufhalten. Ich begegne meinen Gegnern lieber auf gleicher Augenhöhe.« Er schaute sie an, und die Bewunderung in seiner Miene war nicht zu übersehen. »Sie kommen ohne so ein unschönes Ding aus, Emily. Sie scheinen sehr gut imstande zu sein, aus eigener Kraft mit den Schatten fertigzuwerden.«

»Oh«, sagte Emily. Sie fühlte sich nicht besonders kräftig. »Ich hatte Hilfe.«

»Den Ring.« Er nickte. »Sie sprechen mit Ihnen. Haben sie mich erwähnt?«

»Manchmal.«

»Was haben sie gesagt?«

»Dies und das. Es war ziemlich verwirrend.«

Langsam entzog sie ihm ihre Hände und riss sich zusammen. Es war Zeit für ein paar Antworten.

»Jay, wer sind Sie? Wie ist Ihr Name – Ihr richtiger Name?« Ihr Herz hämmerte in ihrer Brust, als sie die Frage stellte. Sie war sich nicht sicher, ob sie tatsächlich die Wahrheit hören wollte.

Er stand auf, und einen Moment lang glaubte sie, er würde nicht antworten. Dann setzte er sich neben sie. Schauer überliefen sie, als sie seine Nähe spürte. Er faltete die Hände im Schoß, und zum ersten Mal fand sie, dass er nervös wirkte. Das war nicht gerade beruhigend.

»Ihre Großmutter, Marguerite, kannte mich als Jehail. Diesen Namen hat mir ihre Mutter gegeben, nachdem sie mich aus Uhrgraus Fängen gerettet hat.« Er fuhr sich mit der Zunge über die Lippen. »Soll ich Ihnen von ihr erzählen? Von Genevieve?«

»Ja, bitte.«

»Zunächst einmal müssen Sie wissen, dass ich nicht immer so war wie heute. Viele Jahre lang haben Mayam und ich der Cabal treu gedient – als Jäger und Wächter. Aber dann kam Genevieve.«

»Jäger? Was haben Sie denn gejagt?«

Er schaute weg, aus dem Fenster, dann sah er sie durchdringend an. »Wir haben Sie gejagt.«

»Hexen.«

Er blinzelte bejahend. »Wir nahmen ihnen ihr Blut und ihre Kräfte und flößten beides Uhgrau ein. Die Kombination aus ihren Zauberkräften und unserem unsterblichen Blut diente dazu, die Auswirkungen des Alters auf seinen Körper zu verlangsamen. Und natürlich seine eigenen Kräfte zu stärken. Er kann aus der dunklen Seite in sich selbst schöpfen, uns benutzt er, um Zugang dazu zu bekommen. Er ist ein Dieb, ein Blutsauger. Und Genevieve hat mir geholfen, das zu erkennen.«

Eine weitere Frage lag Emily auf der Zunge, aber er legte ihr den Finger auf die Lippen, und sie brachte kein Wort heraus.

»Lassen Sie mich erst erzählen, dann können Sie mich fragen, was Sie wollen.« Er holte Luft, als fiele es ihm schwer, sich die Vergangenheit wieder ins Gedächtnis zu rufen. Mit einem versonnenen Ausdruck in den Augen lächelte er. »Ich werde Ihnen meine Seite der Geschichte erzählen. Dann müssen Sie entscheiden, ob Sie mir vertrauen können.«

Sie drehte sich auf dem Sofa um und zog die Beine unter ihren Körper, damit sie ihn anschauen konnte. Dann nahm sie einen Burger aus der Einkaufstüte und begann zu essen, während Jay seine Geschichte erzählte.

»Wir wussten alle, dass aus Genevieve einmal etwas Besonderes werden würde. Die Anzeichen dafür waren praktisch vom Tag ihrer Geburt an unübersehbar. Der Doktor war völlig aus dem Häuschen. Er hatte die mächtigste Hexe gezeugt, derer sich die Cabal je rühmen konnte, und trotz aller Begeisterung fragte er sich bereits, wie mächtig ihre Tochter wohl sein würde. Es war ... ekelhaft. Er konnte es kaum erwarten, dass Genevieve erwachsen wurde.

Ich glaube, sie hat mich an ihrem achten Geburtstag verhext. Die Welt war am Ende. Es war das Jahr 1917, eine ganze Generation junger Männer wurde so nah an unserem Besitz hingemetzelt, dass wir den Geschützdonner hören und die Mündungsblitze sehen konnten. Ich konnte den Tod riechen. Genevieve war unsere Verheißung, unsere Hoffnung. Als ich zu ihr ging, sah sie, noch bevor ich ein Wort gesagt oder den Ring aus der Tasche geholt hatte, mit ihren klaren blauen Augen zu mir auf und sagte: »Mutter ist tot, nicht wahr? Er hat sie umgebracht. Und du hast ihm dabei geholfen.« Und dann streckte sie die Hand aus, damit ich ihr den Ring ihrer Mutter gab. Welcher Mut, welche Furchtlosigkeit! Ich spürte, wie sich mein Herz zusammenkrampfte, und missdeutete das Gefühl als Hunger. Das kann passieren, oder?

Uhgrau ging folgendermaßen vor: Er sog die Kräfte der Mutter in sich auf und machte die Tochter von sich abhängig, sobald er sich ihres Potenzials sicher war. Doch es bedurfte dieses schlichten Ausspruchs eines frühreifen Kindes, um mir klarzumachen, wie grausam das war. Ich bin – ich war – ein Killer, nur zum Töten geschaffen. Bis zu diesem Moment hatte ich nie irgendwelche Fragen gestellt. Ich glaube, sie hat damals schon gespürt, dass auch ich Gefangener meiner Natur war, Diener der Gelüste meines Herrn. Erst Genevieve hat mir gezeigt, dass ich mein Leben selbst in die Hand nehmen kann, wenn ich nur den Mut dazu habe. In Wirklichkeit habe ich bloß meinen Herrn gegen eine Herrin getauscht. Als ich die Ketten des Doktors abgeschüttelt hatte, war ich enger an Genevieve gebunden, als ich je an ihn gebunden gewesen war. Nicht mal meine geliebte Schwester konnte mich von ihr abbringen.«

»Ihre Schwester?«, fragte Emily und wackelte mit dem Fuß, der eingeschlafen war.

»Ja. Mayam.«

»Sie ist wirklich Ihre Schwester? Ich dachte, sie sei nur, nun ja, irgendeine Vampirin. Schließlich nennen meine Vorfahrinnen mich auch Schwester.«

»Sie ist wirklich meine Schwester. Dazu komme ich noch. Aber jetzt erzähle ich Ihnen wie versprochen von Genevieve.«

»Ja, bitte.« Sie setzte sich so zurecht, dass sie sich weiter aus der Essenstüte bedienen konnte, nahm sich jedoch vor, ihn nicht wieder zu unterbrechen.

»Ah, Genevieve.« Jay sprach ihren Namen aus, als handele es sich um seinen Lieblingsferienort – vertraut und geliebt, aber immer noch ein bisschen geheimnisvoll. »Sie hat den Doktor wirklich zur Weißglut getrieben. Nicht nur mit ihrem Verstand – dieser Scharfsinn, diese Raffinesse, dieser Intellekt –, sondern auch mit ihrem Körper. Trotz all seiner Tricks, trotz all seines Flehens hat sie erkannt, was hinter seinem Begehren steckte, und sich geweigert, schwanger zu werden. Sein Zorn war furchtbar, aber mit ihren Kräften war auch nicht zu spaßen, und er wagte es nicht, sie zu sehr zu reizen. Ich habe es kommen sehen. Sie war seine Hoffnung auf noch mächtigere Nachkommen, und ihm lief die Zeit davon. Die Zwanzigerjahre kamen, dann die Dreißiger. Die Welt ging erneut unter. Und dann, als es so aussah, als würde er sie aus reiner Verzweiflung, aus reiner Frustration umbringen, wurde sie schwanger. Und das war der Wendepunkt. Er hat nie von der Schwangerschaft erfahren. Mit meiner Hilfe entkam sie seinen Klauen. Sie war schon ziemlich alt für eine Schwangerschaft, und in dieser Zeit auf der Flucht zu sein, noch dazu schwanger, war nicht ungefährlich. Frankreich war besiegt, Russland stand in Flammen ... aber ich glaube, das Kind wurde etwa zu dem Zeitpunkt gezeugt, als die Alliierten in der Normandie landeten, und in dem Chaos danach konnten wir verschwinden und die Cabal glauben machen, dass wir ums Leben gekommen waren.

Ob der Doktor der Vater war? Das wurde nie vollständig geklärt. Ihr ganzes Leben lang beharrte sie darauf, dass sie nie von ihm schwanger war. Wer es dann gewesen sein konnte? Natürlich gab es in der Cabal noch andere Männer. Sehen Sie nicht mich an, denn so sehr ich sie auch liebte, bin ich doch nicht imstande, ein Kind zu zeugen. Zumindest nicht auf *diese* Weise. Ich habe nie einen anderen Menschen gefunden, mit dem ich dieses Dasein hätte teilen wollen. Genevieve habe ich es angeboten, doch sie lehnte ab. Sie war ein Geschöpf der Sonne, Ihre Urgroßmutter. Natürlich darf man auch Uhgrau nicht unterschätzen. Er hat permanent versucht, ihren Willen zu brechen, um ihr seinen Samen einzupflanzen.

Der Ring wird die Wahrheit nicht enthüllen. Sie versagte sich die Gemeinschaft mit ihren Vorfahrinnen, damit das Geheimnis nicht durch die kollektive Erinnerung der Frauen, die ihn trugen, ans Licht kam. Sie selbst hat ihn nur selten angesteckt, eigentlich nur, wenn ihr das Grimoire nicht weiterhalf und sie ihre Vorfahrinnen um einen Rat bitten musste. Wie sie den Doktor gehasst haben muss, dass sie so viel auf sich nahm, um die Wahrheit vor ihm zu verbergen. Die sich über viele Generationen erstreckende Selektion, all die wohlüberlegten Paarungen – alles umsonst. Zumindest glaubte er das. Nicht Bescheid zu wissen, ein so großes Potenzial verloren zu haben, all das muss eine Katastrophe für ihn gewesen sein.«

»Eine Katastrophe«, sagte Emily. »Mir blutet das Herz.« Sie fuchtelte mit einer kalten Fritte vor Jays Nase herum. »Wenn er so scharf darauf ist, zu erfahren, ob er Nanna Margarets Vater ist, warum lässt er dann nicht einfach eine Blutuntersuchung machen? Das ist doch bestimmt verlässlicher als irgendwas, das in einem Buch steht.«

»Wenn es nur so einfach wäre. Ich glaube, die Cabal hat Sie nur deshalb so lange nicht gefunden, weil Genevieves Zauber noch wirksamer war, als sie erwartet hat. Ihr Wunsch, die Existenz ihres Kindes geheim zu halten, war so stark, dass sich sogar die Beschaffenheit des Embryos veränderte. Uhgrau sollte nie erfahren, ob er der Vater war oder nicht, und dieses Unwissen ist von Generation zu Generation weitergegeben worden.«

»Das muss ja ein Wahnsinnszauber gewesen sein.«

»Oh, das war es. Eine so große Macht ihrem Willen zu unterwerfen hat sie fast umgebracht. Der Ort, an dem das Dorf stand, so heißt es, ist bis heute unfruchtbares Heideland, auf dem die Geister einer Mutter und ihres Kinds herumspuken.«

»Was ist dann passiert?«, fragte Emily.

»Ich habe Genevieve über den Kanal nach England gebracht. Als ich mich davon überzeugt hatte, dass sie sich ausreichend erholt hatte, bin ich für eine Zeit lang untergetaucht, damit die Cabal sie nicht durch mich aufspüren konnte. Irgendwann haben sie mich dann doch gefunden. Das habe ich zum Anlass genommen, Genevieve aufzusuchen – sie war inzwischen in Australien und hatte eine Familie gegründet. Ich redete mir ein, ich müsse sie davor warnen, dass die Cabal nicht aufgehört hatte, nach ihr zu suchen, aber in Wirklichkeit fühlte ich mich nur einsam und elend ohne sie. Ich hatte zwar meine Freiheit, aber keine Ahnung, was ich damit anfangen sollte.«

»Wenn ihr Zauber so effektiv war, wie haben Sie sie dann gefunden?«

»Bevor ich mich in England von ihr verabschiedet habe, habe ich ein Andenken mitgenommen.« Er zog ein Medaillon unter dem Hemd hervor und sprach eine Beschwörungsformel. Die beiden Hälften sprangen auf und gaben ein winziges, mit einer Haarlocke umwickeltes Päckchen frei.

Emily wusste aus dem Grimoire, dass das Päckchen die Bestandteile enthielt, aus denen er das magische Schutzschild erzeugte. In ihrem Medaillon musste sich ein ähnliches Päckchen befinden. Sie wusste nicht recht, ob sie den Umstand, dass er die Verbindung zu Genevieve aufrechterhalten hatte, obwohl diese unbedingt anonym bleiben wollte, unglaublich tollkühn oder wunderbar romantisch finden sollte.

»Es wird durch einen Zauber geschützt«, sagt Jay. Dass er erneut ihre Zweifel erraten hatte, ließ sie erröten. »Sobald ich den Talisman nicht mehr am Körper trage, zersetzen sich die Haare.« Er klappte das Medaillon zu und versiegelte es mit einer weiteren Beschwörungsformel. »Hier sitzen wir also, Emily Winters, Sie und ich. Sie, die Nachfahrin der mächtigsten Hexe, die je unsere Cabal geziert hat, und ich, Ihr demütiger Diener. Diener und Freund, wenn Sie es erlauben.«

Er nahm ihre Hand, führte sie an seine Lippen und küsste sie sanft. Ein Schauer der Erregung durchlief sie, als seine weichen Lippen ihre Haut berührten. Das Bedürfnis, sie noch einmal zu spüren, löste eine Hitzewallung in ihr aus. Jay küsste noch einmal ihre Hand. Eine dunkle Linie aus getrocknetem Blut zeichnete sich von ihrer Armbeuge bis zum Handgelenk ab. Zu ihrer Überraschung leckte er daran, ohne seine glühenden Augen von den ihren abzuwenden. Die Geste war unglaublich erotisch. Er hielt inne, sein Atem heiß auf ihrer Haut. Sie glaubte, ihn ganz leise stöhnen zu hören. Emily zitterte vor Erregung, ihr Herzschlag hämmerte in ihren Ohren.

Jay starrte sie an. Regungslos. Nachdenklich.

»Nein, das darf nicht sein!« Er ließ ihre Hand fallen, als wäre sie giftig, und zog sich auf die andere Seite des Zimmers zurück, wo er mit dem Rücken zu ihr stehen blieb und aufgewühlt die Arme um sich schlang.

Emily zwang sich aufzustehen und stieß einen tiefen Seufzer aus. Es verwirrte sie, ihre eigene Zerrissenheit in ihm widergespiegelt zu sehen.

»Wo sind wir?«, fragte sie, um die Spannung mit einer schlichten Frage zu lösen.

Er schaute aus dem Fenster, während er antwortete. »Hierher komme ich manchmal, um nachzudenken. Wir befinden uns im Wohnbereich eines verlassenes Leuchtturms. Einige Meilen von Ihrer Wohnung entfernt, aber ganz in der Nähe von der Ihrer Schwester.« Dann fügte er verschmitzt hinzu: »Luftlinie.«

»Wusst ich's doch. Wir sind hier, um zu picknicken.« Sie fuhr sich mit der Zunge über die Lippen, nahm all ihren Mut zusammen und trat näher an ihn heran. »Wir sind also wirklich geflogen, ja? Das habe ich nicht geträumt.«

Lächelnd drehte er sich um, und allein durch dieses Lächeln, so sanft im Mondlicht, öffneten sich ihre Lippen wie von selbst. Sie konnte gerade noch einen Seufzer unterdrücken. Und dann stellte er sich neben sie, und ihr wurden erneut die Knie weich.

»Ich habe Ihnen die Wahrheit versprochen. Vielleicht haben wir jetzt die Zeit dafür.« Er berührte sie am Rücken, um sie dichter an sich heranzuziehen. Ihr blieb die Luft weg.

»Kommen Sie, schauen Sie aus dem Fenster. Sagen Sie mir, was Sie sehen«, sagte er, seine Schulter an ihrer.

Emily versuchte verzweifelt, sich zu beherrschen, sich nicht einfach umzudrehen und ihn zu umarmen. »Es ist schön. Kein Wunder, dass Sie ausgerechnet hierher kommen.«

»Was sehen Sie?«

»Einen Steilhang. Das Meer.« Am Himmel strahlten hell die Sterne. Ein paar krumme Bäume schwankten im Wind, Salzgeruch erfüllte den Raum. Und dann traf das Licht des Suchscheinwerfers sie und tauchte alles in ein kontrastreiches Schwarz-Weiß. Schatten schmolzen in dem Lichtkegel. Sie blinzelte. »Ich dachte, Sie hätten gesagt, der Leuchtturm sei verlassen.«

»Von Menschen. Jetzt läuft er auf Automatik, obwohl es ganz in der Nähe eine Stadt gibt. Zum Glück ist der Standort ein bisschen erhöht, und der Blick aufs Meer wird durch das Licht von der Stadt kaum beeinträchtigt. Es tut mir gut, herzukommen, praktisch nur von Wasser umgeben zu sein, den Himmel zu betrachten und mir in Erinnerung zu rufen, wie viele Sterne es gibt, wie schön sie sind und dass sie immer noch da sind.«

Emily lehnte sich leicht an seine Schulter. »Oh, Jay«, sagte sie, weil sie noch nie einen Mann so hatte reden hören. Uhgraus Beschuldigungen konnten unmöglich gerechtfertigt sein. Er hatte sie nur verunsichern wollen.

»Ja«, antwortete Jay leise. »Was sehen Sie noch?«

»Den Mond. Die Sterne.«

»Ja. Und ...?«

Sie runzelte die Stirn. »Die Nacht?«

»Ja!«, erwiderte er. »Die Nacht. Meine Welt.«

»Deine Welt«, sagte sie, und seine Resignation hallte in ihrer Stimme nach.

»Das hier ist meine Welt, Emily. Das ist alles, was ich je zu Gesicht bekomme.«

»Das ist doch gar nicht so übel.«

Sie verstummten für eine Weile und genossen diesen seltenen Moment des Friedens und der Vertrautheit.

»In meiner Kindheit und dann wieder in letzter Zeit hatte ich gewisse Träume«, sagte sie. »Von dir. Auf der Jagd.«

Sie spürte, wie er erstarrte.

»Das ist lange her, Emily.«

»In meinem Kopf ist es, als wäre es gestern gewesen.«

»In meinem auch.«

Emily dreht sich um und trat widerstrebend einen Schritt zurück, um sein Gesicht sehen zu können. Sie schaute in seine schmerzerfüllten Augen.

»Was ist in Kanada passiert?«

Er wandte sich ab. »Das kann ich dir nicht sagen.«

»Warum nicht?«

»Ich kann es nicht.«

»Wie soll ich dir dann vertrauen?«

»Vielleicht solltest du das gar nicht. Vielleicht ist die einzige Person, der du trauen kannst, du selbst. Aber du musst eins wissen. Ich werde sterben, um dich und deine Nichte zu retten. Ich werde das Gelübde erfüllen, das ich Genevieve gegenüber abgelegt habe. Kannst du mir so weit vertrauen?«

Emily horchte in sich hinein, bis auf den Grund ihrer Gefühle, ihrer Zweifel und Ängste, bis auf die flüsternden Stimmen in ihrem Kopf, das Schwellen ihres Herzens, das ihr die Brust zu sprengen drohte.

»Weißt du, was? Ich glaube dir. Ich vertraue dir. Ich vertraue auf die Liebe, die du für sie empfunden hast. Ich habe etwas in mir, hinter dem Uhgrau her ist, und das darf ich ihm nicht überlassen. Ich fürchte mich, Jay. Mehr als jemals zuvor.« Sie fuhr sich mit der Zunge über die bebenden Lippen. »Ich möchte, dass du diese Angst vertreibst.«

Er kam auf sie zu, so schnell, dass sie ihn kaum einen Schritt machen sah, bevor sie in seinen Armen lag. Seine Lippen pressten sich auf die ihren und raubten ihr den Atem. Für einen Augenblick fürchtete sie sich vor seinen Reißzähnen, aber seine Zunge fand die ihre, ihr Mund öffnete sich unter seinem, seine Zähne drückten sich in ihre Lippen, ohne die Haut zu verletzen, zwickten sie nur, bis sie zu explodieren glaubte.

Starke Hände hielten sie fest. Emily spürte kaum, wie diese Hände die dünnen Bänder ihres Krankenhaushemds aufknüpften. In ihrem Kopf drehte sich alles, und sie gab sich dem Ansturm der Gefühle hin. Sie seufzte, als der Stoff an ihr herabrutschte, als diese Hände, diese Lippen über ihren Körper wanderten. Der Boden schwankte unter ihren Füßen, als er sich vor sie hinkniete, als wolle er sie um etwas anflehen, und sie unverhohlen und voll verzweifelter Sehnsucht bewunderte. Und als sie es nicht mehr aushielt, nahm er sie in die Arme, bis sie den Boden kaum noch unter sich spürte. Er drückte sie an seinen kühlen, straffen Körper. Sein Mund fand ihre Kehle. Sie neigte den Kopf nach hinten und bot sich ihm dar. Die Beine um ihn geschlungen, die Hände auf seinem Kopf, drückte sie ihn ungeduldig an sich, bis er in sie hineinglitt. Zusammen ritten sie auf einer Woge der Leidenschaft, die sie in höhere Gefilde hob, als sie es je zuvor erlebt hatte.

Sie kuschelten sich auf der abgewetzten Couch aneinander. Zwei Füße und eine verschnörkelte Armlehne des Möbelstücks waren mit Wachs von dem Kandelaber bekleckert. Jay hatte Kerzen angezündet, ohne dass Emily, so weit sie sich erinnerte, es gesehen hatte. Ein paar flackerten noch, aber sie wirkten schwach und kalt gegen die Erinnerung an die Glut ihres Liebesspiel, die Hitze ihrer Körper, die sich auf dem muffigen Sofa behaglich aneinanderschmiegten. Sie hätte schlafen können – vielleicht hatte sie das bereits getan –, aber nun, da sie ihr Verlangen gestillt hatten, drängte die Realität sich wieder in den Vordergrund.

Emily fuhr mit dem Finger über Jays Brustmuskeln und seine Nippel und spielte mit dem Anhänger, der an einer Silberkette an seinem Hals hing.

»Der sieht genauso aus wie meiner«, sagte sie. Das kleine silberne Herz fühlte sich warm an und strahlte eine vertraute, vibrierende Energie aus.

Er lächelte, aber um seine Augen und seine Mundwinkel krochen Schatten, und die tanzenden Flammen, die sich in seinen Augen spiegelten, schienen aufzulodern, als seine Erinnerungen wieder wach wurden.

Emily schmiegte sich an ihn und ließ ihre Hand auf seiner Brust liegen. Sie hätte gern fester zugegriffen, ihn an sich gedrückt und ihn noch einmal geküsst, aber als sie die Medaillons erwähnte, hatte er sich zurückgezogen, auch wenn ihre Körper ineinander verschlungen waren und ihre Vereinigung ein immer noch starkes und zärtliches Gefühl hinterlassen hatte. Sie klammerte sich an den Trost, den diese Empfindung bot, und schöpfte Kraft für die Enthüllungen, die ihr noch bevorstanden.

»Ich war Uhgraus Lieblingssklave«, sagte Jay, die Stimme voll Hass und Scham. »Ich war einer seiner Besten, zusammen mit meiner Schwester – seine Lieblingshexenjäger, das waren wir.« Er blinzelte bedächtig, als blättere er eine Seite in seinen Erinnerungen um. »Weißt du, es gibt viele Arten von Zauberkraft. Mayam und ich verkörpern eine davon. Du besitzt eine andere. Unsere ist unnatürlich, sie stammt aus einer Welt, die nicht außerhalb des Hier und Jetzt liegt, sondern mitten drin.«

»Die dunkle Seite?«, fragte sie. Fast fürchtete sie, seinen Gedankenfluss zu unterbrechen, ausgerechnet jetzt, wo er dabei war, sein Geheimnis zu verraten.

Er nickte. »Die Dunkelheit zwischen den Elementen, könnte man sagen. Manche nennen es das fünfte Element. Du schöpfst deine Kraft aus den anderen vier Elementen: Erde, Luft, Feuer und Wasser. Diese Kraft ist vollkommen natürlich, denn sie entspringt der Erde, dem Himmel und deinem Blut. Normalerweise kann meinesgleichen mit den Kräften, über die du verfügst, nichts anfangen. Wir beide sind … Gegensätze.«

Dann lächelte er. Im dämmerigen Licht sah sein Gesicht traurig aus, und unwillkürlich strich sie mit ihrer Hand über seine Wange, seinen Mundwinkel und sein glattes, spitzes Kinn. Sie konnte nichts sagen. Sie hoffte nur, ihre Berührung würde ihn ermuntern, fortzufahren.

»Die Kombination unserer beider Zauberkräfte verleiht Uhgrau eine außergewöhnliche Macht. Es wird nicht einfach sein, deine Nichte zu retten.«

»Wir müssen es schaffen, Jehail. Unbedingt.« Als Zeichen des Verständnisses und des Verzeihens drückte Emily seine Hände. »Meine Vorfahrinnen haben mir durch den Ring eine Menge gezeigt. Über dich und Uhgrau. Das ist alles ziemlich unglaublich.«

Er lächelte und tippte auf den Ring. »Wir bezeichnen so etwas als magischen Fokus. Er reagiert mit deinem Blut und bündelt die Eindrücke, Gefühle und Kräfte deiner Vorfahrinnen, um deine eigene Kraft zu stärken. Deine Großmutter hat alles daran gesetzt, dein Erbe nicht in falsche Hände geraten zu lassen, bis du in der Lage sein würdest, es zu empfangen.«

»Aber sie wusste nicht, dass *ich* die Erbin sein würde«, sagte Emily. »Sie glaubte, es wäre Darcy oder Maddy.«

Jay küsste sie auf die Stirn und schaute sie ruhig an. Seine Finger zeichneten bedeutungslose Muster in ihre Handflächen. »Du bist für uns alle eine Überraschung, Emily Winters.«

Sie spürte seine Besorgnis und wagte nicht, ein anderes Gefühl dahinter zu vermuten. Aber seine Augen ... bestimmt lag es nur am Kerzenlicht, dass sie so sanft, so dunkel und so von Zärtlichkeit erfüllt schienen.

Sie konnte sich nicht entscheiden, ob sie sich auf ihn werfen oder in Tränen ausbrechen sollte. Stattdessen umklammerte sie seine Finger und stellte eine Frage, die sie verdrängt hatte, seit Giacomo ihre Nichte entführt hatte. »Was wird Uhgrau mit Madeline anstellen?«

Jay wandte den Blick ab. »Sie wird ... in die Cabal aufgenommen. Sie werden versuchen, ihre Zauberkräfte zu aktivieren, und ihr dann beibringen, wie sie sie benutzen und weiterentwickeln kann. Irgendwann wird Uhgrau wollen, dass sie ein Kind bekommt, entweder von ihm selbst oder von einem sorgfältig ausgewählten Zauberer der Cabal. Und wenn sie dann eine Tochter bekommt, deren Zauberkräfte stark genug sind, und wenn diese Zauberkräfte sich in ihrem achten Lebensjahr bemerkbar machen, dann wird er Madelines Kräfte aussaugen, vermutlich durch Mayam.«

»Das hast du schon oft mit angesehen. Du hast ihm geholfen. Bei Genevieves Mutter. Und anderen.«

Er nickte.

»Ich kapier's nicht«, sagte Emily. »Das müsste ich eigentlich, aber es gelingt mir nicht.«

»Ich war ... ein Geschöpf meines Meisters, bis Genevieve mit die Augen geöffnet hat.«

»Warum tut Uhgrau das? Warum behandelt er meine Familie wie eine Viehherde, wie sein Eigentum?«

»Weil er euch als genau das sieht. Und so habe auch ich euch gesehen – nicht nur deine Familie, sondern alle Menschen. Als Nahrungsquelle und etwas, womit man sich amüsieren kann. Dafür ist die dunkle Seite verantwortlich. Du brauchst dir nur meine Schwester anzuschauen, um zu sehen, wie größenwahnsinnig sie ist. Aber für Uhgrau ist es mehr als ein Hobby, es ist eine Obsession. Er versucht wider die Natur und gegen jede Vernunft, die perfekte Hexe, die ultimative Zauberin zu züchten. Er hofft, glaube ich, dass er sich dann die Macht dieser Hexe aneignen, sich endgültig unsterblich und dabei zum mächtigsten Menschen der Welt machen kann.«

»Wenn er Angst vor dem Tod hat, warum lässt er sich dann nicht einfach von Mayam beißen?«

Jay schüttelte den Kopf. »Weil meine Schwester und ich nicht die gleichen Zauberkräfte besitzen wie deine Familie. Ihr habt Macht über die Elemente. Wir kennen ein paar Tricks, ein paar einfache Beschwörungsformeln, aber das ist nichts verglichen mit dem, wozu Genevieve in der Lage war. Wenn Uhgrau zum Vampir werden sollte, hätte er längst nicht mehr so viel Macht. Damit würde er sich nie zufrieden geben.«

Emily nahm seine Hand in beide Hände. »Danke, dass du mir das erzählt hast«, sagte sie. »Ich wünschte nur, ich hätte es schon früher gewusst.«

Er zuckte mit den Schultern. »Es ist nicht leicht, sich zu einer solchen Vergangenheit zu bekennen. Ich hatte gehofft, dich abschirmen zu können, wie Marguerite es geplant hatte. Leider habe ich, ohne es zu wissen, die Cabal zu deiner Familie geführt und ihr weiteren Schaden zugefügt.«

»Wir sind noch nicht geschlagen«, sagte sie. »Ohne dich hätte ich nie von meiner Bestimmung erfahren. Ich hätte nie gewusst, wie meine Großmutter wirklich war.«

Sie strich ihm übers Kinn und die Wangen, schob ihm die Haare aus dem Gesicht und fuhr mit den Fingern über seine trockenen Lippen. Sanft küsste er ihre Fingerspitzen. Eine Schockwelle durchlief sie bis hinunter zu ihren Zehen. Seine Lippen öffneten sich, und sie konnte schemenhaft seine langen Eckzähne sehen, aber sie hatte keine Angst. Seine Zunge berührte ihre Finger, und sie erschauerte. Seine Lippen schlossen sich, nun feucht, um ihre Fingerspitzen und sogen sie in seinen Mund, wo seine heiße Zunge mit ihnen spielte. Sie küsste mit bebenden Lippen sein Schlüsselbein. Als Reaktion darauf begannen die Muskeln, in seiner Brust zu vibrieren. Sie zog ihre Finger aus seinem Mund und fuhr damit seine Brust hinab. Sie näherte ihr Gesicht dem seinen. Ihre Lippen berührten sich, und ihr blieb die Luft weg. Er drückte sie an sich, fest und doch sanft, und ihr Körper schmiegte sich an ihn. Ihr Mund öffnete sich. Seine Zunge drang in sie ein. Die ihre antwortete ihm, begierig, ihn zu schmecken, ihn zu verschlingen und verschlungen zu werden. Sie öffnete sich ihm. Dieses Mal hatte sie keine Zweifel. Sie flogen.

15

Brett wachte im Kofferraum des Van auf. Sein Kopf hüpfte auf dem Metallboden auf und ab, als das Fahrzeug scharf um eine Kurve bog. Er unterdrückte ein Stöhnen, während seine Augen sich an das Licht in dem grauen Innenraum gewöhnten, der nur durch die schwache Beleuchtung des Armaturenbretts und die vorbeiflitzenden Straßenlaternen erhellt wurde.

Mayam saß am Steuer, und er war allein. Keine Spur von Uhgrau. Jetzt war es zu spät, Emily zu warnen. Er hatte sie mal wieder im Stich gelassen. Keine Ahnung, was der alte Mann ihr angetan hatte oder noch antat. Ihr und ihrer Familie. Er hatte es vermasselt. Wie war er bloß darauf gekommen, dass Emily im Krankenhaus in Sicherheit war, umgeben von Hunderten von Menschen und dazu noch bewaffneten Sicherheitsleuten? Warum hatte er geglaubt, ihrer Familie könne in einem versteckt gelegenen Hotel am Stadtrand nichts zustoßen? Wieso hatte er sich eingebildet, dass er auch nur eine von ihnen beschützen konnte?

Es war Zeit, endlich durchzugreifen.

Brett rollte sich trotz seiner Kopfschmerzen und der furchtbaren Müdigkeit herum und rappelte sich mühsam auf, bis er auf allen vieren hockte. Mayam schien nicht bemerkt zu haben, dass er wach war. Gut. Er kroch hinter die Fahrerbank. Jedesmal, wenn ein Fahrzeug vorbeikam, musste er blinzeln. Sie trug eine Sonnenbrille – merkwürdig. Er stürzte sich von hinten auf sie, packte sie an der Kehle und brüllte: »Halt an!«

Die Sonnenbrille fiel ihr in den Schoß, aber sie lachte. »Sag mal, Kleiner«, keckerte sie, ohne dass der Druck seiner Hand an ihrer Kehle ihre Stimme beeinträchtigte. »Kennst du eigentlich den Doppelgängerzauber? Oder die Tempobeschwörung?« Sie fuhr einfach weiter, als wäre nichts.

»Sei vernünftig«, knurrte Brett. »Halt, verdammt noch mal, an.«

»Der Priester beherrschte diese Zaubersprüche nämlich, und ich habe seinen Schädel als Trinkkelch benutzt.« Sie ließ eine Hand am Lenkrad und zeigte mit der anderen auf den Beifahrersitz. »Wie schätzt *du* deine Chancen ein, wo du doch noch weniger gegen mich in der Hand hast?«

Brett schaute auf den Sitz. Er war mit Blut getränkt, und in der Mitte lag ein glitzernder Klumpen. »Pater O'Brien?«

Mayam trat auf die Bremse. Brett wurde nach vorn geschleudert. Sie packte seinen Arm. Blut quoll daraus hervor, als ihre Nägel seine Haut durchbohrten. Er schrie auf, als sie seine Hand von ihrem Hals löste, dann sein Fleisch mit ihren Reißzähnen aufschlitzte und sein Blut trank. Erst als ihr Durst gestillt war, versetzte sie ihn wieder in Bewusstlosigkeit.

Brett hielt die Augen gegen das Licht geschlossen, während er darauf wartete, dass das Hämmern in seinen Schläfen nachließ. Der Schmerz bedeutete, dass er am Leben war – vermutlich musste er das positiv sehen. Schließlich öffnete er mühsam die Augen. Tageslicht drang durch ein schmutziges Fenster voller Spinnweben herein, das hoch oben in einer Feldsteinmauer eingelassen war. Die Öffnung war zu schmal, um einen Menschen hindurchzulassen, selbst wenn er die Gitterstäbe herausreißen könnte. Die Wunden an seinen Armen, die Mayams Krallen hinterlassen hatten, pochten. Sie waren mit Stoffstreifen verbunden, die jemand aus seinem Hemd gerissen hatte. Als der Nebel in seinem Kopf sich lichtete, sah er, dass Emilys Familie bei ihm war. Wendy saß im Lotussitz am Fuß seines Betts. Als er stöhnte und sich aufsetzte, stand sie auf, kam mit einem Becher Wasser zu ihm und sagte ihm ein paar tröstende Worte. Darcy hockte auf einem zweiten Feldbett in der Ecke und hielt Madeline im Arm. Wer von beiden daraus den größeren Trost schöpfte, war fraglich. Ihre Augen waren vom Weinen geschwollen, ihre Haare zerzaust, die Gesichter von Staub und Tränen verschmiert.

»Wo sind wir?«, fragte Brett.

»Im Bauch der Bestie«, sagte Wendy und nahm wieder ihren Platz auf dem Bett ein. »Umgeben von den saugenden Lippen und schleckenden Zungen. Sie sind hier, Junge. Überall um uns herum. In der Dunkelheit.«

»Sie sind uns holen gekommen, gleich nachdem du gegangen bist«, sagte Darcy. »Es war noch dunkel, als wir hier ankamen. Das Haus ist ziemlich groß. Wir sind durch ein paar Zimmer und Korridore gegangen, bevor wir die Treppe zu diesem Keller gefunden haben. Kurz nachdem sie uns hier eingesperrt haben, haben sie uns Madeline gebracht. Gott sei Dank ist sie unversehrt.«

Mit einem mulmigen Gefühl erinnerte sich Brett an O'Briens Schicksal. Sein Mund wurde trocken, und er stürzte den letzten Schluck Wasser herunter, bevor er fragte: »Und Emily?«

»Keine Spur«, sagte Wendy.

Bretts Verzweiflung wich einem Hoffnungsschimmer. Vielleicht war Emily entkommen.

Mit einem Quietschen ging die Tür auf. Mayam stand im Türrahmen. Darcy drückte ihre Tochter an sich. Wendy wich mit angezogenen Beinen zurück.

»Du bist wach«, sagte Mayam, den Blick auf Brett gerichtet. »Gut. Der Meister will mit dir reden.«

»Wo bringst du ihn hin?«, fragte Wendy. »Zum Blutsaugen? Der Ärmste.«

»Beeil dich, Kleiner«, sagte Mayam, ohne auf Wendy zu achten. »Zwing mich nicht, dich mit Gewalt zu holen.«

»Die kleinen Schweinchen werden wohl eins nach dem anderen auf den Markt gebracht?«, flüsterte Wendy.

Mayam lachte. »Nein, du bist verbraucht, du nichtsnutzige alte Schachtel. Deine Tochter hat deine Energie ausgesaugt. Sie hat dir nicht mal genug gelassen, um eine Kerze anzuzünden, geschweige denn eine von uns zu sein. Wir brauchen dich nur als Druckmittel. Und dafür musst du nicht in guter Verfassung sein, sondern bloß am Leben.«

»Lass sie in Ruhe«, sagte Brett. »Ich komme schon.« Er stand schwankend auf. Wenigstens würde er sich jetzt wie ein Mann verhalten, selbst wenn es nichts mehr zu retten gab als seinen Stolz. Er flüsterte Wendy eine für Emily gedachte Entschuldigung zu. Sie schien zu verstehen, und ihr Lächeln deutete er als Hinweis, dass er sich keine Vorwürfe machen solle.

Zwei Anzugtypen standen hinter Mayam. Sie ging also kein Risiko ein. Wovor hatte sie Angst? Vor ihm doch gewiss nicht? Brett drückte den Rücken durch, straffte die Schultern und trat in den Korridor. Mayam knallte die schwere Tür hinter ihm zu.

»Es ist noch früh, Kleiner«, sagte Mayam, während sie ihn den Korridor entlangschubste. »Es wird mir einige Mühe ersparen, wenn du mir sagst, wohin Jehoel das Mädchen gebracht hat.«

»Ich weiß es nicht«, sagte er.

»Ich habe den ganzen Tag Zeit, Kleiner«, sagte sie. »Ihr Medaillon mag sie vor unseren Blicken verbergen, aber der Geruch meines Bruders ist leicht aufzuspüren. Warum machst du es dir so schwer?«

»Beiß mich doch«, sagte er und hätte sich am liebsten geohrfeigt. Es war nicht besonders schlau gewesen, das zu sagen.

Sie lachte.

»Fick dich«, sagte er. Na also, das war schon besser. Er wünschte, sie würde aufhören zu lachen. Das Geräusch tat ihm fast so sehr in den Ohren weh wie ihre Äußerung, sie habe den ganzen Tag Zeit. Wofür denn? Ein weiterer Stoß sagte ihm, dass es nichts Angenehmes war.

Jay weckte Emily mit einem Kuss und entzog sich ihr, bevor sie ihn erwidern konnte. Sie setzte sich auf, reckte sich und gähnte. Das große runde Fenster zeigte, dass die Nacht angebrochen war. Ihr Magen knurrte, und sie verspürte den hohlen Schmerz, den Hunger und Durst verursachen.

»Das Grimoire«, sagte Jay, während er in dem Buch blätterte, das neben ihr lag. »Es sieht aus, als wäre es in seinen Normalzustand zurückgekehrt, die meisten Seiten sind wieder leer.«

Emily zog Jays Mantel um ihren nackten Körper. »Das Buch hat sich irgendwie selbst gelöscht, nachdem ich es durchgelesen hatte.« Auf seinen fragenden Blick hin fügte sie hinzu: »Während du den Tag verschlafen hast. Aber die Zauberformeln stehen immer noch drin. Man muss nur den Ring zu Hilfe nehmen und es entriegeln. Du weißt schon«, sagte sie und malte einen Stern in die Luft. »Gegen den Uhrzeigersinn.«

Er schaute sie liebevoll an. Sie erwiderte seinen Blick

und fühlte sich zum ersten Mal seit Jahren entspannt und zuversichtlich.

»Wie geht es dir?«, fragte er.

Emily streckte die Arme nach ihm aus, und er trat zu ihr. »Ich bin am Verhungern«, sagte sie und küsste ihn. »Seit den Burgern ist viel Zeit verstrichen.«

Da platzte das Fenster nach innen auf, und es regnete Glasscherben und Bleistücke auf den Boden.

Zwei Schatten balancierten wie gelenkige Katzen auf dem zerborstenen Rahmen. Wie in giftigen Teer getauchte gotische Wasserspeier verharrten sie dort und schauten sich suchend um. Bevor Emily auch nur mit dem Finger auf sie zeigen konnte, sprangen sie los. Sie hob abwehrend den Arm, obwohl ihr im gleichen Moment klar wurde, wie zwecklos das war. Aber sie hatten es nicht auf sie abgesehen. Jay war ihr Ziel, und in der Zeit, die sie brauchte, um das zu erkennen, hatte er beide derart gründlich zerfetzt, dass von jedem nur ein Rauchwölkchen übrig blieb, das sich schnell auflöste. Sauberer als das Grimoire, dachte sie und musste an das arme alten Schweinchen Charlie denken. Doch der Anflug des Lächelns auf ihrem Gesicht erstarb, als Mayam höhnisch grinsend vor dem Fenster auftauchte.

»Sei gegrüßt, Jehoel.« Ihr Umhang umflatterte sie, und ihre Haut stach weiß von dem hautengen Stoff ihres Kleides ab. »Lange nicht gesehen, mein Bruder.«

»Nicht lange genug, Mayam«, knurrte er und baute sich zwischen Emily und seiner Schwester auf. »Ich hab dir doch gesagt, dass du diesen Namen nie wieder benutzen sollst.«

»Reine Gewohnheit, Bruder.« Sie schwebte herein und landete sanft. »Auch nach so langer Zeit.«

»Sie gehört zu denen, die uns in Nannas Haus überfallen

haben«, flüsterte Emily und schauderte beim Anblick von Mayams Augen: zwei feurige Punkte, die Jay fixierten und sich dann wie der Strahl des Leuchtturms auf sie richteten. Rasch hob Emily das abgebrochene Tischbein auf. »Was hast du mit O'Brien gemacht? Und mit Maddy?«

Mayam lächelte und lehnte sich mit verschränkten Armen an die Wand. »Nun, Jehoel, willst du ihr nicht sagen, wer ... was ... du bist?«

»Das weiß sie, Mayam. Also, warum fährst du nicht zur Hölle?«

»Es gab eine Zeit, da wären wir zusammen dort hingegangen. Das verletzt mich.«

»Dich? Dich verletzt gar nichts.« Er streckte den Arm aus, und die Flinte flog durch die Luft in seine Hand. Er lud durch.

»Also wirklich, liebster Bruder. Du weißt doch, dass man nicht mit Waffen spielt.« Sie machte eine Handbewegung, und der Lauf des Gewehrs wurde glühend rot. Jay schleuderte es auf Mayam, aber sie wich geschickt aus, und die Waffe segelte aus dem kaputten Fenster. »Du solltest mir zuhören, Jehoel. Ich muss dir etwas sagen.«

»Was hast du schon zu sagen, das uns auch nur im Geringsten interessieren könnte? Wieder so eine Lüge von deinem Meister?«

»Nein, eine Einladung. Wir geben eine Party, und Emily und all ihre Freunde sind eingeladen. Da ist die Gästeliste natürlich ziemlich kurz.« Mayam hielt eine Hand hoch und zählte an den Fingern ab: »Der Junge, das Kind, die Schwester, die Mutter. Ha. Nicht mal eine Handvoll.«

Emily trat vor. Ihr Blickfeld verengte sich, bis sie nur noch Mayams höhnisch grinsendes Gesicht sah. »Wenn ihr Arschlöcher ihnen auch nur ein Haar krümmt ...«

»Ein Haar? Was sollte mir wohl an Haaren liegen?«

Mayam entblößte ihre Reißzähne, als sie sich die Lippen leckte. »Der Junge stöhnt so herrlich …« Sie fuhr sich mit den Krallen über den Körper.

Emily zauberte eine Flamme herbei und ließ sie flackernd auf ihrer Handfläche tanzen.

Mayams Augen weiteten sich vor Staunen.

»Jetzt bist du nicht mehr so siegessicher, was, du Schlampe?«, sagte Emily. »Wie wär's mit einer kleinen Blutsauger-Grillparty?«

»Emily, du solltest gehen«, sagte Jay. »Hier könnten noch mehr Schatten oder gar Schwarze Roben auftauchen.«

»Ich lass dich nicht allein, nicht jetzt«, sagte Emily. »Mit der werde ich fertig. *Wir* haben die Macht.« Die Flamme in ihrer Hand hüpfte und züngelte bis zum Dach empor. Die Energie erregte Emily. Ein neu entdeckter Teil von ihr freute sich sogar darauf, sie einzusetzen.

»Sie ist mein Werk«, sagte Jay. »Ich habe sie erschaffen. Es ist meine Schuld.«

»Ah«, sagte Mayam. »Der Schöpfer will seine Kreation vernichten und so Absolution erhalten. Aber fällt es dir wirklich so leicht, all die glücklichen Jahre zu vergessen, die wir zusammen verbracht haben?« Mit einem Schnauben begann sie im Zimmer umherzustolzieren, wobei sie die beiden wachsam im Auge behielt. »Ich kann sie an dir riechen, Jehoel. Sag mir, befriedigt ihr schwacher, sterblicher Körper dich wirklich? Oder ist es nur das Fluidum ihrer Zauberkräfte, das dich anzieht? Wie bei Genevieve?«

»Halt den Mund, Mayam«, knurrte Jay. Seine Finger verlängerten sich zu Krallen, er entblößte seine Reißzähne. Er warf Emily einen Blick zu. »Raus hier. Sofort, so lange du noch kannst.«

»Wovon redet sie da, Jay? Ich weiß, dass du letzte Nacht

von mir getrunken hast. Aber es war mehr als das, nicht wahr? Sag mir, dass es dir nicht nur darum ging.« War sie wirklich so dumm gewesen? Wieder auf jemanden reinzufallen, der sie nur ausnutzte – einen zweiten Martin?

»Emily, nein. Ich würde dir nie wehtun. Du musst mir glauben. Ich, ich …«

Mayam lachte. »Was, Jehoel? Du warst einer von uns, weißt du noch? Du bist mein böser Bruder. Wir haben ihre Verwandten unserem Meister vor die Füße gelegt und ihnen mit Vergnügen vor seinen Augen das Blut ausgesaugt. So sehr unterscheiden wir beide uns gar nicht! Du willst bloß nicht teilen.«

»Jay?« Emily konnte nicht fassen, was sie da hörte. Vor allem, weil sie ihn von ihrem Blut hatte trinken lassen.

»Hat mein Bruder dir erzählt, was mit deiner Urgroßmutter geschehen ist? Hat er dir erzählt, wie Genevieve gestorben ist, seine Geliebte?«

»Jay, wovon spricht diese Schlampe?« Emily schaute ihn an. Sein Gesichtsausdruck, der plötzlich finster geworden war, und sein spürbar anschwellender Zorn verwirrten sie. »Genevieve ist ertrunken. So stand es im Grimoire. Stimmt das denn nicht?«

»Nicht alles hat sich so zugetragen, wie es niedergeschrieben wurde«, sagte Mayam. »Man muss zwischen den Zeilen lesen. Oder hast du den Ring nicht zu Hilfe genommen?«

Emily dachte an den Ring, an Genevieve, an Jay. Und verlor fast den Boden unter den Füßen, als mit der überwältigenden Macht einer Springflut eine Erinnerung vor ihrem geistigen Auge auftauchte.

Jay drückte Genevieve unter Wasser. Sie wehrte sich nicht. Scharlachrote Tränen liefen ihm übers Gesicht und fielen ins Wasser. Blasen stiegen aus ihrer Nase auf, und ihre starren Augen quollen hervor. Genevieves Haare umgaben wie Seetang ihre Wangen und ihren weit geöffneten Mund. Ein paar paddelnde Handbewegungen, ein Tritt, und sie war tot. Emily empfand ihr Sterben wie eine Windbö, die mitten durch sie hindurchwehte.

Nach Luft schnappend, schüttelte Emily die Vision wieder ab.

Mayam lachte.

»Emily, bitte«, flehte Jay. »Es ist kompliziert ... Sie ist eine Lügnerin, ein Monster wie ihr Meister. Jetzt geh bitte, bevor noch andere hier auftauchen. Sie dürfen dich nicht in die Finger bekommen.«

In ihrer Verwirrung fand sie keine Worte, nur Angst und Panik. »Lass mich und meine Familie in Ruhe«, sagte sie und unterdrückte ein Schluchzen.

»Sie warten auf dich«, sagte Mayam. »Ich nehme an, die Party ist bereits im Gange.« Sie lachte, und ein boshaftes Leuchten trat in ihre Augen. »Du bist wirklich dumm, Jehoel. All die Jahre, die du dich in der Dunkelheit versteckt hast, haben dir das Gehirn aufgeweicht. Wusstest du, dass wir von Genevieve keine Spur finden konnten, nachdem sie sich mit ihrem Zaubertrick in Luft aufgelöst hat? So gut war sie. Ganz anders als du, nicht wahr, lieber Bruder? Du hast uns erst zu ihr und dann zu ihren Nachkommen geführt. Wir haben deine albernen Bemühungen, sie zu beschützen, beobachtet. Du warst zu egoistisch, um sie in Ruhe zu lassen. Zu egoistisch ... und zu gierig.«

Mit einem lauten Knurren stürzte Jay sich auf sie.

Mayam war zu schnell. Sie fing ihn ab und schleuderte ihn quer durchs Zimmer. Die Wand bebte, als Jay dagegenkrachte.

»Ist sie das wirklich wert?« Mayam ging auf ihn zu, halb Tigerin, halb Nutte. »Bedeutet sie dir wirklich mehr als ich, nach all den Jahren, die wir zusammen verbracht haben?«

Und dann gingen sie mit blitzartiger Geschwindigkeit aufeinander los, so schnell, dass Emily kaum noch etwas erkennen konnte. Um sich schlagend und tretend, beißend und boxend, trieben sie einander durchs Zimmer. Staub schwebte von der Decke herunter. Dielen zerbrachen. Blut bespritzte den Fußboden.

Emily kauerte sich zusammen, in der einen Hand einen harmlosen Stock, in der anderen flackerte immer noch die Flamme. Ihre Wahrnehmung war durch den Schock getrübt, Genevieve so sterben zu sehen – weil Jay ihren Kopf unter Wasser drückte.

So plötzlich, wie nach einem Sturm Ruhe einkehrt, war der Kampf zu Ende. Nur noch eine dunkle Gestalt stand in der Mitte des Raums. Schultern und Kopf hingen herab, die Haare waren offen und zerzaust. Langsam richtete sie sich auf. Emily hielt die Luft an, unfähig, den Blick von der mit einem Mantel bekleideten Gestalt abzuwenden, um nach dem reglos an der Wand zusammengesackten schwarzen Bündel zu sehen, das keinen Laut von sich gab ... Das Wesen in der Mitte des Raums drehte sich ganz langsam um, bis seine glühenden, amüsierten Augen auf Emily ruhten.

»Was habe ich dir gesagt, meine Hübsche? Bist du bereit, deinem Schicksal ins Gesicht zu blicken?« Mayam lächelte, ein kaltes Grinsen, das die blitzenden Spitzen ihrer langen Reißzähne entblößte. Ihr Kleid war zerfetzt, ihre Haut dunkel vor Blut und Wunden. »Wir möchten, dass du zurückkommst, Emily. Wir wollen dich beschützen, bevor er deine Seele noch weiter vergiftet. Bevor er dir das Gleiche antut wie unserer geliebten Genevieve. Du gehörst zu uns. Wir sind deine Familie.«

Mayam trat einen Schritt vorwärts. Die klobigen Absätze ihrer Stiefel machten auf dem Holzfußboden fast kein Geräusch. Das zersplitterte Fenster wurde erneut von dem vorbeischwenkenden Lichtkegel erhellt. Mayams Schatten stürzte sich auf Emily und wich ebenso rasch wieder zurück, wie der Lichtstrahl sich wieder entfernte.

»Nun, du weißt ja, dass man sich seine Freunde lieber selber aussucht«, stammelte Emily.

Mayam starrte sie an. Ihre Augen wirkten riesengroß und lockend. Emily schluckte und blinzelte. Mayam runzelte die Stirn. Emilys Halskette, die ganz warm geworden war, drückte sich fast unangenehm heiß in ihre Haut. Wut wallte in ihr auf, und plötzlich war sie wieder klar im Kopf.

»Lass mich in Ruhe«, brüllte Emily. »Uns alle!« Die Flamme in ihrer Hand loderte auf, und Mayam musste blinzeln. Doch die Vampirin starrte Emily weiter unverwandt in die Augen.

»Es tut mir sehr leid, Kleine, aber das kann ich nicht.« Mayam stand vor ihr, die ausgestreckten Arme von einem Gittermuster aus Wunden gezeichnet. »Komm zu mir. Umarme dein Schicksal.«

Emily holte mit dem Stuhlbein aus. Mayam wehrte den Angriff lässig mit dem Arm ab. Emily schrie auf und ließ fast ihre Waffe fallen. Es war, als wäre sie gegen eine Mauer gelaufen.

Mayam drohte ihr mit dem Finger und schnalzte mit der Zunge. »Behandelt man so seine Schwester?«

Emily wünschte sich mit aller Kraft, dass sie verschwand. Die Flamme in ihrer Hand loderte auf. Mayam wich zurück, eine Hand schützend vor den Augen, und zischte durch überrascht geschürzte Lippen.

»Hau ab! Lass mich in Frieden«, brüllte Emily und packte mit beiden Händen ihren Schläger. Geisterhafte Flammen züngelten gierig daran entlang, ohne ihn jedoch zu verbrennen. Irgendetwas tief in ihrem Innern nährte das Feuer, eine Art Lavafluss, eine Eruption.

Emily schlug erneut zu. Mayam hob schützend den Arm. Ihr Fleisch zischte, als der Schläger sie traf. Die Wucht des Schlags schleuderte sie nach hinten. Der Gestank verbrannter Haut durchflutete den Raum.

Mayam kauerte sich zusammen und hielt sich den Arm. »Blöde Kuh.«

»Los! Hau ab!«

Emily holte aus, als Mayam sich auf sie stürzen wollte. Der Hieb warf die Vampirin zu Boden. Sie rappelte sich auf und hielt sich die Seite. Durch das verkohlte Fleisch hindurch sah man ihre Rippen.

Emily ging einen Schritt vor und stellte fest, dass sie in bernsteinfarbenes Licht gehüllt war. Ihr Ring pulsierte, und sie hörte tief in ihrem Innern den Singsang von Frauen, den Vorfahrinnen, deren Zauberkräfte sie in sich trug.

Mayam versuchte auszuweichen, als Emily einen schrillen Schrei ausstieß und ihr den glühenden Schläger in die Brust rammte. Er explodierte. Der Rückstoß schleuderte Emily nach hinten, und das Holz splitterte und qualmte. Mayam flog rücklings durch das zerborstene Fenster und stürzte in die Nacht.

Emily wankte zum Fenster, wischte sich Tränen aus den Augen und blickte suchend hinaus. Keine Spur von der Frau. Nur die Wellen, die Sterne, die flüsternden Bäume und das rhythmische Aufleuchten des Scheinwerfers.

Jay lag immer noch an der Stelle, an der er zu Boden gegangen war. Emily trat auf ihn zu. Sie wusste nicht recht, was sie tun sollte. Die Sicherheit, die sie eben noch verspürt hatte, hatte sich verflüchtigt. Ihre Familie war in Uhgraus

Gewalt. Jay hatte ihr Blut getrunken, als sie miteinander schliefen. Empfand er überhaupt etwas für sie? Und hatte er Genevieve wirklich umgebracht?

Jay stöhnte, und sie erstarrte. Er betastete seinen Kopf. Dann stöhnte er noch einmal, aber es klang mehr wie ein Grollen. Er sah auf, und seine Augen waren glühend rot. Als sein Blick auf sie fiel, blieb ihr das Herz stehen.

»Wo ist meine Schwester?«, fragte er mit blutigem Mund.

»Sie ist weg«, sagte Emily und trat einen Schritt zurück. »Ich ... habe sie aus dem Fenster gestoßen.«

Mühsam rappelte Jay sich auf. »Sie wird wiederkommen, diese verfluchte Schlampe. Ich hatte gehofft, ich könnte dir alles erzählen, aber sie haben meine Fährte aufgenommen.« Wut regte sich in seinen scharlachroten Augen. Emilys Unterlippe bebte, als sie langsam zur Tür zurückwich.

»Fühlst du dich besser, Bruder?«, erklang eine Stimme vor dem Fenster. Emily drehte sich um. Es war Mayam. Von ihren Haaren und der zerfetzten Kleidung umflattert, schwebte sie in der Luft. »Tu uns beiden einen Gefallen und bleib einfach da liegen. Ich brauche nicht lange ...«

»Mayam, tu das nicht«, flehte Jay.

»Sieh es endlich ein, Bruder. Ich will zu den Gewinnern gehören. Und du, mein lieber Jehoel, hast dich den Versagern angeschlossen. Du hast Petr verlassen. Du hast mich verlassen. Aber du kannst es wieder gutmachen. Gib mir das Mädchen. Gib mir das Grimoire. Komm mit mir zurück in unsere wunderbare Gemeinschaft. Komm ...«

Mayam streckte ihre bleichen Hände aus. Ihre langen Nägel glitzerten gespenstisch im Mondschein.

Emily spürte, wie sich in ihrem Herzen ein Sturm erhob und das Heulen in ihrem Kopf unerträglich wurde. Der

Ring leuchtete hell. »Kommt mir nicht zu nahe, keiner von euch, verstanden? Zurück mit euch!«

Eine rote Wand stieg immer weiter vor ihr auf, bis sie kaum noch hindurchsehen konnte. Jay kniff die Augen zusammen und hob den Arm vor sein zerschlagenes Gesicht – das bereits heilte, obwohl man das durch diesen schimmernden Vorhang aus Hitze nur schwer erkennen konnte.

Mayam lachte, und dieses Lachen klang so kalt, als würde man Eiswürfel in ein Glas werfen. »Sie ist nur ein armseliger Ersatz für Genevieve. Sie ist es nicht wert, Jehoel. Überlass sie Uhgrau. Gib deinen lächerlichen Kreuzzug auf, und kehr zu uns zurück. Du musst doch einsam sein …«

»Niemals. Lieber sterbe ich, als als Sklave zu leben.«

»Pass auf, was du sagst, liebster Bruder. Und jetzt gib mir das Grimoire.« Mayam zeigte aufs Sofa.

Emily schnappte nach Luft, als sie sah, wie das Grimoire sich in die Luft erhob und auf Mayam zuzugleiten begann. Emily lief darauf zu und streckte die Hand aus …

In dem Moment löste sich ihr Schutzschild auf. Mayam schleuderte einen unsichtbaren Energieblitz auf sie. Emily wurde über den Boden nach hinten geschleudert. Sie knallte gegen eine Kiste.

»Emily!« Jay rappelte sich auf. Er warf einen Blick auf Mayam, die mit einem triumphierenden Knurren das Buch in die Luft stemmte. »Du musst fliehen, Emily, rette deine Familie«, brüllte er. Blitzartig schoss ihr ein Bild durch den Kopf, das Bild eines Friedhofs auf einer Landzunge. Emily erkannte ihn und wusste instinktiv, dass er sie dort treffen wollte. »Keine Angst«, sagte er. »Mayam wird dir nicht noch einmal gefährlich werden. Es ist zu Ende – hier und jetzt.«

So schnell, dass Emilys Blick ihm nicht folgen konnte, sprang Jay durch den zerborstenen Fensterrahmen. Er traf auf die knurrende Mayam, und sie stürzten aus ihrem Blickfeld.

Emily taumelte zur Tür und rüttelte an der Klinke. Die Tür öffnete sich nicht. Tränen der Wut brannten in ihren Augen.

»Geh auf, du verdammtes Ding«, schrie sie. Der Ring blitzte auf. Die Tür knallte so heftig gegen die Wand, dass sie glaubte, das Holz splittern zu hören. Kalte Nachtluft flutete herein. Sie lief hinaus. Von der Seeseite des Gebäudes drangen grässliche Schmerzens- und Wutschreie herüber, die noch nicht mal das Tosen der Brandung übertönen konnte. Emily drehte dem Leuchtturm den Rücken zu, um einen Weg von der Landzunge herunter zu suchen, aber ein Schrei lenkte ihre Aufmerksamkeit wieder aufs Meer.

Mayam lehnte an der Leuchtturmmauer. Sie war blutüberströmt, Fleischfetzen hingen aus ihrem Gesicht, ein Arm baumelte schlaff herunter. Ihre Kleidung war völlig zerfetzt, und darunter leuchtete ein marmorweißer Körper. Sie sah unbezähmbar, schön und komplett wahnsinnig aus.

»Ha, da bist du ja, meine kleine Schlampe«, sagte Mayam und wankte auf Emily zu. »Jetzt komm zu mir, und nimm dein Schicksal an, du kleine Hexe.«

Angst loderte in Emily auf, Angst und eine plötzliche Erkenntnis, die sie nicht verstand, sondern einfach akzeptierte. Sie war eine Hexe, und sie musste hier weg. Sie musste zu ihrer Familie. Der rote Schleier schnellte wieder vor ihr hoch, diesmal so hell, dass er Mayam zwang, ihre Augen mit ihrem gesunden Arm abzuschirmen. Das Letzte, was Emily sah, bevor der rote Schleier schwarz wurde, war Jay, der mit gebleckten Reißzähnen und ausgefahrenen Krallen aus dem Dunkel heranschoss und sich von hinten auf Mayam stürzte.

Als Emily erwachte, war es dunkel. Sie merkte, wie kalt und hart die Fläche war, auf der sie lag, und war dankbar für Jays Mantel, um so mehr, als ihre eisigen Füße sie daran erinnerten, dass sie darunter nackt war. Obwohl es nicht gerade bequem war, blieb sie liegen. Sie bezweifelte, dass sie sich hätte aufsetzen können. All ihre Muskeln waren erschöpft. Sie fühlte sich so dünn und leicht wie ein Blatt Papier. Ihr Kopf tat ihr weh. Über ihr leuchtete matt ein graues Licht. Sie schloss die Augen und versuchte, den Schmerz durch reine Willenskraft zu vertreiben. Es half nichts, aber sie hielt die Augen dennoch geschlossen. Jemand flüsterte, Frauenstimmen, die sie noch rechtzeitig erkannte, um keinen Herzinfarkt zu bekommen.

Es klang wie ein Streit, möglicherweise durch ihr plötzliches Auftauchen ausgelöst oder davon unterbrochen.

Darcy: Das ist alles deine Schuld.

Wendy: Da hast du vielleicht sogar recht.

Darcy: In deinen Adern fließt Gift. Hast du das etwa nicht gewusst? Wie konntest du so einen Fluch auf uns laden – auf uns und Maddy?

Wendy: Wäre es dir lieber, wenn ihr nie geboren worden wärt? Ich habe euren Vater geliebt. Wir wollten Kinder. Woher sollten wir wissen, dass die Stimmen kommen würden, und zwar zu uns allen?

Darcy: Kinder? Monster meinst du. Missgeburten. Geisteskranke.

Wendy: Aber ich liebe euch trotzdem.

Darcy, ein Schluchzen unterdrückend: Dieser Mann, Uhgrau, hätte die Stimmen vertreiben können. Vielleicht muss ich nicht so enden wie du.

Wendy: Und was ist mit Maddy? Hinter ihr sind sie auch her.

Madeline: Mami?
Darcy: Sscht, Schätzchen, ist schon gut.
Madeline: Geht es Tante Emmy gut?
Darcy: Sie schläft nur.
Wendy: Das glaube ich nicht.
Darcy: Wie ist sie überhaupt hergekommen?
Wendy: Vielleicht hat sie es sich einfach gewünscht? Oder dreimal die Hacken aneinandergeschlagen?
Darcy: Und warum ist sie hergekommen? Wenn sie überall hätte hingehen können, warum lässt sie sich dann hier mit uns einsperren?
Madeline: Nanny, bringt Tante Em uns hier raus? Bevor die böse Frau zurückkommt?
Wendy: Ich weiß es nicht, Schätzchen … Ich glaube nicht, dass Tante Em so bald irgendwo hingeht.
Madeline: Was ist, wenn die böse Frau zurückkommt und Tante Em immer noch schläft?
Darcy, mit einem bitteren Lachen: Ich schätze, sie wird sie aufwecken.

»Nicht nötig«, sagte Emily und schlug widerwillig die Augen auf, was nur zum Teil daran lag, dass ihre Lider so schwer waren. »Bei eurem Gezanke ist es unmöglich, ein Nickerchen zu machen.«

Wendy sagte: »Willkommen im Knast.«

»Mutter«, sagte Emily. Sie blieb auf der Seite liegen, während ihre Augen sich an das Dämmerlicht gewöhnten. Ein schmales, vergittertes Fenster hoch oben in der Wand ließ von draußen diffuses Tageslicht herein. Dort hindurch konnten sie nicht fliehen. Selbst wenn sie es schaffen würden, sich hindurchzuquetschen, bekämen sie es schließlich noch mit Uhgraus Wächtern zu tun. Wie sollte sie bloß ihre Familie retten, wenn sie sich jedesmal, nachdem sie ihre

Zauberkräfte aktiviert hatte, fühlte, als sei sie von einem Laster überfahren worden?

Emily setzte sich auf, wobei sie jeden Muskel in ihrem Körper spürte. Sie hielt inne, weil ihr alles vor den Augen verschwamm, und wartete darauf, dass ihre Sinne sich wieder beruhigten.

»Haben wir etwas zu trinken?«, fragte Emily, die Hand an der trockenen Kehle.

»Ja«, spottete Darcy. »Gin Tonic. Willst du ihn mit Eis?«

»Nein, lieber pur.« Emily fuhr sich mit der Zunge über die Lippen und merkte, wie trocken ihr Mund war.

Ihre Mutter reichte ihr einen Plastikbecher mit lauwarmem Wasser. Emily nickte ihr dankend zu und stürzte es in zwei Zügen hinunter. Sie ließ ihren Blick rasch durch den Raum schweifen: drei Klappbetten mit Decken und dünnen, harten Kissen, eine Toilette ohne Brille und ein roststreifiges Waschbecken. Der Raum stank nach Schimmel, die Wände strahlten Kälte ab. An der Holzdecke fiel ein mächtiger Balken ins Auge, das dunkle Holz wirkte so niederdrückend wie ein sternenloser Himmel.

»Nett«, sagte Emily. »Ich hoffe, ihr habt einen Preisnachlass wegen der Souterrainlage bekommen.«

»Ah«, sagte Wendy, »du vergisst die Aussicht.« Sie deutete aufs Fenster.

Darcy gab ein Würgegeräusch von sich. »Wie könnt ihr darüber bloß Witze machen? Die kommen jeden Moment, um eine von uns zu holen. Wer weiß, was sie mit uns anstellen?«

»Was für Witze?«, sagte Wendy.

Madeline kuschelte sich tiefer in die Umarmung ihrer Mutter, den Blick auf ihre Tante gerichtet.

Emily riss sich zusammen und zwinkerte ihrer Nichte aufmunternd zu. »Ich finde nicht, dass wir hierbleiben sollten. So sehr mir der Stil hier auch gefällt.« Sie erhob sich mit weichen Knien und schmerzverzerrtem Gesicht, hielt sich aber auf den Beinen. Zwischen ihr und der Decke war noch mindestens ein Meter Abstand, schätzte sie. Die mit Eisenbändern beschlagene Holztür sah verdammt stabil aus.

»Und was sollen wir deiner Meinung nach tun?«, sagte Darcy. Sie funkelte Wendy wütend an. »Ich hab leider meine roten Schuhe nicht dabei.«

»Das wäre vielleicht ein Anfang«, sagte Emily, schloss die Augen und wünschte, sie könnte ebenso leicht ihre Ohren gegen Darcys Genörgel verschließen.

Nanna? Bist du da? Oder sonst jemand? In ihrem Kopf herrschten nach wie vor Verwirrung und Müdigkeit, der Ring an ihrem Finger blieb dunkel. Sie rieb ihn und wünschte, eine Art Flaschengeist würde daraus aufsteigen. *Ich brauche eure Hilfe, verdammt noch mal. Ich bin hier reingekommen, aber wie kriege ich uns hier jetzt wieder raus?*

Zwischen all den Zaubertricks, die sie sich mithilfe des Grimoires angeeignet hatte, all den Geheimnissen, die sie enthüllt hatte, musste doch irgendwo gestanden haben, wie man mit vier Frauen aus einem Gefängnis ausbrach. So etwas gehörte doch wohl in ein Zauberbuch für Hexen, oder nicht? Wenn sie es nur bei sich hätte! Die Galle kam ihr hoch, als ihr der Anblick des Grimoire in Mayams Klaue wieder vor Augen stand. Das wirklich Ärgerliche war, dass Emily, obwohl sie das Buch von vorn bis hinten, Schicht um Schicht durchgelesen hatte, immer noch nicht wusste, was Uhgrau darin suchte.

Ihr fiel einfach nichts ein, was ihnen bei der Flucht helfen würde. Da war nur diese Flut düsterer Ahnungen, der

Kupfergeschmack der Angst in ihrem Mund. Mit einem Stöhnen öffnete sie die Augen, wankte dann zum nächsten Bett und kämpfte gegen den Drang an, sich hinzulegen. Sie war furchtbar müde. Der Akt, sich vom Leuchtturm hierher zu versetzen, hatte sie total ausgelaugt. Vermutlich hatte sie dabei an ihre Angehörigen gedacht. Dadurch war eine bestimmte Fähigkeit in ihr aktiviert worden, die sie zu ihrer Familie geführt hatte. Vielleicht sogar, indem sie mit den Zauberkräften ihrer Angehörigen Kontakt aufgenommen und sie wie ein Landesignal benutzt hatte.

»Können wir dir irgendwie helfen?«, fragte Wendy.

Emily zuckte mit den Schultern.

»Na toll«, sagte Darcy. »Ausgerechnet eine Geistesgestörte bietet ihre Hilfe an. Also, wenn wir darauf angewiesen sind, dass eine Bekloppte uns hier rausbringt, sitzen wir wirklich tief in der Scheiße.«

»Das reicht«, rief Emily. »Halt einfach den Mund, Darcy. Du machst es mit deinem Gequatsche nicht leichter.« Die Kopfschmerzen bohrten sich durch ihr Gehirn. Emily verzog das Gesicht und massierte sich die Schläfen. »Ich habe mich hergezaubert, also müsste ich uns hier auch wieder rauszaubern können. Ich brauche nur etwas Zeit.«

»Zeit ist vielleicht das Einzige, was wir nicht haben«, sagte Darcy. In ihrer Stimme lag so etwas wie Zerknirschtheit oder vielleicht auch nur Resignation.

»Komm her«, sagte Wendy und hockte sich hinter Emily, um ihr die Schultern und den Hals zu massieren. »Ich habe dich immer massiert, als du noch klein warst. Euch beide.« Sie warf Darcy einen Blick zu.

»Ich erinnere mich«, sagte Emily. »Deine Hände waren immer so warm wie eine Wärmflasche.«

»Und es hat funktioniert, nicht wahr?«

»Das tut es auch jetzt. Es fühlt sich toll an.«

Darcy schnaubte. »Frag diese Irre doch mal, wer deinen Lover hier weggeholt hat.«

»Ich hab dir doch gesagt, dass Brett nicht mein ...« Emily riss sich zusammen. Selbst in dieser Zwangslage fand ihre Schwester noch Zeit, sie zu schikanieren. Sie funkelte Darcy wütend an, aber der Blick ihrer Schwester ließ vermuten, dass sie sie womöglich gar nicht hatte ärgern wollen. Außerdem hatte Emily es nicht besser verdient. Sie war nicht auf die Idee gekommen, nach Brett zu fragen, obwohl Mayam ihr gesagt hatte, dass die Cabal ihn zusammen mit den Frauen geschnappt hatte. »Wo ist Brett jetzt?«

Darcy zuckte mit den Schultern. »Sie haben ihn gestern Morgen abgeholt. Seitdem haben wir ihn nicht mehr gesehen.«

»Was? Sie haben ihn die ganze Nacht in ihrer Gewalt gehabt?« Emily spürte, wie ihr Magen ein Stück tiefer sackte. Und sie hatte sich währenddessen im Bett vergnügt ... »Haben sie gesagt, was sie von ihm wollen?«

Wendy tätschelte Emilys Rücken und setzte dann die Massage fort. »Die Frau hat gesagt, ihr Meister wolle mit ihm reden.«

»Verdammter Mist«, flüsterte Emily.

»Zauberst du uns hier raus, Tante Em?«, fragte Madeline.

»Noch nicht, Süße ... Ich muss mich erst ein bisschen ausruhen.«

»Wenn ich schon groß wäre, würde ich helfen, uns hier rauszuzaubern, Tante Em.«

»Danke, Süße ... Natürlich! Das ist es! Komm her und nimm deine Tante mal richtig in den Arm.«

»Was ist los?«, fragte Darcy, die ihre Tochter nur widerstrebend losließ. »Was hast du mit Maddy vor?«

»Nichts«, sagte Emily und küsste ihre Nichte auf die

Wange, bevor sie ihr Gesicht in den Haaren des Mädchens vergrub. »Ach, Süße, wieso ist mir das nicht früher eingefallen?«

»Was denn, Tante Em?«

»Ja, Tante Em«, sagte Darcy und kniete sich hin, um ihre Tochter wieder an sich zu ziehen. »Was denn? Sie ist doch bloß ein Kind. Sie ist keine Missgeburt wie du … wie wir.«

»Doch«, sagte Emily. »Sie ist genau wie wir. Wir sind eine Familie, und die Zauberkräfte liegen uns im Blut. Bei ihr haben sie sich nur noch nicht manifestiert. Das ist vermutlich der Grund, weshalb Uhgrau sich damit begnügt hat, uns nur zu beobachten – er hat auf Madelines achten Geburtstag gewartet. Es gibt da ein Ritual, mit dem sie den Ball ins Rollen bringen.«

Darcy wurde noch bleicher und drückte ihre Tochter fest an sich. »Bis dahin sind es nur noch zwei Tage.«

Wendy schaute ihre Enkeltochter mitfühlend an. »Eine unerschlossene Quelle. Reif zum Aussaugen.« Ein Schatten wanderte über ihr Gesicht, und Emily musste daran denken, wie Wendy behauptet hatte, *sie* seien bei ihr gewesen und hätten ihre Seele ausgesaugt. *Sie* seien gekommen, um ihre Kinder zu holen …

»Das ist es, was Uhgrau will«, sagte Emily und umarmte ihre Mutter. »Er will unsere Zauberkräfte nutzen können, wie es ihm gefällt. Aber es sind *unsere* Kräfte, und wir können sie einsetzen, wie wir es in Nannas Haus getan haben. Eure Energie kann die meine verstärken. Wir werden hier rauskommen.« *Schöpfe von außen, nicht von innen. Ja!*

»Du spinnst ja«, sagte Darcy. »Ich habe keine Zauberkräfte.«

Wendy stand auf und streckte die Arme nach Emily und Darcy aus. »Kommt, wir tanzen. Lasst uns einen Kreis bilden und es versuchen. Willst du das, Emily? Eine Art Séance?«

»Ich will nichts mit irgendwelchen Toten zu tun haben«, sagte Darcy. »Nicht, wenn Maddy dabei ist.«

»Jetzt hör aber auf«, sagte Emily und nahm Darcys Hand. »Das ist keine verdammte Séance. Ihr müsst euch bloß konzentrieren. Stellt euch vor, ihr seid eine mit Licht gefüllte Batterie. Und dann stellt euch vor, das Licht fließt von euch in mich hinein. Damit kann ich uns hier rausbekommen.«

»Wie denn?«, sagte Darcy und versuchte, sich Emilys Griff zu entziehen. »Selbst wenn wir aus diesem Raum ausbrechen, wissen wir nicht, wie viele Freunde von diesem geistesgestörten Biest da draußen sind. Verdammt noch mal, Emily, du tust mir weh.«

»Dann halt, verflucht noch mal, den Mund und tu, was ich dir sage.« Sie grub ihre Nägel ein bisschen tiefer in Darcys Fleisch, um ihren Worten Nachdruck zu verleihen. »Oder willst du nicht, dass Maddy hier rauskommt?«

»Emily«, mahnte Wendy.

Madeline kicherte. »Du hast ein schlimmes Wort gesagt, Tante Em.«

»Das tut mir leid«, sagte Emily. »Jetzt nehmt euch *alle* an den Händen und konzentriert euch darauf, mir eure Energie zu übermitteln. Versucht, euch zu entspannen und nicht zu verkrampfen. Lasst euch einfach treiben.«

»*Ring-a-ring o' rosie*«, sang Madeline.

»Psst, Madeline«, sagte ihre Mutter. »Sei still und entspann dich.«

»Nein«, sagte Emily. »Vielleicht hilft das. Aber alle zusammen. Fertig? Dann singt mit: *Ring-a-ring o'rosie …*«

Sie stimmten ein, erst zögernd und dann immer lauter, während sie den Rhythmus fanden. Madeline machte einen Schritt zur Seite, und die Erwachsenen folgten ihr mit mehr oder weniger dümmlichem Gesichtsausdruck. Emily schloss die Augen und konzentrierte sich auf den Liedtext und den Tanz. Wärme drang durch ihre Hände, die die ihrer Mutter und ihrer Schwester hielten. Ihre Haut prickelte. Die Haare standen ihr zu Berge. Sie spürte, dass der Ring leuchtete, und als sie die Augen öffnete, stellte sie erfreut fest, dass ihr Gefühl sie nicht getrogen hatte. Der Text des Liedes hallte in ihrem Kopf wider, während unzählige Stimmen eine nach der anderen in den Singsang einstimmten.

Die Müdigkeit fiel von ihr ab. Emily fühlte sich jung und unbekümmert. Es war, als würden sie auf einer Wiese tanzen, wie in einer Szene aus *The Sound of Music*. Sie tanzten und sangen, und die Aura des Ringes breitete sich aus, bis sie wie Honig über ihre Finger und zu Darcys Arm hinüberlief. Emily spürte, wie Darcy zusammenzuckte, sich dann wieder entspannte und weitertanzte. Das Leuchten umhüllte sie und ging dann über auf Madeline. Das Mädchen kicherte und sang immer lauter, hüpfte immer höher. Als das Licht Wendy erreichte, gab diese ein vergnügtes Quietschen von sich. Plötzlich waren sie alle acht Jahre alt, oder achtzehn oder achtzig.

»*A pocket full of posies ...*«

Der Raum war erfüllt von ihrem fröhlichen Gesang, dem Klang ihrer Schritte und der Hitze, die sie verströmten. Die Tür ging auf, aber die anderen hatten die Augen geschlossen. Nur Emily sah Uhgrau, der sprachlos, mit offenem Mund, dastand, die Hand am Türgriff erstarrt.

»*A-tishoo! A-tishoo!*«

Hinter dem bräunlichen Lichtschimmer verblich der Raum, die Wände und die Decke wurden durchsichtig. Der Tanz schob Emily wieder in Uhgraus Blickfeld. Der Zauberer knurrte und streckte die Hände aus ...

»*We all fall* down.«

Das letzte Wort stieß Emily mit lauter Stimme hervor, während sie ihre Familie aus dem Raum und in das pulsierende bernsteinfarbene Licht emporhob. Uhgraus Wutschrei hallte hinter ihnen her, aber sie waren fort, in die einladende Dunkelheit entkommen. Es gab nur ein Problem, wie Emily zu spät bemerkte – Madeline war nicht bei ihnen.

16

Schinken, Eier, Tomaten, Toast, Kaffee. Eine heiße Dusche und saubere Klamotten. Emilys Definition des Paradieses war gerade ein ganzes Stück bescheidener geworden. Wenn nur Maddy hier wäre, Maddy und Brett.

»Noch was?«, fragte Old Bill und hielt die Kaffeekanne über Emilys leere Tasse. Obwohl er einen Arm in einer Schlinge trug, war es ihm gelungen, ihnen eine anständige Mahlzeit aufzutischen.

Emily nickte. Ihr Mund war so voll, das sie nicht antworten konnte. Aus nassen Haarsträhnen tropfte Wasser ihren Hals hinunter, und ihre Bluse klebte an ihrer Haut.

Darcy umklammerte ihre dampfende Teetasse. Sie hatte das Essen auf ihrem Teller kaum angerührt.

Wendy stocherte in den Überresten ihre Frühstücks herum. »Das ist wirklich lieb von dir, Bill«, sagte sie.

»Sei nicht albern, Wendy. Deine Mutter und ich waren eng befreundet. Ich glaube, wir standen einander sogar näher als Alan und ich, und den kannte ich seit der High School. Eine Wahnsinnsfrau, deine Mutter.« Er hielt inne und warf ihr einen wissenden Blick zu. Der Hauch eines Lächelns zuckte in seinen Mundwinkeln. »Die kleine Em ist ihr sehr ähnlich.«

»Mehr, als du ahnst, Bill«, sagte Wendy und legte eine Hand auf Emilys Arm.

Die einen aßen, die anderen nicht, und sie schwelgten in Erinnerungen. Bill verlor kein Wort über die Ereignisse der vorletzten Nacht, nicht mal über die neue Küchentür. Er fragte auch nicht, wie sie alle in Nannas Schlafzimmer gelangt waren. Darcy machte den Eindruck, als stünde sie noch unter Schock. Emily fragte sich, ob sie ihrer Schwester ein Bett neben Wendy in der Anstalt würden reservieren müssen ... oder vielleicht auch für sie beide. Doch das wäre ihr geringstes Problem, wenn sie nicht herausfand, wie sie Madeline aus Uhgraus Fängen retten konnten. Er würde mit Sicherheit nicht noch einmal auf den gleichen Trick hereinfallen. Und, wo zum Teufel, war Jay? Hatte Uhgrau das Grimoire bereits in seinem Besitz?

Als sie mit dem Frühstück fertig waren, deckte Bill den Tisch ab, spülte das Geschirr ab und stapelte es. Er sagte den Frauen, sie sollten sich keine Gedanken machen, er würde abwaschen, während sie ein Schläfchen hielten. Das hätten sie nötig, meinte er.

Niemand widersprach. Sie zogen sich ins Wohnzimmer zurück. Emily sank in einen Polstersessel. Trotz ihrer Erschöpfung mühte sie sich verzweifelt, wach zu bleiben.

»Und was jetzt?«, fragte Wendy. Ihre Stimme klang gedämpft durch das kühle Schummerlicht. »Hier werden sie doch zuerst suchen, oder?«

»Ich kann Maddy nicht im Stich lassen«, sagte Darcy.

»Ich hole sie zurück. Versprochen«, sagte Emily.

Darcy starrte sie an. »Wenn du Giacomo siehst, kannst du ihm die Eingeweide rausreißen. Machst du das?«

»Klar.«

»Und was ist mit uns?«, fragte Wendy mit bebender Stimme. »Diesmal sind wir ihm entwischt, aber wie wird es das nächste Mal ausgehen?«

»Das nächste Mal?«, fragte Darcy.

»Sie werden nicht aufgeben«, sagte Emily.

»Was ist mit dem Medaillon?«, fragte Wendy.

Emily legte die Hand auf den Anhänger und schüttelte den Kopf. »Ich könnte für uns alle solche Talismane machen, aber ich glaube nicht, dass sie besonders gut funktionieren würden, wenn die Cabal erst weiß, wo sie uns suchen muss. Wir können weglaufen, aber ich bezweifle, dass wir uns je richtig verstecken können.«

»Ich schätze, Mum hat im Grunde Glück gehabt«, sagte Wendy. »Sie hatte ein friedliches Leben.«

»Dank ihrer Mutter.« Emily musste daran denken, was Mayam im Leuchtturm gesagt hatte. Hatte Jay Genevieve wirklich getötet? Und warum sollte er das getan haben, wenn alles, was sie sonst über ihn wusste, ihr sagte, dass er Genevieve genug geliebt hatte, um alles für sie zu opfern?

»Na, komm«, sagte Wendy und ging zu Emily, um ihr die Schultern zu massieren. »Du bist bestimmt müde.«

»Ich kann es mir nicht leisten, mich auszuruhen, jetzt noch nicht. Maddy und Brett sind auf mich angewiesen.«

Darcy räusperte sich. »Das mit deinem Freund tut mir leid, Emily. Er macht einen netten Eindruck.«

Emily wartete auf den Zusatz: *Anders als all die Versager, mit denen du sonst ins Bett gegangen bist. Wie geht's übrigens Martin?* Aber er kam nicht.

Stattdessen sagte Darcy: »Gibt es irgendeine Möglichkeit, wie wir diese Kräfte wieder loswerden können? Wenn du Maddy zurückbekommst, dürfen sie nicht noch einmal Jagd auf sie machen. Ich will, dass sie ein normales Leben führt. Keine Stimmen, keine sonderbaren Fähigkeiten. Das Leben ist so schon hart genug.«

»Ich weiß nicht«, sagte Emily. »Ich glaube, das liegt uns im Blut. Und ich nehme nicht an, dass eine Transfusion etwas nützt.«

»Ohne diese Kräfte wären wir immer noch in dem Kerker«, sagte Wendy.

»Ohne diese Kräfte, Mutter, wäre keine von uns überhaupt dort hineingeraten«, sagte Darcy.

Emily lehnte sich vor, damit ihre Mutter bei der Massage mehr Bewegungsfreiheit hatte. »Im Grimoire stand, dass Uhgrau abzuwarten pflegte, bis die Hexen ein Kind bekamen und so die Gabe weitervererbten. Dann saugte er die Mutter aus, um seine Jugend zu bewahren und seine Zauberkräfte zu steigern.«

»Was?« Wendys Finger bohrten sich schmerzhaft in Emilys Schultern.

Darcy machte ein entsetztes Gesicht.

»Wenn ich bloß dieses verdammte Buch noch hätte«, murmelte Emily. Aber sie hatte es nun mal nicht. Sie konnte nur darauf hoffen, dass Jay Mayam besiegt oder es zumindest geschafft hatte, das Grimoire zurückzuholen. Wenn es bei Uhgrau war, nun, dann bedeutete das, dass Jay tot war und sie nichts mehr hatte, womit sie Uhgrau unter Druck setzen konnte.

»Brauchst du es wirklich?«, fragte Wendy. »All die Stimmen müssen dir doch irgendwas sagen.«

»Das Grimoire ist der Schlüssel. Ich habe es von A bis Z durchgelesen, aber es ist dennoch der Schlüssel. Irgendetwas ist darin – und jetzt auch in mir –, hinter dem Uhgrau her ist. Wenn ich nur wüsste, was.«

»Und glaubst du, mit dem Buch könntest du die Stimmen aus meinem Kopf verschwinden lassen? Ginge das?«, fragte Wendy.

»Ginge das?«, plapperte Darcy ihr nach.

»Vielleicht. Möglicherweise habe ich etwas übersehen. Ohne das verdammte Grimoire kann ich das nicht sagen. Vielleicht ist mir bei seiner Vielschichtigkeit etwas entgangen.« Sie sprang auf und schüttelte mit einem Schulterzucken die Müdigkeit ab. »Ich muss Jay finden. Wenn er noch am Leben ist, hat er vermutlich das Buch bei sich. Das ist unsere einzige Chance.«

»Ich weiß noch, wie Jay in meiner Kindheit bei uns war«, sagte Wendy. »Ich sehe ihn noch in meinen Albträumen. Mutter hat ihn nach dem Tod meines Bruders weggeschickt. Wieso bist du so sicher, dass du ihm trauen kannst?«

»Das bin ich nicht. Jeder erzählt die Geschichte anders, also muss ich mich letztendlich auf mein Gefühl verlassen.«

»Was ist mit uns?«, fragte Darcy. »Was sollen wir machen, während du losziehst, um deinen Schutzengel zu suchen? Was passiert, wenn sie uns holen kommen?«

»Von mir aus könnt ihr mit mir kommen, obwohl ich nicht weiß, was gefährlicher für euch ist – bei mir zu sein oder nicht.«

Wendy stellte sich neben Darcy und legte ihr die Hand auf die Schulter. »Wir können doch woanders hingehen. Vielleicht in eine Kirche.«

»Besser nicht«, erwiderte Emily vielsagend.

»Es ist noch ziemlich lange hell, also wird die Vampirin nicht herkommen. Hast du genug Kraft, um uns hier wegzuzaubern?«

»Ehrlich gesagt«, erwiderte Emily, während sie den Raum durchquerte, um beide zu umarmen, »wollte ich mit dem Auto fahren.«

Blut füllte Bretts Mund. Er bemühte sich, bei dem mittlerweile vertrauten Geschmack nicht angewidert das Gesicht zu verziehen und brachte irgendwie die Energie auf, den Großteil auf den Boden zu spucken. Der Betonfußboden war bereits mit mehreren solchen Flecken übersät. Langsam blickte er auf. Seine Augen waren geschwollen und blutunterlaufen, die Lider schwer, und er brauchte dringend ein wenig Schlaf und einen sehr großen Eisbeutel.

»Sie haben Mumm, Mr. Samuels.«

Brett runzelte die Stirn, als er Uhgraus vertrauten Akzent hörte. Er hatte schon längst nicht mehr die Kraft, zu fluchen oder gar zu schreien. Uhgrau bedeutete Mayam mit einer Handbewegung, von Bretts Stuhl wegzutreten. Sie leckte Blut von ihren Fingerknöcheln und zwinkerte Brett aufreizend zu.

Uhgrau ging mit einer fließenden Bewegung, die nicht zu einem Mann seines Alters passen wollte, vor Brett in die Knie. Er balancierte seinen Stock auf den Knien, während er Bretts unsteten Blick suchte und ihn fixierte.

»Ich muss Sie nicht nur für Ihren Kampfgeist loben, sondern auch für Ihre Loyalität Ihrer Freundin gegenüber.«

»Das freut mich wirklich sehr«, murmelte Brett. Ihm spukten noch weitere sarkastische Bemerkungen im Kopf herum, aber er wusste, dass er sie niemals über seine geschwollene Zunge bekommen würde.

Er hatte keine Ahnung, wie lange er schon angekettet in dem dunklen, kalten Keller gefangen gehalten, verprügelt und immer wieder verhört wurde. Er wusste nur, dass Emilys Leben vermutlich von seinem Stillschweigen abhing. Offenbar war sie im Gegensatz zu ihm aus dem Krankenhaus entkommen. Er würde sich niemals verzeihen, dass es ihm nicht gelungen war, Emilys Angehörige zu beschützen. Der Gedanke, dass auch sie an so einen Stuhl gefesselt waren und diese Harpyie mit Uhgraus Einverständnis ihre Krallen in ihr Fleisch schlug, schmerzte ihn mehr als alles, was diese Schläger ihm antun konnten.

Brett sackte in den Seilen zusammen, die ihn auf dem Stuhl hielten, und ließ den Kopf nach vorn sinken, während die Erschöpfung seinen Verstand benebelte. Es nervte ihn, dass ihm ständig Blut an Hals und Kinn herunterlief. Er stöhnte bei dem Gedanken, wie es wäre, sich hinzulegen, zu duschen und etwas zu trinken. Und zu schlafen.

»Das wäre schön, nicht wahr?«, sagte Uhgrau. »Gemütlich zu Hause zu sein? Sie wissen doch, dass all ihre Qualen ein Ende haben könnten. Sie könnten so viel essen und schlafen, wie Sie wollen, wenn Sie mir nur sagen, was ich wissen will.«

Sanft hob Uhgrau Bretts Kopf an. Brett schlug die Augen auf und sah dem Hexenmeister ins Gesicht.

»Ich hab doch gesagt«, stammelte er, »ich weiß weder, wo das Buch ist, noch, wo Jay oder Emily sind. Und selbst wenn ich es wüsste, würde ich es nicht verraten. Also fick dich ins Knie, du Arschloch.« Er spuckte noch mal Blut, das Uhgraus Wange besprenkelte.

»Ja … ja …« Uhgrau wedelte mit der Hand. »Ganz wie ich dachte.«

Dann bohrte er Daumen und Zeigefinger in Bretts Kiefer und riss brutal an seinem Kinn, bevor er zurücktrat.

Brett würgte und ächzte.

Mit einer eleganten Bewegung nahm Uhgrau ein weißes Taschentuch aus der Brusttasche seines Jacketts und wischte sich die Spucke aus dem Gesicht.

»Jetzt spielt es ohnehin keine Rolle mehr«, sagte Uhgrau, den Rücken seinem Gefangenen zugewandt. »Ich werde die kleine Emily besuchen und ihr den Deal ihres Lebens anbieten. Oder vielmehr Ihres Lebens, Brett.«

Brett schaute auf.

»Sie, mein Junge, gegen das Buch«, sagte Uhgrau. »Ich schätze, das wird sie zur Räson bringen.« Hinter Uhgrau bewegte sich etwas. Brett erhaschte einen Blick auf einen Mann in Schwarz – »Pferdeschwanz«, einer von Uhgraus Leibwächtern. Seine Hände lagen auf Madelines Schultern.

Die Augen im blassen Gesicht des Mädchens waren weit aufgerissen.

Als Uhgrau Bretts Blick bemerkte, gluckste er leise. »Natürlich geht es nicht um Sie. Daher spielt es eigentlich keine Rolle, was Sie sagen oder verschweigen. Nicht wahr? Das war eigentlich nie von Bedeutung. Wir hätten die Informationen, die wir wollten, mit einem einfachen Zauberspruch aus Ihnen herausbekommen können, aber meine ... Assistentin bevorzugt es, handfestere Mittel einzusetzen. Auf diese Weise ist sie beschäftigt, wissen Sie, und warum sollte ich meiner Lieblingstochter ihre kleinen Freuden versagen?«

Er winkte Mayam, und sie trat wieder an den Stuhl heran. Sie ließ ihre Finger spielen, und ihre Nägel wirkten extrem lang und scharf, als sie sie in das harte Licht der nackten Glühbirne an der Decke reckte.

»Wir müssen noch ein paar Stunden totschlagen, bis die Sonne untergeht, Kleiner«, sagte sie.

»Wir sehen uns später, Mr. Samuels, nachdem ich mit unserer eigensinnigen Emily geplaudert habe«, sagte Uhgrau, der bereits in der Tür stand. »Ich bin bald wieder da.«

Niedergeschlagen sank Brett auf den Stuhl zurück.

»Oh, Emily«, murmelte er, bevor die Vampirin sich erneut über ihn hermachte.

Emily blieb hinter der Küchentür stehen und genoss die erfrischend kühle Brise, die ihre Nase rötete und gefühllos machte, und die Wärme, die die bleiche Wintersonne durch die dünnen Wolken verströmte. So idiotisch Darcys Abstecher zu ihrem Haus auch gewesen war, so musste Emily doch wenigstens für die Klamotten dankbar sein, die sie ihr mitgebracht hatte. Jeans, ein T-Shirt und vor allem ein ausgeleierter Wollpullover, der ihr bis zu den Schenkeln reichte, sowie ein passender Schal. Für ihre Docs hätte sie alles gegeben, aber sie würde sich mit den Turnschuhen begnügen müssen. Angesichts des vertrauten Anblicks des Schuppens, der Bäume und der alten Molkerei fiel es ihr schwer, zu glauben, das dies nicht einfach ein ganz normaler Tag war. Dass sie ihre Familie vielleicht zum letzten Mal verließ, dass ihr bester Freund und ihre Nichte Gefangene eines wahnsinnigen Hexenmeisters und seiner mit übernatürlichen Fähigkeiten ausgestatteten Clique waren, dass sie erst eine Nacht zuvor mit einem Mann geschlafen hatte, der sich immer noch als ihr größter Feind herausstellen konnte.

Keine Spur von Old Bill. Vielleicht war er irgendwo hingefahren und versuchte, sich seinerseits einzureden, dass dies ein ganz normaler Tag war.

Nein, dachte sie, während sie sich zusammenriss und die Treppe hinunterlief. Dies war beileibe kein normaler Tag.

Emily ging über den Hof zum Schuppen, wo Bill ihren Wagen neben Darcys geparkt hatte.

»Mist«, sagte Emily und beschwor hastig einen flackernden bräunlichen Schutzschirm herauf, als Uhgrau in ihr Blickfeld trat. Zwei Leibwächter drückten sich mit glitzernden Gewehren in der Dunkelheit herum.

Uhgrau fuchtelte mit seinem Stock herum, um Emily zu bedeuten, dass sie sich nicht zu verteidigen brauchte. Sie hielt den Schutzschild trotzdem aufrecht, obwohl ihr nur allzu bewusst war, dass er aufgrund ihrer Erschöpfung nicht besonders stabil war. Dennoch musste sie lächeln, als sie das leise magische Surren der Barriere hörte, die Uhgraus eleganter Gehstock erzeugt hatte. Er fühlte sich also auch nicht besonders sicher. Ihr Grinsen wurde breiter, als sie feststellte, dass seine Lakaien über keinen solchen Verteidigungsmechanismus verfügten.

»Was willst du hier?«, fragte Emily Uhgrau, während sie sich nach weiteren Zeichen für einen Hinterhalt umsah.

»Was glaubst du wohl?«

»Wir werden uns euch nicht anschließen.«

»An den anderen habe ich gar kein Interesse. Verglichen mit dir sind sie ein Nichts. Deine Begabung ist ziemlich unglaublich, aber – nichts für ungut – noch nicht richtig ausgefeilt. Du brauchst eine Ausbildung – und die kann ich dir bieten.«

»Und was willst du dafür haben? Meine erstgeborene Tochter? Meine Seele?«

»Ach, Emily, wer hat dir nur solche Märchen erzählt? Was hat Marguerite denn bloß in ihr Grimoire geschrieben? Welche Lügen hat sie verbreitet? Du weißt bestimmt, wie sehr ich Genevieve geliebt habe – wie verzweifelt ich war, als ich glaubte, sie sei von einem feindlichen Hexenzirkel getötet worden, nur um zu entdecken, dass sie und Jehoel sich gegen mich verschworen hatten. Und kaum dass ich hoffte, eine Erklärung gefunden zu haben, musste ich feststellen, dass sie tatsächlich tot war. Ermordet von ihrem betrügerischen Liebhaber höchstpersönlich.«

Er hatte beim Sprechen die Stimme erhoben, Farbe war in seine Wangen getreten, und das Energiefeld um seinen Gehstock herum hatte sich verstärkt. Für einen Augenblick erzitterte die Luft.

Emily grinste verächtlich. »Spar dir deine Lügen. Alles, was ich von dir will, sind meine Nichte und mein Freund. Und dann lasst mich in Ruhe.«

Uhgrau holte tief Luft, um die Kontrolle über seine Gefühle und seine Zauberkraft zurückzugewinnen.

»Du weißt, dass ich das nicht tun kann. Ich habe es mit anderen versucht, aber was Hexenblut betrifft, ist Genevieves Familie die beste, die es gibt.«

»Tja, das ist schade, denn davon kriegst du keinen Tropfen mehr, Opa«, sagte sie, und ihre Irritation schlug in Wut um. Sie spürte, wie ihr mentaler Schutzschild sich durch die Emotionen verstärkte, die sie hineinfließen ließ.

»Das werden wir ja sehen.«

»Ich will meine Nichte und Brett. Unversehrt.«

»Sie sind in meiner Villa. Die kleine Madeline ist bezaubernd, nicht wahr? Ganz die Tante.«

»Wenn du …«

Mit einer Stockbewegung schnitt er ihr das Wort ab.

»Du kannst sie jederzeit abholen. Das ist alles ein furchtbares Missverständnis, ausgelöst durch Jehoels Lügen. Es ist meine Schuld. Nun ja, meine und Mayams. Sie hat unbesonnen gehandelt und wird angemessen dafür bestraft, das versichere ich dir. Komm einfach zu mir nach Hause, dann erzähle ich dir die Wahrheit.«

»Ich habe so ungefähr jede Wahrheit gehört, die ich in einem Leben ertragen kann. Zumindest die verschiedenen Versionen der Wahrheit. Lass Brett und Maddy unversehrt frei, und wir schließen einen Waffenstillstand, okay?«

Uhgrau schüttelte den Kopf. Emily spürte Dunkelheit wie ein öliges Gewitter am Horizont aufziehen. Sie spannte die Muskeln an, bereit, ihren Schutzschirm zu vergrößern oder, wenn nötig, zuzuschlagen.

»Ich hätte euch alle in meine Gewalt bringen können, hier und jetzt«, sagte Uhgrau. »Aber als Zeichen meiner guten Absichten habe ich das nicht getan.«

»Das ist aber sehr großmütig von dir.«

»Wo ist das Grimoire, Emily? Ich würde gern sehen, was dort über mich steht.«

»Ich habe es nicht.«

Uhgrau starrte sie an, als würde der Schutzschild nicht existieren. »Nein, offenbar nicht.«

Sie merkte, wie das Unwetter sich verzog, das Energielevel sank. Glitt da gerade etwas Dunkles, Schleimiges zurück in die dunkelste Ecke der Scheune?

»Schade«, fuhr Uhgrau fort. »Ich wäre bereit gewesen, einem Handel zuzustimmen, Mr. Samuels gegen das Grimoire.«

»Nur Brett?«

»Madeline gehört zur Familie. Das ist etwas anderes, wie du hoffentlich einsehen wirst.«

»Was bedeutet dir das Grimoire? Du kannst ja wohl kaum ewiges Leben daraus saugen.«

Er schnalzte mit der Zunge. »Wieder diese Märchen. Es ist eine Erinnerung an deine Großmutter.«

»Du redest nur Müll. Ich finde, du solltest jetzt gehen – aber schnell.«

»Das werde ich. Du hast offenbar noch etwas vor.« Er schenkte ihr ein arrogantes Lächeln, das ihr Schauer über den Rücken jagte. »Mir wäre es trotzdem lieb, wenn du mich besuchst, Emily, vorzugsweise mit dem Grimoire, aber wenn es sein muss, auch ohne.«

»Da kannst du ewig warten.«

»Ich glaube, Mr. Samuels und deine Nichte würden dich gerne sehen.«

»Du Mistkerl.« Etwas bäumte sich in ihr auf.

Er machte eine entschuldigende Geste. »Du lässt mir keine Wahl. Du willst einfach nicht auf mich hören. Damit zwingst du mich zum Äußersten.«

»Wann?«

»Wie wär's mit heute Abend? Wäre Mitternacht zu romantisch? Wir könnten in Madelines Geburtstag hineinfeiern.«

»Also um Mitternacht.«

Er verbeugte sich, nickte und tippte mit seinem Gehstock auf den Boden, bevor er sich hinter seine Leibwächter zurückzog und hinter dem Schuppen verschwand. Sie folgten ihm, ohne Emily aus den Augen zu lassen.

Zitternd lehnte Emily sich an ihr Auto. Beschimpfungen wirbelten unkontrolliert durch ihren Kopf. Sie konnte den Blick kaum von dem Haus wenden, denn sie musste an die Frauen darin denken und daran, dass sie keine Ahnung hatten, wie nah die Gefahr ihnen gewesen war. Nichts konnte Uhgrau davon abhalten, es zu stürmen und sie mitzunehmen, sobald sie fort war. Ihre Familie würde mit ihr kommen müssen. Sie musste alles auf eine Karte setzen.

Emily betrachtete die Stelle, an der sie Uhgrau zuletzt gesehen hatte, und ihr wurde klar, dass sie den Mann abgrundtief hasste. Uhgrau hielt Brett und Maddy gefangen, hatte vermutlich Jay getötet, ihre Familie bereits ein Mal entführt und bedrohte sie nun wieder. Wenn er sie haben wollte, musste er sich ziemlich anstrengen. Aber sie schwor sich selbst und all ihren Vorfahrinnen, dass ihm nicht gefallen würde, was er bekam.

17

»Du versuchst immer noch, mit dem Rauchen aufzuhören, was?«, sagte Wendy und deutete auf die Zigarettenpackung, die auf der Konsole des Wagens herumrutschte, während sie auf dem Highway in Richtung Norden fuhren.

»Ja«, sagte Emily. Bei dem Gedanken, sich eine anzuzünden, wurde ihr Mund plötzlich trocken. »Aber es gelingt mir immer besser.« Ihre Mutter schien nicht zu bemerken, wie ihr Blick auf der Zigarettenpackung verharrte, wie ihre Hand zuckte.

»Allerdings gibt es Schlimmeres, was man sich in den Mund stecken kann.«

»Mutter!«

Aber Wendy schaute aus dem Fenster.

»Wohin fahren wir?«, fragte Darcy vom Rücksitz.

»Das Grimoire holen. Wenn es noch da ist.«

»Wo denn?«

»Das sage ich lieber nicht. Falls jemand uns belauscht.« Sie hatte, so gut sie konnte, überprüft, ob sie durch Telepathie oder ähnliches unter Beobachtung standen, doch sie wusste, dass es nicht schwierig war, sie auszuspionieren. Was allerdings nach ihrer Begegnung mit Mayam im Leuchtturm reine Zeitverschwendung wäre. Wenn sie Jay besiegt hatte oder ihm auch nur entkommen war, hatte die Cabal das Buch bereits in ihren Händen. Andererseits war das eher unwahrscheinlich, denn Uhgrau suchte ja immer noch danach. Wo mochte es also sein? Hatte Jay es Mayam wieder weggenommen, oder hatte Mayam den Kampf gewonnen und Uhgrau nichts davon erzählt?

Wendy tauchte wieder aus ihrer Geistesabwesenheit auf. »Tu, was du für richtig hältst, Emmy. Rauch, wenn du willst.«

Emmy. So hatte ihre Mutter sie schon seit vielen Jahren nicht mehr genannt. Ein Kloß bildete sich in ihrem Hals. Sie hätte wirklich eine Zigarette gebrauchen können.

»Weißt du, die Stimmen sind jetzt gar nicht mehr so laut«, sagte Wendy. »Vielleicht hast du sie in dich aufgenommen, als du meine Energie angezapft hast. Wie lange es wohl dauert, bis sie zurückkommen? Stören sie dich nicht?«

»Nein. Mir gefällt's. So weiß ich, dass ich nicht allein bin. Dass ich zu jemandem gehöre.«

»Komisch. Mich haben sie daran gehindert, zu irgendwas dazuzugehören. Dein Vater wollte keine Verrückte als Frau. Deine Nanna war ihm unheimlich. Ich bereue heute noch, dass ich ihm erlaubt habe, sich zwischen sie und mich zu drängen.«

Emily zuckte mit den Schultern. »Liebe macht blind.«

»Ich wollte nicht nach Martin fragen.«

»Gut.«

»Er ist fort, nicht wahr?«

»Ja, Mutter. Danke, dass du nicht nach ihm gefragt hast.«

»Und was ist mit diesem Brett? Scheint ein netter Typ zu sein. Wobei ich ihn ja nur ganz kurz gesehen habe.«

»Der arme Kerl. Er wird es noch bereuen, dass er sich je mit mir eingelassen hat. Aber wir sind kein Paar. Wir sind bloß Nachbarn.«

»Dafür hat er aber ziemlichen Einsatz gezeigt.«

»Wie du schon gesagt hast, er ist nett. Er hat keine nennenswerte Familie und nicht viele Freunde. Eigentlich ist er ziemlich schüchtern. Wir haben uns vom ersten Moment an einfach gut verstanden. Also: ja, wir sind gute Freunde, beste Freunde.« *Ich liebe dich*, hatte er gesagt. Sie biss sich auf die Unterlippe. »Ich hoffe, dass ihm nichts passiert ist.«

Wendy nickte verständnisvoll, und Emily verspürte einen kurzen Stich der Trauer darüber, dass ihre Mutter den Großteil ihres Lebens abwesend gewesen war. Sie schaute in den Rückspiegel: Darcy war eingeschlafen. Sie sah unglaublich müde und kaputt aus.

»Und was ist mit diesem Jay?«, fragte Wendy. »Ist der auch nur ein Freund? Traust du ihm?«

»Jay?« Hitze, Erregung und Angst überwältigten Emily ... »Er ist ... O Mann, bin ich blöd.«

Ihre Mutter sah sie fragend an, während Emily an den Straßenrand fuhr und den Wagen wendete, was ihr ein lautes, langes Hupen von einem entgegenkommenden Auto einbrachte. Emily fluchte die ganze Zeit vor sich hin und zeigte dem hupenden Fahrer den Stinkefinger, während sie wieder Gas gab.

»Die Cabal ist nur deshalb immer noch hinter dem Grimoire her, weil Mayam Jay nicht umgebracht hat. Er ist mit dem Buch entkommen. Und er wartet auf mich.«

Wendy fragte Emily nicht, woher sie das wusste, sie krallte ihre Finger nur ein bisschen fester in die Armlehne, während Emily den gleichen Weg wieder zurückraste, den sie gekommen waren.

»Wohin fahren wir, Emmy?«

Emily zwinkerte ihr zu. »Zum Strand. Du solltest dich ausruhen. Es wird ein bisschen dauern. Ich muss durch die ganze Stadt fahren. Wenn du willst, wecke ich dich auf, wenn wir an der Brücke sind.«

»Ist schon gut. Ich bleibe mit dir wach. Ich würde gern den Hafen sehen, das letzte Mal ist schon viele Jahre her …«

Ein angenehmes Schweigen trat ein, aus dem Radio ertönte leise Musik. Das Röhren des Motors, das Geräusch der Reifen auf der Straße, die Mittagssonne übten gemeinsam ihren Zauber aus. Wendy schlief ein. Sie zuckte im Schlaf, und manchmal murmelte sie vor sich hin.

Emily kaute noch einen Streifen Nikotinersatzkaugummi und konzentrierte sich darauf, wach zu bleiben. Sie fuhr schneller als erlaubt, obwohl es praktisch keinen Zweck hatte, sich zu beeilen. Sie würde Jay vermutlich nicht vor Sonnenuntergang sehen, und außerdem würden sie mitten in der Rushhour über die Sydney Harbour Bridge fahren. Sie hoffte nur, der Verkehr würde sich stadtauswärts stauen und nicht in ihre Richtung. Vielleicht sollte sie lieber den Tunnel nehmen. Aber sie wollte unbedingt, dass ihre Mutter die Brücke sah. Vielleicht war das eine der letzten Freuden, die Emily ihr machen konnte.

Als Brett zu sich kam, tat ihm alles derart weh, dass er sich fragte, ob es nicht besser wäre, gleich wieder das Bewusstsein zu verlieren. Er war immer noch im Keller, immer noch an den Stuhl gefesselt. Eine einzelne Lampe über ihm tauchte ihn in einen weißen Kreis und gab gerade so viel Licht ab, dass er die Kanten der Weinregale, ein paar Fässer und die Tür in der Backsteinwand gegenüber erkennen konnte. Und er hatte Gesellschaft bekommen, stellte er fest, als sich seine Augen an das Licht gewöhnt hatten.

Ein gefesselter Mann saß zusammengesackt auf einem Stuhl neben ihm. Schlafend? Tot?

»Hey«, flüsterte Brett, und dann, lauter: »Hey! Bist du wach?«

Der Mann hob langsam den Kopf. Seine Augen waren

dunkel und randvoll mit flüssigem Schwarz. Er öffnete den Mund zum Sprechen, und eine molasseartige Masse floss heraus und türmte sich zu einer zähflüssigen Pyramide auf dem Boden auf. Der Strom versiegte wieder, und der Kopf des Mannes kippte nach vorn.

Brett sah fassungslos zu, wie die Molasse langsam eine annähernd menschliche Form bildete, die entfernt an eine Frau erinnerte.

»Hallo, du«, sagte eine Stimme. Sie war leise, halbwegs weiblich und hatte einen leicht sadistischen Ton, der ihn an Mayam erinnerte. »Ist das nicht unser Hübscher?« Eine Hand, die aussah wie ein Fausthandschuh, reckte sich ihm entgegen. Brett wich so weit zurück, wie seine Fesseln es erlaubten, aber die Hand wurde immer länger, bis sie seine Wange und sein Kinn streichelte. Die Berührung brannte wie kaltes Metall.

Der andere Mann stöhnte.

Brett warf ihm einen Blick zu. »Alles klar, Mann?«

»Er ist schwach«, sagte der Dämon. Seine Stimme pfiff durch Bretts Kopf wie Wind durch einen Fensterspalt. »Was ist mit dir? Bist du stark genug, mich zu tragen? Ich kann sehr liebenswürdig sein, wenn du mich richtig behandelst.«

Gesichtszüge traten aus dem schimmernden Schwarz hervor. Emilys Nase, Mund, sogar die Zähne waren schwarz.

Brett kniff die Augen zusammen, um das nicht sehen zu müssen. »Verpiss dich«, flüsterte er.

Emilys Gesicht blickte auf ihn herab. Ihre Züge waren unverkennbar, akkurat nachgebildet bis hin zum Nasenring.

»Bist du nicht neugierig? Hast du danach nicht seit Monaten gelechzt? Los, riskier mal einen Blick. Ich beiße nicht. Es sei denn, du willst es.«

Er spürte Finger, echte Finger auf seinem Gesicht, die seine Lippen berührten. Er zuckte zurück. Und sah Emily vor sich, nackt in Obsidian, die Brüste und Genitalien scheußlich überdimensioniert.

Der Dämon lachte, als Brett aufschrie.

Der Mann bewegte sich. »Hör nicht darauf. Lass es nicht an dich heran. Es verspricht alles und nimmt dir dann alles wieder weg«, murmelte er undeutlich.

Der Dämon schaute ihn an und wurde zu etwas, das eine entfernte Ähnlichkeit mit Darcy hatte. »Halt den Mund, Jack, du Nichtsnutz.«

»Du bist Emilys Schwager, nicht wahr?«, sagte Brett. »Ich bin ihr Nachbar. Erinnerst du dich an mich? Von Madelines Geburtstagsparty letztes Jahr?«

Giacomo schüttelte den Kopf. Er sah elend und zerrauft aus.

»Weißt du, wo Madeline ist?«, fragte Bett. »Wie geht es ihr?«

Giacomo schüttelte wieder den Kopf. »Lass es nicht an dich heran«, wiederholte er. »Meine Kleine …« Tränen strömten aus seinen Augen. »Das ist es nicht wert.«

»*Du* bist es nicht wert«, höhnte der Dämon. »Du kannst schließlich noch eine Tochter bekommen. Was kann sie dir geben, das du nicht auch von mir bekommen kannst?«

Die Tür ging auf. Die Kreatur schwenkte den Kopf herum. Ihr Hals verdrehte sich wie eine Lakritzschlange.

Mayam stand in der Tür. Brett wusste nicht, ob er froh oder entsetzt sein sollte. Den jüngsten Geschehnissen nach zu urteilen vermutlich eher Letzteres. Zwei Zauberer in schwarzen Umhängen standen hinter ihr – Uhgraus Lieblingsleibwächter, Pferdeschwanz und Glatzkopf.

»Was tust du da?«, fragte Mayam.

»Ach«, sagte der Dämon, »ich unterhalte mich bloß.«

»Du hast deinen Herrn allein gelassen?«

»Der ist mir langweilig geworden. Dieser hier ist viel interessanter.« Das Wesen leckte sich die Lippen, und sein Gesicht wurde wieder zu Emilys. »Er ist sehr einsam. Ich könnte ihn ausfüllen. Ihm Gesellschaft leisten.«

Mayam lachte. »Das würde er nicht lange überleben. Glaub mir.«

Die Schwarzen Roben blieben im Türrahmen stehen, während Mayam zu Brett ging, ihn am Kinn packte und ihn zwang, sie anzusehen.

»Dein Blut hat mir gezeigt, was für ein armseliges Leben du führst. Keine Eltern, keine Angehörigen. Nur deine Computer-Geschöpfe und die vergebliche Hoffnung, dass die süße kleine Emily sich in dich verlieben könnte. Du bist ein total kaputter Typ, Samuels, weißt du das? Sie gibt sich doch nur deshalb mit dir ab, weil du noch kaputter bist als sie. Wie soll eine Frau dich lieben können?«

Mayam schaute erst den Dämon und dann wieder ihn an. »Du solltest über das Angebot dieses Wesens nachdenken. Es ist auf jeden Fall besser als deine kleinen Freundinnen aus dem Cyberspace. Zumindest würdest du mit einem Lächeln im Gesicht sterben. Apropos …«

Sie beugte sich in Giacomos Blickfeld.

»Herrin?«, fragte der Dämon.

»Geh weg«, sagte Mayam mit einer Handbewegung.

Der Dämon versank langsam im Boden. Bevor sein Kopf verschwand, warf er Brett einen letzten Blick zu. »Wirst du an mich denken, wenn ich fort bin?« Er zwinkerte und versickerte dann in einer tiefen Ritze.

Brett schaute wieder Mayam an. Die Furcht braute sich in ihm zusammen wie ein dichter Nebel. »Lass ihn in Ruhe, verdammt noch mal. Hast du ihn noch nicht genug gequält?«

Mayam grinste, eine Antwort, die frösteln machte. »Giacomo, kannst du mich hören?«

Er nickte mit leerem Blick.

»Du warst sehr ungezogen. Du hast deine Familie verraten, Giacomo, nur weil man dir ein bisschen Ruhe und Frieden und einen Haufen Geld versprochen hat. Ich schätze, der Sexfaktor ist auch nicht zu vernachlässigen. Ihr Männer seid so leicht rumzukriegen.«

Sie warf Brett einen Blick zu, als wüsste er, wovon sie sprach. »Was meinst du, Samuels? Was ist die angemessene Strafe für einen Mann, der seine Familie verrät?«

Brett schwieg. Sein Verstand war vor Angst benebelt.

Mayam richtete sich auf. Giacomo starrte stur geradeaus. Sie fuhr mit dem Finger um seinen Kopf und seine Schultern herum, während sie hinter ihn trat. »Du wurdest gewogen und für zu leicht befunden.«

Sie zog Giacomos Kopf nach hinten und drehte sein Gesicht zur Seite, sodass er Brett anschaute.

»Stell dir das mal vor: einfach seine kleine Tochter, die ihm das Liebste auf der Welt ist, an einen miesen Haufen wie uns auszuliefern. Nicht das Grimoire, nicht den Ring, nur das Balg. Keine Antworten, Giacomo. Der Meister ist höchst unzufrieden. Er will wissen, ob Madeline wirklich von dem Samen abstammt, den er vor so vielen Jahren in Genevieve eingepflanzt zu haben glaubt, wie sehr deine mickrigen Gene sie auch verdorben haben mögen. Sie ist eine direkte Nachfahrin von Genevieve, so viel steht fest, auch wenn es ihrer ausgekochten Oma gelungen ist, diese Tatsache geheim zu halten.« Sie fuhr demonstrativ mit dem Nagel über Giacomos Kehle, und beim zweiten Mal quoll Blut hervor. »Was also steht auf Verrat, Giacomo? Was steht auf Versagen? Willst du noch etwas sagen, Samuels?«

»Emily wird dich fertigmachen, du Schlampe«, erklärte er.

Mayam schnaubte. »Das wollen wir doch mal sehen«, sagte sie. »Das Urteil ist gefallen und wird nun vollstreckt.«

Sie zog Giacomos Kopf noch weiter nach hinten und beugte sich über seine Kehle. Ihre Zunge schleckte das rote Rinnsal auf. »Du stinkst nach Reue, aber das wird deiner kleinen Tochter nicht das Geringste nützen. Sie ist jetzt bei uns und wird ihren Platz als Lieblingsflittchen des Meisters einnehmen.«

Giacomos Miene zeigte, dass er verstanden hatte. Sein leerer Blick funkelte plötzlich vor Zorn. Er spannte die Arme an und stemmte sich gegen die Fesseln, doch sie lockerte ihren Griff nicht.

»O ja. Man wird sie umsorgen, trainieren, umschmeicheln und mit allem Luxus verwöhnen, und dann wird unser Meister eine neue Hexengeneration in ihre zarten Lenden pflanzen. Anschließend werde ich mich mit ihr vergnügen. Und ich werde ihr magisches Blut Tropfen für Tropfen dem Meister einflößen. Was sagst du dazu, du Verräter?«

Giacomos heftige Gegenwehr brachte seinen Stuhl zum Wackeln, während er wütend Unschuldsbeteuerungen ausstieß.

»Wenn es gerecht zugehen würde auf der Welt, hättest du dabei zuschauen können, aber leider spitzt die Lage sich zu, und wir können es uns nicht leisten, irgendwas unerledigt zu lassen. Besonders, wenn sich jemand als so überflüssig erweist wie du.« Mayam streichelte seine Kehle, als würde sie eine Katze tätscheln, wobei sie Brett direkt in die Augen starrte. Obwohl er die Boshaftigkeit in ihrem Blick kaum ertragen konnte, gelang es ihm nicht, sich abzuwenden.

»Es schmeckt viel besser, wenn jemand wütend ist«, sagte sie. »Das ganze Endorphin …«

Sie biss zu, riss einen Brocken Fleisch heraus und spuckte ihn zu Bretts Füßen auf den Boden. Angewidert zuckte er zurück. Der Stuhl knallte dumpf auf den Betonfußboden. Er schaute weg, aber die Geräusche ließen sich nicht ausblenden – das gierige Lecken und Schlürfen, die immer schwächer werdende Gegenwehr und die ersterbenden Schreie, bis nur noch Mayams lustvolles Stöhnen übrig blieb, das er nie vergessen würde.

18

Emily fand am Steilhang des Bronte Beach ohne Schwierigkeiten einen freien Parkplatz. Regenböen, die zum Meer hinwehten, machten die Luft feucht und prickelnd, als sie am Hang entlanggingen. Der Strand unter ihnen war vom Wind leergefegt und lag fast verlassen in der Dämmerung. Sie brachte Darcy und Wendy in ein Café und versuchte, sie zu beruhigen. Zum Glück hatte Darcy ihr Portemonnaie dabei und konnte unterwegs das Benzin bezahlen und nun Getränke bestellen. Die Stimmung war gedrückt. Dieser Familienausflug spielte sich unter einer Wolke der Verzweiflung ab. Emily fürchtete, dass jeder, der sie sah, glauben musste, sie kämen von einer Beerdigung. Sie hoffte, dass sie nicht so bald an einer würden teilnehmen müssen.

Bis zum Sonnenuntergang waren es noch ein paar Stunden, aber Emily klammerte sich an die Hoffnung, dass Jay gesund und munter sein würde, vorausgesetzt, dass er überhaupt hier war. Sie ließ ihren Autoschlüssel bei Wendy und Darcy im Café und versprach, bald zurückzukehren. Mit einem doppelten Café Latte in der Hand ging sie um die Landzunge herum zum Friedhof. Der Wind und der Regen belebten sie, hoben ihre Laune und ließen sie sich wieder wie ein Kind fühlen. Sie hätte am liebsten die Arme in die Luft gereckt und sich im Kreis gedreht. Stattdessen nippte sie an ihrem Kaffee und versuchte, ihre windgepeitschten Haare aus dem Gesicht zu streichen, während sie überlegte, was sie nun tun sollte.

Das Bild, das Jay ihr im Leuchtturm übermittelt hatte, stand ihr klar und deutlich vor Augen. Die Krypten, die einen der Friedhofswege am Hang säumten, waren leicht zu finden. Sie sahen aus, als hätte man sie direkt aus Italien oder Griechenland eingeflogen. Emily stellte sich unter einen der Feigenbäume ein Stück weiter oben und sah zu, wie die geisterhaften Schatten der Grabsteine immer länger wurden, während die verschleierte Sonne hinter den Umrissen der Gebäude oben auf dem Berg versank. Das Meer war dunkel und kalt, die Lichter eines vorbeifahrenden Boots leuchteten wie Sterne durch den Regen.

Von hier aus konnte Emily den Großteil des Friedhofs überblicken. Der Wind raschelte in den Blättern und zerrte an den wild wuchernden Hecken. Die robusten Möwen wurden vom Sturm hin und her geworfen, während sie zu ihren Schlafplätzen flatterten. Lichter glimmten in den Häusern, die den Friedhof umgaben, wie um Emily zu erinnern, dass es noch die Welt der normalen Menschen gab, die keine Ahnung von den Sorgen ihrer Familie hatten. Schaudernd verdrängte sie ihre Einsamkeit und Angst und trank den Rest ihres Kaffees aus, während sie sich auf den Weg zu den Krypten am gegenüberliegenden Hang machte.

Als sie stehen blieb, um ihren leeren Becher in einen Mülleimer zu werfen, näherten sich zwei wetterfest angezogene Jogger, denen die Kälte offenbar nichts ausmachte. Sie nickten ihr respektvoll zu und beachteten sie nicht weiter. Erst als sie vorbei waren, merkte sie, dass sie die Luft angehalten hatte. Womöglich hatte Uhgrau Spitzel auf sie angesetzt – glitschige schwarze Kreaturen in der Dunkelheit, die dafür sorgen sollten, dass sie nicht weglief, oder Bescheid gaben, wenn sie das Grimoire wieder in den Händen hatte, damit die Schläger der Cabal es sich holen konnten. Emily ging langsamer, als sie dem Treffpunkt näher kam, und betrachtete die Betonkammern. Sie waren wie Miniaturausgaben toskanischer Villen gebaut. In der Mitte befand sich ein Hohlraum, in dem die Verstorbenen ruhten. Doch nur der Wind wehte zu ihr heraus, zerzauste ihre Haare und brachte ihre Augen zum Tränen.

Sie hätte lieber bis zum Morgen gewartet. Dann wäre sie ausgeruht gewesen und hätte Jay tagsüber treffen können, wenn sowohl er als auch Mayam nicht im Vollbesitz ihrer Kräfte waren. Auch nach dem, was im Leuchtturm geschehen war, konnte sie ihm noch nicht völlig vertrauen. Aber Uhgrau hatte ihr nun mal Mitternacht als Ultimatum gesetzt, und wenn sie bis dahin nicht in seinem Haus auftauchte, würde er Jagd auf sie und ihre Familie machen. Immer wieder. Sie konnte sich Uhgrau nicht einfach ausliefern und hoffen, dass er die anderen dann in Ruhe lassen würde. Damit würde ein Mann wie er sich gewiss nicht zufriedengeben. Maddy hatte er bereits in seiner Gewalt, und morgen war ihr achter Geburtstag. Nein, Emily hatte keine Zeit.

Die einzige Lösung war, das Grimoire zurückzuholen und dafür zu sorgen, dass ihre Familie keinen weiteren Nutzen für Uhgrau hatte – unabhängig davon, was aus ihr wurde … aus ihr und Brett. Ihr intimer Moment mit ihm in Nannas Küche fiel ihr wieder ein, und ihre Schuldgefühle versetzten ihr einen Stich. Nur eine Nacht später war sie in Jays Arme gesunken, hatte sich ihm geradezu an den Hals geworfen, während Brett – der geduldige, liebevolle Brett – bei Uhgraus Schlägern zu Gast gewesen war. Das schlechte Gewissen verstärkte ihre Entschlossenheit noch, während sie auf die Krypten zuging.

»Emily.«

Beim Klang ihres Namens, der in der Dunkelheit so dringlich geflüstert wurde, zuckte sie zusammen.

Und schluckte vor Erleichterung, als sie Jay erblickte, der sie zu sich winkte. Ihre Zweifel meldeten sich zurück.

»Wo warst du?«, fragte sie. Sie musste ihren ganzen Willen aufbringen, um sich nicht in seine Arme zu werfen. Um sich zu beherrschen, konzentrierte sie sich auf Genevieves mysteriösen Tod. »Ich hab mir Sorgen um dich gemacht.«

»Ich habe meine Wunden geleckt. Im übertragenen Sinne.«

Emily lachte. Konnte ein Bösewicht in so einem Moment scherzen? Hoffentlich nicht. Dennoch errichtete sie eine unsichtbare magische Barriere um sich herum, bevor sie mit gemessenem Schritt und bewusst gleichmäßiger Atmung auf ihn zuging. »Wie ist es ausgegangen?«

»Ich schätze, man könnte es als unentschieden bezeichnen. Als du verschwunden bist, war sie so abgelenkt, dass ich die Oberhand gewann. Es hat zwar nicht gereicht, um sie an der Flucht zu hindern, aber das Grimoire ist bei mir«, fügt er hinzu, als könne er ihre Gedanken lesen. »Es ist drinnen in Sicherheit.«

Er hatte sich umgezogen. Die Zipfel seines Mantels umspielten seine Knöchel. Ein schwarzes T-Shirt schmiegte sich wie Frischhaltefolie an seine Brust. Er hatte seine Haare zusammengebunden, aber ein paar Strähnen flatterten über sein Gesicht.

»Gott sei Dank«, sagte sie. »Du siehst … gut aus.«

»Ich glaube, die Möwen sind nicht gerade begeistert, dass ich hier bin.« Ein Lächeln blitzte in seinem Gesicht auf und verschwand schneller wieder, als es gekommen war. »Ich war nicht sicher, ob du kommen würdest.«

»Ich hatte gehofft, dass du das Grimoire hast«, sagte sie. Der Boden unter ihren Füßen schien sich zu bewegen, und ihr Magen schnürte sich zusammen. Wärme durchfloss sie, aber sie ließ sich nichts anmerken.

»Ah, ja.« Er starrte sie an. »Es war ein langer Tag. Aber jetzt fühle ich mich besser.«

»Die Nacht bricht an«, sagte sie.

»Das habe ich nicht gemeint«, sagte er.

Emily errötete und verfluchte sich dafür, dass sie sich so von ihm aus der Fassung bringen ließ. Sie konnte es sich nicht leisten, wieder seinem Zauber zu verfallen.

»Ich bin wegen des Grimoire hier, Jay. Ich brauche dieses Buch.«

»Natürlich. Wollen wir aus dem Wind gehen?«

»Nach dir.«

Jay führte sie hinter den Krypten entlang. Emily sprach insgeheim den Katzenaugen-Zauber, um besser sehen und mit ihm Schritt halten zu können. Trotzdem stieß sie fast mit ihm zusammen, als er stehen blieb und mit den Fingern über die Mauer rieb. Sie verspürte ein magisches Prickeln. Ein Türrahmen erschien, und es stellte sich heraus, dass die Krypta nichts weiter war als eine Betonhülle.

»Passen wir da beide rein?«, fragte Emily. Sie wusste nicht recht, ob sie sich zutraute, auf so engen Raum neben ihm zu stehen. Da drin wäre kaum genug Platz, sich umzudrehen ... ihre Körper würden sich berühren.

»Es ist größer, als es aussieht«, sagte Jay, und sie erstickte ein nervöses Lachen, woraufhin er die Stirn runzelte.

Er trat als Erster ein und bedeutete ihr, ihm zu folgen.

Als sie drinnen war, verschloss er den Eingang wieder und hockte sich hin.

Emily hielt den Atem an. Lebhafte Erinnerungen an den Leuchtturm erfüllten ihren Körper mit Verlangen. Aber seine Hand bewegte sich zum Fußboden, und bevor sie sich ihre Nervosität eingestehen konnte, zog er an einem in den Boden eingelassenen Eisenring und öffnete eine Falltür. Eine schmale Holztreppe führte steil nach unten. Ihr Fuß wurde schwach von einem flackernden orangefarbenen Licht erhellt.

»Nach dir«, sagte er.

Emily zögerte.

»Es ist völlig ungefährlich«, sagte Jay, und sie konnte an seiner Stimme hören, dass er gekränkt war. Dabei wollte sie ihm wirklich vertrauen. Es zerriss sie förmlich, ihm so nah zu sein, und das Wissen, dass jede Verzögerung Uhgrau mehr Zeit gab, ihre Lieben zu foltern, verschlimmerte ihre Qualen noch.

Vorsichtig stieg Emily die Treppe hinunter. Sie landete in einer Betongruft, so niedrig, dass Jay kaum darin stehen konnte, und nicht viel größer als das Schlafzimmer in ihrer Wohnung. In den Ecken standen haufenweise Kerzen, die in der feuchten, modrigen Luft zischten. Schwarze Flecken an den Wänden zeigten, wo Wasser eingedrungen war, und verliehen dem Raum einen moderigen Geruch. Die Einrichtung bestand nur aus einer Matratze, einigen Getränkekisten aus Plastik und ein paar Büchern. Auf dem Bett lag ein offener Koffer, aus dem schwarze Kleidung und die notwendigsten Toilettenartikel quollen. Keine toten Vögel und auch keine anderen Tiere. Dafür war Emily dankbar.

Sie drehte sich um, als er hinter ihr die Treppe herunterkam. Wie leise er sich bewegte!

Er zeigte auf den Boden und holte einen silbernen Halter mit drei unangezündeten Kerzen darin. »Setz dich, dann können wir reden.«

»Lass mich«, sagte Emily. Mit einer Berührung entzündete sie die Kerzen in seiner Hand.

»Du solltest deine Kräfte nicht mit Partytricks vergeuden«, sagte Jay. Seine Augen verengten sich misstrauisch. Sie glaubte zu sehen, wie er Luft durch die Nasenlöcher einsog, als würde er ihre Zauberkräfte erschnüffeln. »Du hast dich abgeschirmt. Was hat man dir erzählt?«

»Ich bin hier, weil ich die Wahrheit wissen will, Jay. Und wegen des Grimoire.«

»Dann solltest du wissen, dass ich Genevieve geliebt habe«, sagte er mit bebender Stimme. »Wie niemanden sonst.«

»Kommen wir zum Punkt.« Sie zog eine Kiste heran und bedeutete ihm, sich ebenfalls auf eine zu setzen. Sie saß ihm gegenüber, sodass ihre Knie sich fast berührten. Als er Platz nahm, wurde ihr bewusst, wie sehr die Situation der damals in Frankreich ähnelte, als Genevieve Jay verführt hatte. Emily fragte sich, ob sie aus den Fehlern ihrer Urgroßmutter gelernt hatte oder sie nur wiederholte. Sie holte tief Luft, um sich zu beruhigen: Jetzt gab es kein Zurück mehr.

»Wer bist du?«, fragte sie.

»Du weißt, wer ich bin.«

»Nein, ich weiß, was du bist. Wer bist du? Wo wurdest du geboren? Wie bist du zu einem Vampir geworden – einem Wächter?«

Er lehnte sich zurück, fuhr sich mit der Hand durch die Haare und fixierte dann einen Punkt an der Wand. Schließlich blickte er sie an, und sie sah Resignation in seinem Gesicht.

»Damals, als Petr gerade Anführer der Cabal geworden war, in der Gegend, aus der später Deutschland werden sollte, schwängerte er eine der Frauen in seinem Hexenzirkel. Sie gebar ihm zwei Kinder. Das erste, eine Tochter, hatte starke Zauberkräfte. Sie hatte eine natürliche Neigung, sich die Natur zunutze zu machen. Das zweite, ein Sohn, konnte nicht zaubern. Damit sein Sohn nicht mehr auf seine Schwester eifersüchtig war, pflanzte er ihm mithilfe abscheulichster Rituale die dunkle Seite ein: Er tauschte die Seele der Mutter gegen die Fähigkeit ein, zwischen die Elemente zu dringen und … mich zu erschaffen. Ja, ich war dieser Junge. Er behauptete immer, das sei ein Segen für mich gewesen, er hätte mich einfach töten können, aber ich sei immerhin sein Sohn. Damals hatte er noch so etwas wie Anstand. Wenn auch sehr wenig.« Jay hielt Zeigefinger und Daumen mit minimalem Abstand dazwischen hoch, um zu zeigen, wie wenig.

»Ich halte es für wahrscheinlicher, dass er darin eine Chance für ein Experiment gesehen und genutzt hat. Das Mädchen war natürlich Mayam. Eine Weile hat er ihre Fähigkeiten genutzt, um seinen Hexenzirkel zu bereichern, während ich dazu da war, ihm die Zauberkräfte der Hexen und Zauberer einzuflößen, die wir in die Finger bekamen. Doch irgendwann stellte sich die Frage, was aus meiner Schwester werden sollte. Für ihn lag es auf der Hand, dass er sie mir, sobald sie ihre Mutterpflichten erfüllt hatte, als Gefährtin in der Dunkelheit überließ und seine beiden Kinder so auf ewig an sich band – bis Genevieve einen Weg fand, diese Bande zu durchtrennen, indem sie mich mit ihrem eigenen Blut befreite.«

Emily schüttelte den Kopf. »Weißt du, so abscheulich das alles auch ist, es macht uns irgendwie zu Verwandten.«

»Zu ziemlich entfernten Verwandten.«

Ein erwartungsvolles Schweigen trat ein.

»Was ist am Fluss passiert?«, flüsterte sie.

»Weißt du das nicht?«

»Nein. Genevieve hat damals den Ring nicht getragen. Im Grimoire steht nur das, was Nanna sich zusammengereimt hat, aber nicht, was wirklich geschehen ist. Ein … ein bisschen davon habe ich gesehen, als … als wir im Leuchtturm waren. Du musst mir die ganze Wahrheit zeigen.«

Ihre Blicke suchten einander. Dann hob er sein Handgelenk und schlug die Zähne hinein. Das Geräusch reißenden Fleisches ließ sie zusammenfahren. Er zog eine Grimasse und hielt ihr die Wunde hin. »Schnell, es dauert nicht lange, bis es wieder verheilt ist, so schwach ich auch sein mag.«

Sie zögerte, dann beugte sie sich vor und ließ die Zunge in die klebrige Wärme schnellen. Mit Wein würde es wahrscheinlich besser schmecken, dachte sie, um ihren Ekel zu überwinden. Dann leckte sie und schluckte, spürte, wie das Blut ihre Zunge und ihre Zähne überzog und in ihr Fleisch eindrang.

Emily schnappte nach Luft, als eine Erinnerung sich ihrer bemächtigte: Jay hielt Genevieve unter Wasser, bis sie erschlaffte. Er presste ihren toten Körper an sich und schluchzte, als wolle er den Fluss mit seinen blutigen Tränen dazu bringen, über die Ufer zu treten. Schließlich ließ er Genevieve los – so sanft, als würde er ein Baby ins Bett legen. Die Strömung erfasste die Leiche und trug sie langsam flussabwärts. Er blieb in dem kalten Wasser stehen und schaute ihr zu, bis sie außer Sichtweite war.

Wie erstarrt stand Jay da, den Blick unverwandt auf den Punkt gerichtet, an dem er sie zuletzt gesehen hatte. Allein sein Versprechen, die kleine Marguerite zu beschützen, hielt ihn davon ab, zu warten, bis die Sonne ihn auslöschte. Aber das Kind lebte bei seinem Vater in Australien und wusste nichts von dem Schicksal, das seine Mutter erlitten hatte. Uhgrau würde erfahren, dass Genevieve nicht mehr lebte. Würde er darauf hereinfallen?

»Siehst du?«, fragte Jay. Seine Stimme holte Emily in die beengte Krypta zurück. »Verstehst du jetzt?«

Emily schwankte und ließ seinen Arm los. Die Erinnerung klebte an ihr wie Napalm und brannte sich von Kopf bis Fuß durch sie hindurch.

»Warum? Wie konntest du das tun?« Energie knisterte um sie herum und übertönte ein verzweifeltes, unverständliches Flüstern in ihrem Kopf.

Jay rang die Hände und wandte sich von ihr ab. Er war so aufgewühlt, dass seine Stimme brach. »Ich musste es tun. Sie hat mich darum gebeten.«

»Sie hat dich darum gebeten? Was soll das heißen? Wo ist das Grimoire? Gib's mir – sofort!«

»Natürlich. Vielleicht findest du darin etwas, das ich dir nicht zeigen kann.« Er ging zu einer Wand und öffnete mit Hilfe eines Zauberspruchs eine weitere Geheimtür. Er zog eine kleine Holzkiste aus dem Hohlraum dahinter und stellte sie zu ihren Füßen auf den Boden. »Das Schloss ist durch Magie gesichert.«

Sie klopfte auf den Deckel, und er sprang auf. Ein Buch lag darin. Eine Bibel. Sie schaute Jay an.

»Mayam ist abergläubisch. Das ist nur eine Verzögerungstaktik. Für alle Fälle.«

Emily nahm die Bibel in die Hand und verschob das Stück Stoff, auf dem sie gelegen hatte. »Ah, da bist du ja«, sagte sie und nahm das Grimoire heraus wie ein verlorenes Kätzchen.

»Ich hab dir gesagt, du sollst es nicht herumliegen lassen«, sagte Jay, ließ sich auf die Matratze fallen und lehnte sich an die Wand.

»Bist du immer so witzig, wenn du knietief in der Scheiße sitzt?«, fragte sie mit harter, kalter Stimme.

»Noch witziger«, sagte er trocken. Er wandte den Kopf und starrte eine Kerze an.

Emily schlug das Grimoire wahllos irgendwo auf und nahm dann ihre Zauberkräfte zur Hilfe. Ihr Ring begann zu leuchten.

»Zeig mir Genevieve«, befahl sie. Sie hatte immer noch

den Geschmack von Jays Blut auf der Zunge. Seiten blätterten von selbst um. Worte sprangen vom Papier und wurden zu Stimmen und Bildern in ihrem Kopf. »Zeig mir den Fluss.« Jays Blut kochte in ihren Adern und raubte ihr den Atem, als sich eine Verbindung zwischen seiner Seele und dem Buch auftat. Empfindungen überwältigten sie. Und durch diesen Gefühlswirrwarr hindurch sah Emily Folgendes:

»Du musst mich töten, mein Liebster«, sagte Genevieve und umfasste seine Hände. »Das ist unsere einzige Chance.«

»Alles, nur das nicht!« Sein Gesicht war eine Maske der Verzweiflung. »Du kannst weglaufen. Wir können Marguerite verstecken. Petr weiß noch nicht einmal von der Existenz dieses Kindes. Ich kann hier auf ihn warten und ihn von dir weglocken.«

»Aber er hat bestimmt einen Verdacht. Ich spüre, dass er die Dinge, die ich ihm vorgaukle, bereits fast durchschaut hat. Es ist nur eine Frage der Zeit.«

»Das ist meine Schuld. Ich habe sie zu dir geführt. Durch Mayam. Wir sind Geschwister, und unser Blut verbindet uns mit Uhgrau. Du hättest mich damals in Frankreich zusammen mit deinem Finger ins Feuer werfen sollen.«

»Mach dir keine Vorwürfe«, sagte sie und drückte seine Hände an ihre Brust. »Du hast deine Familie aufgegeben, um mir bei der Flucht zu helfen. Wie hättest du dem Ruf deines Herzens widerstehen sollen?«

»Es wäre mir leichtgefallen, wenn ich gewusst hätte, dass du mich am Ende um so etwas … Furchtbares bitten würdest. Vor genau diesem Schicksal sind wir geflohen! Davor, dass jemand von mir verlangt, dich zu töten. Auch du bist meine Familie, Genevieve. Ich kann meine Hand nicht gegen dich erheben.«

»Obwohl du meinetwegen so ein einsames Leben führen musst?«

»Hast du geglaubt, ich wüsste nicht, was es bedeutete, als du mir dein Blut eingeflößt und mir zugeredet hast, es für mich zu behalten? Als du mit deinen Zauberkräften bewirkt hast, dass Petr seine Gewalt über mich verlor? Glaubst du, dass ich mich selbst so schlecht kenne? Du hast ein Feuer geschürt, das bereits angefacht war, Genevieve, du hast mir einen Grund und den Willen gegeben, auf eigenen Füßen zu stehen. Ich habe mich entschieden, dich zu lieben. Und deshalb sage ich dir, es ist besser, wenn ich sterbe, damit du leben kannst.«

»Und wie soll mir das helfen? Nein, mein Liebster. Du musst weiterleben. Meine Zeit ist allerdings begrenzt, fürchte ich. Aber deine Stärke ist mein größter Trost.« Sie drückte ihn an sich. »Du musst mir versprechen, dass du über Marguerite wachen wirst. Über sie und ihre Kinder, falls sie mal welche haben sollte. Sie werden dich brauchen, mein Liebster. Der Ring und das Grimoire werden nicht reichen. Sie werden einen Lehrer und Beschützer brauchen, bis sie ihr Erbe antreten können.«

»Ich werde tun, was ich kann, das schwöre ich. Bei meinem Leben. Aber das andere, das Entsetzliche, das darfst du nicht von mir verlangen.«

»Ich sehe keine andere Möglichkeit. Du etwa?«

»Nein, aber das heißt nicht, dass es keine gibt. Wenn wir ein bisschen mehr Zeit hätten …«

»Wir beide gegen den Rest der Welt? Und wenn wir versagen, was wird dann aus Marguerite? Sie ist mein Ein und Alles. Ihretwegen bin ich geflohen, sie ist mein Leben, Jehail. So lange sie lebt, lebe auch ich. Gib ihr das hier, wenn die Zeit reif ist.« Sie streckte ihm ihren Bernsteinring hin. »Und dies.« Sie nahm ihr Medaillon ab und ließ die Silberkette in seine Hand fallen. »Ich habe Haare, Blut und Nägel hineingetan, damit sie für die Cabal unsichtbar bleibt, solange sie noch nicht alt genug ist, ihr Erbe zu empfangen. Ich bete nur, dass mein Zauber hält. Und das Grimoire, Jehail. Du musst dafür sorgen, dass sie es bekommt, wenn sich zeigt, dass sie imstande ist, es zu verstehen. Versprich es mir bei unserer Liebe.«

»Ich schwöre es«, flüsterte er.

»Dann komm, *mon cher*. Ein letzter Spaziergang im Mondlicht, ein letztes nächtliches Bad. Niemand darf davon wissen, niemand darf einen Verdacht haben. Es muss aussehen wie ein Unfall oder eine Tragödie, aber nicht wie ein Verbrechen. Nur du und ich dürfen die Wahrheit kennen, und wir müssen darum beten, dass Uhgrau auf diese Weise von meinem Kind ferngehalten wird.«

Mit Tränen in den Augen kehrte Emily in die Gegenwart zurück. Das Leuchten des Rings erhellte den ganzen Raum. Jays Miene erinnerte sie an die Engel auf den Gräbern über ihnen, die ihre Trauer hinter ihrem steinernen Blick verbargen.

»Ich kapier's immer noch nicht, auch wenn ich das alles jetzt weiß«, sagte sie.

Er schwieg.

»Ich begreife immer noch nicht, wie Nanna dir ihr Herz öffnen konnte, obwohl sie wusste, was du getan hast.«

Er schaute sie an. Kerzenflammen tanzten in seinen Augen. »Sie hat es verstanden. Sie hat es nie akzeptiert, aber sie hat verstanden. Falls das hilft: Ich glaube, aus diesem Grund hat sie versucht, die Zauberkräfte eurer Familie zu ersticken, sie einschlafen zu lassen. Und dann hat sie mich fortgeschickt.«

»Ich glaube, das hat sie am Ende bereut.«

»Vielleicht. Sie kam zu mir, bevor die Krankheit sie ans

Bett fesselte. All unsere Macht über die Elemente konnte nicht verhindern, dass ihr eigener Körper sich gegen sie wandte. Ich habe ihr mein Blut angeboten, aber sie meinte, das würde ihre Qualen nur verlängern. Sie war eine unglaublich tapfere Frau, deine Großmutter.« Er hielt inne, die Lider gedankenverloren geschlossen, und als er weitersprach, hatte er Tränen in den Augen. »Marguerite gab mir das Grimoire und bat mich, meine Beschützerrolle wieder wahrzunehmen. Dabei hatte ich sie gar nicht aufgegeben. Ich musste nur größeren Abstand halten.« Er seufzte und schüttelte den Kopf. »Es war besser so. Alan war ein guter Mann.«

»Aber er war nur ein Mann.«

»Das war seine Stärke. Er gab ihr etwas, das ich ihr nie geben konnte.«

Schweigend sahen sie einander an, während das Leuchten des Rings langsam verlosch und nur das flackernde Kerzenlicht übrig blieb.

»Und nun, da du die Wahrheit kennst, wo stehen wir?«, fragte er im Flüsterton.

»Zusammen?«, sagte sie.

»Verzeihst du mir, nicht nur meine Vergangenheit, sondern auch ... neulich Nacht? Bereust du es?«

»Ob es mir leidtut, dass ich mit dir geschlafen habe?«

Er nickte.

»Nanna hat mir durch das Grimoire viele Dinge gezeigt. Vor allem aber, dass ich auf meinen Instinkt hören muss. Ich muss tun, was mir richtig erscheint. Und es erschien mir sehr richtig, Jay.«

Mit einem Seufzer der Erleichterung lehnte er seinen Kopf gegen die Wand. »Ich wollte das nicht. Ich habe mich dagegen gewehrt, aus Angst, dass ich immer nur Genevieve sah, in deiner Großmutter, in dir. Aber so war es nicht.

Das schwöre ich dir. Du bist etwas ganz Besonderes, Emily Winters, eine schöne und mutige Frau, und jeder Mann wäre froh, dir sein Herz zu schenken. Und er könnte sich glücklich schätzen, wenn du ihm auch deines schenken würdest.«

Sie blinzelte die Tränen zurück und verfluchte den Zeitdruck, der sie ihrer kostbarsten Augenblicke beraubte. Maddy und Brett hatten nicht so viel Zeit, dass sie jetzt ein tiefschürfendes und bedeutungsschwangeres Gespräch führen konnte.

»Ich bin froh, dass du so denkst, Jay, denn mit dieser Überzeugung stehst du ziemlich allein da.« Die Worte klangen hohl. Armer Brett. Wie groß musste seine Liebe sein, dass er diesen ganzen Irrsinn mitmachte, und dabei war er nur ein Mann ...

Sie versuchte, ihre Angst um Brett und ihre Schuldgefühle zu verdrängen, ebenso wie das unerträgliche Verlangen, sich dieser Kreatur in die Arme zu werfen, die wider jede Vernunft ihr Herz im Sturm erobert hatte. Sich in der wilden Hingabe der Nacht zuvor zu verlieren, alle Verpflichtungen und Sorgen im Rausch der Leidenschaft abzuwerfen ...

»Ich habe einiges zu erledigen, und dabei könnte ich deine Hilfe gebrauchen«, sagte Emily.

»Natürlich. Ich stehe zu deinen Diensten, Emily Winters, Tochter von Marguerite, der Tochter von Genevieve. Wie immer.« Er verneigte sich.

»Du Witzbold«, sagte sie. »Vielleicht lebst du noch lange genug, um das zu bereuen.«

»Leben, um etwas zu bereuen, ist das, worin ich ziemlich geübt bin.«

19

Emily schickte Jay los, um ihre Familie zu holen. Er sollte mit ihnen draußen bleiben, bis sie sie rief. Während er weg war, baute sie die Kerzen zu einem Stern auf. Dann stellte sie eine Getränkekiste in die Mitte des Sterns und legte das irgendwo in der Mitte aufgeschlagene Buch darauf. Als Jay gegen ihr Vorhaben protestiert hatte, hatte sie ihm erklärt, dass das Grimoire nur ein weiteres Risiko für ihre Familie darstellte; es enthielt Geheimnisse, hinter denen Uhgrau her war, Zaubersprüche, die ihn noch mächtiger machen konnten. Das Buch musste verschwinden. Jay sagte, das sei unmöglich. Sie meinte, er irre sich.

Nun beugte sie sich über die Seiten und konzentrierte sich. Sie rief ihre Vorfahrinnen herbei, beschwor sie mit ihrem Blut herauf. Der Ring leuchtete wie ein Leitstrahl, und Stimmen sangen und flüsterten darin. Emily rief durch die Wände hindurch die Erde, den Himmel, die Wolken und das Meer an. Sie bat den Mond hoch über ihr um Hilfe, die Sterne und jedes Wesen, das in der Luft, im Wasser und auf der Erde lebt. So lange, bis die Stimmen in ihrem Kopf anschwollen wie die Brandung, die sich an Felsen bricht, wie ein Vulkanausbruch, wie eine Sternenimplosion. Und als sie das Gefühl hatte, keinen Funken Sternenglanz, kein Flüstern des Windes, keinen Tropfen Meerwasser mehr ertragen zu können, tauchte sie ihre glühenden Hände in das Buch und holte sein Innerstes hervor. Zauberformel für Zauberformel, Eintrag für Eintrag. Die Geheimnisse und

Überlieferungen vieler Generationen. Sie las nicht, sondern sie sog das alles in sich auf. Und es erfüllte sie, erfüllte sie, bis sie fast platzte.

Sie hörte sich selbst vor Schmerzen schreien, während sie versuchte, die Flut von Informationen zu verarbeiten. Spürte, wie Nanna und Genevieve ihren Kopf und ihre Hände hielten, den Schmerz mit ihr teilten und die Wucht minderten, mit der sich die Weisheit der Jahrhunderte in sie ergoss. Die Seiten wurden umgeblättert wie durch einen Sturm. Der Text ging in Flammen auf. Gestalten huschten vorbei, beugten sich über die Seiten und ergänzten den riesigen Wissensschatz durch ihre Kenntnisse. Schrieben sie mit Federn und Stiften, die Emilys Ich wie Laserstrahlen gravierten, direkt in ihr Hirn, in ihr Blut. Die wirbelnden Bilder wurden zu Rauchwölkchen, und Emily sog sie ein wie den schweren Duft von Räucherstäbchen. So lange, bis ihre Lungen überqollen, bis jede ihrer Zellen mit Energie gesättigt war. Ihr Hirn kochte, während sie zu einer Nova wurde. Vergangenes, Erinnerungen, Zaubersprüche und Rituale: Emily sog alles in sich auf.

Der hintere Buchdeckel knallte zu wie eine schwere Tür in einem Sturm, und Emily sackte zitternd und nach Luft ringend auf dem Boden in sich zusammen. Dunkelheit senkte sich herab, während das Licht des Rings langsam verlosch. Die Kerzen gingen plötzlich aus und standen qualmend um sie herum. Als sie blinzelnd wieder zu sich kam, wiegte Jay ihren Kopf in seinem Schoß und betrachtete sie im Licht einer einzelnen Kerze.

»Ich konnte einfach nicht draußen warten«, erklärte er, nachdem er sich entschuldigt und sich erkundigt hatte, ob es ihr gut ging. »Ich habe die Magie gespürt. Selbst der Rhythmus der Gezeiten wurde unterbrochen, ich schwör's. Was hast du getan?«

»Das Unmögliche«, sagte Emily mit einem schwachen Lächeln und wischte sich mit dem Ärmel das frische Blut von der Nase. »Siehst du?«

Sie zeigte auf das Buch, das geschlossen auf der Kiste lag. Jay nahm es und blätterte darin. »Es ist leer, wie ausgelutscht. Vollkommen leer.«

»Von nun an bin ich das Grimoire«, sagte sie. »Wenn Uhgrau das Buch haben will, muss er mich in seine Gewalt bringen.«

»Das wird ihm nicht schwerfallen.«

»Aber für meine Familie ist es eine Sorge weniger. Bring sie rein.«

»Bist du sicher?«

»So sicher wie noch nie.« Emily machte eine Handbewegung, und die Kerzen entzündeten sich wieder. Schwerelos erhob sie sich in die Luft und setzte langsam die Füße auf den Boden. Es kam ihr vor, als würde ihr ganzer Körper vibrieren. Mit jeder Zelle nahm sie alles wahr, was um sie herum vorging. Als habe man ihr die Haut abgezogen und die Nerven bloßgelegt, nur dass es nicht wehtat. Sie konnte jedes Sandkorn unter ihren Füßen spüren, aber es war ein Wunder, keine Qual.

Jay ging die Frauen holen. Emily machte sich daran, die Kerzen wieder an der Wand zu platzieren, damit sie mehr Platz hatte. Als sie fast fertig war, schob Jay Wendy und Darcy herein. Beide schauten sich misstrauisch um, während er sich zur Tür zurückzog, um dort Wache zu halten.

»Da hast du dir ja einen schönen Treffpunkt ausgesucht«, sagte Wendy.

»Keine Angst, Mutter, wir bleiben nicht lange hier«, sagte Emily, während sie die letzten Kerzen aufbaute.

Sie forderte ihre Mutter und ihre Schwester auf, einander an den Händen zu nehmen und mit ihr ein Dreieck zu bilden. Während sie sich aufstellten, wurde ihr Madelines Abwesenheit schmerzlich bewusst.

»Wir können dasselbe Kinderlied singen wie beim letzten Mal. Seid ihr fertig?« Emily schaute Darcy und Wendy an. »Ihr müsst bereit sein, eure Zauberkräfte aufzugeben. Ich werde sie übernehmen, wie ich es in Nannas Haus getan habe, aber diesmal nehme ich sie ganz. Für immer. Das ist die einzige Lösung.«

»Gehen dadurch die Stimmen weg?«, fragte Darcy.

»Ich denke schon«, sagte Emily.

Wendy nahm Darcys Hand und drückte sie ermutigend.

»Und bekomme ich dadurch meine Kleine zurück?«, fragte Darcy.

»Das hoffe ich.«

»Dann fang an.«

»Also los«, sagte Emily.

Sie begannen zu tanzen. Zuerst drehten sie sich langsam im Kreis, doch dann wurden sie immer schneller, während das Lied sich ihrer erhitzten Körper bemächtigte. Emily brach der Schweiß aus, und sie spürte, wie die Hitze der Frauen ungefiltert in sie einströmte. Statt die Energie weiterzuleiten, sog sie sie in sich auf und lud damit ihr übervolles Reservoir weiter auf. Die, die schon in ihr waren, frohlockten über die, die noch kommen sollten. Emily schnappte nach Luft, als die Pforten ihres Bewusstseins sich öffneten.

»*A-tishoo, a-tishoo ...*«

Emily knüpfte eine Verbindung zum Innersten der beiden anderen Frauen. Sie spürte die Kräfte der beiden, ein süßer, warmer Kern, wie mit Schokolade überzogene Bienenwaben. Sie konnte sie schmecken, holte Luft und sog die Kraft der beiden tief in sich ein, wo ihr Atem zu einem Wirbelsturm wurde.

»All fall *down!*«

Mit einem Schrei löste sie die angestaute Energie und ließ sie zurück in die Welt strömen, der sie vor kurzem noch so viel abgezapft hatte. Jay schrie auf, als die drei Frauen auseinandergerissen und auf den Boden geschleudert wurden. Die Wände schienen sich zu dehnen und zu pulsieren, während die Energiewelle verebbte.

Emily erschauerte. Sie fühlte sich wie ein gestrandeter Fisch, der nach Luft schnappte. Jeder Quadratzentimeter ihrer Haut stand in Flammen und war empfänglich für Empfindungen jeglicher Art. Sie blinzelte und versuchte, die Decke zu fixieren. Als sie endlich imstande war, sich hinzusetzen, betrachtete sie forschend ihre Familie und schaute ihnen bis ins Herz. Im Innern der beiden Frauen war es dunkel. Sie hatte ihr Erbe ausgelöscht. Jetzt war sie das einzige Ziel von Uhgraus widernatürlichem Verlangen. Sie hatte die Gefahr für ihre Angehörigen so weit gebannt, wie es ihr möglich war.

Darcy und Wendy rappelten sich auf. Sie wirkten erschüttert, entkräftet.

»Hat es funktioniert?«, fragte Darcy.

»Ja«, sagte Wendy und schaute sich um, als würde sie den Raum zum ersten Mal sehen. »Ja, das hat es.« Sie lächelte.

Darcy starrte Emily an. »Morgen ist Madelines Geburtstag.«

»Ich weiß. Ich fahre noch heute Nacht zu ihr. Jetzt gleich.«

Darcy nahm die Hand ihrer Schwester. »Ich weiß nicht genau, was passiert ist, Emily, aber ich bin froh, dass du uns da hindurchgeholfen hast.« Sie holte tief Luft, Tränen schimmerten in ihren Augen, und ihre Stimme klang belegt, als sei sie gerade nach einer Überdosis Beruhigungsmittel wieder aufgewacht. »Ich würde dich gern häufiger sehen, wenn das hier vorbei ist. Vielleicht lerne ich dann meine kleine Schwester ein bisschen besser kennen.«

»Das kling schön, Darcy. Dafür ist später noch Zeit.«

»Wirklich? Versprichst du mir das?«

»Ich verspreche es. Aber jetzt solltet ihr gehen. Bring Mum nach Hause.«

Darcy warf ihr einen beunruhigten Blick zu.

»Euch droht keine Gefahr. Ihr könnt meinen Wagen nehmen.«

»Wie kommst du ...«

»Ich verfüge jetzt über andere Mittel. Keine Sorge. Noch vor dem Morgengrauen ist Maddy wieder bei dir. Versprochen.«

»Wir werden auf euch beide warten. Bist du bereit, Mutter?«

Wendy gab Emily einen Kuss. »Pass auf dich auf.«

Emily nickte.

»Wisst ihr«, sagte Wendy, »ich muss irgendwo wohnen, jetzt, wo ich geheilt bin.«

»Kein Problem«, sagte Emily. »Du kannst so lange bei mir bleiben, wie du willst.« *Vorausgesetzt natürlich, dass ich dann noch am Leben bin*. Sie wusste, dass es dafür keine Garantie gab. Jay war allem Anschein zum Trotz am Ende seiner Kräfte – sie hatte aus seinem Blut erfahren, dass er nicht so viele Möwen ausgesaugt hatte, wie er glauben machen wollte – und sie ließ sich trotz des Feuerwerks, das sie gerade abgebrannt hatte, immer noch allein durch blinden Instinkt leiten. Immerhin war es mittlerweile ein Instinkt, dem sie vertrauen konnte.

»Weißt du, Mutter, wir haben massenhaft leere Zimmer

im Haus«, sagte Darcy. »Da ist viel mehr Platz als in Emilys kleiner Bude.« Sie warf Emily einen verschmitzten Blick zu und seufzte dann: »Ich schätze, ich muss mich auch mit Giacomo befassen. Polizei, Scheidung, Sorgerecht …«

»Ich glaube, dabei kann ich dir helfen, wenn er wieder auftaucht«, sagte Emily. »Mal sehen, ob ich ihn überreden kann, es dir leicht zu machen.«

»Eines nach dem anderen, was, Em?«

»Eines nach dem anderen«, stimmte Emily zu.

Sie stiegen aus der Gruft und trotteten zurück zum Parkplatz. Emily und Jay standen schweigend nebeneinander, als Darcy davonfuhr. Als die Rücklichter verschwunden waren, drehte Emily sich zu ihm um.

»Hast du Lust auf einen kleinen Ausflug ins Uhgrau-Land?«

Er nahm ihre Hände. »Emily, du solltest nicht mitkommen. Er darf dich nicht in die Klauen kriegen.«

»Jay, er hat meine Nichte. Und Brett.«

Er schüttelte den Kopf. »Das ist meine Schuld, Emily. Meine Schuld. Wenn ich nicht schwach geworden und Genevieve gefolgt wäre, hatte Uhgrau nie erfahren, dass sie ihren Tod nur vorgetäuscht hat. Du hast gehört, was Mayam gesagt hat. Genevieve hat mit ihren Zauberkräften sogar ihr Kind unsichtbar gemacht. Meine Kräfte waren es, die nicht stark genug waren, meine Gegenwart, die sie beide in Gefahr gebracht hat.«

»Ach, Jay. Du glaubst also, wenn du heute Nacht dein Leben opferst, wird dich das von deiner Schuld entbinden?« Sie legte ihre Hand an seine Wange. »Ich brauche dich. Du musst davon überzeugt sein, dass wir siegen werden.«

»Wenn dir etwas passieren sollte …«

»Das wird es nicht, wenn wir vorsichtig sind. Wir können es schaffen, Jay. Das weiß ich.« Sie küsste ihn. Zögernd umschlangen sie seine Arme, und er erwiderte den Kuss. Erst als ihr die Luft knapp wurde, entzog sie sich ihm widerstrebend.

Er streichelte ihre Wange, ihre Lippen, strich ihr die Haare aus der Stirn und betrachtete eindringlich ihr Gesicht. Früher hätte sein Blick sie nervös gemacht. Jetzt ließ er ihr Herz heftig pochen.

»Und, hast du irgendwelche Vorschläge, wie man dem Mistkerl beikommen kann?«

»Hart und schnell zuschlagen und keinem von denen die Möglichkeit geben, auch nur ein Wort zu sagen. Sie erwarten uns, deshalb werden wir sie nicht überrumpeln können.«

»Irgendwie glaube ich nicht, dass sie mit *mir* rechnen.«

»Es stimmt, du hast inzwischen mehr Macht, als wir alle für möglich gehalten haben. Aber du darfst Petr nicht unterschätzen«, sagte Jay. »Er ist alt und mächtig und hat das Blut vieler Hexen getrunken. Er ist selbst ein großer Zauberer. Außerdem hat er Mayam und andere Gehilfen, die bereitwillig für ihn sterben würden.«

Emilys Augen verengten sich, als sie an die Schattendämonen dachte, die die schlummernden Kräfte ihrer Mutter ausgesaugt und sogar sie selbst angegriffen hatten.

»Das will ich hoffen«, sagte sie. Sie spürte,wie sich die Hitze in ihrem Magen sammelte und in ihre Brust hochbrodelte.

»Komm, ich trage dich«, sagte Jay. »Du brauchst deine ganze Kraft für die Schlacht, die dir bevorsteht.«

Emily musste lachen. »Ach, Clark, ich habe nicht zu hoffen gewagt, dass du mir das anbieten würdest.«

Er runzelte verwirrt die Stirn.

»Keine Sorge, Schatz«, sagte sie. »Nenn mich einfach Lois.«

Brett saß auf seinem Folterstuhl. Seine Arme waren an den Stellen, wo die Fesseln in sein Fleisch schnitten, längst gefühllos geworden. Man hatte ihn ausgezogen und dann verprügelt, seine Haut aufgeschlitzt und ihn so lange bearbeitet, bis er Mühe hatte, sich an seinen Namen zu erinnern. Das Schlimmste war, zu wissen, dass seine Peiniger gar nichts Bestimmtes wollten. Sie schlugen nur die Zeit tot.

Dann hatte man ihm ohne Erklärung eine Pause gegönnt. Allein im Dunkeln, umgeben von Weinregalen und unfähig, sich auch nur zu kratzen, saß er in seinem eigenen Dreck, und bei dem Gedanken daran kamen ihm die Tränen. Es kam ihm vor, als würde der Durst ihn von Kopf bis Fuß durchdringen. Und dabei saß er mitten in einer Schatzkammer voller Wein. Wenn er das hier überlebte, würde er das Zeug nie wieder trinken.

Ein Geräusch an der Tür. Er wappnete sich für die Fortsetzung der sinnlosen Folter. Das Licht ging an. Er blinzelte und identifizierte die Umrisse von Uhgraus Schlägern.

»Mach ihn sauber«, sagte Pferdeschwanz.

Glatzkopf hielt einen Schlauch in der Hand und drehte das Wasser auf. Der Strahl schüttelte Brett durch und kippte fast seinen Stuhl um. Er genoss die Dusche und schluckte so viel Wasser wie er konnte.

»Das reicht.«

Das Wasser wurde abgedreht. Brett zitterte in der plötzlichen Kälte.

»Gute Neuigkeiten«, sagte Pferdeschwanz. »Du kommst hier raus.«

Bretts Herz schlug doppelt so schnell wie sonst. Durfte er es wagen, ihnen zu glauben? Wie konnten sie ihn nach all dem, was sie ihm angetan hatten, freilassen? Nein, das musste eine neue Form der Grausamkeit sein.

Der Pferdeschwanz sah auf die Uhr. »Es ist bald Mitternacht. Deine Süße müsste jeden Moment hier sein und dich abholen.«

Es dauerte eine ganze Weile, bis die Bedeutung dieser Worte Bretts Müdigkeit durchdrang. »Emily?«

»Ja, die kleine Hexe. Vielleicht küsst sie dich ja wieder gesund.«

»Nein«, sagte Brett, »das ist eine Falle.«

Die Männer lachten. Pferdeschwanz trat zu ihm und grinste ihn höhnisch an.

»Natürlich ist das eine Falle.«

20

Emily flog. Sie fragte sich, was jemand, der unten am Boden stand und im richtigen Moment hochschaute, wohl denken mochte. Doch sie hatte den Verdacht, dass er sich einfach einreden würde, da wäre nichts. Ihr eigenes Selbsttäuschungsvermögen war seit Freitagnacht jedenfalls außer Kraft gesetzt. Als Jay im Wald landete, der Uhgraus Grundstück umgab, fragte sie ihn, ob ihn je jemand gesehen hatte. Er zuckte mit den Schultern und sagte, selbst wenn, hätte derjenige ohnehin seinen Augen nicht getraut. Er war ernst und still. Vermutlich hatte ihn das Fliegen angestrengt. Aber es war wirklich herrlich gewesen … Sie war aufgeregt gewesen, als sie endlich losgeflogen waren, in dem Bewusstsein, sich gleich in den Kampf stürzen zu müssen und vielleicht sogar darin ums Leben zu kommen. Emily versuchte, sich ein bisschen Wärme in die Arme zu massieren. Dennoch durchdrang die Furcht sie bis auf die Knochen. Jay lächelte, nahm ihre Hand und führte sie durch das Unterholz zum schmiedeeisernen Zaun des Herrenhauses.

»Wir sind zu früh dran«, sagte er.

»Genau richtig, um die Party zu stürmen«, erwiderte Emily mit einem säuerlichen Lächeln. Sie hoffte, dass sie zuversichtlich klang. »Wir holen Maddy und Brett, und dann verschwinden wir, einverstanden? Mit Uhgrau können wir uns befassen, wenn er keine Geiseln mehr hat, mit denen er uns unter Druck setzen kann.«

»Das ist ein guter Plan. Das gibt uns Zeit, uns neu zu organisieren und Kraft zu tanken. Für eine direkte Konfrontation sind wir noch nicht bereit.«

Jetzt, da sie vor Uhgraus Festung stand, kam ihr ihr Vorhaben nur noch illusorischer vor. Sie war kurz davor, den Mut zu verlieren. Wo hielt er Maddy und Brett gefangen? Sie konnte ihre Anwesenheit nicht spüren.

»Siehst du den Schutzschirm?«, fragte Jay, als sie sich ins Gebüsch kauerten.

Sie nickte. Das Anwesen war von einer Kuppel aus grauer Magie umgeben, die bis in die Erde hineinreichte und eine geschlossene Kugel bildete.

»Ich hätte mich auch gewundert, wenn er noch einmal zulassen würde, dass ich in das Gebäude eindringe«, sagte Emily.

»Der Schutzschirm soll uns nicht davon abhalten, in das Anwesen hineinzukommen«, sagte Jay. »Petr will uns dort haben. Aber er will uns kommen sehen.«

»Können wir ihn irgendwie überlisten?«

»Leicht wird das nicht. Sie haben bestimmt auch Wachleute aus Fleisch und Blut. Am ehesten vermutlich im Turm.«

Emilys Mutlosigkeit wuchs, als sie ihren Blick über das Gelände schweifen ließ. Jay hatte recht, vom Turm aus konnte man alles überblicken. Das Gebäude stand auf dem höchsten Punkt eines Weinbergs. Blattlos rankten die Reben um die Spaliere. Ein paar Nebengebäude und große, schlanke Eukalyptusbäume boten ein wenig Deckung, der Rest des Geländes lag offen da. Von ihrem letzten Besuch wusste sie, dass sie sich vermutlich vor dem Ballsaal befanden und der kunstvoll angelegte Garten hinter der Hecke verborgen war, die die Grundstücksgrenze bildete. Sie versuchte zu raten, welches Fenster zu dem Trophäenraum gehörte, in dem Uhgrau ihr das Bild ihre Urgroßmutter gezeigt hatte.

»Da geht jemand Streife«, sagte Jay und deutete auf zwei Männer mit Hunden, die um das Haus herum patrouillierten. »Aber wie gesagt, die sollen uns nicht wirklich aufhalten, sondern nur dafür sorgen, dass man uns bemerkt.«

»Denen aus dem Weg zu gehen dürfte uns zumindest nicht schwerfallen.«

»Allerdings, das ist noch die leichteste Übung«, pflichtete er ihr bei.

Emily durchforstete innerlich alles, was sie aus dem Grimoire gelernt hatte, blätterte das Buch im Geiste durch, bis sie auf die Einträge stieß, die sie suchte.

»Mit unseren Medaillons kann ich die Bannmeile durchbrechen, ohne dass sie es merken«, sagte sie. »Sie dienen dazu, die Träger für die Cabal unsichtbar zu machen.«

»Es ist vielleicht besser, wenn du den Schutzschild unangetastet lässt. Es muss noch andere Zauber geben, mit denen sie uns entdecken wollen, subtilere als den Schutzschild.«

»Das krieg ich hin. Ja, das geht. Der Schild wird seine eigene Energie erzeugen, ich muss mich nicht mal darauf konzentrieren. Uns für die Wachen unsichtbar zu machen, das wird allerdings etwas mehr Mühe kosten.«

»Du bist wirklich ziemlich phänomenal«, sagte Jay. »So etwas würden vermutlich nur Uhgrau und Genevieve schaffen.«

»Oh, danke, Mister«, sagte sie grinsend. »Das ist das Netteste, was mir heute jemand gesagt hat. Also gut, dann mal los.« Sie konzentrierte sich auf die Erde und schöpfte Kraft aus ihr. Sie glaubte zu sehen, wie sich ihr die Sträucher und Bäume zuneigten, deren unterschiedliche Beschaffenheiten sie miteinander vereinte. All diese Energie bündelte sie in ihrem Medaillon und ließ sie sich dann ausbreiten, bis sie einen matten grünlichen Schein um sie herum bildete. Sobald sie damit zufrieden war, umgab sie auch Jay mit so einem Schirm.

»Meisterhaft«, sagte er, während sie ihre beiden Auren abschwächte, bis sie nur noch auf Astralebene wahrnehmbar waren. »Das leitet die Zauberkräfte um und bringt sie so durcheinander, dass sie nur noch das finden, was ohnehin schon da ist. Wir sind jetzt praktisch für die Magie unsichtbar.«

»Und nun zu meinem nächsten Trick. Ich kann uns auch gegen die Wahrnehmung der Menschen abschirmen, aber dafür musst du in Körperkontakt mit mir bleiben.« Sie nahm seine Hand.

»Aber gern«, sagte er. »Wenn ich irgendwann gezwungen bin, loszulassen, wird der Unsichtbarkeitszauber unsere geringste Sorge sein.«

»Halt dich fest.« Emily konzentrierte sich und schöpfte erneut Kraft aus den Elementen. Langsam begann eine braune Haut aus Energie, sie einzuhüllen. Der Duft nasser Erde wehte über sie hinweg. Ein genüssliches Seufzen entrang sich ihr, als sie die Magie auf ihrer Haut spürte, bevor diese ihre Auren dem Energielevel ihrer Umwelt anpasste. Sie beide unsichtbar zu machen war einfach gewesen, aber die Anstrengung, die Abschirmung aufrechtzuerhalten, pochte bereits in ihren Schläfen. Heute Nacht käme ihr eine Migräne höchst ungelegen.

»Das hier ist schwerer«, presste sie hervor. »Ich muss das Licht und die Geräusche, sogar den Geruch verändern. Darauf werde ich mich die ganze Zeit konzentrieren müssen.«

»Dann sollten wir jetzt gehen.«

Sie sah ihm an, dass er sich Sorgen machte. Immer wieder warf er ihr gequälte Blicke zu. Wie viele Frauen aus ihrer Familie hatte er schon beschützt und geliebt, wie vielen hatte er im Kampf beigestanden? Wie viele hatte er sterben sehen? Nun, sie würde heute Nacht nicht sterben. Nein, sie würde Uhgraus Jagd ein Ende setzen und ihre Familie befreien. Gemeinsam mit Jay. Durch ihre Entschlossenheit genährt, wurden die Schutzschirme stärker, und sie ermahnte sich, nicht zu viel von ihrer eigenen Energie darauf zu verwenden. Die würde sie voll und ganz brauchen, wenn sie Brett und Maddy retten wollte.

»Bist du bereit?«, fragte Jay.

»Und wie.« Sie umarmten sich, und dann gab sie ihren Gefühlen nach, und sie küssten sich leidenschaftlich und allzu kurz. Auf ihren Lippen und ihrer Zunge prickelte der Geschmack der Magie. Er nahm sie auf seine Arme und schwebte mit ihr empor, über die eisernen Dornen des Zauns hinweg, der das Grundstück umgab. Uhgraus magische Wand schimmerte auf, als sie durch sie hindurchglitten, aber im Haus schien sich nichts zu regen. Die Wachen patrouillierten weiter wie zuvor. Von ihrem Eindringen hatten sie offenbar nichts mitbekommen.

Jay lief. Seine Füße schwebten ein paar Zentimeter über dem Boden. Er folgte den Reihen der Weinstöcke, bis sie die Hecke erreichten. Sie erhoben sich in die Luft und flogen darüber hinweg, während Emily tonlos ihr Unsichtbarkeitsmantra aufsagte. Sie näherten sich dem Geländer der Veranda vor dem Ballsaal. Einen Moment lang glaubte sie, sie würden unentdeckt bleiben.

Dann schoss im Sturzflug ein Uhu vorbei. Er schaute sich nach ihnen um, als traue er seinen Glupschaugen nicht. Sie hätte fast den Halt verloren, als Jay in der Luft herumwirbelte. Er drückte sie mit nur einem Arm an sich, und sie hielt sich an seinem Hals fest. Ihr Abschirmzauber versagte, als sie die Konzentration verlor. Eine Hand blitzte weiß auf, als er in seinen Mantel griff und etwas hervorholte. Etwas Silbernes schoss durch die Luft. Der Uhu kreischte einmal auf, und Emily hörte, wie der Vogel getroffen wurde, und dann ein Flattern und Knirschen, als er von einem Dolch durchbohrt auf dem Boden aufschlug.

»Jetzt aber schnell!« Er setzte sie ab, schwang sich über das Verandageländer und stürmte zur nächsten Tür.

Sie spürte, wie er zauberte, ein einfacher Entriegelungszauber. Viel besser als Martins Dietrich. Doch die Türen blieben geschlossen. Erneut sprach er die Beschwörungsformel. Die Muskeln an seinen Schultern und seinem Hals spannten sich an. Seine langen, seidigen Haare schienen durch die Anstrengung eine Art Strudel zu bilden. Dann sprangen die Türen nach außen auf und warfen ihn um, während von drinnen ein orangefarbener Feuerball herausgeschossen kam. Emily wich zurück, als Schutz vor dem gleißenden Licht einen Arm vor den Augen.

In einem hautengen Catsuit und Stiefeln trat Mayam windschnittig und tödlich durch die verkohlten Überreste der Tür. Ihre Haare waren bis zum Schädel abrasiert, und ihr Gesicht sah aus wie aus purem Marmor, durchschnitten von einem knallroten Lippenstift in der gleichen Farbe wie ihre krallenartigen Nägel.

»Du hast wohl noch nicht genug, liebster Bruder, du mit deiner kleinen Hexenschlampe.« Sie warf eine Zigarette auf den Boden und trat sie mit ihrem klobigen Lederabsatz aus. »Na, dann komm und hol's dir.«

Emily hielt die Hand mit ihrem Ring hoch. Zorn strömte als Energiewelle ihren Arm hinunter, und ihre Finger wurden glühend heiß. Noch bevor sie die Energie freisetzen konnte, stürzte sich Jay auf seine Schwester. Sie krümmte sich unter der wütenden Wucht des Aufpralls zusammen und wurde zurück ins Haus geschleudert. Emily sprang übers Geländer und rannte zur Tür. Jay und Mayam rollten knurrend über die Tanzfläche und schlugen einander die Krallen ins Fleisch. Blut bespritzte die Fliesen.

Mit ihren telepathischen Fähigkeiten suchte Emily nach Maddy und Brett. Keine Spur von ihrer Nichte, aber Brett war ... *Da! Unter ihnen!* Sie schaute sich nach einer Treppe um, sah aber nur eine gewundene Stiege zum nächsten Stockwerk. Dann eben in den Flur. Als sie an der Tür war, sah sie sich um. Jay und Mayam waren wieder auf den Beinen, umkreisten einander und täuschten Schläge an.

»Geh«, brüllte Jay. »Finde sie, und dann lass uns hier abhauen!«

Sie hörte Stiefeltritte auf Stein. Männer in Anzügen kamen, mit Schusswaffen fuchtelnd, die Treppe herunter. Emily machte eine Handbewegung, eine einfache Beschwörung, die die Waffen die Gestalt von Schlangen annehmen ließ. Die Männer ließen sie fallen. Ein paar waren so konsterniert, dass sie sogar stolperten und stürzten. Einer jedoch nicht. Er zielte auf Emily und feuerte rasch hintereinander drei Schüsse ab. Instinktiv ließ sie ihr unsichtbares Schutzschild hochschnellen. Vielleicht hatte sie das Zauberwort gerufen, vielleicht hatte sie aber auch nur »Mist« gesagt. Aber die Kugeln prallten daran ab. Der Mann richtete die Waffe auf Jay, der der Treppe den Rücken zuwandte. Emily feuerte einen Energieblitz auf den Schützen ab. Seine Kleidung ging in Flammen auf. Schreiend kreiselte er kurz um die eigene Achse und fiel dann zwischen seinen überraschten Kameraden zu Boden.

Emily lief in den Korridor und sondierte telepathisch das Gelände. Da, eine Tür. Eine Treppe nach unten. Als sie die Tür erreichte, stellte sie fest, dass sie verriegelt war. Am anderen Ende des Flurs tauchten zwei Männer in Anzügen und ein paar andere in schwarzen Roben auf. Die Robenträger waren kahlköpfig, und ihre Augenpartie war mit einem roten Querstreifen übermalt. In ihren Hände schimmerte Energie. Emily hob eine Hand zur Verteidigung, aber sie griffen nicht an. Stattdessen blieben die Schwarzen Roben stehen, fassten sich an den Händen und begannen, etwas zu deklamieren. Ein Lichtnetz materialisierte sich in der Luft vor ihnen. Die beiden Anzugtypen positionierten sich zu beiden Seiten des Flurs und gingen auf sie zu. Emily konnte die dunkle Seite in ihnen spüren, die bereit war, zuzuschlagen.

Sie verlagerte ihr Gewicht und versetzte der Tür einen Schlag. Energie schoss aus ihrer Hand, die Tür zerbarst, und sie sprang mit einem Schrei hindurch, während das leuchtende Astralnetz, das sie unschädlich gemacht hatte, auf die Schwelle fiel.

Sie verschloss die Türöffnung mit einem schimmernden roten Zauberschleier. Einer der Anzugtypen versuchte hindurchzutreten und prallte mit einem Knistern zurück. Der Geruch von verbranntem Fleisch erfüllte die Luft.

Die Barriere würde nicht lange halten.

Emily lief los. Die Treppe war kurz und geschwungen. Es roch modrig. Sie versuchte, ihr Keuchen unter Kontrolle zu bekommen, als sie hinunterstieg. Hinter ihren Augen bohrte sich ein Schmerz in ihr Hirn. Oben hörte sie ein Summen – ein Zeichen, dass die Männer die Türöffnung zu durchbrechen versuchten. Ein Schmerzensschrei sagte ihr, dass die Barriere noch hielt. Sie erreichte einen Treppenabsatz. Warf einen Blick durch die Tür. Ein großer Keller, in dem es nach Moschus und Staub roch. Nackte Glühbirnen hingen von der Decke. Und in der Mitte saß Brett, an einen Stuhl gefesselt. Ein weiterer männlicher Körper lag im Schatten daneben, aber keine Spur von Madeline.

»O nein«, stöhnte Emily und schlug die Hand vor den Mund, als Brett den Kopf hob. Sein Körper war von Wunden übersät, er hatte kaum noch die Kraft, den Kopf zu schütteln. Etwas in ihr wurde kalt, obwohl Hitze die Hand durchflutete, an der sie den Ring trug.

Zwei Männer mit schweißglänzender nackter Brust tauchten zwischen den Fässern und Weinregalen auf. Sie bauten sich mit verschränkten Armen links und rechts von Brett auf. Schwarze Tätowierungen wanden sich wie Schlangen über ihre Brust und vibrierten vor Energie.

»Lasst ihn gehen«, sagte sie durch zusammengebissene Zähne.

Die beiden Schläger schüttelten synchron die Köpfe und traten auf sie zu. Schwarze Augen starrten sie an. Schatten bewegten sich hinter den Männern, glitten nach vorn und schluckten das schwache Licht. Der Boden, die Wände, die Decke – alles wurde von dem wabernden Dunkel verhüllt.

»Ergib dich«, flüsterte der eine.

»Schließ dich uns an«, sagte der andere.

Ihre Finger zeichneten Muster in die Luft, die noch einen Moment stehen blieben. Emily spürte, wie die Luft um sie herum warm und zäh wurde. Die Dunkelheit drang immer weiter vor und hatte Brett schon fast erreicht.

»Nein«, flüsterte Emily und hielt die Hand hoch. Sie strahlte ein weißes Licht ab, heller als Magnesium. Die Männer krümmten sich, als ihre Tätowierungen Feuer fingen. Und dann fielen sie um. Schwarze Rauchwölkchen kringelten sich von ihrer Brust empor, als ihre dunkle Seite aus ihnen wich. Die kriechenden Schatten schmolzen von der Wand herunter. Brett schrie auf.

Emily sah all das hinter geschlossenen Augenlidern. Sie taumelte und fing sich wieder. Kopfschmerzen hämmerten in ihren Schläfen, aber sie konnte nicht aufhören.

Sie schrumpfte die Energie in ihrer Hand auf die Größe und Leuchtkraft einer gewöhnlichen Glühbirne und ließ sie über Brett schweben.

»Hey, Nachbar.« Sie umarmte ihn. Er war völlig durchnässt und zitterte.

»Ich hab solche Angst gehabt«, erklärte Emily. »Hast du Maddy gesehen?«

Er brachte nur ein unverständliches Stöhnen hervor und stemmte sich schwach gegen die Fesseln an seinen Armen. Emily fingerte an den Knoten herum, gab dann auf und nahm ihre Zauberkräfte zur Hilfe. Durch eine Berührung ihres Fingers lösten sich die Stricke und fielen zu Boden. Brett sackte nach vorn.

»So nicht, mein Lieber«, sagte sie und half ihm auf die Beine. Sie schlang ihren Arm um seine Taille und stützte seinen schlaffen Körper. Sie küsste ihn auf die Stirn, schmeckte Blut und Schweiß und schickte einen schwachen Energiestrom in ihn hinein. Zögernd richtete Brett sich auf und versuchte, auf eigenen Füßen zu stehen. Er konnte es kaum fassen, dass er plötzlich keine Schmerzen mehr hatte und wieder bei Kräften war. Wenn Emily nur das Gleiche für sich selbst hätte tun können. Aber in diesem steinernen Verlies gab es keine Energie, aus der sie schöpfen konnte, außer der, die sie selbst mit hereingebracht hatte.

»Emily?« Bretts Mund stand offen, als warte er darauf, dass die nächste Frage aus seinem benebelten Hirn nach außen drang.

»Bist du bereit, diese Bude zu zerlegen, Nachbar?«

»Ja«, sagte er mit rauer Stimme. »Dieses ewige Rumsitzen fing schon an, mich zu langweilen.«

Emily küsste ihn auf die Wange, nahm dann seine Hand und zog ihn zum Ausgang. »Ich muss jetzt nur noch Madeline finden, und dann verdrücken wir uns.«

Am oberen Ende der Treppe war es stockfinster.

»Das ist nicht gut«, sagte sie und stellte sich zwischen Brett und die Treppe. Per Telepathie schickte sie eine Sonde voraus und stellte fest, dass ihr Türzauber außer Kraft gesetzt worden war. »Gar nicht gut.«

Nun ging auch das Licht im Keller aus. Emilys Lichtkugel zerstob mit einem »Plopp«. Sie versuchte, einen Energieschild heraufzubeschwören, der groß genug für sie beide war. Zu spät. Durch ihre flackernde Aura hindurch sah sie, dass Mayam Brett von hinten festhielt, eine brutale Klaue an seiner Kehle, die andere zwischen seinen Beinen.

»Willst du schon gehen, Schätzchen?«, fragte Mayam und fuhr mit der Zunge über seine Wange. Sie schaute Emily an. »Ich kann dich an ihm schmecken. Dich und meinen Bruder.«

»Lass ihn los!«, forderte Emily.

»Ungern«, sagte Mayam. »Er ist so frisch. Bereit, ganz von vorn anzufangen. Hmm.«

»Du siehst nicht gerade gut aus«, sagte Emily, als sie die tiefen Wunden der Frau bemerkte.

»Nichts, was eine kleine Mahlzeit nicht beheben würde.« Sie warf Emily einen süffisanten Blick zu. »Außerdem solltest du mal deinen Liebhaber sehen.«

Jay! Emily suchte mit ihren telepathischen Fähigkeiten nach ihm – nichts. »Nein!«

»Doch.« Mayam wischte sich mit einer Hand den Mund ab, während sie die andere an Bretts Kehle ließ. »Er war köstlich, mein Bruder. Aber das weißt du ja, nicht wahr, du kleine Schlampe?«

»Du Miststück!« Energie knisterte um Emily herum. Zorn besiegte ihre Erschöpfung. Sie machte sich bereit, Mayam den schlimmsten Zauber, den sie kannte, entgegenzuschleudern.

»Nicht so eilig«, sagte Mayam und lachte verächtlich. »Spar dir noch etwas für die anderen auf.«

Fremde Finger griffen nach Emilys Händen. Sie entschied sich für einen anderen Zauber und feuerte ihn mit einem Schrei ab. Die Finger ließen sie los. Es stank nach verkohltem Fleisch, Schmerzensschreie hallten durch den Raum. Schwärze quoll auf sie herunter wie eine Lkw-Ladung Teer. Das Feuer, das sie heraufbeschworen hatte, loderte heftig dagegen an, aber die Dämonen drangen wie eine Flutwelle immer weiter vor. Sie ließ ihre Energie in sie hineinströmen, und doch überfluteten sie sie, bis ihr die Kräfte schwanden und sie in sich zusammensackte. Wenn sie nicht aufhörte, wäre sie bald leer. Dann hätte sie nichts mehr für Uhgrau, für Maddy übrig. Genau das wollte er. Mit einem Schluchzen ließ Emily das Feuer ausgehen und hielt die Hände hoch. Ihr Blick traf auf Bretts. Er versuchte zu lächeln. Das war tapfer, aber dadurch fühlte sie sich kein bisschen besser.

Emily schrie auf. Sie wurde zu Boden gezogen. Hände griffen nach dem Ring und zerrten daran, bis er schließlich von ihrem Finger glitt. Sie spürte, wie in ihren Fingern Knochen brachen. Klauen zerkratzten ihr Brust und Rücken, rissen an ihrem Pullover, verfingen sich in ihren Haaren. Emily zog die Knie an die Brust und versuchte, ihre verletzte Hand zu schützen, aber die Klauen fuhren fort, ihre Kleidung und ihre Haut zu zerfetzen. Schließlich hakte sich eine in ihrer Halskette fest und riss brutal daran, bis sie aufsprang. Ihr Medaillon klirrte auf den Beton und verschwand dann wie von Zauberhand, doch das Kreuz blieb glänzend im Staub liegen.

Die Meute zog sich zurück. Sie sah Uhgraus Leibwächter, Pferdeschwanz und Glatzkopf, in schwarze Roben gehüllt. Einer hielt das Medaillon, der andere den Ring. Die Dämonen verschmolzen mit den Schatten im Raum.

»Wo ist das Grimoire?«, fragte Mayam.

»Hier nicht«, sagte Emily. Sie lag auf den Knien und rang nach Luft.

Mayam zerrte Brett mit sich, schnappte sich ein Büschel von Emilys Haaren und riss ihren Kopf nach hinten, sodass sie ihr die Kehle darbot. Emilys Augen weiteten sich, als sie versuchte, der Frau ins Gesicht zu sehen.

»Wo. Ist. Das. Grimoire?«

»Es. Ist. Verdammt. Noch mal. Nicht. Hier«, äffte Emily Mayams Tonfall nach. »Wo ist Maddy? Ich will sie sehen.«

»Nur Geduld, du kleine Schlampe«, knurrte Mayam. Ihr Atem strich heiß und übelriechend über Emilys Hals. Ihre Reißzähne waren ausgefahren, und Speichel glitzerte daran.

»Der Meister will sie in seinem Büro haben«, sagten die Leibwächter unisono. Ihre Stimmen klangen geradezu roboterhaft. »Bring sie beide hin. Unversehrt.«

Mayam knurrte, und als Brett sie anbrüllte, sie solle die Finger von Emily lassen, begnügte sie sich damit, ihm die Faust in den Bauch zu rammen.

»Ich fasse an, wen ich will, Junge.« Mayam versetzte ihm noch einen Schlag. »Hast du das immer noch nicht kapiert?«

Sie zerrte Emily auf die Beine und schleifte die beiden die Treppe hoch. Die Leibwächter folgten ihnen. Zwei Schwarze Roben bildeten die Eskorte. Es standen noch weitere mit Maschinengewehren und Pistolen bewaffnete Wachen auf der Treppe, aber sie machten Platz und schlossen sich der Prozession an.

»Wir nehmen den schöneren Weg«, sagte Mayam, als sie die Eingangshalle erreichten. Sie dirigierte sie zum Ballsaal.

Emily wich zurück, als sie eintraten. Rauch hing in der

Luft. Der Raum war mit Leichen übersät, aber es war die Szene in der Mitte des Saals, der ihre Aufmerksamkeit fesselte.

Jay schwebte kopfüber in der Luft, die Arme ausgestreckt, die Füße geschlossen. Sein zerschlagener Körper drehte sich, nackt bis zur Taille, langsam um sich selbst. Der Boden war mit seinem Blut bespritzt.

Emily konnte die magische Energie sehen, die Jay in der Luft hielt – eine glitzernde blauschwarze Säule, aus der Verästelungen herausragten, die seine Wunde immer wieder aufrissen, damit sie nicht heilten. Hilflos und verzweifelt schaute er auf Emily hinab.

Mayam zerrte sie beide dichter heran.

»Du hättest deine Kamera mitbringen sollen«, sagte sie zu Emily und ließ sie los, um eine Geste zu machen, als würde sie ein Foto schießen. »Ich würde es mir genau so rahmen lassen.« Sie streckte die Hand aus, um ein paar Tropfen von Jays Blut aufzufangen. »Hm«, sagte sie, leckte ihren Finger ab und hielt dann Emily einen leuchtend scharlachroten Klecks hin. »Du solltest dir auch was nehmen, bevor alles weg ist. Du würdest staunen, was man über einen Mann alles aus seinem Blut erfahren kann.«

Emily erstarrte. Sie sah zu, wie Mayams Zunge genüsslich den Rest Blut von ihrem Finger leckte. Dieses wissende Lächeln ... Emily fiel die überwältigende Flut von Erinnerungen wieder ein, die der Geschmack von Jays Blut bei ihr ausgelöst hatte. Wie viel hatte Mayam davon getrunken? Genug, um Genevieves Geheimnisse zu kennen? Emilys Hoffnung schwand, als Mayam sie mit diesem grausamen, provozierenden Blick anstarrte. Wenn sie Uhgrau erzählt hatte, dass er tatsächlich ein Kind mit Genevieve gezeugt hatte, dann war Emily nichts weiter als eine Batterie, nur dazu da, als Energiequelle zu dienen, bis sie leer war. Sie hätte keine Chance, Brett und Maddy zu retten. Das Einzige, was sie erreicht hätte, wäre dann, dass sie alle, einschließlich ihrer selbst, getötet wurden. Oder Schlimmeres.

»Ich hab gesagt, du sollst sie in Ruhe lassen«, sagte Brett und holte aus. Seine Faust erwischte Mayam seitlich am Gesicht, und sie geriet ins Straucheln – mehr vor Überraschung als durch die Wucht des Schlages. Sie schlug Brett mit dem Handrücken ins Gesicht. Die Ohrfeige hallte durch den höhlenartigen Raum und ließ ihn gegen die Leibwächter stolpern. Pferdeschwanz und Glatzkopf droschen so lange auf ihn ein, bis er auf den Knien lag.

Emily witterte ihre Chance, als Mayams Leute abgelenkt waren. Sie musste es versuchen! Musste zumindest Maddy in Sicherheit bringen. Sie klopfte mit dem Fuß auf den Boden und schickte so einen Energiestrahl zu Jay hinüber. Sie hielt die Luft an und hoffte inständig, Mayam würde nichts davon merken, während der sich dahinschlängelnde Strom im Boden versank.

»Das reicht«, sagte Mayam und packte Emily wieder am Arm. »Lasst was für später übrig«, mahnte sie die Leibwächter, die immer noch dabei waren, Brett zu verprügeln. »Der Rest von euch Männern bleibt bei Jehoel. Sorgt dafür, dass er nicht aufhört zu bluten. Und fangt sein Blut mit irgendwas auf. Ich habe Durst.« Pferdeschwanz und Glatzkopf stellten Brett auf die Füße, und sie winkte sie heran. »Bringt ihn her.«

Die beiden Männer packten Bretts Arme noch fester. Sie schienen nicht allzu unzufrieden mit ihrer neuen Aufgabe zu sein. Mayam drehte sich wieder zu Emily um. »Hast du noch irgendwas zu sagen, bevor wir gehen?«

»Sei frei«, sagte Emily und warf Jay mit ihrer freien Hand einen Kuss zu. Der Zauber flog wie die Samen eines

Löwenzahns von ihrer Handfläche und hinterließ eine glitzernde Linie. Das war alles, was von ihrer Zauberkraft übrig war …

»Genug jetzt«, sagte Mayam und schlug ihre Klauen in Emilys Handgelenk. Die beiden Schwarzen Roben riefen etwas. Emilys Zauber blieb kurz vor Jay stehen, platzte dann auf und rieselte als silberner Schauer nieder.

»Mehr hast du nicht zu bieten?«, fragte Mayam lachend.

Die Schwarzen Roben lächelten herablassend. Glatzkopf boxte Brett der Vollständigkeit halber noch mal in die Rippen.

Entmutigt und ausgelaugt ließ Emily den Kopf hängen.

»*Jetzt* ist sie bereit, den Meister zu sehen«, sagte Mayam boshaft. »Er wird ganz schön neugierig sein, was sie zu sagen hat.«

Die Vampirin befahl den Zauberern, ihr zu folgen, während sie Emily durch eine Reihe von Räumen in das Arbeitszimmer führte, in dem Uhgrau in der Nacht des Maskenballs mit ihr geredet hatte. Emily ließ die Füße schleifen, damit Mayam den Eindruck hatte, sie sei sowohl körperlich wie auch mit ihren Zauberkräften am Ende. So fern der Wahrheit war das gar nicht. Die Leibwächter nahmen auch Brett mit, und in Emily regte sich Hoffnung. Wenn sie ihn bei Jay gelassen oder wieder in den Kerker gebracht hätte, nun, dann hätte es schlecht ausgesehen. Aber offenbar rechneten sie immer noch damit, ihn als Druckmittel einsetzen zum müssen, oder vielleicht war es auch bloß reiner Sadismus. Niemand hatte ihren heimlichen Zaubertrick im Ballsaal bemerkt.

Die Prozession blieb vor der schweren Holztür zum Arbeitszimmer stehen. Mayam klopfte zweimal. Emily war dankbar, durchatmen zu können. Vorsichtig fuhr sie ihre telepathischen Sensoren aus, so weit noch etwas davon übrig war. Aber sie waren immer noch stark genug, um Uhgraus finstere Macht zu spüren, die hinter der Tür pulsierte wie eine dicke, bösartige Nacktschnecke, und die Wärme unter ihren Füßen, die bedeutete, dass ihr Zauber Jays Käfig langsam Energie entzog und auf sie selbst übertrug. Und dann war da noch jemand im Raum – Madeline!

»Herein!«, sagte Uhgrau. Mayam führte sie hinein, und die beiden Schwarzen Roben gingen vor dem Zimmer in Stellung.

»Miss Winters möchte Sie sehen, Sir«, sagte Mayam. Ihr Gesichtsausdruck spiegelte ihren sarkastischen Tonfall wider. »Und Mr. Samuels.«

»Tante Em!«, rief Madeline. Sie sprang von einem Stuhl hoch, warf ein Malbuch und Buntstifte auf den Boden und lief zu ihrer Tante.

Emily drückte das Kind an sich und funkelte Uhgrau wütend an.

»Unversehrt, auch wenn sie schon längst im Bett sein müsste«, sagte er und deutete auf die beiden leeren Stühle vor seinem Schreibtisch.

Mayam schubste Emily auf den einen, Pferdeschwanz und Glatzkopf drückten Brett auf den anderen, bevor sie Emilys Ring und das Medaillon auf den Schreibtisch legten. Dann stellten sie sich zu beiden Seiten von Bretts Stuhl auf. Emily zog Maddy auf ihren Schoß.

»Ich wusste, dass du kommen würdest«, flüsterte Madeline. »Mir gefällt's hier nicht, Tante Em, hier sind zu viele Gespenster.«

Uhgrau, der ebenfalls mit einer schwarzen Robe bekleidet war, legte seinen Gehstock mit einem vernehmlichen Klacken auf seinen Schreibtisch. Ein Astrallicht ging von ihm aus. Emily konnte die unsichtbaren Energieströme sehen, die ihn mit dem Käfig verbanden, in dem Jay gefangen war.

»Willkommen zurück, Miss Winters«, sagte Uhgrau. »Möchten Sie etwas trinken?« Er deutete auf eine Kristallkaraffe. »Der ist von unserem eigenen Weingut, einer unserer Besten.«

Sie schüttelte den Kopf.

»Wie schade. Wir haben eine Menge zu feiern, Sie und ich. Nicht zuletzt den Geburtstag Ihrer Nichte.« Er sah auf seine Uhr. »Fast Mitternacht, also ist es gleich so weit. Tut mir leid, dass ich keinen Kuchen habe.«

Uhgrau nahm das Medaillon in die Hand und hielt es zwischen Daumen und Zeigefinger. »Eine exquisite Arbeit«, sagte er. »Und Sie haben es modifiziert. Sehr gut. Sie sind wirklich erstaunlich, Miss Winters.« Er seufzte und wog das Medaillon in der Hand, als verinnerliche er den Unsichtbarkeitszauber, den es erzeugte. »Es ist ein Wunder, wie Genevieve sich all die Jahre erst selbst und dann auch noch Marguerite verstecken konnte, sogar über ihren Tod hinaus. Wir haben die ganze Zeit im falschen Land nach ihr gesucht. Aber jetzt ist ihr Lügengebäude in sich zusammengestürzt, und all ihre Bemühungen waren umsonst. Wie schade.«

Er legte das Medaillon auf seine Handfläche. Schwarze Flammen züngelten empor. Emily schrie auf, als das Medaillon kurz aufglühte und dann zu Asche zerfiel. Sie spürte sein Verlöschen in ihrem Herzen, als wäre es ein Teil von ihr selbst. Ihr war kalt, sie fühlte sich ausgeliefert und tat ihr Bestes, um diese Gefühle auch auszustrahlen, obwohl die Wärme unter ihren Füßen in ihr hochzukriechen begann. Sie riskierte einen Blick auf den Gehstock, während Uhgrau den Ring inspizierte und ihn dann einsteckte. Die Energieströme drangen immer noch durch die Wand nach draußen, aber waren sie schwächer geworden? Nur ein bisschen? Wie konnte sie mehr Zeit schinden? Was konnte sie tun, damit Uhgrau nicht merkte, dass die Kraft aus seinem magischen Fokus schwand?

»Ich möchte doch etwas trinken«, sagte Emily. »Danke.«

Uhgrau lächelte, als habe er erwartet, dass sie es sich anders überlegen würde. Er goss erst einen und dann einen zweiten Kelch voll. »Einen für Mr. Samuels, als Freund der Familie. Ich weiß, dass er einen guten Roten zu schätzen weiß.«

»Tun wir das nicht alle?« Mayam lachte und straffte sich dann wichtigtuerisch, um etwas zu verkünden.

Emily sackte in ihrem Stuhl zusammen, als ihr klar wurde, dass Mayam tatsächlich wusste, wer Marguerites Vater war. Wenn das herauskäme, wären Brett und Jay tot.

»Meister, ich habe das Blut ...«

Uhgrau brachte sie mit einem ärgerlichen Blick und einer Handbewegung zum Schweigen. Emily hielt die Luft an. Dies war offensichtlich Uhgraus großer Augenblick, Mayams Beitrag war nicht gefragt. Sie funkelte ihren Meister wütend an, verschränkte die Arme, ging zum Fenster und schaute hinaus, als hätte sie den Weinberg noch nie zuvor gesehen. Pferdeschwanz feixte, bis Uhgrau ihm einen ähnlich vernichtenden Blick zuwarf.

»Wartet draußen«, befahl Uhgrau den Leibwächtern. »Kommt erst herein, wenn ich euch rufe.«

Die Männer schauten einander betreten an, gingen hinaus und machten die Tür zu.

Emily bemühte sich nach Kräften, nicht zu grinsen – sie wollte auf keinen Fall durch ihre Schadenfreude Uhgraus Zorn entfachen. Die schmollende Mayam durfte keinen Grund haben, ihren Verdruss zu vergessen und auszupacken. Als Uhgrau Emily ein Glas Wein reichte, schonte sie demonstrativ ihre rechte Hand mit dem gebrochenen Finger und nahm das Glas mit der linken Hand entgegen. So schnell ihre Zauberkräfte normalerweise auch ihre Heilung beschleunigten, spürte sie doch, dass es heute nicht schnell genug gehen würde.

»Also, wo waren wir stehengeblieben?«, fragte Uhgrau. Er schob das andere Glas Brett zu, doch der ignorierte es. »Ach, kommen Sie, Mr. Samuels. Dies ist ein historischer Augenblick. Es ist ein Privileg, ihn mitzuerleben. Eine Art Wiedervereinigung. Wollen wir anstoßen, Miss Winters? Auf meine fortdauernde Gesundheit?«

Er gluckste, nippte an seinem Wein und kostete den Geschmack des Sieges aus.

Emily prostete ihm zu. »Zu schade, dass Sie das nicht ins Grimoire schreiben können.«

»Was?«, sagte er und verschluckte sich fast an seinem Wein.

»Ich dachte, das wüssten Sie bereits ... Ich habe das Grimoire vernichtet.«

»Wir hatten eine Abmachung, Miss Winters.«

»Ich habe sie gebrochen.«

»Das ist wohl ausgleichende Gerechtigkeit, denn ich hatte ohnehin das Gleiche vor.« Er schaute Mayam an. »Wo ist es?«

Sie wandte sich vom Fenster ab und zuckte mit den Schultern. »Sie hatte es nicht bei sich. Nur den Schmuck.«

»Ich brauche das Buch.«

»Nein, das ist nicht ...«

»Seit wann sagst du mir, was ich brauche und was nicht?«

»Nie, Meister.«

»Beantworte meine Frage, Mayam: Wo ist das Grimoire?«

»Ich weiß es nicht, aber sie. Lassen Sie mich von ihrem Blut trinken.«

»Du hast doch schon mehr als genug von ihr gehabt.«

»Wie Sie wollen.« Mayam nickte hochmütig und schaute dann wieder aus dem Fenster.

Uhgrau starrte den Rücken seiner Kreatur an und senkte dann den Blick. Emily erstarrte. Er schaute direkt auf den Gehstock. Seine Energie hatte sich deutlich verringert, seit ihre Beschwörung diese Energie auf sie selbst umleitete. Wenn er das merkte ...

»Warum fragen Sie nicht Genevieve?«, fragte Emily mit lauter Stimme. »Sie wollen doch bestimmt endlich wissen, ob Marguerite wirklich Ihre Tochter war.«

Uhgrau wandte ihr wieder seine Aufmerksamkeit zu.

»Sie haben Angst, dass Ihnen die Existenz ihres Kindes nur deshalb verborgen geblieben ist, sowohl während der Schwangerhaft als auch hinterher, weil es gar nicht von Ihnen war. Und Sie glauben, dass Genevieve die Wahrheit ins Grimoire geschrieben hat. Sie waren nicht auf die Zauberformeln aus, sondern nur auf einen Beweis für Ihre Männlichkeit.«

»Ich an Ihrer Stelle würde aufpassen, was ich sage, Miss Winters. Meine Gastfreundschaft hat ihre Grenzen. Und manche Dinge sind einfach nichts für Kinderohren.«

»Ich habe ihnen ihre Kräfte genommen. Meiner Mutter und meiner Schwester. Jetzt sind sie ganz normale Menschen, *Mister* Uhgrau. Sie können nichts mehr für Sie tun. Ich bin die Einzige, die das kann. Ich oder eine andere Hexe meines Kalibers. Davon gibt es ja heutzutage so viele, dass es bestimmt nicht schwierig ist, eine andere zu finden, die Ihr Zuchtprogramm fortführt. Wozu machen Sie das überhaupt? Wollen Sie eine Herrenrasse erschaffen, Herr Doktor?«

Uhgrau stellte sein Glas auf den Tisch, ging um den Schreibtisch herum und baute sich vor ihr auf. Sie nahm schnell noch einen Schluck Wein, um sich Mut anzutrinken. Dann machte sie sich auf Schläge gefasst, die nicht kamen.

»Zum Teil hast du recht«, sagte er, die Hände auf dem Rücken verschränkt, als würde er vor einer Militärparade sprechen. »Ich kann mich bei anderen Hexen bedienen, aber deine Familie ist besonders gut auf meine Bedürfnisse abgestimmt, nach all den Jahren selektiver Züchtung. Es scheint, als hätte Genevieve sich selbst irgendwie verändert, als sie damals in Frankreich die Beschwörung sprach, um sich und ihre Tochter vor uns zu verbergen. Ich bezweifle, dass sie das mit Absicht getan hat. Vielleicht hat ihre Schwangerschaft etwas bewirkt, das sie nicht erwartet hatte. Deshalb reichen meine hellseherischen Fähigkeiten nicht aus, um herauszufinden, wer Marguerites Vater ist.«

»Das muss sehr ärgerlich für Sie sein«, sagte Emily.

»Ärgerlich für mich, schmerzhaft für dich. Ohne das Buch muss ich Mayam vielleicht einfach erlauben, mit dir zu machen, was sie will.«

»Etwa bevor ich Ihnen ein Kind der Liebe schenke? Das ist doch der Plan, oder nicht? Wissen Sie, Sie hätten mir einfach Rosen schicken können.«

»Du hast etwas vergessen, Emily. Deine Schwester hat bereits eine neue Generation in die Welt gesetzt.« Er schaute Madeline lüstern an, und sein Gesichtsausdruck erzeugte bei Emily Brechreiz.

»Aber nicht mit Ihnen.« Emily lächelte ihn übertrieben freundlich an und drückte Madeline an sich. »Und wenn man dazu noch die Wirkung von Genevieves Beschwörung bedenkt, wer weiß dann schon, ob überhaupt noch irgendetwas von Ihnen in uns steckt – vorausgesetzt, dass da jemals etwas war?«

Uhgrau fuhr mit der Hand durch Emilys Haare und in ihre Wange. Er drückte einen Daumen fest an ihre Lippen. Sie schaffte es, nicht zurückzuzucken, als er sein Gesicht dem ihren näherte, seine Hand an ihrer Kehle. »Ich kann deine Kraft spüren, so geschwächt und unerfahren du auch bist.« Seine Hand wanderte tiefer, packte ihre Brust und presste sie schmerzhaft zusammen. »Selbst wenn du nicht mein Blut in dir hast, werde ich mich mit dir vergnügen.«

Emily verzog keine Miene und versuchte, Madelines Gesicht so gut es ging abgewandt zu halten.

Brett zuckte hoch, aber Mayam war im Nu hinter ihm und drückte ihn an den Schultern in den Stuhl hinunter.

»Mit deiner Energie in mir«, fuhr Uhgrau fort, als habe er Bretts Bewegung nicht bemerkt, »werde ich viele, viele Jahre lang keine neue Hexe brauchen. Genug Zeit, um einen Ersatz zu finden.« Er küsste sie. Sein geschlossener Mund drückte ihre Lippen an ihre Zähne. Erst als sie aufschrie, ließ er von ihr ab. Zufrieden richtete er sich auf. »Wer weiß, meine Liebe? Vielleicht nehme ich sogar deine Nichte.« Er berührte Madelines Haare. »Sie wird schon bald fortpflanzungsfähig sein, in …«

»Nehmen Sie Ihre dreckigen Finger weg«, sagte Emily. »Wenn Sie Ihre kranken Spielchen spielen wollen, dann spielen Sie sie mit mir. Aber lassen Sie das Kind da raus.«

Er trat einen Schritt zurück. Offensichtlich genoss er es, sie zu provozieren.

Nun, jetzt war sie an der Reihe …

»Also, Doktor, erinnere ich Sie an Genevieve? Habe ich ihre Augen? Ihre Titten?«

Er versetzte ihr eine Ohrfeige. Selbst Mayam zuckte zusammen. Emilys Glas zerschellte auf dem Boden. Madeline schrie auf, als Uhgrau sie aus Emilys Armen riss und zu Mayam schubste. Blut tropfte aus Emilys Mund. Sie hatte keine Zeit, sich Gedanken darüber zu machen, denn Uhgrau zerrte sie aus dem Stuhl und schleuderte sie gegen den Schreibtisch. Eine Ecke bohrte sich Emily in die Hüfte, und ihr blieb die Luft weg. Ihre Hand traf den Gehstock, mehr zufällig als absichtlich, und stieß ihn zu Boden.

Uhgrau packte sie am Handgelenk und zerrte sie quer durch den Raum. »Wir sehen mal nach, ja?« Er stemmte die Tür auf, die in den Trophäenraum führte, und stieß sie hinein.

Mayam hielt immer noch Brett mit einer Hand auf seinem Stuhl fest, während sie mit der anderen Madelines Handgelenk umklammerte.

»Nimm beide mit«, rief Uhgrau. »Ich will, dass sie dich mit ihm sieht, bevor wir das hier zu Ende bringen.«

»Endlich«, sagte Mayam in gehässigem Ton, zog Brett aus dem Stuhl und scheuchte ihn und Madeline hinter ihrem Meister her.

Emily hielt sich mit einer Hand die schmerzende Hüfte und wischte sich mit der anderen Blut vom Kinn. Es war ein kleiner Trost, dass Uhgrau den Stock in seiner Wut vollkommen vergessen hatte. Zuletzt hatte sie ihn auf dem Boden hinter dem Schreibtisch gesehen. Er hatte aufgehört zu leuchten.

Eine Handbewegung Uhgraus ließ das Licht im großen Saal angehen. Es beleuchtete die zahlreichen Trophäen, die seine Cabal während ihrer langen Vergangenheit gesammelt hatte. Ohne sie zu beachten, packte er Emily und zerrte sie zum entgegengesetzten Ende, wo sich die Neuerwerbungen befanden.

Emily musste gar nicht erst so tun, als hätte sie Angst. Sein brutaler Griff verstärkte die Schmerzen an ihren verletzten Fingern, ihr Arm fühlte sich an, als stünde er in Flammen. Die Geschwindigkeit, in der sie sich bewegten, deutete darauf hin, dass sie den Kontakt zu ihrem heimlichen Zauber verloren hatte. Und Mayam hatte immer noch Brett und Maddy in ihrer Gewalt.

Uhgrau blieb stehen, als sie das Ende des Saals erreicht hatten.

»Sieht du die?« Er deutet auf die Wände und Ständer, dann packte er Emily im Nacken und zwang sie, sich jedes einzelne Stück anzuschauen. »Die haben uns beiden gehört, Genevieve und mir. Das ist unsere Vergangenheit.«

Und da wurde Emily klar, dass das der Grund war, wieso Genevieve vor ihm geflohen war. Sie hatte seinen wahren Charakter erkannt – den egoistischen Ehrgeiz und die Gier, die Brutalität. Sie war gestorben, um ihre Familie vor diesem Mann zu schützen.

Uhgrau drückte Emilys Kopf vor das Foto, das seine Cabal im Zweiten Weltkrieg zeigte – Genevieve, die Hand auf ihrem noch flachen Bauch, der junge Uhgrau mit einem äußerst selbstsicheren Gesichtsausdruck daneben.

»Sag du mir, ob du findest, dass du ihre Augen hast«, rief Uhgrau und stieß sie so dicht heran, dass sie mit der Nase ans Glas gepresst wurde. Seine Hand zerrte an ihrer Kleidung und riss ihren Pullover und ihr T-Shirt in Fetzen.

»Was meinst du, Mayam?«, fragte er und drehte Emily herum.

Mayam lächelte nur. Offensichtlich weidete sie sich an Emilys Qualen.

»Hat sie Genevieves Titten?« Emily griff nach den Überresten ihres T-Shirts und versuchte, ihre Brust zu bedecken. Sie musste die Energie, die sich wieder unter ihren Füßen sammelte, unbedingt unter ihrer Angst verbergen. Sie hatte ihren Zauber wieder unter Kontrolle und konnte nun fortfahren, die Energie von Uhgraus Stock auf sich umzuleiten. Von außen schöpfen, nicht von innen …

Uhgrau tobte weiter, ohne zu bemerken, was um ihn herum vorging. Als Mayam keine Antwort gab, wandte er sich an Brett. »Was ist mit Ihnen, Mr. Samuels? Finden Sie, dass unsere kleine Emily die Titten ihrer Urgroßmutter hat?« Wie Ohrfeigen schleuderte Uhgrau Emily die Worte ins Gesicht. »Willst du nicht genauer hinschauen, Emily? Erkennst du dich in ihr wieder? Na?« Er hatte Schaum vorm Mund. Als er sie packte und ihr Gesicht noch einmal gegen das Foto drückte, zersprang das Glas, und das Bild löste sich vom Haken. Eine Scherbe ritzte Emilys Wange auf. Uhgrau zog sie weg, und das Bild knallte herunter. Glas klirrte auf dem Boden.

»Aufheben!«, befahl er ihr und stieß sie zu Boden. Aber bevor sie gehorchen konnte, zog er sie an den Haaren wieder hoch und griff sich mit der anderen Hand das Foto. Dann schleifte er sie auf den Knien zu Brett hinüber. »Was meinst du, mein Junge? Gibt es eine Familienähnlichkeit?« Er hielt das Foto neben Emilys Brust. Brett wandte den Kopf ab, Tränen ohnmächtiger Wut in den Augen.

Uhgrau zeigte auf Madeline. »Was ist mit deiner Nichte, du Miststück? Findest du, dass sie mir ähnlich sieht?«

Emilys einzige Antwort bestand aus einem stummen, wütenden Blick.

»Natürlich tut sie das«, sagte schließlich Mayam. »Die Antwort war die ganze Zeit in Jays Blut. Wir hätten uns die Mühe sparen können, wenn wir ihn einfach ausgesaugt hätten. Aber das hätte natürlich nicht so viel Spaß gemacht. Außerdem musste meine kleine Schwester hier erst seinen Widerstand brechen und die Erinnerungen an die Oberfläche bringen. Also danke, Schätzchen, ohne dich hätte das alles nicht funktioniert.«

»Wovon redest du da, Mayam?«, fragte Uhgrau mit leiser, bedrohlicher Stimme. »Was hast du gesehen? Was habt ihr vor mir geheim gehalten, dein nichtsnutziger Bruder und du?«

Emily wappnete sich für die Enthüllung und hoffte, sie hatte genug Zauberkraft in sich aufgesogen, um sich zumindest irgendwie wehren zu können. Mayam strahlte siegestrunken, als würde sie ihre Reißzähne bereits in Emilys Adern bohren ...

Pferdeschwanz und Glatzkopf platzten herein.

Wütend und überrascht blickte Uhgrau auf. »Was soll das heißen?«

»Der Fokus, Meister«, schrie Pferdeschwanz.

»Der Stock hat sich entladen«, sagte Glatzkopf.

»Was?«, brüllte Uhgrau. »Das bedeutet ...«

»Jehoel ist frei«, sagte Mayam. Sie stieß Brett zu Boden und ging mit schnellen Schritten den Gang entlang auf die Leibwächter zu. »Vorsicht!«

Mit einer Pistole in der Hand kam Jay zur Tür hereingestürmt.

Glatzkopf drehte sich mit ausgestreckter Hand um und feuerte einen Fächer aus schwarzen Pfeilen aus den Fingerspitzen ab. Jay sprang mit einem Satz an die Wand und lief in einer fließenden Bewegung zur Decke hinauf. Die Pfeile verfehlten ihn um mehrere Meter. Pferdeschwanz hob die Hand. Jay stürzte sich auf die beiden Männer und feuerte zweimal. Blut und Fleisch bespritzten Pferdeschwanz' Gesicht, als die Kugeln durch seine Hand drangen. Dann trafen zwei weitere Geschosse seine Brust, und er fiel um. Glatzkopf versuchte, einen Schutzschirm um sich zu errichten, aber Jay stand bereits neben ihm. Er drückte dem Mann die Mündung der Waffe unters Kinn und schoss seinen polierten Schädel in Stücke.

Mayam prallte aus vollem Flug gegen Jay. Mit einem feuchten Knirschen, das Emily in den Ohren wehtat, gruben sich ihre Klauen in seinen Bauch.

Emily wollte gerade die Zauberkräfte einsetzen, die sie Uhgrau abgezapft hatte, doch dieser ahnte, was sie vorhatte. Mit wutverzerrtem Gesicht drehte er sich um und zeigte mit dem Finger auf sie.

Emily spürte, wie sich Energie aufbaute, und wusste, dass sie Uhgraus Kraft nichts entgegenzusetzen hatte. Er war zu wütend, zu stark. Verzweifelt hob sie schützend die Hand.

»Nein! Emily!« Brett stürzte sich zwischen Uhgrau und Emily. Ein Strahl roter Hitze traf ihn. Die Wucht schleuderte ihn gegen Emily, und sie fielen zu Boden. Sie blieb unter Bretts schlaffem Körper liegen. Ihre Sinne waren vom Sturz betäubt, und ihr verschwamm alles vor Augen.

Durch diesen Schleier hindurch sah sie, wie Jay die um sich schlagende und spuckende Mayam an die Wand drückte, ihr die Faust in den Bauch rammte und sie in ihre Brust hochstieß. Mayams Schrei durchdrang das Rauschen in Emilys Ohren, und sie hatte das seltsame Gefühl, als würde sie über dem Boden schweben und die Ereignisse wie in einem Fernseher betrachten.

Jay ließ Mayams Leichnam fallen. Sofort begann sie, zu seinen Füßen zu verwesen. Wie im Zeitraffer schrumpfte sie und zerfiel zu Staub. Jay selbst sah aus wie ein überfahrenes Tier. Mayam hatte ihn übel zugerichtet, nachdem er vorher schon so viel Kraft verloren hatte.

Er trat von ihren Überresten zurück, als habe er Angst, mit irgendetwas kontaminiert zu werden, und drehte sich dann zu Uhgrau um.

»Jetzt hast du also, was du wolltest«, sagte Uhgrau.

Jay setzte zum Angriff an.

Uhgrau machte eine Handbewegung, und Jay wurde

langsamer. Emily kam es vor, als kämpfe er sich durch zähflüssige Luft wie eine Fliege durch Honig. Seine Augen weiteten sich in angstvoller Erkenntnis. Uhgrau hielt einen Arm hoch. Sein Fleisch verwandelte sich in schwarzen Teer, der eine Klinge bildete, glänzend und hart wie Obsidian, die scharfen Kanten von scharlachrot leuchtender Energie gesäumt.

Mit quälend langsamen Bewegungen drehte sich Jay im Flug.

Uhgrau stach ungehindert zu.

Jay schrie auf, als die Klinge in seine Brust eindrang. Uhgrau zog sie wieder heraus, stach erneut zu, trat dann beiseite und löste den Zauber wieder auf. Jay fiel nach vorn und griff dort, wo Uhgrau gestanden hatte, ins Leere. Uhgrau stieß noch einmal mit der Klinge zu, als er an ihm vorbeisegelte.

Jay landete bäuchlings auf dem Boden und rutschte mehrere Meter weit. Blut strömte aus einer riesigen Schnittwunde. Uhrgrau hatte seinen Arm verstümmelt und seine Brust aufgeschlitzt. Die Wunden verheilten nicht. Dafür hatte das Feuer gesorgt, das in der Klinge loderte. Jay wand sich in seinem Blut, während Uhgrau über ihm aufragte, unentschlossen, ob er ihm den Rest geben oder beim langsamen Sterben zusehen sollte.

Madeline lief auf Emily zu. Uhgrau machte eine Handbewegung, und Madeline erstarrte. Sie begann, rückwärts auf ihn zuzurutschen.

Brett stöhnte und rollte sich von Emilys Beinen. Seine Schmerzenslaute rissen sie aus ihrer Benommenheit. Hitze durchströmte sie. Blut – ihr Blut – tränkte das Foto, das Genevieve in Frankreich zeigte.

Uhgrau lächelte sie an, während er Madeline mit einer Hand vor sich hielt. Er streckte seinen Schwertarm über den am Boden liegenden Jay in die Luft. Dieser versuchte verzweifelt, sich hochzustemmen. »Du gehörst mir, Emily. Wir werden gemeinsam von vorn anfangen.«

»Nein«, murmelte Emily. Sie rief ihre Vorfahrinnen an. »Beschützt uns! Helft uns!«

Energie strömte durch den Korridor. Augen öffneten sich. Münder seufzten.

Uhgrau taumelte zurück. Jay sank zuckend zu Boden. Madeline befreite sich von Uhgraus Zauber und lief zu Emily.

»Nein«, schrie Uhgrau gen Himmel. »Ihr seid alle tot! Ich habe euch alle ausgesaugt!«

Er schlug wild um sich. Dunstig und körperlos traten seine Gespenster aus Fotos, Rüstungen und Schmuckstücken hervor. Helme und Jacken tanzten wie Marionetten.

Uhgrau feuerte einen magischen Pfeil nach dem anderen ab. Dort, wo sie auf die Wand trafen, schlug die Farbe Blasen. Ausstellungsstücke gingen in Flammen auf und fielen zu Boden. Doch die Geister blieben. Genevieve stieg aus dem Foto auf wie ein Flaschengeist. Sie hielt inne, um erst Emilys Wange zu streicheln und dann Madelines, bevor sie auf Uhgrau zuschwebte. Ein schwerer Rosenduft hing in der Luft.

»Sag mir, dass sie mir gehört«, rief Uhgrau, während Genevieves Geist sich auf ihn zuschlängelte. »Ich weiß, dass sie mein Blut in sich trägt, Genevieve. Sie gehört zu mir!«

Genevieve schüttelte den Kopf, umweht von Rauchkringeln, die aussahen wie windzerzaustes Haar.

»Zeit, zurückzugeben, was du gestohlen hast, Petr«, flüsterte sie, und ihre Worte hallten den Korridor entlang.

Eine Flamme entzündete sich im Innern seines Umhangs. Ein Rauchwölkchen trat hervor, nahm eine vage menschliche Gestalt an und bildete Arme aus, die nach Uhgrau griffen. Emily kniff die Augen zusammen: *Nanna?*

Emilys Ring fiel gleißend hell zu Uhgraus Füßen auf den Boden. Er schlug auf den brennenden Umhang ein, aber die Flammen griffen auf seine Hand über. Er schrie.

Die Geister bildeten einen Kreis um ihn, und Uhgrau begann, sich aufzulösen, während die Flammen immer höher schlugen. Leuchtende Energiefäden strömten aus ihm heraus, während die Geister seiner Opfer an ihm herumzupften wie Kätzchen an einem Pullover und die Fäden auftrennten. Sein Gesicht alterte mit jedem Augenblick ein bisschen mehr. Emily drückte Madelines Gesicht an ihre Schulter, während sie zusah, wie Uhgrau in Stücke gerissen wurde.

Er fiel in sich zusammen. Er schrie und schrie, bis nur noch seine Stimme und sein Bernsteinring übrig waren. Der Stein wurde schwarz und blieb schließlich matt glimmend in einem Aschehaufen liegen.

Emilys Blick fiel auf Genevieve. Hand in Hand mit Marguerite stand sie da, und beide lächelten sie an, während sie sich auflösten. Dieses Bild setzte tief in Emilys Brust Wärme frei, einen Hitzekern, der sich ganz langsam ausbreitete und die Kälte vertrieb, die sie einhüllte. Ein frischer Wind blies durch den Saal und wirbelte Uhgraus Überreste auf. Mit einem geisterhaften Seufzer kehrte Frieden ein, und die Luft roch nach Feuer und Rosen.

21

Emily blinzelte in die plötzliche Stille hinein. Sie fühlte sich ausgelaugt, vollkommen am Ende. Aber sie durfte sich nicht ausruhen. Sie klammerte sich an die Hitze in ihrem Innern, die Vision des Lächelns ihrer Vorfahren, und zwang ihre schlaffen Muskeln, sie über den Boden zu ihren verwundeten Gefährten zu schleppen.

»Brett?« Emily fühlte seinen Puls. Nichts. Uhgraus Zauber hatte ihm den Rücken aufgerissen, als er sich zwischen sie geworfen hatte. So eine Verletzung konnte niemand überleben. »O Brett, nicht du …«

Sie nahm ihn in die Arme und ließ ihren Tränen freien Lauf. Selbst wenn sie nicht all ihre Energie aufgebraucht hätte, um Uhgraus Zauberkräfte gegen ihn selbst zu wenden, bezweifelte sie, dass sie so eine Wunde hätte heilen können.

Eine Bewegung zog ihren Blick auf sich – Jay, der seinen zerschmetterten Körper quer durch den Saal auf sie zuschleppte.

Sie ließ Brett los und legte seinen Kopf ganz sanft auf einen Stofffetzen, dann kroch sie auf Händen und Knien zu Jay. Sie spürte die Wunden auf ihrem Gesicht und ihrem Körper. Sie sah immer noch nicht wieder klar, die Welt war verschwommen und voller Schatten. Obwohl Jays Augen hell leuchteten, spürte sie, wie seine Kraft schwand, sah, wie sein Lebenssaft eine immer größer werdende Lache um ihn herum bildete. Wie dick sein Blut war …

»Bring mich zu ihm«, flüsterte er. »Das wird das Letzte sein, was ich tue: Jemandem das Leben schenken, das ich einst genommen habe.«

»Was meinst du? Brett ist tot, Jay. Ich kann ihn nicht retten. Ich kann nicht einmal dich retten oder mich selbst heilen.« Sie berührte seine Stirn, seine Wange, seine Lippen. »Wenn ich aus diesem Betonverlies rauskäme, dann könnte ich vielleicht etwas tun ...«

»Vielleicht soll es ja so sein«, sagte er. »Ein neuer Beschützer für eine neue Familie. Bring ihn her«, sagte er mit letzter Kraft. »Sofort.«

Sie gehorchte. Sie war wie betäubt, als ihr klar wurde, dass sie beide Männer verlieren würde. Sie hatte gesiegt, aber es kam ihr vor wie eine Niederlage. Emily fragte sich, ob sie sich je davon erholen würde.

Jay schlug seine Zähne in Bretts Arm, als Emily ihn dichter an ihn herangezerrt hatte.

»Warte«, rief sie. »Was hast du vor?«

Jay blickte auf. Seine Reißzähne hatten blutige Abdrücke in Bretts Armbeuge hinterlassen. »Ich kann ihn retten, wenn du es willst.«

Sie sah ihm lange in die Augen, dann nickte sie und wandte den Blick ab.

Er trank und hustete dann Blut in Bretts Mund.

»Die dunkle Seite, Emily. Sie verbindet die Elemente miteinander. Du musst es tun.«

»Was?«, fragte sie.

»Du musst es jetzt tun, bevor das alles vergeht. Das Blut, die dunkle Seite und deine Zauberkräfte, alles muss miteinander verbunden werden. Vielleicht findest du später einen Weg, die dunkle Seite wieder zu isolieren und aus ihm zu vertreiben. Nur so hat er eine Chance.«

»Jay ... Jehail.« Emily küsste ihn. Seine Lippen öffneten sich unter ihren. Sie fühlte, wie seine Kraft schwand. Sie holte Luft und spürte, wie die Dunkelheit in ihm still wurde und dann Stück für Stück auf ihren Mund zufloss. Sie sog kräftiger und kämpfte gegen den natürlichen Drang der dunklen Seite an, in die große Leere zurückzukehren. Emily rief die dunkle Seite zurück. Und sie gehorchte mit einer Wucht, auf die sie nicht vorbereitet war. Mit vollem Mund eilte sie an Bretts Seite und küsste ihn auf die Lippen. Es schmeckte nach Blut und Tod.

Die Dunkelheit lief aus ihr heraus, strömte wie Quecksilber durch Bretts Adern und durchdrang sein Fleisch und seine Knochen. Lange Zeit passierte gar nichts. Dann überlief ihn ein Schauer. Seine Hände krampften sich zusammen. Emily ließ erschöpft und zutiefst aufgewühlt von ihm ab.

Jays Körper war verfallen, während sie sich um Brett gekümmert hatte. Die Mumie lag auf einem dunklen, pudrigen Fleck, und während sie mit feuchten Augen zusah, zerfiel sie weiter, bis nur noch Staub übrig war. Zitternd streckte sie die Hand aus und nahm seine silberne Halskette heraus. Das Medaillon hatte sich schwarz verfärbt, aber es war unversehrt. Schluchzend schloss sie die Hand darum.

Brett stöhnte, und Emily hockte sich neben ihn und nahm seine Hand.

»Em?«, fragte er mit schwacher Stimme. »Haben wir gewonnen?«

»Ja, Nachbar, wir haben gewonnen.«

»Und warum fühle ich mich dann so beschissen?«, sagte er und versuchte, sich aufzusetzen. Mühsam öffnete er die Augen, und ihr blieb die Luft weg. Sie waren schwarz. Komplett schwarz.

Verwirrt lehnte sich Emily an die Wand und ließ ihren

Blick über den Schauplatz des Blutbads schweifen. Madeline stand neben den Überresten von Uhgraus Leiche. Etwas Glitzerndes in ihrer Hand fiel Emily ins Auge.

»Was hast du da, Süße?«

Madeline ging zu ihr hinüber und streckte die Hand aus. »Die sind ganz warm, Tante Em.«

Emily betrachtete Uhgraus Ring, nahm ihn behutsam und wog ihn in ihrer Hand. Welches Grauen mochte der Stein im Laufe von Uhgraus langem Leben gespeichert haben? Emily beschwor die Macht des Rings herauf und brachte ihn dazu, in sich zusammenzufallen und sich selbst zu verzehren. Die dunklen Erinnerungen darin verbannte sie ins Nichts.

Mit großen Augen sah Madeline ihr zu.

»Und dieser hier«, sagte Emily und nahm den Ring ihrer Nanna in die Hand, »der wird eines Tages dir gehören.«

Emily steckte ihn sich an den linken Ringfinger. Ihr Kopf und ihr Herz füllten sich mit dem Flüstern von hundert Stimmen, und im Geiste sah sie das Flackern eines Freudenfeuers, hörte das Schlagen einer Trommel und sah Schatten im Kreis tanzen.

»*We all fall down*«, sagte sie vor sich hin.

»Stimmt«, sagte Brett und spannte vorsichtig die Muskeln an, während sein verletzter Rücken verheilte. Das Fleisch floss wie Wachs über seine Knochen, bis irgendwann nichts mehr von seiner grässlichen Wunde zu sehen war. »Aber wir stehen immer wieder auf. Denn das müssen wir, um derer willen, die wir lieben.«

Sie lächelte, und sie halfen einander auf die Beine.

Als sie die Trümmer inspizierten, sah Emily vor sich, was als Nächstes passieren würde. Sie wusste plötzlich, dass sie im Ballsaal die leergesaugten Leichen der verbliebenen Gefolgsleute und Leibwächter Uhgraus finden würden, die

Jay benutzt hatte, um neue Kraft zu schöpfen, als er seinem magischen Gefängnis entronnen war. Draußen würden sie in eine kalte Winternacht treten. Doch dann würde es warm werden, weil Emily das Herrenhaus in Flammen aufgehen lassen würde. Das Feuer würde alles so gründlich verzehren, dass die Polizei nicht mehr herausfinden konnte, ob jemand darin umgekommen war.

Morgen würde Emily erfahren, dass ihr Chef sie gefeuert hatte, weil sie nicht zu ihren Fototerminen erschienen war, aber im Zuge eines kurzen Telefonats inklusive eines einfachen Manipulationszaubers würde sie ihn überzeugen, es sich anders zu überlegen. Und wenn Emily am Wochenende Madelines Geburtstagsparty besuchen würde, würde sie feststellen, dass die Kleine bereits gelernt hatte, Gegenstände zum Schweben zu bringen und verschlossene Türen zu öffnen.

Und noch heute würde Emily vor Bretts Tür stehen, nachdem er sie nach Hause gefahren hatte. Er würde sie fragen, ob sie noch einen Kaffee oder etwas Stärkeres bei ihm trinken wolle.

All das wusste Emily, als sie in Uhgraus Haus stand, Bretts Hand in ihrer, Madeline an ihre Taille gekuschelt. Doch ob sie ja oder nein sagen würde, das wusste sie nicht. Sie musste es wohl einfach auf sich zukommen lassen.